广西壮族自治区党委宣传部
纪念红军长征湘江战役85周年主题出版项目

湘江长歌

石才夫 主编

XIANGJIANG
CHANGGE

漓江出版社

图书在版编目（CIP）数据

湘江长歌 / 石才夫主编 . -- 桂林：漓江出版社，2019.9
ISBN 978-7-5407-8734-9

Ⅰ . ①湘… Ⅱ . ①石… Ⅲ . ①报告文学 – 作品集 – 中国 – 当代 Ⅳ . ① I25

中国版本图书馆 CIP 数据核字（2019）第 190936 号

XIANGJIANG CHANGGE

湘江长歌

主　　编　石才夫
出 版 人　刘迪才
策　　划　张　谦
责任编辑　黄　圆　苏子新　霍　丽
助理编辑　李瑞华
特约编辑　向红星
装帧设计　李彦媛
责任校对　徐　明　何　伟　杨海涛
责任监印　张　璐

出版发行　漓江出版社有限公司
社　　址　广西桂林市南环路 22 号
邮　　编　541002
发行电话　0771-5825315　　0773-2583322
传　　真　0771-5825315　　0773-2582200
邮购热线　0771-5825315
电子信箱　ljcbs@163.com
微信公众号　lijiangpress

印　　制　广西民族印刷包装集团有限公司
开　　本　787 mm × 1092 mm　　1/16
印　　张　18.75
字　　数　300 千字
版　　次　2019 年 9 月第 1 版
印　　次　2019 年 9 月第 1 次印刷
书　　号　ISBN 978-7-5407-8734-9
定　　价　56.00 元

序　言

石才夫

《湘江长歌》是关于湘江战役的报告文学集。

湘江战役的历史地位和深远意义，无须赘言。经此一役，中央红军以“折损过半”的代价冲过湘江，突破了国民党的第四道封锁线，粉碎了蒋介石聚歼中央红军于湘江以东地区的阴谋，从此西进湘黔边，才有了通道转兵，直至遵义会议，中国共产党领导的中央红军开启了新征程，中国革命有了新的希望。

85 年前，湘江战役中的数万革命先烈，勇于胜利、勇于突破、勇于牺牲，用热血和生命谱写了气壮山河的英雄史诗，立起一座光照千秋的革命丰碑。85 年后，在习近平总书记的亲切关怀下，在中宣部等中央部委和广西壮族自治区党委、政府的全力推进下，湘江战役红军遗骸收殓保护工作和红军烈士纪念设施建设保护工作全面完成。将鲜血和生命留在桂北大地的红军烈士，穿越历史重重的尘埃，迎来了英魂归家的时刻，迎来民族深长的铭记，成为人民心中永恒的长生。

为了铭记红军烈士的英雄业绩，教育和激励亿万国人不忘初心，牢记使命，奋力走好新的长征路，在广西壮族自治区党委宣传部直接指导和支持下，广西作家协会组织作家采访创作了一批以湘江战役为主题的报告文学作品。试图通过挖掘、发现和记录，把历史和当下融合在笔端，帮助今天的读者从不同的侧面，观照历史，关注现实，面向未来。

《湘江长歌》的作者都是在湘江战役方面有专门研究或在报告文学方面深耕多年的知名作家，他们寻访湘江战役旧迹，采访与湘江战役有渊源的个人（主要是参加过湘江战役的红军指战员以及他们的亲友，帮助、支持过红军的桂北当地群众或其亲属），通过素材的收集、整理、比对以及实地调研，形成了一篇篇以史实为依据、辅以合理想象的文章。《归队》《1934，血战湘江的民间记忆》《失散红军陈正邦寻访记》均是作者在采访文稿的基础上写作的，其中很多记录是 20 世纪 80 年代的采访留存，受访人已经驾鹤西去，他们经历的磨难、彷徨，对于湘江战役中人与事的理智思考和饱满情感，都留在了文字里。红三十四师作为中央红军的后卫部队，在湘江战役中几乎全军覆没。《归队》中，负责师首长安全工作的保卫员兰金甫陈说了他视野里绝命后卫师的最后时刻，讲述了许多动人的细节，如红三十四师突围时，师长陈树湘与重伤警卫员对话的场景，堪称珍贵的记录。

《湘江长歌》是在筛选中完成组稿的。2019 年 4 月至 9 月，广西文联、广西作协组织 20 位作家，多次到灌阳、兴安、全州、龙胜等地进行实地调研和采风。在进行主题讨论后，初步选定 12 位作家的 13 个主题。最终经过审稿，选用了 10 篇文章。审稿注重文学想象与史实的贴合度。如《一代将星李天佑》中刻画的李天佑形象是严谨寡言的，这可从李天佑本人在伏龙芝军事学院写下的俄语笔记得到印证。

在策划之初，编者对于图书的具体框架并无严格设定，只是确定了“大题材重点铺，小角度不撞车”的原则。作家们走进湘江战役，共同的感受和强大的共鸣汇集成了气质浑然的文本，自然而然地形成了本书的两大板块：上辑为《长歌当泣》，主要记述湘江战役中的人与事，塑造红军指战员的典型形象，讴歌他们为理想献身的坚强意志、为群众利益着想的朴素情怀；下辑为《红土新天》，讲述湘江战役旧地的新生活，颂扬了长征精神在桂北大地的传承，深刻认识今日美好生活的来之不易。

随着采访和创作的推进，有关湘江战役的新事物在涌现。新圩阻击战史实陈列馆（灌阳）、红军长征突破湘江纪念馆（兴安）、红军长征湘江战役纪念园（全州）陆续建成，湘江战役红军烈士遗骸得到妥善安放或就地保护，越来越多的人走进历史，倾听革命烈士的脉动，接受红色文化的洗礼。唐女的《生死约定》即以失散红军肖春发的人生故事为线索，还原了湘江战役给桂北大地留下的深刻印记。这篇文章调研充分，以一明一暗两条线索融合大量采访素材，历史与现实交叉递进，写出了个人命运的厚度、理想信念的广度，体现出了较高的艺术水平，是探索革命题材写作的创新之作。

湘江战役的精神在传递。广大红军指战员勇于胜利、勇于突破、勇于牺牲的精神鼓舞着后来者坚守信念、不忘初心。广西桂林市兴安县界首镇是湘江战役时中央红军的主要渡河点，《梦想的热土》一文讲述的小故事，是当代界首人民在湘江战役精神照耀下创造美好生活的缩影。《一幅油画托出一段历史》写的是我国著名书画家张庆涛先生创作宏大画卷《湘江·1934》的故事。张庆涛先生是辽宁籍，在北京工作，潜心于湘江战役题材创作 20 多年，付出了巨大心血，当年红军指战员用鲜血铸造的坚强品质，早已内化于心，外化为行，成为他攀登艺术高峰的不竭动力。

湘江战役的余泽在延绵。中国共产党领导下的中央红军突破湘江，靠的是对革命理想和事业的无比忠诚，靠的是“为中国人民谋幸福，为中华民族谋复兴”的初心和使命。百年之间，中华民族走出内忧外患的黑暗境地，走出战乱频仍、山河破碎、民不聊生的深重苦难，走上了实现伟大复兴的壮阔之路。《今日老山界》生动描绘桂北瑶寨日常生活的幸福时光，这是 85 年前奔赴湘江的红军战士不敢奢想的，却也正体现了他们牺牲的价值。再看《才喜界记忆》记述的辛酸往事，不由生发《永不磨灭》中表达的感念之情：红军过路留下话，瑶民代代记心中。

巍巍青山，浩浩江河，将永远铭记：中国共产党和她领导的人民武装血与火的付出，以及在这片土地上创造的人间奇迹。

可以说，这是一本由不同的意念驱动而又饱含共同情感的作品集。我们期待它在读者的心灵深处引起同样频率的回响。

是为序。

2019 年 9 月

（作者系中国作协九届全委，广西文联党组成员、副主席）

目录 CONTENTS

下辑・红土新天

上辑·一

长歌当泣

归 队

——幸存的保卫员与最后的红三十四师

⊙ 李时新

灌江江畔，都庞岭大山余脉山腰谷地，一处状如镰刀的小山湾怀抱着二十余栋瑶家吊脚小木楼，兰金甫[1]说，镰刀湾村正是由此得名。

1985年清明时节的镰刀湾村，漫山遍岭的花树藤蔓已吐芽绽蕾，杂香野馨随春风阵阵拂面；正待开犁的坡地梯田，荡漾着密密簇簇嫩绿欲滴的地地菜和绯红撩人的紫云英。

兰金甫家的二层吊脚小木楼坐落在村头。黑土瓦坡屋顶，墙壁、门窗、椽梁、楼板是纯杉木，外墙木面被风雨剥蚀，木纹木质已现凹凸并显黑旧。檐下有麻雀筑巢，窗前竹竿晾晒着洗净的衣物。

1　兰金甫（1913—1986），原名兰祖龙，曾用名兰金龙，原籍江西省于都县。1927年参加中国共产党领导的于都县游击队。1929年参加中国工农红军。先后任红三军团六师（兴国模范师）战士、红五军团军团部通讯排通讯员、国家政治保卫局保卫员等，参加中央苏区第一、第二、第三、第四、第五次反“围剿”。1934年中央红军长征过桂北时任红五军团三十四师保卫员。后成为失散红军，落户广西灌阳县水车乡镰刀湾村。

屋前是晒谷坪。不知是南瓜、冬瓜还是眉豆、荷包豆，新嫩瓜蔓或豆蔓正在晒谷坪边的瓜架上蓬勃攀爬。

小木楼里住着兰金甫全家：他和妻子盘四妹，儿子盘桂明、儿媳盘运娇和儿女。

兰金甫老人告诉笔者，1947 年一场大火几乎焚毁了镰刀湾全村的房屋，他家也未能幸免，这栋小木楼是后来在废墟上重建的。

成为他的终身憾恨的，并不是家屋被毁，而是他珍藏的所有红军物品，也就是能证明他红军身份的所有物证：党证，识字课本、学习笔记，组织发给的证件、配给的怀表，还有被子弹洞穿染血的军帽……都被火毁无存。

兰金甫家堂屋，正对大门的是供桌，供桌端放祖先牌位、香炉，供桌上方的木板隔墙上方方正正贴着红纸，上书“天地国亲师”。

笔者就在堂屋供桌前与老人促膝而坐，倾听他的故事。

之前，至少还有两次对兰金甫老人的采访曾在这里进行。

1978 年 2 月，广西开始全面调查红军长征过桂北的情况，这是中华人民共和国成立后的首次普查，重点是桂北地区失散红军现状。1978 年 3 月 16 日，“红军长征过桂北调查组”采访了 65 岁的兰金甫老人。

1983 年 1 月 25 日，中共桂林地委党史办公室，中共灌阳、全州、兴安、龙胜、资源县委党史办公室联合组成《红军长征过广西》编写组，由陈礼龙、唐一建、刘继元三位党史工作者采访了年已 70 岁的兰金甫老人。

正是有幸读到了他们的采访记录，笔者深受震撼，满怀钦佩与敬仰，才专程前去采访兰金甫老人。

那次采访，是笔者对湘江战役失散红军的第一次采访，兰金甫老人是笔者采访的第一位湘江战役失散红军。

那时，老人从现役红军成为失散红军已过了 50 个春秋。

最初印象：老人身材瘦削，面容清癯，皱纹深刻，苍老黧黑，一口地道的桂北灌阳方言，形似当地老农，但他坐姿端正，腰板挺直，军人雄风犹存。

最深印象：在红军队伍这座火红熔炉中淬火锤炼，他已经具有了小农经济之下传统农民所没有的特质——除了军事技能，他还具有了坚定的理想信念、政治理论素质、文化科学知识。

湘江战役的失散红军，不论他们曾经是官还是兵，他们几乎都出身农民。但一加入了红军，就开始具有了红军特质。这些红军特质，因入伍时间长短而程度不同，军龄越长，越丰富深厚，水平越高，越坚定执着，这在笔者后来对失散红军的广泛采访中一再得到证实。

最终印象：他的人生虽然发生巨变，能证明他红军生涯的所有物证虽被火毁无存，但信仰、理想的红色印记已烙进了他的大脑，深入了他的骨髓，他在精神上仍然一直大步走在已离他远去的红军队列中。

老人语气沉缓凝重，从他记忆深处穿越而出的既是个人的生命史，又是中国红色革命史。这些记忆似乎并没有因岁月的风雨层层剥蚀而淡褪模糊。

1927年，蒋介石叛变革命，我们江西于都县成立了共产党领导的游击队，反抗国民党的大屠杀。我们全家都是农会会员，全家的男人都参加了游击队，我最小，14岁，也跟着父亲、哥哥们参加了。我们游击队队长叫马仲勋。

1929年，红军到了我们于都，到了我们村，我们游击队就编入了红军。

我先在红三军团兴国模范师当战士，后被派到红五军团通讯排当通讯员。1930年至1934年四、五月间，转战在于都、兴国、瑞金、会昌、广昌、宁都一带，参加过五次反“围剿”的斗争。

1934年5月，我被组织上选拔到了国家政治保卫局当保卫员。

当时的国家政治保卫局在瑞金叶坪的庙背村，后从庙背村迁到沙洲坝的铜锣村李屋，再后来迁到云石山艾园村岭下曾氏祠堂。

我到国家政治保卫局报到后就参加了保卫人员训练班，国家政治保卫局邓发局长给我们做报告，他说的两句话我记得特别牢：“保卫人员必须具备绝对忠诚的信仰。”“保卫工作是无产阶级的宝剑，革命的警卫兵。”

他还说，要选择最有阶级觉悟、最坚定勇敢，对党绝对忠实的同志去干这个工作。保卫队成员必须是最好的共产党员、团员和最英勇忠诚、最有觉悟的阶级战士，这样才能确保执行最严肃的纪律、捍卫工农的利益。

我知道，国家政治保卫局人员绝大部分出身于工农家庭，是共产党员，每个人入选之前都要经过严格的政治审查，不仅要详细审阅个人档案，而且要当面审查考核，从家庭情况、个人历史、社会关系到参加革命动机，每个关键时刻的表现乃至每次具体战斗中的情况等，都要查个一清二楚。

接着我又参加了中革军委举办的红军保卫人员训练班，训练班领导强调：学员一要成分好，立场坚定；二要党性好，组织纪律性好；三要作风正派；四要坚忍不拔，坚决勇敢又机警灵活。我再次接受了组织对我的严格政治审查。

我们被严格要求牢记保卫人员的职责和任务，要背下来，牢记在心里。我们还进行了非常严格的军事技术和体能训练。在各种情况下如何保卫保护首长，也是我们学习的主要内容。

我在政治保卫大队，我记得政治保卫大队的大队长叫吴烈。

老队员告诉我，保卫人员原来佩戴绿底红边的领章，而且胸前还戴一枚用锡铁做的刻有“KBЦ”三个俄文字母的胸章，被称为“绿领章部队”。

我去的时候已经不用“绿领章”了，军装、帽徽跟我在作战部队时一样。发给我的证件是一块小白布，上面用黑字写着我的姓名、职务、证件号码等，盖着国家政治保卫局的红色印章，还有一枚银质的红五星便衣侦察证章。

1934年长征前夕，国家政治保卫局人员在兴国听了朱德总司令给我们做的中央红军战略转移北上抗日动员报告。中央红军即将战略转移北上抗日的中央决策，当时红军师团一级领导可能都还不知道。

1985年的那一天，老人一步一步走到门前，立正，头高昂，遥望重重叠叠的山岭、岚雾迷漫的远天。他遥望的应该是51年前的那段历史，他和他已经生离死别的战友正在急急行进的来路。

越城岭、都庞岭两大山脉，莽莽苍苍连绵数百里，横贯湘南、桂北，居高临下夹峙着一条险峻谷地——湘桂走廊。

湘桂走廊里，蜿蜒奔腾着一条滔滔北去流入洞庭湖的大河——湘江。湘江天险，紧扼住了湘桂走廊中几乎所有前连中原、后达西南的咽喉要道，古来就是兵家必争之战略要地。

从都庞岭深处扑出的1934年初冬的冷峭山风，卷起漫山黄叶，飘撒向这支正从旧历史走向新历史的悲壮的中央红军迁徙大军。他们正迎着冷峭山风，踏着血迹，一步步走进湘桂走廊，走向湘江战役，走向生死存亡关头，走向中国革命和中国命运的决定性转折，也走向他们中大部分人个人命运的决定性转折。

长征走到广东，我随国家政治保卫局特派员刘朋被派去红五军团三十四师。刘朋特派员担任红三十四师保卫科科长，全面负责师的政治保卫工作；我担任保卫员，分管师首长的安全保卫工作，直属国家政治保卫局领导。

到红三十四师前，国家政治保卫局首长给我们详细介绍了这个师的情况。

红三十四师所属的红五军团，来自1932年宁都起义的国民党第二十六路军，其前身是冯玉祥的西北军第一集团军。原二十六路军十三师师长董振堂被任命为军团长。

不过红三十四师并不是国民党起义部队，而是由闽西地方红色武装发展起来的，一支基本由福建龙岩市和三明市的永定、宁化、清流、明溪等县几乎清一色闽西子弟组成并在闽西建立的红军主力部队，其中仅永定一县入伍的战士就有2000多人。全师共辖一〇〇、一〇一、一〇二3个团。在成立之初，全师有6000人以上。师长陈树湘，1930年1月至1933年6月，先后任红军（长）汀连（城）独立团团长，福建省军区独立七师、独立九师师长，红十九军五十六师师长等职；师、团主要干部大多是毛泽东、朱德创建的红四军和红军学校调来的骨干，作战经验丰富，指挥能力强，整个部队士气旺盛，是一支作战能力非常强、能打硬仗的老部队。

在第五次反“围剿”战争中，红三十四师在泰宁一线多次击退3万余国民党军的进攻，完成了牵制敌军的重任。

在泰宁与建宁交界的梅口防御战中，陈树湘师长率部队连续作战7天6夜，大量歼灭敌军，阻滞了敌军的攻势，后又奉命接连在建宁、石城、兴国等地阻击敌军。

在宁化与清流交界的泉上土堡战役中，红三十四师在雾阁地区设伏，全歼敌人援兵一个团，接着配合红四军攻占清流县城，在马屋击溃敌一个增援加强团。

以后经过整编和第五次反“围剿”中的几场苦战，在长征前夕，全师尚有5000余人，仍兵强马壮、装备精良，这在参加长征的部队中应该也是少有的。

后来我常常想，这应该是中革军委决定由红三十四师担任全军总后卫，把在湘江之侧阻击敌人，掩护全军主力和中共中央、中央军委机关渡过湘江，突破敌人第四道封锁线这个最为艰险困难的任务交给红三十四师的主要原因。这更应该是红军统帅部对红三十四师的最高信任。

从长征开始，红五军团就奉命担纲后卫阻截敌人，掩护主力突围。红三十四师作为后卫中的后卫，一直担负着长征路上最为艰险困难的断后任务。

我到红三十四师后参加的第一次激战，就是在湖南道县前面渡头、土地圩一线，阻击企图尾追我们主力红军和中共中央、中央军委机关的国民党中央军薛岳部队。

战斗一开始，刘朋特派员就派我到红一〇一团阵地，任务是督战。他还特别交代，情况紧急时，有权执行战场纪律。

我向红一〇一团团长、政委报告后，立即就上了最前沿的二营三连阵地。

这个连是闻名红五军团的英雄连，不论是攻坚还是防御，都具有一流的战斗力。

陈连长告诉我，三连面对的敌人可能有一个营，甚至是一个加强营。

陈连长的战术不是被动防守，而是主动出击。

天刚蒙蒙亮，他派出了3个尖刀组，每组三四人，形成尖刀状，悄悄接近阵地右前方一片树林。他观察到，敌人的营部可能设在这片树林里。如果运动到敌前，突然发起攻击，穿插分割，冲进敌营部或者冲到营部附近，打掉或者打乱敌首脑机关，敌人可能会溃乱，至少会延迟敌人进攻时间。这样的战术他们用过多次，效果很好。

冲在最前面的一个尖刀组，与敌一个流动哨巡逻队猝然相遇。

我军一机枪手抢先开枪，一梭子弹扫过去，打倒3个敌兵。

这一梭子机枪声，揭开了红三十四师潇水阻击战的序幕。

尖刀组枪一响，树林里的敌人散乱冲了出来，被尖刀组迎头一排手榴弹打了回去。当敌人大半个小时后再次冲出来，展开战斗队形时，我尖刀组已安全返回阵地。很遗憾，偷袭没有成功。

密集的迫击炮弹和山炮炮弹从树林里、树林后射出，射向我三连阵地，落点很乱，大部分落在了阵地周围。看样子，虽然偷袭没有成功，但也造成了敌人的慌乱。

硝烟弥漫，火药味呛得人咳嗽，浓烟中面对面都望不见人。

久经战阵、久经险恶的陈连长和战士们，伏在我军临时构筑的简单掩体和各种各样有利于隐蔽的地形地物后，不动声色。

这也是他们常用而又有效的战术：麻痹敌人。

敌人都一样，迷信他们的优势炮火，以为在猛烈的炮火中我军会死伤殆尽。

他们不知道，我军在炮火中有极高的生存率，指战员们创造了一套在炮火中利用有效地形地物巧妙隐蔽、躲避炮火的办法。

尤其是三连这支战火中冲杀出来的英雄部队，在这方面更是技艺高超。

敌人冲到离我军掩体近50米处，开始伏地扫射。

这股敌人不像其他敌人，他们并不麻痹。

战争不仅教育了我军，也教育了敌军，他们也聪明起来。

轻重机枪火力横扫过来，把地皮剥了一层又一层，尘土飞扬在我军掩体前，掩体上空形成浓雾般的烟障。

伏在掩体中的我军指战员每人面前都摆放着十几二十颗手榴弹，全拧开了盖。

在这么近的距离，面对如此密集的集团冲锋，最有效的对付办法就是扔集群手榴弹。

终于，敌人机枪稍停，尘土在慢慢消散，影影绰绰中看得见敌人从地上跃起，半弓腰，冲向我军掩体。

我看到陈连长很老练地大略目测敌我距离，稍等了一会儿，敌人又前进了10来米，他才投出了第一个手榴弹。

我军掩体上，随着第一颗手榴弹的爆炸声，上百条手臂扬起，一束束手榴弹飞过硝烟，飞过尘土，如飞蝗般落向敌群。

手榴弹爆炸的烟尘冲天而起，夹杂着惨叫哀鸣和倒地的闷声，如潮水般冲上来的敌人又如潮水般退下去。

留在我军掩体前的敌尸，无一不被手榴弹炸起的火药熏得焦黑。

敌人的再次冲锋来得太快，快得连我军都有点意外。没有炮火准备，也没有火力掩护，悄无声息就掩杀上来。

我军正在加固掩体，正在搜集整理弹药，正在包扎伤员，就听见哨兵的冲锋枪发出了射击声，就听见哨兵大叫："敌人上来了……"

敌人黑压压一队接一队，以散兵线冲向我军掩体，很快冲到距掩体前沿三四十米位置，敌人至少有一个营兵力。

陈连长手中的驳壳枪喷出了火舌，全连应声进入战斗位置，强有力的反击阵势马上形成。集群手榴弹又如飞蝗般落进敌群，又是硝烟四起，弹片横飞。

敌人没退，只是伏地不动，等待下一次冲锋。

陈连长命令机枪射手和步枪狙击手进入射击位置，敌人露头就打。

我看到，三连射击技术确实不一般，几乎是枪枪命中。

我枪法不错，在精兵集中的国家政治保卫局政治保卫大队里也属于“神枪手”之列，忍不住手痒，问陈连长要了一支俄式步骑枪，找了一个狙击点，加入了战斗。直到奉命回师部，打了约两个时辰，我至少击毙击伤了6个敌人。

当然，敌人的狙击手也不差，在我附近，三连的一个机枪手、两个战士被敌人击中而受伤或牺牲。

敌人始终没能攻占三连阵地，一〇一团的阵地一处也没被敌人突破。

我如实向刘朋特派员汇报，我认为红三十四师一〇一团不需要保卫人员去督战和执行战场纪律。

红三十四师在这一带坚守了两天两夜，敌人被挡在潇水前两天一夜。撤出阵地时，陈树湘师长告诉我们，主力红军和中共中央、中央军委机关已经渡过潇水，走出百多里之外，作战目的达到，军团交给的任务完成。

红三十四师继续断后，从湖南的潇水走向广西的灌江、湘江。

我记得是到道县以南接近湘桂交界叫葫芦岩的地方，陈师长接到红五军团董振堂军团长指示，要他带我们师的团以上干部到军团部开紧急会议。我随同陈师长前往，担任保卫工作。

陈师长高大魁梧英武，很有军人气质，但又和蔼可亲平易近人，很得全师官兵爱戴。他走路腰板挺直，走得很快，我们要一溜小跑才能跟上。

军团部设在道县蒋家岭一个叫仙子脚的村庄，地名很怪，很好记，我就记住了。

我看见陈树湘师长、程翠林政委、王光道参谋长、政治部主任张凯以及一〇〇、一〇一、一〇二团的团长和政委都去了，刘朋特派员也去了。他们进军团部后，我和军团部、师部的警卫人员在门外和周围警戒。

过了一个多小时，军团董振堂军团长、李卓然政委、刘伯承参谋长、政治部主任曾日三等军团首长送陈师长他们走出军团部大门，一直送到村口。

虽然我不知道会议内容，但我发现，军团首长和师首长脸色都非常严峻，陈师长脸上还有泪痕。

刘朋特派员单独告诉我，蒋介石已经知道我军要抢渡湘江到湘西与我红二、红六军团会合的战略意图，任命湖南的何键为“追剿军”总司令，调集刘建绪、薛岳、周浑元、李云杰、李韫珩五路中央军和湘军，又重金收买了广西的李宗仁、白崇禧和广东的陈济棠，共26个师30万人，在潇水至湘江这个盆地上，布下一个袋形阵地，形成第四道封锁线，企图在湘江以东地区彻底消灭我军！我军现已处在敌人袋形阵地之中，危在旦夕！中革军委要求红三十四师在掩护红八、红九军团通过苏江、泡江后，为全军后卫，在广西水车、文市一带阻击敌军，掩护主力红军抢渡湘江，走出险境。

他还说，我们可能会被敌人截断而过不了湘江，脱离主力红军，也可能会孤军作战，回湘南打游击。他脸色也很严峻，但没有悲观，更看不到绝望。

回到师指挥所，陈树湘师长立即召集连以上干部开了一个简短的作战紧急动员会，我也参加了。

程翠林政委首先将当时的形势和我们师的掩护任务作了传达。随后，陈树湘师长命令，一〇〇团团长韩伟率部为前锋即刻出发，他自己率一〇一团加师部走中路，政委程翠林带一〇二团跟进，在灌阳文市、水车一带建立阵地，掩护红八、红九军团通过苏江、泡江，全力阻击追击主力红军和中共中央、中央军委机关的国民党军中央军。阻击掩护任务完成后，全师迅速去灌阳新圩接替红三军团六师十八团的阵地以阻击桂军。

同样来自兰金甫老人的记忆深处，1934年初冬的桂北山野，灌木已落叶。没落叶的是松杉枫柏。松杉依然青苍浓绿，枫柏已是如火如血。

松杉的青苍浓绿和枫柏的如火如血从山道蔓延铺展到山谷，簇拥着湘桂边境一道险关要隘：雷口关。

就在跨过雷口关残存石门时，他竟不由自主停步，回首，心里一下满溢浓浓的乡思：桂北都庞岭和家乡于都县宽田乡巍峨的狮石岩、龙卷丘、定峰山、磨盘岗初冬的景色太相似了。

红三十四师由湖南蒋家岭进雷口关，急急赶到广西灌阳县水车、文市一带布防，刘朋特派员和我跟着师部住在灌江北岸夏云村一个叫文伯荣的村民家里。

师临时救护医院设在村民文友阶家的大屋。这是一处祖上传下来的大院落，有三四进，古色古香，但显得有点破落萧条，我们师的伤病员和沿途收容的兄弟部队伤病员都住在那里。

两个多月前，长征先遣部队红六军团到过这一带，他们军纪严明，秋毫无犯，打下了很好的群众基础。水车的老百姓对我们很好，主动给我们带路，帮我们在灌江上架设浮桥，还帮我们舂米煮饭。

部队连夜进入阵地抢修工事。一〇二团守水车，一〇〇、一〇一团守梯子岭、倒木塘、洪水箐一带。

侦察员回来报告，我们师的对手是蒋介石的嫡系，国民党中央军周浑元部，有三到四个师的兵力，而且刚刚换装了全副德械装备。周浑元部是红三十四师的老对手，在第四、第五次反“围剿”中，就吃过陈树湘的数次败仗。陈师长预料，这次，周浑元很可能是为复仇而来，要准备恶战。

拂晓，我们在阵地上目送红八军团向西远去，走向湘江渡口方向，中革军委交给红三十四师的第一个任务已经完成：掩护红八、红九军团顺利通过了苏江、泡江地区，渡过了灌江。

至此，留在灌江水车、文市一带的就只剩远离主力红军的孤军红三十四师。

我们只能孤军奋战，不是固守待援，因为已经不可能有友军来援助我们，前后左右的红军作战部队全部陷入敌强我弱、敌众我寡的重重围困，都在血战苦战，都陷入危境甚至绝境。没有援兵，就只有死守，付出惨重代价已是必然。代价惨重到何种程度，付出了惨重代价能否完成任务，完全取决于中央纵队渡过湘江的速度。这是当时我的想法，可能也是开过作战紧急动员会后全师的连以上干部的想法。

我和陈师长的警卫员拿着张开机头的驳壳枪站在陈师长身后。刘朋特派员指示，在特殊时期，保护好陈师长是我的首要任务。

陈师长盘腿坐在水车村旁的一处矮岭缓坡阵地，屏声静气地看着地图。

在那张从中央苏区带出的五万分之一比例尺的地图上，这些被灌木丛、油茶林、马尾松覆盖的山坡，没有标高，也没有标名，其实，它们都有名，因其形其状而得名。陈师长按照那位带路的水车老乡的指点，把山名逐一标在了地图上。

冷风一次次掀起地图的边角。王光道参谋长在地图四角压上几小块青灰色山石，然后也盘腿坐在地图旁，盯着地图。

他们周围，刚刚筑好的木桩鹿砦、战壕掩体内外，横躺直卧，睡满了已入梦乡的指战员，有的睡在草丛中，有的睡在刚砍下的树枝上，有的就睡在湿漉漉刚挖出的黄土上。他们几乎是一放下手中的工具就倒地睡着了，有的甚至在筑着工事时手拿着工具昏昏然倒地入眠。

疲惫的部队，战斗力当然会大减。还有，连续战斗，部队伤亡颇重。

王参谋长告诉陈师长，加上患病等非战斗减员，红三十四师从江西出发时的5000余人，已减少了五分之一以上。

师部向各团下达的命令是构筑两道阻击阵地，第一列山坡为第一道阻击线，第二列山坡为第二道阻击线，修筑成支撑点式的防御体系。每个山头独自成为一个自成一体的火力支撑点，各支撑点组成交叉火力，互相弥补，互相倚衬。

坚守第一道阻击线，但实在无法守住时，退守第二道。有互为整体的两道阻击线，保险系数会大大增加。

陈师长对前来受领任务的各团主官再三强调：不仅要修好战壕和交

通壕，还要修筑卧沟、跪沟。要从山腰往上修，修几层。要砍树木加固工事。铁锹不够用，就用刺刀挖……

直到战斗打响，从时间计算上可以修筑好的工事只修筑了一半，指战员疲惫程度已超过生理极限，已不能完成任务。

我看到，看地图的陈师长和王参谋长沉着镇定，毫无惧色，只是眉头锁得越来越紧。

这天是11月29日，我记得这个日子，因为跟陈师长回师指挥所时，王参谋长正在写11月28日，也就是前一天的作战日志。

中午，战斗打响。

陈师长走出临时用树干树枝架起的指挥部，倒背双手，站在风口。他的嘴唇上烧起了两个大血疱。血疱溃破了，渗出鲜血。

程翠林政委守在电台旁边，就在那方寸之地来回静静地踱步。

在暮色与夜色交替过渡的时候，敌人阵地上开始燃起篝火。篝火忽闪忽闪，与战场上的残火相映，像鬼火。鬼火般的篝火半围向我们红三十四师阵地。

我军阵地上，修筑工事的声响在渐渐停息，接着响起的，是擦拭枪械的金属摩擦碰撞声。

有谁在擦拭一柄大刀，锃亮的刀锋在昏黄里一闪一耀。

有谁在轻叩刀身，发出震颤的铮铮声。

陈师长、程政委、王参谋长刚才在低声讨论时一致认为，此时，坚守孤悬于敌半围中的第一道阻击线已没有意义。已到了当机立断放弃第一道阻击线，把主力后撤至第二道阻击线的最后时刻、最后机会，再晚些，敌人将可能合围。

但是，在敌人重兵逼迫之下撤退是极为困难而危险的战术行动。因为稍有不慎，撤退就会变成无秩序的溃退。

陈师长和程政委把组织撤退的任务交给了王参谋长。

王参谋长认为，在退却中摆脱危险，尤其重要的是隐蔽意图和实施欺骗。

夜色已经很浓，大滴大滴的雨点稀稀疏疏地从厚重灰暗的云层里跌落下来。冰凉的雨点滴在陈师长和我们警卫人员脸上身上，谁也没去揩擦，都睁大眼睛看着王参谋长一行走向前沿阵地。

我军第一道阻击线阵地上也燃起了篝火。篝火映着影影绰绰的手持铲和锄挖工事的身影，还传出挖土搬石砍树的声响。

我军大部队却在井然有序地成梯次悄悄撤下第一道阻击线的最后阵地，安全进入第二道阻击线。

清早，五架敌机在第二道阻击线这片低矮的丘陵上空低空盘旋数圈，便一架接一架扎了下来，俯冲轰炸。

一个波次狂轰滥炸完毕，敌机爬高，隐入云层，敌军排炮开始轰击。这是惯例，不足为奇。只是炮火是前所未有的猛烈，阵地上弹坑累累，弹坑上滚动着一层层黑烟，黑烟升腾，连天空都熏黑了。

已记不清是第几次跟着陈师长上前沿又回到师指挥所。陈师长刚就着凉水吞下几口炒米，王参谋长就进来报告：一〇一、一〇二团的结合部被敌人突破。

陈师长和程政委马上俯身看向摊开的地图。

陈师长额头上一下就冒出了豆大的汗滴，他像是自言自语又像是对程政委说，本来就薄弱的防线，只要一点被突破，很可能就会形成全线崩溃的局面。

我又被刘朋特派员派到一〇一团督战。

我向一〇一团团长、政委要求还是去二营三连阵地，他们同意了。

敌人突破的阵地已被二营三连夺回，现在他们就守在这个阵地上，已打退了敌人的两次反扑。

三架敌机俯冲向二营三连阵地。飞机投下的不仅是炸弹，还有烧夷弹。火呼啦啦燃烧着四下乱窜，烧成一片又一片飞腾的烈焰。烈焰里，炸弹的弹片尖啸着横飞。

敌人的炮弹又集群般飞来，像骤然卷起的狂风，横扫山坡、山顶，爆炸的气浪击灭了烈焰，也造成了我军的伤亡。

工事已被毁，沟壑被火烧过后又被炮弹崩开，山石四下乱飞，如破片，如跳弹。

副连长侯金牺牲了，三排长负重伤倒地不起，敌人又冲了上来，人数不少于1个营。

陈连长边打边喊："同志们，不能让牺牲的同志的血白流，现在正是为他们报仇的时候！"

正在给伤员包扎的卫生员，包着包着发现伤员已牺牲。卫生员放下绷带，抓起手榴弹，冲上去朝着冲锋的敌人一连扔出3颗手榴弹。

正要扔第四颗，一发炮弹在他身边爆炸，将他全身埋在土中。他使劲钻出来，朝已冲到身边的敌人扔出手榴弹，同时机敏地跳进弹坑。敌人被炸倒好几个，他安然无事，爬出弹坑，却看到陈连长倒在弹坑边，倒在血泊中。

已经打了整整10个小时，二营三连阵地上的工事已被毁了又毁，弹药几乎打光，只剩下7位没受伤的战士和13位轻伤员。

已两次负重伤的陈连长躺在血泊中，躺在炮火中，继续指挥战斗，直到又被炮弹炸伤两处，再无法动弹。

我代理陈连长指挥，叫卫生员把陈连长背往山后躲避炮火。

陈连长趴在卫生员背上断断续续对我说："不要把我放得太远，我还要了解情况……"

还未到山后，陈连长就因流血过多在卫生员背上停止了呼吸。

我和二营三连的幸存战友，趴在被炸坍的壕沟上扔手榴弹，打退了敌人的又一次进攻，阵地还在我们手中。

天擦黑的时候，一〇一团团长派来的援兵到了二营三连阵地，带队的周副营长通知我立即回师指挥部。

我到的时候，正在一线阵地上检查工事修筑情况的陈师长也刚被程政委派人找回师指挥部。

电台电键正在急促地敲击着。电键声一停，电稿就被交到译电员手中。

在昏黄马灯下，在师首长和每个指挥部人员焦灼渴盼的目光下，译电员握笔的手在微微颤抖，写下一行行字。

译出的电稿最先送到离译电员最近处的程政委手中，程政委递给陈师长，并拿过马灯为陈师长照明。

陈师长看完，掏出笔，签字，然后递给程政委，再传给在场的每位师首长。

看完电报的师首长们，围坐在地图旁，脸上丝毫没有轻松感，表情更沉重了。

我从程政委手里接过马灯为他们照明，我看到陈师长在地图上画出了两条线，一条是大塘、苗源、洪水箐到新圩，一条是道燕头、桂阳、杨家田、大背头、立田到新圩，前一条是直线，后一条是弯线。

当时我不知道电报内容，第二天出发时，刘朋特派员告诉我，这是中革军委朱德主席的急电，说红三十四师水车掩护任务已经完成，要我们迅速摆脱敌人前往新圩枫树脚接替红六师十八团防务，然后由阻击转为运动防御，跟上全军主力。

第二天，天边刚露出点白，我们从水车夏云村出发，师部刚走过灌江浮桥，三架敌机就出现在灌江浮桥上空。

一〇二团正好在河滩河岸集结，准备从浮桥过江，几乎是无遮无挡被敌机狂轰滥炸。

我和刘朋刚踏上浮桥，见敌机来了，马上返回岸上，跳进一个沟里躲避。炸弹翻起的土把我们埋住了，但我们没有受伤。

敌机轰炸了了十几分钟，浮桥被炸断，一〇二团死伤惨重，后来统计，伤亡战友200多人。

可能是走得太匆忙，我们来不及找到当地向导带路，刘朋特派员告诉我，我们是按照地图上画的几乎成直线的最近距离，走向新圩枫树脚——当时我们叫红树脚。

我们经过大塘、苗源、洪水箐，翻越观音山，一路都是崇山峻岭。山林小道崎岖陡峭，长满荆棘野草，很多路段是只容一人通过的小路，旁边就是深谷绝壁，非常危险难走。红三十四师两三千官兵携带装备辎重骡马，艰难跋涉，行军速度非常慢，部队登上观音山顶时，已是12月1日中午，像天边闷雷一样一直隆隆作响的新圩枫树脚方向的枪炮声，已经完全停息，一片死寂。

师首长们就在观音山顶紧急碰头分析，一致认为，红六师十八团阻击阵地已经失守，新圩阻击线已被敌人突破，我们既无阵地可接，更无力量夺回已被敌占的阵地。

侦察员回来报告，红十八团伤亡殆尽，已经撤出新圩枫树脚的最后阵地楠木山，残余部队向陈家背、古岭头退去。桂军第四十四师正大踏步向湘江凤凰、界首方向推进，追击红军主力；桂军第二十四师已经前往文市、水车一带，阻止中央军周浑元部继续西进广西；周浑元部队已调整部署从湖南道县方向，重新向红三十四师合围过来；红三十四师已经真正陷入四面受敌、孤军作战的险恶境地。

后来，我专门从水车夏云村出发，去走燕头、桂阳、杨家田、大背头、立田到新圩这条陈师长在地图上画弯线的路，虽然是弯路，但基本是平路，很好走，30多里路，我不到3个小时就走完了。现在看来，如果我们红三十四师当初走的是这条路，还是有可能在桂军攻占枫树脚的楠木山阵地前与红六师十八团会合，然后与红十八团联手，集中力量节节抗击桂军，边打边撤，一同渡过湘江。

我记得我们就是在观音山山顶架起电台天线跟中革军委联系，陈师长在看了中革军委的电文后，我们又出发了。

我们从板桥铺一带穿过灌阳至新圩的公路，经过湛水、分水坳，翻越了比观音山还大还高还陡还险的宝界山，过桐木江，在箭杆箐住了一夜。

程政委告诉我们，主力红军和中共中央、中央军委机关已经过了湘江，进入越城岭山区，我们已经胜利完成任务。朱总司令指示我们从全州凤凰嘴渡过湘江，由咸水、界首之间赶到洛江圩，与主力部队会合。

我们听了都很高兴，也大大松了一口气。我看到瘦得颧骨高耸、眼窝深陷的陈师长眉头松了些，有了点笑容。

松了一口气后感觉肚子更饿，身上更冷，全身没有力气。我们已在大山里走了两三天，大山里本来就人烟稀少，再加上桂系的反动宣传，老百姓差不多都跑光了或者被桂军、民团赶跑了，几乎见不到老百姓，更别说买得到粮食，只好沿途采摘野菜野果，捡地里老百姓挖剩的红薯根，捞潲水渣和猪潲等所有能吃的东西充饥。越冷越饿就越想吃上一顿热饭，喝上一口热水。

但是我们的士气还是蛮高的，我们以为很快就会归队。

好不容易在当地找到两位老乡，给了他们几块光洋还有几条毛巾，请他们带路。我记得这两位老乡都姓凤。我们跟着向导，从大源、甘子箐、万板桥、四所，走到了全州安和的文塘村。

那一带是都庞岭大山区，深山老林中有36条大山沟，是瑶族的主要居住区。1933年，也就是我们到来的前一年，这里发生了瑶民反抗国民党统治的大起义，被李宗仁、白崇禧的桂军镇压，起义失败。我们到达这里时，瑶民均以为汉人又来杀他们，纷纷躲了起来，村村寨寨几乎都是空无一人。

文塘村离湘江凤凰嘴渡口已经不远，而且，中革军委的敌情通报说，桂军夏威部一个师撤到兴安，一个师驻在龙胜，凤凰嘴附近应该没有桂军，也没有湘军，中央军被挡在广西境外，我们可以在凤凰嘴渡江西进。

我们都没有想到，桂军重兵和大批民团已在安和文塘一带以逸待劳等待我们。

当时在这一带镇压过瑶民起义的是桂军第七军第四十四师，他们对当地地形道路非常熟悉，又得到地方民团帮助，当得到情报知道红三十四师翻越宝盖山时，便判断红军要走过这里，暗中抢先在红三十四师的必经之路安和文塘一带构筑好了阻击阵地。

红三十四师一〇二团首先向桂军发起猛攻，但始终无法突破桂军阵地。随后，师部及一〇一、一〇〇团先后赶到，占领了大源山口、文塘山背和文塘堰头上等村，并先后加入战斗。

陈树湘师长亲自指挥一〇一团，程翠林政委亲自指挥一〇二团，向桂军发起连续冲锋，试图向北打通前往大塘、麻市、凤凰渡的通道。

师部原来设在文塘堰头上村，这里背靠大山，前面是一块田垌及一条小河。陈师长嫌这里离一线远了些，把师指挥部和一〇一团指挥所合在了一处，陈师长坐镇指挥。我还是负责保卫陈师长，一直跟着他在第一线。

一〇一团进攻的敌人阵地上，由一座依山而建的大地堡连串着四五个中小地堡组成子母连环堡，正好挡住了我们师进路的山口，也就是挡住了我们红三十四师通往凤凰嘴渡口，与主力红军会合的生路。

陈师长下了死命令，不惜一切代价攻下敌人这个阵地，打开前进通道。

桂军的火力猛烈而又准确，似乎已把地形统一编了号，区分了火力任务，甚至计算好了标尺来进行准确无误的射击。

三营三连已有四个尖刀组、五名爆破手倒在敌人地堡前那片收割后留着稻茬的田垌开阔地。

敌人似乎嫌打得不过瘾，竟朝牺牲战士的遗体连连射击。

又一名爆破手冲出，在敌火网中左闪右躲，时而横向，时而曲线向前运动，手里拿着一束手榴弹，冲向敌地堡正面。接着，又有两个爆破手抱着手榴弹在浓烟中钻进钻出，迂回向敌地堡两侧行进。我军集中所有轻重火器向地堡射击，想压制敌人火力，掩护爆破手前进。

但敌火力太强，我军无法压制得住，反而牺牲了三位机枪手。只要我军机枪一射击，就招来泼雨般的至少三挺以上机枪的反击，其中还有准确的点射，点射者肯定是老兵油子，极其准确。

没有火力掩护，爆破手在凭自己的勇敢、机智还有运气前进。

正中间的爆破手滚下地堡前壕沟，又在另一边沟沿出现，伏在沟沿朝前方投出两颗手榴弹，几乎是在手榴弹爆炸的同时，他迎着刚起的烟雾冲了过去。

敌人大地堡有至少三挺机枪组成的交叉火力，就是在手榴弹爆炸时也没停。

爆破手没有冲向大地堡，手榴弹硝烟稍散时，爆破手已抵近左侧的敌中地堡。

这个中地堡至少有敌一个班，它的几个射击孔有一挺重机枪、一挺轻机枪，还有步枪。

中地堡前横亘着一条约三米宽、两米深的壕沟，爆破手伏在壕沟前的一道小土坎的棱线背后没动，好像是在观察思考。

陈师长和我军几百指战员的眼睛紧盯着爆破手，盼望着爆破手炸掉敌堡。

二连、三连的爆破组已做好准备，随时待命出击。突击组也做好准备，如果爆破手不成功，那就只好硬攻：爆破组开路，突击组随后冲锋。

爆破手无法越过壕沟，壕沟太宽太深了。也无法派人支援，敌人的火力已把爆破手和我军阵地隔断。

这时，爆破手沿着壕沟运动到了大地堡正面，一颗接一颗投出了手榴弹，投到第六颗，头部中弹牺牲。

爆炸声中，两侧的两个爆破手越过壕沟，直扑敌人大地堡，几乎是迎着敌火网向前冲，被打倒，爬起来，再被打倒，再爬起来。一个倒下再也不动，一个一直爬到敌地堡的火力死角，慢慢爬着，一点点移到地堡壁下，拉燃了导火索。

“轰……”敌人的地堡被炸塌了一角，停止了射击。

我军冲锋部队冲了上去。

“轰……”爆炸声不断响起，一连两座敌人地堡被炸毁，我军冲锋部队扑向敌大地堡。

我军冲入大地堡前的田垌开阔地。

敌人大地堡的重机枪、轻机枪开火了，冲入开阔地的部队暴露在敌火力之下。敌交叉火网罩住了开阔地上的部队。我们的所有轻重机枪一直不停地开火，但压不住敌人的火力。

敌炮开火了。成排的炮弹在我冲锋步兵群中炸开，在冲锋部队和后续部队之间筑起一道火墙，拦阻住我军后续部队。

敌炮火一停，我军后续部队又冲了上去，真是踏着血迹，前仆后继。

敌人的小地堡都被我们打掉了，只剩一座大地堡还在顽抗。

陈师长命令团长、政委，把一〇一团最后的预备队投入战斗。

我军与敌人厮杀成一团，前后左右传来的枪炮声震耳欲聋，谁都没有发现危险已悄悄逼近我们指挥部。

十七八个敌兵利用一道土坎作掩护，越过哨兵警戒线又隐蔽摸进，越过了警卫班的岗哨，转眼间到了离指挥部30米处。

陈师长和几个师团干部在埋头看地图，他们的警卫员围站在他们身后，我打开驳壳枪机头，紧握着枪柄，警惕地在首长周围走动。

突然，我在种种杂乱声音中捕捉到一个尖厉刺耳的声音，像是刺刀尖撞在岩石上，或是在岩石上划过，就在近处。

我猛抬起头，大吃一惊，看见草丛里、树丛中、岩石后，有十数点光点在闪动。是钢盔，是戴钢盔的敌人，直朝正看地图的陈师长等人运动过来。

我大叫："敌人上来了……"

陈师长头都未抬，继续进行图上作业。

我急得猛扯住陈师长大叫："快，首长，真是敌人上来了！"

师、团首长这才抬起头，神色一变，马上又恢复常态。

警卫班刘班长也发现了敌人，他一面带领战士们迅猛朝敌人扑了过去，一面大喊："首长，快撤……"

我和陈师长的警卫员一边用身体护住陈师长，一边向敌人射击，连声叫陈师长快走。

其间，我突然感觉头皮像被火烧了一下。晚上我脱下军帽才看到，一颗子弹打穿了我的军帽，擦着我的头皮飞过，把我的头发烧焦了一条槽，头皮燎起了几个血疱。我心里明白，我已经死过一回，又活过来了。

陈师长迅速折叠好地图，放进随身所带皮图囊，抽出手枪，伏在一块大石头后向敌人射击。

一位团长大喊一声："跟我来！"抄起一支上了刺刀的步枪，率领指挥部人员扑过去跟敌人格斗。

收拾完了这股敌人才觉得真后怕，要是上来的敌人多，后果就很难说。

警卫班两人牺牲，一人重伤。

陈师长步履有些摇晃，走向这位浑身是血的重伤员。他走到担架旁，不是蹲下，而是一条腿半跪下，把脸把耳凑近伤员嚅动的口、翕动的鼻，凑得很近很近，连说了三次：“我是陈树湘……”

伤员的口鼻突然停止了翕动。接着又开始了更快的翕动，喉咙“咯咯”响，血沫不断从嘴角溢出。

陈师长从卫生员手里接过一块药棉，轻轻揩净了伤员嘴边的血沫。

伤员嘴唇开合着，断断续续发出了声音，这应该是他生命最后的声音，也许是回光返照的最后一点气力，他的声音，居然能让周围的人都听得清：“师长，我们没有后退，没有后退……”

他断断续续地说，说了一遍又一遍。声音渐渐弱了，直到发不出声音，闭上眼睛。

陈师长半跪着，揩抹着伤员嘴边不断溢出的血沫，连连点头。

这时，一位跟随程政委的师部通讯员冲上我们阵地，哭着报告陈师长，一〇二团进攻受挫，伤亡惨重，师政委程翠林、师政治部主任张凯和一〇二团团长吕官印、团政委蔡中牺牲。

我随刘朋特派员到红三十四师前，组织上也专门给我们介绍过程翠林政委的情况，说他大革命时期就加入中国共产党，1928 年参加湘赣边秋收起义，参加过开辟井冈山革命根据地的斗争和中央苏区第一、第二、第三、第四次反“围剿”战斗。1933 年 3 月，调任红十二军三十四师一〇二团政委。同年夏，调任红五军团三十四师师政治部主任，并随红军东方军参加入闽作战。同年底，升任红三十四师政委，在第五次反“围剿”作战中，与师长陈树湘率部先后投入梅口、石城、高虎脑等一系列艰苦的防御战，多次予敌以重创，有力扼制了敌军的进攻势头，是红军中一位难得的文武双全的优秀指挥员。

桂军的增援部队和民团源源不断赶到并投入战斗，我师 3 个团的进攻全被重挫，敌人已近形成合围态势。

伤亡每时每刻都在增加，但每一个人都把生死置之度外。前面的人倒下，后面的就爬上去打。轻伤的一样参加战斗，重伤的也不离开阵地，只要还有一口气，就与敌人战斗到底……

一〇一团团长已经第三次负伤，仍然坚持不下火线。当他实在不能跑着、走着指挥时，就来回爬着指挥。

战斗到晌午，伤亡越来越多，更加严重的是弹药已经剩下无几了。

陈师长指挥我们且战且退。

桂军和民团越来越多，他们熟悉地形，既从正面阻击我们，又很快抄向我们后方，层层阻击，切断我们的退路。我们一〇一团和一〇二团退下来的部队几乎失去了建制，师、团指挥所已经没有了具体位置，差不多失去了指挥能力，部队被切为数股，各自为战。反正见敌人就打，绕着山路左冲右突。硝烟战火里，树丛荆棘中，我只能靠陈师长身上背着的那个皮图囊辨认出他是陈师长，勉强跟在陈师长身后。

我们占领了狗爪山和岭脚底村，桂军再次发起了猛烈的攻击，一〇〇团政委、一〇一团团长、一〇一团政委先后牺牲。

我们撤退后沿白路河而上，经大白路、小白路转移到茶皮箐瑶寨，陈师长收拢部队，全师到达文塘时3000多人，现在只剩下1000多人。

茶皮箐是都庞岭深处的高山瑶寨，南面是板瑶山，很难翻越，只能绕道；北面仅有一条羊肠小道通往灌阳，我们也就只能走这条羊肠小道。

这时桂军的第四十四师从安和沿大路经蕉江再从小路经高屋场赶到板瑶山，当他们到达板瑶山时，我们正从村南的小道向灌阳前进，双方发生遭遇战。

参谋长王光道乘桂军立足未稳，指挥部队发起反攻，将敌先头部队一个连消灭。

陈师长率领我们爬上了板瑶山村寨的后龙岭。陈师长在一棵大树下用望远镜一看，通往灌阳的山路已布满敌军，命令部队退回茶皮箐。

茶皮箐一位姓梁的瑶族小伙子主动做我们的向导，带我们走一条人迹罕至的山间小路到了全州的鱼湾村，暂时甩掉了身后的桂军追兵，住了一夜。

我们的电台还带着，而且没损坏，跟中革军委联系上了。中革军委指示我们，如果过不了湘江，就返回湘南打游击，发展壮大自己。

我们往回走，往灌阳方向走，从茶皮箐到黄泥田、下珊、擂鼓岭，穿过公路，再次翻过观音山，一路上都被民团袭击，打打走走，又回到了洪水箐。实在走不动了，就在这里宿营。

后来，我特意又走了一次我们红三十四师当时走过的从茶皮箐到洪水箐的路，所以地名我都记得。

我住在师部隔壁房，跟师部就隔一层薄薄的木板。晚上，我听见陈师长命令警卫班去附近没人的地方埋几担枪和两担光洋。因为担心被人盗窃挖走，陈师长还专门交代，在枪和光洋的上面埋一具刚被枪毙的特务的尸体。他们去了一个多小时就完成任务回来了。埋枪和光洋我没去，但我在隔壁听得清清楚楚。解放后我去洪水箐找了好几次，但都没找到埋枪和光洋的地方。

凌晨，我们在洪水箐先被民团后被桂军包围了，我们赶快占领山头，与敌人展开战斗，在那里足足打了一天。

从洪水箐突围出来，一直走到苗源，我还是使劲紧跟着陈师长。到先公坝准备渡灌江时，桂军和民团突然从四面围了上来，发起猛烈攻击，部队一下子被敌人冲散冲乱，各自为战，拼命突围，也不知什么时候我和陈师长分开了，从此再也没能见面……

采访过兰金甫老人后，我查阅了许多关于红三十四师的资料，从时任红三十四师一〇〇团团长韩伟后来的文章中，了解到了当年的兰金甫一直挂怀的陈树湘最后的行踪。

在形势万分紧迫的情况下，陈师长紧急召集师、团干部，宣布两条决定：第一，寻找敌人兵力薄弱的地方突围出去，到湘南发展游击战争；第二，万一突围不成，誓为苏维埃新中国流尽最后一滴血。

正在我红三十四师准备突围的时候，桂敌一个团的兵力向我们发动了试探性的进攻。我全体指战员以压倒一切敌人的英雄气概，集中兵力顽强地反击。敌人被打得蒙头转向，又摸不清我们的底细，急忙收兵回营。这次胜利，鼓舞了同志们的信心。但我们毕竟是孤军作战，四面受敌，又处在桂系李宗仁、白崇禧统治区，兵力、粮食、弹药都得不到补充，既无兄弟部队配合，人民群众又无法前来支援。于是，我向师长提出："不能坐以待毙，应立即突围。"大家都赞同这个意见。陈师长当即决定，由我指挥本团余部掩护，他和参谋长率领师直和一〇一、一〇二团共300多人突围，重返井冈山。

…………

后来得知红三十四师余部在湖南江永县牯子江遭敌袭击，陈树湘师长身负重伤，由战士们用担架抬着，继续指挥战斗，不幸在道县落入敌手。敌保安司令听说抓到一个红军师长，高兴得发了狂，命令他的爪牙抬着陈师长去向主子"邀功请赏"。陈师长趁敌不备，用手从腹部伤口处绞断了肠子，壮烈牺牲，时年29岁，实现了他"为苏维埃新中国流尽最后一滴血"的誓言。敌人残忍地割下了陈树湘师长的头，送回他的原籍长沙，悬挂在小吴门的城墙上。其余100多人，也终因敌人重围，弹尽粮绝，最后大部光荣献身。……

——摘自时任红三十四师一〇〇团团长韩伟《红三十四师浴血奋战湘江之侧》

韩伟率部完成掩护师主力突围任务后，面对漫山的敌人，选择了从轿顶山跳崖，不愿落入敌手。他很幸运，因为有树木的缓冲力，没有摔死，被当地老百姓救了。后来，韩伟又找到了革命队伍，继续革命生涯。而兰金甫留在了桂北。

刘朋、刘朋的通讯员和我三个人走一路，在龙母箐又被一伙民团包围了。我们3人隐蔽在一座木桥底下，顶着敌人打，打死了几个敌人。敌人越来越多，我们的手枪里子弹越来越少，不得不留几颗到最后时刻。三人边打边退，退进了深山，为了预防被敌人抓住，刘朋把他装公文的皮包埋在了一棵大树下。

我们知道部队已经被打散了，四处都是桂军和民团，暂时无法归队，我们3人就在山上躲起来，躲了15天，每天捡红薯根、找野菜吃，饿得连走路说话的力气都快没有了。

这样下去肯定不行，无论如何得想办法找点饭吃。一天夜里，我们3人悄悄下山，摸进了龙母箐寨子里。

我们敲开一户看样子是贫穷户的老乡的家门，递上一块光洋，请这位老乡给我们煮点饭吃。

老乡一看就知道我们是红军，把我们拉进屋里，关上了门，就给我们烧火煮饭。

后来我们上了山，在山里转来转去找不到部队，也没遇上其他战友，心里很焦急。刘朋决定去湖南的莲花县找游击队，继续战斗。他在那一带打过游击，熟悉那边的情况。

我们是在夜里从先公坝过灌江，就是我和陈师长分开的地方。我们看到先公坝上堆满了战友的遗体，还没有人来收殓掩埋，我们边走边流泪，走着走着忍不住放声大哭起来，哭着走过先公坝。

二十世纪八十年代初，失散在灌阳的老红军第一次聚会，40多位老战友相聚一堂。

就是在这次聚会上，兰金甫老人才知道，红三十四师几乎全军覆没，师长陈树湘被俘后壮烈自尽。

回家后，他几天几夜吃不下饭睡不着觉，大哭了好几次。

那天采访，说到这里时，他眼中久蓄的两滴老泪一下子夺眶而出，顺着脸上纵横如沟壑的深刻皱纹，一滴一滴跌落下地。

一路上得到贫苦农民的帮助，我们三人到了水车江塘的密峰山。刘朋叫通讯员去买饭吃，我们两人在村外树林里等候。

通讯员进村一会儿就出来了，出村时，后面紧跟着十几个形迹可疑的人，引起了我们的警惕。于是刘朋和我都不敢进村子，也不能叫上通讯员，就迅速悄悄地离开了密峰山，从此和通讯员失掉了联系。

在冰水山，我们花了一个花边银元找了一个人带路，叫他带我们往湘桂边境蒋家岭走，走大路，那是我们部队从湖南进广西的来路。

这个带路人身上背着一把大刀，还带着他手执长矛的12岁的儿子，他看到了我们身上带有钱。

他叫我们走前面，我们不同意；叫他们走前面，他们死活都不干。我就走前面，带路人走中间，刘朋是很有对敌斗争经验的人，跟在带路人的后面，带路人的儿子走在最后。

大约走了一半路，这人突然举起大刀朝我后面砍来。我早有戒备，听到后面风声不对急忙闪开，躲过了他这一刀，没有受伤。

刘朋没等他再举起刀，一枪打在他腿上，把他打倒。

那人的儿子哭了起来。刘朋说："你老子要杀我们，你哭连你一起打死。"其实我们根本不会杀他儿子，只是吓唬他儿子一下，然后给了他儿子一块光洋，叫他快去找人抬他爸爸去治伤。

我们赶快离开，路上也没见人来追。

走到了湖南道县的大岩冲，已经离广西灌阳水车有四五十里了，我们找了一户穷人家住了下来。

半夜下大雪了，天亮时雪已经很厚，路都看不见了，我们还是想走。主人说："我也是穷人，不会去告的，请你们放心。"我们看他是一个忠厚的老实人，就留了下来。

但是，我们在他家的消息还是给村长也是族长的苏家宝知道了。苏家宝要我们把枪交给他，说枪在我们手里，万一打伤打死了国民党兵或民团，全村人都要遭殃。

我们说枪在山上。苏家宝要我们去山上拿。我们趁机跟他要了棉衣和电筒，上了山就往湖南方向跑。

风雪交加，滴水成冰，天昏地暗的分不清东西南北，在山上转了半天，我们又转回到了原地。已不能再待在山上，不然不是冻死就是饿死；又再也走不动路，只好下山，又返回主家。

主人和他一家大小跪在我们面前哭着哀求，说："你们不要走了，不交出枪就走，我全家都要挨杀头。"

到底怎么办，刘朋和我苦苦想了一夜。

走，走了好多地方了，还是找不到部队；下大雪，又去不了莲花县参加游击队；更会连累主人全家被害，甚至连累全村人遭殃。

不走，或者交了枪再走，很可能被敌人抓住。

天亮的时候，我们决定，把枪交了。我们两人就是死了也不要紧，不能害了老百姓。

刘朋要苏家宝对天发誓，保证交了枪不陷害我们。苏家宝郑重答应了。

交枪时，苏家宝拿来一只大公鸡，用刀割破鸡冠，把鸡血滴进酒里，又割破了自己的中指，把血也滴进了酒里，双手端起碗，把血酒一口喝了下去，对天发了毒誓。

我们把4支2号驳壳和两支左轮交了出来，暗中每人留了一支4号小撸子。

雪停了后，我们继续走，走到莲花县附近，刘朋遇到一个他认识的游击队战士，才知道游击队几个月前就已经被敌人打散了。

我们又回到道县的大岩冲，刘朋在苏家宝家打长工，我在苏家宝弟弟家帮短工，躲过了敌人对掉队失散红军的疯狂搜捕追杀。

半年过去，形势已没那么险恶，刘朋认为应该离开了。他说自己是共产党员，是革地主的命的，帮地主做工太不像话。他要去国民党军队当兵。他讲，国民党军队肯定要跟红军打仗，打仗时他就可以乘机跑回红军队伍。他要我待在这里不要动，他回到红军后就派人来找我。

刘朋走后一直再无音信，也许已改名换姓，也许早就牺牲了。

几年后，我辗转来到广西灌阳县水车乡镰刀湾村，成了家，落了户，当了几十年的农民。

哦，你问我为什么不走了，也不回江西老家，而是几十年落户在广西灌阳水车镰刀湾村?

我告诉你吧，我们红三十四师有那么多的战友流血牺牲在水车，流血牺牲在灌江两岸，在这里我死过了又活过来了，我再也不忍心离开这里啦，逢年过节，烧烧香，烧烧纸钱，祭洒几杯水酒，陪陪战友们……

晚风轻轻，暮色浓浓，夕阳正红。山野山溪，一片虫鸣蛙鼓。

采访结束告别时，兰金甫老人执意相送到村口。踏着灌江卵石镶嵌铺就的山径下山，走出好远，回头，还看见老人腰身挺直站立在那棵老柚树下，挥手……

仅一年后，1986年11月，兰金甫老人逝世，享年73岁。

笔者再次来到都庞岭大山余脉山腰谷地那处状如镰刀的小山湾，已是兰金甫老人逝世33年后，红军长征湘江战役85周年即将来临的2019年盛夏。

小山湾里已没有了瑶家吊脚小木楼，没有了镰刀湾村。兰金甫家小木楼旧址前，碗口粗的杉树成林，挺拔苍翠，直指云天。

退耕还林，镰刀湾村已整村搬迁下山，兰金甫家搬到了同一村委会（水车村委会）的自然村苏江。

在苏江村那幢钢筋水泥结构、瓷砖贴面的三层楼新家，迎接笔者的是堂屋正墙上兰金甫老人和他妻子盘四妹老人的遗像。

他的家人含泪告诉笔者，兰金甫老人临终回光返照时，一直喃喃自语不止：归队，归队……

笔者来到水车镇修睦村矮山脚中学旁的红三十四师烈士墓园。

黑色大理石碑面、汉白玉框围的《重修红三十四师烈士墓碑记》碑体耸立在红三十四师烈士墓侧，铭刻：

重修红三十四师烈士墓碑记

中国工农红军第五军团三十四师，是一支基本由闽西（龙岩市、三明市）子弟组成并在闽西建立的英雄部队。全师辖一〇〇、一〇一、一〇二共3个团，近6000人。

在中央苏区反“围剿”中，红三十四师英勇善战，屡建战功。从1934年10月中央红军长征开始，一直担负着全军总后卫的重任。

1934年11月底，红三十四师与中央红军各部在突破国民党军三道封锁线抵达桂北湘江地域后，遭到30万国民党军的围追堵截。为了掩护中央红军主力渡过湘江，红三十四师奉命扼守灌阳水车一线，与尾追之敌展开激战，红三十四师损失惨重。尔后，军委急电红三十四师接防新圩。

12月初，红三十四师在完成掩护红军主力过江任务后，通往湘江的道路已被全部切断，再次陷入敌重兵包围之中。英勇的红三十四师与数万尾追的国民党军在新圩、水车等地展开了一场激烈的血战，全师将士以简陋武器和血肉之躯，打退了国民党军一次又一次进攻。因孤军血战，最终弹尽粮绝，除少数突围外，大部分壮烈牺牲。

湘江战役后，水车乡群众冒着危险，把找到的18位红军将士遗体分两穴安葬在此。1990年，水车乡矮山脚中学组织师生将两座墓进行修整，并立“红军烈士墓”碑。

2010年春，福建省龙岩市、三明市和（福建）省民政厅、老区办，多次组织人员到灌阳了解红军烈士情况，并拨专款重修红三十四师烈士墓。工程于2010年9月启动，2011年3月竣工。青山埋忠骨，绿水颂英雄。红军烈士英灵与山河同在，与日月同辉，永垂不朽！

中共灌阳县委员会、灌阳县人民政府立

二〇一二年十二月

肃立在红三十四师烈士墓前，一遍遍默诵墓碑上的对联：“先烈精神千秋颂，英雄浩气万古存。”横批是“百世流芳”。

江风浩荡。

风中松林，风中灌木，风中茅草，撼摇舞动，势若腾龙走蛇，形若排浪叠涌，如兰金甫和战友仍在征途急进，冲锋陷阵，突破重围，浴血重生……深沉雄阔，高亢激越，惨烈悲壮之声，久久不息，似在穿越时空，奏鸣如史诗般宏伟的进行曲。

作者简介：

李时新，1982年毕业于广西大学中文系文学专业，桂林市作家协会名誉主席。出版中长篇纪实及传记文学《血城》《血江》《血围》《血海》《邓小平在 1929》《三走麦城》《生死之秋》《民主斗士李任仁》等。大型历史文献纪录片《解放广西》《红军长征过桂北》总撰稿。作品多次获奖。

1934，血战湘江的民间记忆

⊙ 刘玉

1934 年 10 月，中央红军从苏区出发，开始了震惊世界的长征，这次战略大转移，实现了从挫折走向胜利的转折。

2 个纵队，5 个军团，86 000 多人。那个夕阳西沉的黄昏，中央红军从于都河匆匆出发。

4 天 4 夜，红军将士或走浮桥，或摆渡，或涉水过河。

随后一路过关斩将，短短 40 多天内突破了国民党布下的三道封锁线，11 月 25 日开始，由湘桂交界之地永安关、雷口关陆续进入广西。

湘桂交界之地，战云密布，杀机重重。

蒋介石在这里精心布控的 30 万大军，如一只张开血盆大口的恶虎，随时准备将中央红军一口吞掉。蒋介石坐镇南昌行营，每天都在关注着“追剿军”和中央红军的动向，其调动湘、粤、桂及中央军，一路前堵后追，左右夹击，步步紧逼，欲将红军往他部署的“口袋阵”里赶，只等中央红军撞进“铁三角”，即发动铁壁合围，彻底将中央红军消灭在湘江东岸。

中革军委决定，红八、红九军团虚晃一枪，佯攻龙虎关，以吸引桂军东调增援。

白崇禧接到报告后异常紧张，为防红军攻取桂林，遂报经蒋介石同意，令桂军主力从全州、兴安一线南移至龙虎关、恭城一带，阻止红军进入广西腹地，并防止蒋军乘机进入广西。中革军委于25日决定，分四路纵队进入广西，从全州、兴安间抢渡湘江，突破国民党军第四道封锁线，前出到湘桂边境的西延地区。为掩护中央、军委纵队及后续军团渡过湘江，红一、红三军团奉命迅速抢占四大渡口，并在灌阳之新圩、全州之脚山铺、兴安之光华铺等地域构筑工事，阻击国民党军；红五军团继续作为全军后卫，负责截击和迟滞追敌。

桂军主力11月26日开始由恭城向北调动，湘军11月27日进入全州城。

旌旗猎猎，战马嘶鸣。

当日，陷入国民党军队的第四道封锁线的重兵围堵之中，决定中央红军生死存亡的湘江战役打响……

每一次战斗，都有年轻的士兵倒在湘江两岸。

每一次战斗，都在书写苦难辉煌。

每一次战斗，都在铭刻忠诚信仰。

机枪扫射，炮弹爆破，飞机轰炸，千种怪啸撕裂空气。

焦土烈焰，水柱擎天，天崩地裂，十万火急血肉纷飞。

血染的桂北大地，还书写着军民鱼水情。

湘江两岸百姓，有为红军架桥的，有为红军疗伤的，有为红军送饭的，有为红军带路的，有为红军挑担的，有为红军守墓的……有汉族，也有苗、瑶、壮、侗等少数民族，我走近他们，倾听一段段悲壮的故事。

这也是中央红军在长征途中首次进入少数民族聚集地区，通过宣传和践行少数民族政策，得到了广大少数民族同胞的拥护，留下了许许多多感人故事。

他们在逆境里抗争，在苦难中锤炼。

这段历史大部分有据可查。那些故事，我以为早已谙熟于心。直到正式动笔，方发觉它离我那么遥远，遥远到只能看到一个模糊的轮廓，我只好老老实实地沿着他们的足迹，追寻故事的主人们留下的蛛丝马迹，抽丝剥茧，用有限的碎片做一份拼图，力求将事实还原。

我从湘江畔出发，一遍又一遍沿着他们的足迹追寻。

我从湘江出发，复又回到湘江。

湘江北望，大地苍茫。

硝烟早已散尽，大地鸟语花香。樵耕渔读的人们，北往南来。

多年来，我行走于桂北大地，穿梭于乡野田间，一个一个地寻访了数十个当年的亲历亲闻者，尝试用他们的口述碎片，组合还原，揭开85年前那场战役的面纱，拂去硝烟落下的烟尘，让一个个曾经鲜活的面孔逐渐清晰。

他们说——

支义清：帮红军架桥得了七个光洋

我叫支义清，是广西全州县凤凰乡石塘村人，出生于1914年10月23日。

很小的时候，我的父母就分开了，我随母亲生活。家里很苦，我7岁就去砍茅草卖，9岁就帮人看牛。12岁的时候父亲去世了，生活更加艰难，白天打短工，晚上抓点鱼虾卖来补贴家用。16岁后，我开始帮人撑船，撑的是那种能装七八千斤到一两万斤货物的木船，在湖南撑过的船最大，能装六万多斤。

1934年冬天，红军来了。先头部队有100多人，穿着便衣，都是外地口音。他们来买东西，一开始给钞票，看本地人不认识，就改用铜钱和花边[1]。

当时我们一起有6条船在全州等货，来了几个人，说要征用我们的

1　兴安方言，光洋。

船去架桥，讲定以后，我们就逆水而上，到了洛口的大坪渡口，然后帮助红军一起砍树，搬木头、门板，架浮桥。

首先到达湘江边的，是红军的先遣队，为了给后续部队搭建浮桥，找附近的老百姓借来门板、圆木，标上记号，说走的时候帮装回去。大家把圆木架在船上，再铺上门板、床板，然后用绳索固定好。桥面蛮宽，可以五六个人并排走。

湘江水是从兴安往湖南方向流，俗话说的是“兴安高万丈，水往两边流”。

我帮架了几天桥，得了七块花边，那个待遇就蛮好的哦，都是给现钱的哦！

红军不熟路啊。有一排左右的人走前面打先锋。计划要走到哪儿去，想走哪条路线，就在重要的路口做记号。好比经过你这个村，他要从这里过，他不到你屋里，用石灰做好记号指明方向，后面的队伍一看就知道怎么走了。没人带路，靠打前锋的一排两排人做记号。看穿着就知道，这些都是受过苦的人。

那个阶段哦，我们哪里见得到毛主席？那么多人，你也不可能去问，问也问不到啊。何况那个时候我们还不知道毛主席。

红军从江西来，在湘江吃了大亏。革命不是一次成功的啊。现在我讲给你听啊，那年农历十一月底，连打了三天大白霜，冷啊！那些兵呢，衣裤单薄，走到也发愁了，到了湘江边，这里倒一个，那里倒一个。实在是太困了，江边到处躺满人。

我当时只有 20 岁，在湘江边当船工，正是气力好的时候。今年我 105 岁了，好多东西都记不清喽，不过帮红军架桥这个事情，还记得。

架浮桥用了 6 条船，船和船之间用 3 根圆木接上，然后在圆木上铺设木板。桥架好后，我怕挨枪炮打到，就跑回家了。我家离大坪渡口有十多里路。

红军纪律很严，睡在老百姓的屋檐下，从不入户。每到一处还要打土豪，为老百姓做主，大家都觉得红军好，都愿意为他们做事。

帮红军做工有工钱，一天一块花边。

后来，国民党的飞机紧盯着红军打，死了好多人。

红军衣衫破烂，待人和气。

红军队伍里什么人都有，有挑夫、木匠、篾匠、草医、漆匠、杀猪佬。

过湘江那天，红军在湘江边杀了头猪，喊我们一起吃饭。饭后，有个人对我们说："你们今天莫回家了，跟到[1]我们打土豪去！"有人真跟着走了，我没去。

几天以后，听说红军走了，我才去找船。浮桥早已经散了，船也不见了。我就沿着湘江往下游找，到全州县城附近才找到。

我其实见过两次红军，架浮桥的时候是冬天，是第二次见。第一次是在当年 7 月，红军从我们村前经过。他们在鲁塘住了两天，用稻草打地铺睡，走的时候打扫得干干净净。那次还听村里人讲，有几个村民正在麻子渡帮民团挖战壕，来了一些穿便衣的人问："老表，你们挖来做什么的？"村民回答："是打红军的。"便衣说："我们就是红军啊。"大家吓得丢下锄头，全跑光了。

7 月那次，红军从我家门口过了两天两夜。

张育松：我大哥把红军带到老山界脚下

我家住在兴安县华江乡同仁村，红军过路的时候我年纪还小，没见过，不过我大哥见过，还为他们带路。

我大哥喊作张育林，小名喊作老梅崽，是民国十一年（1922 年）出生的，因读过私馆，有点文化，在塘坊边龚文成家的店铺里当伙计，帮着卖点豆腐啊，盐啊，米啊，主要是一些杂七杂八的零货。塘坊边最气派的建筑是衡州会馆，与龚家店铺在一条街。同仁当年有两个地方有店铺卖东西，一个是塘坊边，另一个是过江铺，因为挑东西来往华江和塘洞的人都要经过这两个地方，所以比较热闹，以前还有

1　桂北方言，跟着。

过伙铺[1]。

经过同仁的红军，翻越老山界之前主要住在塘坊边、大埌一带。

我大哥讲，红军一到塘坊边就找地方架锅头，找柴火煮饭，有的人米袋里没有米了，就到龚家铺子买米。当时是冬天，那些人的衣服穿得很烂，有些还穿着单衣短裤，大多穿着草鞋，他看见有好几个人连草鞋都没穿，大冬天的光着脚，看着就让人觉得冷。有些人在过六峒河的时候掉进河里，全身湿透，冷得直哆嗦。好在山里干柴干竹片多，他们就在衡州会馆后面的空地里烧起篝火，东一团西一团地围满了人，有人一边烤火一边唱起山歌来。大哥讲没怎么听得懂。听说这些人是从江西、福建出发，经过湖南走到广西来的，远得很呢。同仁虽说是个四面环山的小盆地，风不大，但是毕竟是冬天，山里早晚温差大，白天稍微好点，没那么冷，但是，夜里气温会突然降下来，借住在衡州会馆和附近老百姓堂屋里面的人倒没什么，那些睡在屋檐底下的、穿单衣的造孽啊，个个冷得打摆子。村里的人在红军来之前都躲到山里了，龚文成因为店铺东西多，想把值钱的货物、家当搬到山里藏起来，正在打包，还没来得及搬完，红军就到了家门口。龚文成想走已经来不及了，于是把门闩上，躲在家里。后来，见红军没有国民党、民团讲的那么坏，拿了东西还主动给钱，龚文成就索性不去山上躲了，自己不躲，还留下我大哥帮忙守铺子。龚文成说，老梅崽你莫怕，如果情况不对，今晚我就趁黑带你跑。

大哥那时候才十几岁，什么都不怕，没多久就和红军混熟悉了，来来回回，帮红军找吃的用的，还主动把门板借给他们当床铺。

第二天，有个当官的人问大哥，雷公岩怎么走？大哥答，你们去那大山里做什么？山里的路又窄又陡，好难走的。你们又是骡子又是马的，还抬着那么些大家伙！当官的说，不做什么，是要从那里翻到一个喊作塘洞的地方去。我大哥讲，塘洞我没去过，不过雷公岩倒是去过两回，那里面一到冬天就好多香菇的，对了，你们到了山里可以找一下，这个季节正是冬菇出来的时候，你们可以捡起来煮汤喝。当官的又讲，

1　兴安方言，客栈。

好啊，要不这样嘛，你这个娃懂事，我请你帮带路到雷公岩，要不要得？我大哥讲，那里太远，我送你们到雷公岩再返回来，天肯定黑了，万一给狗熊吃了难搞，我看还是算了吧！打死我也不敢在深山老林里一个人走夜路。当官的又讲，那你带我们走一段，走到半路你想回来就回来，不想回来就继续走，完了你告诉我们接下来往哪儿走就行。大哥说，要我去也可以，你帮我再找个伴吧。当官的说，好。

就这样，我大哥把店铺的门板插好，和隔壁老刘领着红军经过江铺、龙塘江，一路走到五岭背。先到一步的红军讲，已找好住在那里的瑶人带路。我大哥讲，那我们可以回家了。说完就往回走。离开的时候，领头的给他和老刘每人塞了两块银元，还问他，老梅崽，想不想跟着一起去当红军？我大哥赶忙讲，那不行，我还是回塘坊边，卖东西好耍点，没事的时候还可以去六峒河边晒太阳，看看《隋唐演义》。

才走了大半天路就得了两块银元，大哥别提有多高兴了。一回到塘坊边，他就手舞足蹈地拿出来显摆，没想到，当时就被龚文成硬要了一块去。

李明晨：父亲说恨不得把敌人撕碎

我的父亲喊作余才凤，是个失散红军，因为在湘江战役中负伤，走不动了才流落在华江。

你们要是早些年来找他，可能他有蛮多故事，可惜老人家已经在1996年去世了。

“红米饭那个南瓜汤哟嘿啰嘿，拔野菜那个也当粮啰嘿啰嘿，毛委员和我们在一起，天天打胜仗呀打胜仗。”我父亲最喜欢抱着小孙女坐在门前的土坡上唱这首歌。听得多了，隔壁邻舍的人都讲那是红军歌，其实那是父亲江西老家的民歌。

父亲生前参加过湘江战役，过老山界时，和红军大部队走散，留在了兴安县华江乡同仁额头村。

父亲年轻的时候讲，渡过湘江后，他发现枪上的弹夹掉了，就返回去捡。敌人已经追到湘江东岸，朝正在渡江的红军打枪，他刚跑到岸边，一眼就看见掉在烂泥坑的弹夹，赶快拾起来，转身就猛跑。就在这时，敌人的枪又在身后响起，他的军帽被打飞了也顾不上捡，只顾弯腰狂奔，总算躲过一劫。多年以后，他说起这个事，还心有余悸。他说，算我命大，捡回一条命，身边好多兄弟就那样倒在湘江边，永远起不来了。他说，那时候子弹宝贵啊，发子弹的时候就特别交代，要像爱惜自己的生命一样爱惜每一颗子弹。打仗的时候，有子弹就有可能活命。

父亲说过，他这辈子最难忘的，是亲眼看见三个同志牺牲在身边。那天，他们四个人走在一棵古松树下边，耳后听到一声巨响，知道是敌人的炸弹，赶快蹲下来，就地往前一滚。他只觉得地面一震，感觉手臂一阵剧痛，心想，这下是要报销了，要光荣在广西了。抬头一看，手臂鲜血直流。好在只是被弹片擦掉一大块皮，他正庆幸，回转身却看见令他痛心的一幕：就在刚才站立的地方，已经一片狼藉，被炸断的树枝树叶正冒着浓烟，地面上、树枝上、乱石上，血迹斑斑，其他三个同志被炸得面目全非，全都牺牲了！看着自己的兄弟就这样死了，他讲，闻着空气里的血腥味，他的眼泪夺眶而出，感觉自己牙关紧咬，全身肌肉紧绷，恨不得冲上去把敌人一把抓住撕个粉碎。那是他离死亡最近的一次，永生难忘。

父亲健在的时候，每年都会受邀到县里、乡里的学校讲述长征时的板路[1]，去得最多的是华江的中学和小学，事情虽然过去这么多年，现在很多熟人还和我讲，他们是听着我父亲的长征故事长大的。

向作能：我岳父是失散红军

红军来华江锐炜的时候，我才四岁多，当晚他们就住在我家。我们

1 桂林方言，故事、传说。

家里是伙铺。

红军蛮守纪律的，在我们堂屋铺满稻草，十多个讲江西话的人打起连铺睡觉，没有人进去其他房间。他们都好喜欢我，个个抢着抱我，嘻嘻哈哈地把我抛来抛去逗着玩。

第二天离开前，领头的红军拿出两斤子弹，要给我父亲。我父亲推辞不要，说，你给我这个做什么？领头的红军说，老表，我们没有钱给你，给你一点子弹，你以后拿来换钱。我父亲又说，要不得！要不得！怎么敢要这个啊！红军说，不要怕，你莫给小孩玩，莫用东西砸它，莫放到火里烧，就没事的。说完，领着他的人朝千家寺方向去了。

那些子弹也没办法卖啊，后来被我们这些小孩子拿来当作玩具，东一个西一个耍完了。小孩的好奇心重，大人越说不让玩，越要偷着玩，越说危险，越是想方设法用石头砸，用火烧。好在没出事，现在想起来都让人后背冒汗。

我的岳父张德明是一个失散红军。

一开始我也不晓得，直到 1981 年，我在千祥街上摆摊卖东西，同仁的老红军刘华连到街上赶圩，蹲在我的摊子前闲聊，他问我是哪里的人，我就告诉他，我是锐炜的。他又问，你家里几兄弟啊？我就告诉他家里都有谁。他又问，你老子是哪个？我又告诉他我父亲是谁。他又问，你岳父是哪个？我说，张德明。当刘华连听到“张德明”三个字时，眼睛一亮，紧接着问，是不是江西来的张德明？我讲，是啊。刘华连马上说，哦！张德明，他是和我一起从江西来的！

经过刘华连的认定，才确定了我岳父是失散红军的身份，从那时起，政府给他每个月发了三十块钱的工资，可惜只领了一年，1982 年，老人家就去世了。老人去世后，政府给家里补发了一年的钱作为抚恤金。刘华连是那时候很有名的失散红军，要是没有他的认定，就没有人相信我岳父也是失散红军了。

以前，湘桂古道是从落林口村中穿过，现在过往的客商都不再走这条路，因为村后通公路了。挖公路的时候，在李家岭一带挖出好多人骨头。我跟着岳父去做工，填土方的时候看见那么多骨头，就好奇地问，哪来这么多这种东西?

我岳父长叹一口气，说，唉！这些都是红军的遗骨啊！

邹明远：父亲建庙保护战友坟茔

我父亲叫邹日明，是失散红军。

红军长征过华江的时候，我父亲在战斗中受伤，跟不上队伍了才留下来的。

关于那段历史，我们兄弟两人很感兴趣，仔细查阅了资料，大概了解一点。

1934年12月4日，担任后卫的红三军团从锐炜到千家寺住了一晚，第二天经过枫木凹到达垌上村。在得知一股桂军从溶江司门经滑石堰、小河向垌上偷袭的情报后，派出一个团到离垌上村1.5公里的老草岭上构筑工事，阻击桂军。双方激战到晚上，红军退守垌上，随后经过土江，出金石追赶红三军团主力。

老草岭这一仗，虽然双方交火的时间不长，但打得非常激烈。红军损失蛮大，大部队离开之前留下10名重伤员在垌上盐里江村，委托村民邓启禹等人进行救护，其中8人因伤势过重先后牺牲了。我父亲和另外一个人伤得没那么严重，活下来了，和村民一起把牺牲的红军埋葬在盐里江。盐里江是个只有几户人家的小村屯，掩映在越城岭下的山旮旯里，四周全是茫茫竹海，外人基本想不到这里竟住着人。

伤好以后，我父亲想走回老家去，不过，因为人生地不熟，加上不放心把那些牺牲的兄弟们留在异乡，没走多远就又回到了村里。为了烈士坟茔免遭破坏，父亲特意在战友的墓茔旁建了一座小土地庙，每年清明都去祭拜。

1952年，我母亲陆志美看他为人正直，就嫁给了他。

黄月英：我给生病的红军喝奶水

民国二十三年（1934 年），红军来的时候，潘家寨里已经没几个人在家。

之前吧，国民党四处放话，说共产党来了要杀人放火，见人就杀，见妇女就抢。所以大家听说红军要来，能跑的能走的，都躲上了山。

那年我刚 23 岁，带着还没断奶的奶崽[1]，来不及上山红军就进村了。大概有 30 多人来到我家，要求借宿，我哪见过这种架势，怕得要命啊！

红军见我很惊慌，就和气地对我讲，表嫂，不要怕，我们是穷人的队伍，和贫苦穷人是一家人。

见他们这么说，我也没有别的办法，就只好让他们进了屋。但是心里还是怕啊，毕竟我一个女人家，万一他们是坏人怎么办？当时心想，今天难搞了！等到晚上他们不注意的时候，找机会跑吧。

红军进屋后，倒是没有任何人到我内屋里去。

夜里，他们有的就在屋檐下睡，有的在堂屋里打地铺睡。

天黑前，我去屋侧拿柴火准备烧火做饭，发现柴火已经被红军搬到屋檐下，码放得整整齐齐，门口的地也被打扫干净了。

我见红军很尊重妇女，才稍微打消了逃跑的想法，决定不上山躲了。我爱人不放心，趁天黑摸回家来，听我讲了红军的事，他说，看得出这些人好像没有国民党宣传的那么坏，我们先看看再说吧。我说，我一个人带着崽，吓死了，你回来就莫再上山，你在，我就放心了。

见红军这样好，我便烧了水给他们洗脚，还烧了一大锅热茶给大家喝。有一个小红军生了病，加上身上有伤，什么也没吃，一进屋就躺着不动，我看着确实蛮造孽，但家里也没什么补的可以给他吃，于是挤出一小杯奶水喂给他喝。晚上，我和爱人又专门煮了粟米稀饭喂给他吃。

第二天，小红军的状态比前一天好了很多，我们本想留下他再调养调养，他却执意跟着队伍出发了。

1　兴安方言，小男孩。

赵财旺：我老子带红军过老山界

我们桐子坪瑶寨的瑶族人，1949 年以前，都住在老山界脚下的五岭背和龙坪坳，1949 年才从大山里搬到桐子坪落户。

民国二十三年（1934 年）冬天，红军队伍经过我们以前住的地方，过雷公岩、百步陡以后翻过老山界。雷公岩坡又陡又窄，亏得他们那么多人爬啊。听我爷爷讲，有几匹马从崖上跌下去，脚骨都断了，还有一个受伤的红军连长邓炳彪也跌下去了，也是他命大，没死！后来才知道，是瑶族人救了他一命，他流落在华江安了家。

当年我才四岁，还在我妈背上背着，红军突然出现在家门口，我妈被吓得大气都不敢出。她一个没见过世面的山里人，哪里见过那个架势？当时，走得快的人已躲进深山，我妈背着我，哪里走得了？

见我妈非常害怕，红军就讲，表嫂，你不用怕不用躲，我们是红军，是穷人的队伍。这几天不要紧，等我们走了，你们再进山躲几天吧，国民党很快就会追过来。

随后，国民党部队果真追进山来，从塘坊边到五岭背、雷公岩，再到老山界山顶的杀人坳，沿途都有发生枪战。老一辈讲，要不是华江的原始森林树木茂密，估计红军更加危险，牺牲的人会更多。国民党虽然有飞机大炮，但是看不到红军队伍躲在哪里，也只能干着急，盲目轰炸一通了事。

当时给红军带路的是赵贵良、赵荣高和另外一位赵氏族人，赵荣高是我父亲，赵贵良比我父亲长一辈。将红军带到龙胜后，我父亲和赵贵良就没再往前走，另外那位族人跟着红军走了。

一个领头的问了赵贵良和我父亲的家庭情况后，说，你们不要回去了，跟着我们当红军打土豪去吧，今后包管你们有衣服穿，有饱饭吃。赵贵良说，不行啊，我们上有老下有少，哪里走得开。我父亲也说，不行不行，我老子肯定不给我跟你们走。

说完，两人就要往回走。

红军叫住他们，说，莫急，你们这样是回不去的，等我写张路条给你们，要不然路上人家会把你们当逃兵给抓了，一准会出事。

果不其然，返回华江的山路上，沿途都是过境的红军。见有人往回走，不时有端着枪的人拦住他俩，警惕地问是什么人，为什么往回走。

好在他们手里有路条，一路拿给红军看，才能够走回来。听我父亲讲，他们走到半路，大概是在雷公岩山顶，刚好遇到红军和国民党追兵在交火，打得十分激烈。他们两人熟悉那一带的地势，赶快找地方躲了起来，眼看红军边打边退，等枪声远了他们才趁着天黑跑回家。

吴海峰：最后的见证

协兴村有人救了个红军团长的事，是兴安县党史办原主任王宪民告诉我的，2001 年我采访过王宪民。协兴是兴安县漠川乡下辖的一个自然村。

湘江战役最悲壮的，是负责后卫的红三十四师全军覆没。

从江西出发后，红五军团十三师和三十四师担任红军后卫，交替掩护红军主力过湘江。12 月 1 日，红军主力渡过湘江后，红三十四师一〇〇团、一〇一团、一〇二团奉命急进灌阳新圩，接替红六师防线。但红三十四师下山后，桂军三个师已先行截断通向渡口的道路。该师被迫东撤。

在龙山、新圩与敌人激战后，一〇〇团余 30 多人，一〇一团和一〇二团两团余 300 多人。经紧急会议，师部决定：由一〇〇团团长韩伟率该团断后，三十四师师长陈树湘率领一〇一团、一〇二团突围，重返井冈山。陈师长率余部突围到湖南江永后遇敌袭击，几乎全军覆没。陈树湘本人重伤被俘，在被押解的担架上，他用手从腹部伤口处拉出肠子绞断，壮烈牺牲。

韩伟带领一〇〇团余部 30 多人，掩护部队突围后，避开一路尾追的桂军，翻过灌阳县大界，进入协兴村，又被当地民团打散，仅余韩伟与营长侯世奎、号兵罗金党三人大难不死。危急关头，韩伟、侯世奎二人得到了协兴村群众的舍命相救，后在群众的掩护下扮成挑夫逃走。

协兴村距兴安县城约40公里，有条简易公路可通行，路虽崎岖，但吉普车通行无阻。2001年，我们在时任县党史办主任欧阳江河和漠川乡干部蔡立桂、王福权的陪同下，乘坐吉普车前往协兴村。

这天细雨蒙蒙，车到王家村，只见烟云雾霭中出现10多座木房。王福权带着我们走进一座木屋，一位七旬老人坐在房檐下。屋内，一对小夫妻正在火塘边打油茶，看到我们到来，热情地邀请我们坐下。王福权把坐在门外行动不便的老人抱了进来，介绍说老人叫王在平，当年救助韩伟的就是王在平的父亲。

1934年的时候，王在平虽只有10岁，但问起当年的事，老人记忆犹新。他说，我父亲叫王本森，是村里的土医生，那天去董家给人看病，回来时带了两个红军，其中一个手受了伤，因失血过多，已陷入半昏迷状态，是我父亲背回来的。两人躲在我们屋里，拉屎拉尿都在屋里，保安团来搜，就藏在红薯窑里，晚上才敢出来透气，住了20多天，伤才好了。我父亲送他们走的时候，特意炒了一斗黄豆给他们在路上充饥，他们留下两条驳壳枪、两本地图、两块表、一个被火烧过的私章和两个公文包。走的时候对我父亲讲，你们救了我，我以后回来报恩。但是几十年了，总没见来呢。

王在平还说，我父亲仔细辨认私章上的字，才知道他们中有一个人叫韩伟。1936年7月，协兴来了个江西篾匠，说是来找一个叫韩伟的伤员，我父亲问他是谁，他说他是个司号员，叫罗金党。我父亲便拿出公文包和私章给罗金党看，这时，我父亲才晓得韩伟是团长，侯世奎是营长，当时受伤的是侯世奎。罗金党说，他的右脚也在战斗中受伤了。

韩伟当年在王本森等人的掩护下，扮成挑夫逃出兴安，辗转到武汉，想找党的组织，不料被叛徒出卖，被捕入狱，后来国共合作，被周恩来指名救出。中华人民共和国成立后，韩伟任北京军区副司令员，“文革”中受到冲击，这大概是他一直没能重返协兴村的原因。1986年，流落在广西南丹县当篾匠的罗金党来了一封信，问那些留下的东西还在不在，想要回去，也许是想证明自己的身份吧。

王本森已于1935年因病去世，村里的老人对我们叹息说：“本森良心蛮好的，可惜好人命不长！”

王本森的孙子叫王修艳，他带着我们到他家当年的老屋。老屋还在，不过早已破烂不堪，王修艳指着火塘边已经填平的红薯窖说，这就是当年韩伟他们藏匿的地方。

多年以后，韩伟的儿子韩京京来到协兴，不仅在父亲战友们牺牲的地方修了烈士碑，还帮助村里筹措到资金，完成了15公里通村公路的硬化工作。他是来感恩的，代表父亲，也代表自己。

徐昭英：守护红军墓

我是兴安县溶江镇金石大平寨的人，今年（2019年）83岁，自小就听老一辈讲，红军过金石的时候，在大风坳上和桂军打了一仗，红军牺牲了蛮多人。

大风坳离我家蛮远，在坳口最险要处仍存留着当年红军修筑的防御工事，听讲山上也埋了些红军。

我小时候家里是住在座塘的。

有父辈讲，大平寨这里埋了几个红军，20世纪50年代初，土改的时候分房子，每次我都想要搬到离埋葬红军最近的这个地方住，为什么呢？大概是对那些牺牲的红军有一种崇敬，也可能是怜悯？我自己也讲不清，就是想离得近点，可以守护着。听说，牺牲的红军战士里，有的还是十几岁的孩子。后来，我终于如愿以偿。住得近，方便祭扫。要不是红军，我们穷人哪能分到房子？

自搬过来大平后，我每年都会祭扫红军墓。

有一次，我在附近挖喂鸭子的蚓虫，挖出一块人骨，大家都说肯定是红军的遗骨，我于是赶紧挖个坑把骨头埋好。

2018年底，村里来了几个政府干部，向我打听红军墓的事情。

今年3月2日，他们又来了，在村里做宣传，说是要把红军遗骨集中到县城的烈士墓去，在我每年祭扫的地方挖出3具完整人骨。

政府干部讲，牺牲在金石的红军战士，是彭德怀带的红三军团的，他们当年从华江经过大风坳后路过金石，然后过龙胜去了贵州，这些东西我老人家不懂，但我晓得大风坳上面的战壕和工事现在还在，据说红军在大风坳和李宗仁的部队打过仗。

政府干部讲，这些红军遗骨要迁葬到一个专门的红军陵园去，迁走那天搞了个蛮隆重的仪式。那天我哭得要命，舍不得啊，我守护这些红军墓已经这么多年了！一直把他们当自己的亲人。我求那些领导，能不能不迁走？什么时候又把他们葬回来？领导讲，迁走是为了把他们安葬在一个更好的地方，不再冷落在这荒郊野外，要让更多人来祭扫，我这才稍微安心一点。但是我还是有些想不通，希望政府能在这里建一座红军纪念碑，让我这老太婆有个纪念，能在每年清明继续祭拜。

作者简介：

刘玉，现为广西作家协会报告文学委员会副主任。著有《烽火青山》《抗战老兵口述历史》《征服老山界》等。作品入选中国影响力图书推展、华文好书榜、百道好书榜、光明好书榜等。《抗战老兵口述历史》入选广西区党委宣传部重点文学创作扶持项目，长篇纪实文学《征服老山界》入选广西当代文学艺术创作工程三年规划重点项目。

一代将星李天佑

⊙王布衣

引 子

新圩阻击战打了整整一天了，一边是远道而来的中央红军，一边是早就蓄势待发的桂军，双方杀得红天血地。

桂军的装备精良，炮弹啸叫着，飞蝗般砸向红军的阻击阵地，随着震耳欲聋的爆炸声，大地上掀起灼热的气浪。土坡在硝烟中抽搐，山岭在炮火中战栗。

新圩的公路两侧，成了浴血的屠场，几座山头阵地前尸体堆积，血迹斑斑。

有道是：黔军滇军两只羊，湘军就是一头狼；广西猴子是桂军，猛如老虎恶如狼。桂军第十五军代军长夏威率领的七个团兵力，用重炮猛轰红军的阻击阵地，紧接着整连整营的士兵轮番冲锋，扑向红军阵地。红军的阻击部队却像是铁柱钢梁一样夯在那里，死死挡住敌军。

“煦苍[1]，你是怎么搞的？赫赫有名的‘钢军’，装备占有绝对优势，又以逸待劳，数倍于敌，怎么就打不过一群叫

1 时任桂军十五军代军长夏威的字。

花子的疲惫之师？这仗是怎么打的，啊？”

当晚，桂军副总司令“小诸葛”白崇禧听说桂军付出了很大伤亡，依然被挡在红军的防线面前，无法阻截渡江的红军。如此一来不光赔光了本钱，桂军能征善战的牌子也砸了。眼下蒋介石也已经怪罪下来了，怎么办？他气急败坏，连珠炮般厉声喝问夏威：

“流窜之匪，怎么会有如此战斗力？到底是谁在打阻击？”

夏威据实相告：“副总司令，我们遇到强敌了！我们的对手是彭德怀三军团的第五师，很多连长、营长、团长，都是广西人，死硬得很。我们不走运啊！”

白崇禧一听，不禁怔住，啊，坏了！冤家路窄，居然碰上李天佑！早就知道临桂老乡李天佑了，攻如猛虎灵如猴，是个打不死的程咬金。难怪夏煦苍拿不下新圩，广西兵打广西兵，确实难打啊。真是钢钎打在石板上——硬碰硬。

李天佑是原桂军虎将李明瑞一手带出来的“小老虎”。李天佑的部队，许多人原来就是从桂军出来的，在百色加入红七军，后来去了江西，现在又回来了！白崇禧说：“我命令，从明天开始，加派飞机支援，预备队四十四师、独立团也全部投入战斗，轮番攻击，同时加大兵力迂回侧后夹击，务必尽快占领新圩，迅速进到文市、古岭头一线！”

此刻，新圩杨柳井红五师临时指挥所土坡上，一位指挥员正举着望远镜观察敌情。他头戴红军八角军帽，身穿补丁摞补丁的灰布旧军装，脚穿草鞋，裹着绑腿，中等个头，黝黑的脸庞，微蹙的浓眉，双唇紧抿，神情坚毅，一双大眼炯炯如炬，似乎能洞穿波诡云谲的时局。

他就是本篇的主人公李天佑，担任红五师师长时年仅 20 岁。他 14 岁当兵，是从死人堆里爬出来的勇士，在红七军的时候就被称为“小老虎连长”，是血雨腥风中走出来的智勇双全的红军将领。

新圩阻击战，是关系到红军生死存亡的绝地反击。

明天，等待红五师师长李天佑的，将是两军更为惨烈的搏杀 ......

李天佑是怎么从“小老虎连长”成长为红军名将的呢？孩子离娘，说来话长——

米粉店跑出来的娃仔

李天佑原是桂林米粉店的学徒，因为不堪忍受非人待遇，为寻找出路，才出走当兵的。

记得那是1925到1926年，经过两年的大灾荒，李天佑家所在的临桂六塘乡里好些人饿死了，小天佑家里也穷得揭不开锅了。屋漏偏遭连夜雨，两年来，小天佑的弟弟夭折，姐姐失踪，父母整日以泪洗面。

为了活命，他父母带着全家六口人逃荒到了桂林，借住在一个好心肠的同乡老太太家里。靠着向老太太借的几个小本钱，全家磨豆腐和做竹扁担去卖，勉强糊口。正应了那句俗话：晚上想起千条路，早上起来走原路。

穷人的孩子早当家。俗话说，半大小子，吃死老子。小天佑很懂事，见这样下去不行，就想着要外出打工挣钱养家。父母也想明白了，纵有良田万顷，不如薄技在身。父母只好把不满12周岁的小天佑送到桂林定桂门的一家米粉店做学徒，想着学得一门做米粉的好手艺，将来定然不会饿肚子。

这家米粉店是作坊兼店铺。自己榨米粉，自己开店卖米粉。桂林米粉的制作工艺，简单说来就是：先泡米，接着磨成浆，煮成团，压榨成米粉，然后放入沸水中，再放入清水漂。桂林米粉的配料，有锅烧、黄豆、葱花等，最重要的是卤水，卤水得半夜起来熬，一直熬到大清早，好在早上把米粉卖给赶着上班上学的人们。

制作米粉的整个工艺流程用水特别多。那时人们的生产条件落后，不像今天有自来水，一开水龙头，水就哗哗地流，省事多了。那时人们用水，需要一担一担地从河边挑回来。

小天佑每天做得最多的活就是到漓江边的定桂门码头去挑水，说是做学徒，其实就是做挑水的童工。老板吝啬得很，恨不得蚊子腿上刮出肉来。小天佑在店里什么手艺也没有学到，只是一天几十趟、半夜不得睡觉、没完没了地挑水，每天只能睡上四五个小时。

码头高，水桶大，一担水少说也有上百斤，一个12岁的小孩子，半夜爬起来干这么重的活，怎么吃得消？挑水到天亮，浑身像散了架一样，躺在门板床上不愿动弹。这样折腾下去，即使是牛马畜生早晚也得累死，何况是人？更何况是个未成年的小孩子！

实在累极了，忍不住眯一会儿。

刚合眼，老板便号丧般地喊起来：

“天佑，给客人端米粉！”

“天佑，洗碗！”

“天佑，搬柴火！”

……

说是包吃住，吃的是客人吃剩的米粉，住的是作坊，床铺是一块破旧的门板。说是给工钱，那工钱少得可怜，买盐不咸，买醋不酸，买墨涂脸都不黑。说是挣钱养家，其实是累了骨头养肚子。

一天，小天佑累得腰酸腿疼，实在熬不住了，跟老板说想歇息一下，老板不答应，叫他挑够了水再歇。

唉，水哪里挑得够？他只得硬起头皮又去。挑着水一步一步咬牙离开定桂门码头，踉踉跄跄正准备跨入米粉店堂屋时，脑子一阵眩晕，连人带桶跌倒在门口。桶烂了，水洒了一地。

店里的客人们见了，一阵惊呼。

做生意的人，把水看成是财。

老板过来了：“哎呀，大清早摔烂水桶，触霉头，这是要砸我的生意，破我的财啊！”

老板娘说：“豆子鬼，懵里懵懂，打烂水桶，赔钱！”

“我没钱。”

“敢犟嘴啊？扣工钱！”

这不是欺负人吗？把人当牲口，牲口累了还可以歇歇，牲口怒了还可以叫唤，自己连牲口都不如！忍无可忍，无须再忍，小天佑把该死的扁担咣当往地下一丢，收拾衣物，招呼也不打，愤然走人了。

小天佑这么低廉的劳动力，老板怎么舍得让他跑了？跑得了和尚跑不了庙。老板三天两头到李家，拿着写着学徒三年的合同文书，找他的父亲李燕川要人，否则就扯他去见官，逼着他把小天佑送回店里。

强按牛头不喝水。

送一次，跑回来一次。送一次，跑回来一次。如是再三。

母亲抱着小天佑又是心疼，又是无奈，急得直哭："佑崽啊，你这么不成器，怎么得了哇？"

小天佑低头不出声。那份学徒三年的合同，不是卖身契又是什么？我是人不是牛马，为什么要卖给你？老板不是总跑来我家里要人吗？好哇，我不回家了，看你到哪里去找？他铁了心，离家远走，走得越远越好，走得越久越好，让老板永远找不到他。

人要有骨气，人活着就要像个人，饿死也不做牛马。没有眼泪，没有悲伤，只有仇恨，只有迷茫，只有无助和彷徨。他恨黑心肠的老板，他不知道今后的路在何方。

他独自一人在街上漫无目的地走着。家是回不去了，往后怎么办？都说野鸡无粮天地宽，穷人要活命，天地在哪里？

他思来想去，猛然想起米粉店的客人议论，有部队在桂林招兵买马。何不去招兵站看看？病急乱投医，当兵吃粮也算是条活路吧。

大街上一家客店门口高插着一面蓝色的旗子，上书两个白色大字："招兵"。门口围着的人，大多是衣衫褴褛的穷苦人。他们在议论纷纷，小天佑正听着，一个军官模样的人出门来发话了：

"诸位，静一静，静一静！我们部队是国民革命军，师长是李明瑞，北伐名将的威名，想必你们有所耳闻。大家都是广西老乡，欢迎诸位报名当兵，跟着李师长，当兵吃粮，前途无量！想当兵的，跟我来！"

众人涌入。小天佑也不由自主地跟着众人进去了。

等了老半天，才轮到小天佑。招兵的军官坐在一张办公桌后面，小天佑桌前站着。军官仔细打量眼前这位娃仔，单单瘦瘦，个子也不高，但见他五官端正，浓眉大眼，相貌堂堂，眉宇间有一股不服输的霸蛮气质，就有几分喜爱，便问起他的年龄。

小天佑因为自己不到当兵年龄，怕军队不要他，但又不愿意撒谎，只好低着头不说话。他的性格从小就是这样，一是胆子大，二是脾气倔，三是不爱多说话。

军官见他如此，就朝他摆摆手。

小天佑知道，老总那意思是嫌他小不收他。六月天，本来就热，加上这一着急，小天佑浑身的汗水湿了衣服。他站在那里不肯走，反问军官，娃仔为什么不能当兵？自己身子棒棒，背得动枪，还扯开褴褛的衣衫，展示手脚和肩膀上那些厚厚的茧子给军官看。

军官见了，有些满意，改了主意，详细问了他的家庭情况，又问他为什么要当兵，小天佑据实一一做了回答。

是否收下这个娃呢？军官反复思忖，犹豫不决，要吧，实在小了点；不要吧，眼下正是用兵之际，这确实是个当兵的好材料。他想起长官李明瑞再三强调的征兵原则：一不要痞子，二不要烟鬼，三不要公子哥，一定要招那些能吃苦能打仗的人。

于是，他对小天佑说："要你了，好好干！"

"谢谢老总！"

小天佑想把自己当兵的消息告知父母，却不料部队有纪律，新兵不准回家，他们须随军到武汉搞军事训练。万般无奈，他只好匆匆写了张字条，托人带给家里，字条写道：

"阿爸、阿妈，我当兵去了！请别难过。家穷难活命，扛枪打仗，也许能闯出点名堂，等着吧！只要佑崽活着回来，一定让阿爸、阿妈过上好日子。"

见字如见人，家人又喜又忧。喜的是，儿子总算有音讯了，心里悬着的一块石头终于落地。忧的是，生逢乱世，当兵的对老百姓凶神恶煞，老百姓叫他们"丘八"。佑崽这个脾气，爱打抱不平，看不惯的事情多了，不知道将来会闯出什么祸来。当兵要打仗，枪炮是不长眼睛的，此去吉凶难料。

他们只得在心里默默为儿子祈祷：

"天佑啊天佑，老天多多保佑，保佑天佑！"

他们没有料到，儿子天佑此去一别，竟然就是20年。他们更没有料到，比牛的脾气还犟、牛角都扳得直的天佑成器了，做了红七军特务连的连长，后来又做了红军、八路军、解放军的高级将领。

李天佑也没有料到，自古忠孝难以两全，父母染病去世的时候，戎马倥偬驰骋疆场的儿子，远在千里之外，没能见双亲最后一面，没能送他们最后一程，成为终生遗憾。

投身革命即为家

小天佑分在李明瑞部队的独立团当兵，吃了上顿有下顿，穿衣有了两套换洗，有了房子住，也不再受人欺负了。

他经常想家，想父亲母亲，但他暂时回不去了，部队就是他的家。

在这里，他听到得最多的就是那些北伐老兵讲述虎将师长李明瑞的传奇故事。比如师长打仗一手拿大刀，一手拿驳壳枪，大刀砍杀敌人脑壳如同切西瓜；无论驳壳枪还是步枪射击，他要打敌人的左眼就不会打中右眼，几乎百发百中。又比如师长文武双全，孙子兵法烂熟于心，用得出神入化。还有师长纪律严明，赏罚分明，廉洁奉公，爱兵如子，等等。

他的梦里，不是师长一手大刀、一手驳壳枪的标准形象，就是师长率部冲锋陷阵的肉搏场面，有时还会从梦中惊醒过来。

终于有一天，他见到了自己的军人偶像李明瑞师长。

师长来到打靶场示范讲解射击技术要领。他手把手纠正了李天佑等几个新兵的不规范动作，强调当兵首先要爱枪，要学会用枪，枪打得准才能消灭敌人，枪打得准才能打胜仗，才能保护好自己。平时训练多流汗，战场上就会少流血。战场上需要战士、勇士，但不要当烈士。

师长说完，熟练地将子弹推上膛，站立着瞄准，射击，枪枪击中靶心。全场齐声叫好。

耳听为虚，眼见为实。师长果然名不虚传。李天佑对师长简直佩服得五体投地，心中暗想，当兵就要当个师长那样的兵。师长成了他的偶像，师长成了他的榜样。

强将手下无弱兵。李天佑人小志气大，训练极为刻苦，步兵的五大技术：射击、投弹、刺杀、爆破、土木作业，人练一他练十，人练十他练百，摸爬滚打，不在话下。功夫不负苦心人，步兵技术他都一一掌握，在士兵中出类拔萃，屡受教官褒奖。

在一次遭遇敌人夜袭时，他孤身一人，勇猛阻击敌兵，被提拔为上等兵，不久他就被派调去南宁的广西教导总队学习。

教导总队1000多名学员，大多是李明瑞部队的班排长或优秀士兵。李天佑分在八连。他不知道，教导总队里有300多名共产党员。他也不知道，总队长兼警备第四大队大队长张云逸是个共产党员。他更没有想到，教导总队是中共建议李明瑞培养军官而创办的，这个总队是共产党人在办学，宗旨就是培养推翻旧制度的革命军人。

他只知道，教导总队的整个气氛与他所在的连队大不相同。驻地的院墙上，四处刷着"打倒帝国主义""打倒军阀""三民主义救中国"等标语。每星期一例行的总理纪念会上，主持人总要阐释总理遗愿，激励大家唤醒工农大众，打倒帝国主义和军阀，早日实现国民革命成功。

李天佑不由觉得耳目一新，头一次听到了闻所未闻的消息，比如俄国十月革命的胜利、共产党领导的红军和革命根据地的发展，还有孙中山"联俄、联共、扶助农工"的革命道理。他的政治觉悟渐渐提高。

一天，张云逸总队长给他们八连的学员们讲课。全连弟兄坐在草地上，张云逸总队长站在那里，语言很通俗，也很幽默，脸上总是带着笑容，一边说话，一边捻胡须，既显出长官威严，又饱含长者慈爱。张总队长问："弟兄们，在我国社会中，哪种社会成分的人多？"

李天佑举手回答："工人农民多！"

张云逸满意地点点头，接着又问大家："这个，你们同意吗？赞成工人、农民成分多的举手！"

整连的人都举起了手。

张总队长因势利导，给学员们分析中国社会各阶级的状况，勉励学员们为劳苦大众勇敢战斗，早日打倒帝国主义和军阀，过上好日子。

张总队长的话，深深打动了李天佑，像是旱地里的一场及时雨。李天佑觉得张总队长的话句句说到了心坎里。他听说，张云逸参加过北伐，当过国民革命军二十五师的参谋长，以谋略著称，在军中很有名望。课后，李天佑舍不得走，眼巴巴望着长官。他缠着总队长问这问那，张云逸都耐心地做了解答。

临走时，张云逸交代政训教官、共产党人李朴，以后多关心这个小学员。张云逸的意思，李朴听懂了，这是棵好苗子，将来组织上要发展他为共产党员，于是答应下来。

这天晚饭后，李朴教官就约李天佑散步，要跟他谈谈心。开始的时候，李天佑在教官面前显得拘束，只顾跟着走，一路无话。

李朴仍然每天傍晚都来找他，问他在这里学习有什么心得，问他对教导总队伙食是否满意，听了讲课有些什么收获，家庭情况怎么样，对将来有些什么打算，等等。李天佑觉得自己一个小兵，长官竟然这么关心，心里很受感动。

一天晚饭后，李教官照例又来邀他散步，边走边聊，问起他这么小的年纪就来当兵，究竟是什么原因。李天佑渐渐向李教官敞开了心扉，谈起了自己的身世，谈起家庭的贫穷，谈起做米粉店学徒时所受到的非人折磨。最后，他归结为所有的遭遇都是因为穷人命不好。

李教官纠正了他的看法，告诉他，不是穷人命不好，是这个社会不公平，工农劳苦大众当牛做马，受到地主资本家残酷剥削和压迫，不推翻这个吃人的社会，穷人永远是穷人。他见李天佑听得入神，就给他讲了工人罢工、农民起义的许多故事，讲了中国共产党是穷人的救星，是民族的希望，要推翻吃人的社会，消灭军阀，建立人人平等、没有压迫和剥削的新社会，到了那时，穷人就能改变贫苦的命运。

听君一席话，胜读十年书。李天佑如拨开云雾见青天。他明白了自己的苦难根源，过去只知道当兵吃粮，如今明白了自己拿起枪是为穷人打仗！

他暗下决心，跟着共产党走，改变自己的命运。

这一年秋，即1929年9月，南宁津头村秘密召开了中国共产党广西省第一次代表大会，准备武装起义，建立红军和革命根据地。

这一年10月，李明瑞反蒋兵败，广西情势骤然紧张，时任中共特派员的邓小平（化名邓斌）决定及时采取应变措施，发动南宁兵变，把教导总队和第四、第五大队拉到左右江，建立红色政权，开展土地革命运动。

这天下午，教导总队召开全体学员大会。张云逸表情异常严肃，语调沉重地宣布，蒋军进逼南宁，教导总队绝不投降，决定撤到左右江建立根据地。

他朝空中一劈，做了一个决断的手势说："现在就站队，愿意革命的，站到我的左边；硬是要走的，站在我的右边！"

话语刚落，李天佑和许多进步学员立即持枪跑到了张云逸总队长的左边。他见有些学员站着未动，就与那些站在左边的进步学员一起，焦急地呼唤他们的名字，向他们催促道：

"还犹豫什么？站到这边来吧！"

"一失足成千古恨啊！"

"看清前途，莫给反动派当炮灰！"

一些学员平时本来就与李天佑和那些进步学员声气相求，听到呼唤，就跑过来站到了左边。教导总队1000多人，除去派到前线的300多人，站到左边的有500多人，剩下要离开的仅100多人。

第二天，李天佑跟着张云逸，向百色进发。沿途，每过城镇，街道两边农民自卫队队员背着大刀鸟铳列队敬礼，民众夹道鼓掌欢呼，有人递茶送水，有人往战士军装兜里塞入鸡蛋、红枣、花生。此刻，《革命到底》的歌声唱起来了——

穷人闹革命，
穷人闹革命！
灭土豪，除军阀，
今日处恶境。
战友们啊众乡亲，

雄心要坚定！

革命到底不回头，

不怕艰险不惜命！

但愿明日云开雾散大天晴……

李天佑15岁时加入了中国共产党，是红七军中年纪最小的中共党员。

李天佑的儿子李亚宁回忆说："在随教导总队开赴百色途中，父亲加入了中国共产党。他明白这个行军的方向就是他一生要追求的方向。从临桂走出来谋生，又从桂林走出来当兵，再从南宁走出来参加革命。"

一滴水容易干，融入大海就有了永不枯涸的生命；一根柴独自燃烧容易熄灭，放入熔炉中就成了熊熊烈焰。

鸿门宴中抓"狗熊"

1929年10月28日晚，机枪连的连长悄悄告诉李天佑，给他一个秘密任务，就是去捉"狗熊"。

连长说的"狗熊"，是广西第三警备大队大队长熊镐，他勾结土豪劣绅，镇压农民运动，是个反动派。

根据情报，熊镐接受了桂军上峰的密令，准备吃掉张云逸的第四警备大队。张云逸决定先下手为强，消灭反动派第三警备大队，否则起义的计划就会打水漂。

射人先射马，擒贼先擒王。张云逸设下了鸿门宴，要请"狗熊"入瓮。

李天佑素来机灵。这天一大早，张云逸叫来了李天佑，向他面授机宜，部署了行动方案。

上午，百色县城的公兴当铺内。李天佑在当铺的楼上，侧着身子朝窗下望，见到熊镐一行人朝这边走来，悄声对坐在酒桌前的张云逸说：“他们来了。”

不一会儿，熊镐带着几个随从，大摇大摆走来，进了当铺。

李天佑把24响驳壳枪的大机头张开，插在腰间，然后用军装遮住枪，下楼迎接熊镐。几个随从要跟着上楼，李天佑赶忙伸手拦住，一副神秘的样子：“长官谈事，事关机密。张大队长请各位一边稍候。”

熊镐上得楼来，见到好酒和满桌的好菜：“哎呀，自己人何必见外，老兄破费啦。”

张云逸笑道：“略备粗馔，不成敬意，见笑见笑，请！”

两人桌前坐定。

李天佑站在身后替熊、张两人斟酒。

张云逸端起一杯酒：“请！”自己先一饮而尽，空杯向熊镐示意。

熊镐也端起酒杯喝了一口。

寒暄了几句，张云逸逼视熊镐，正色道：“兄弟，我问你，你带着队伍从平马跑到百色，到底想干什么？莫非，是冲我张某人的警备大队来的？相煎何急？”

熊镐连忙摆手：“哪里哪里，张大队长多心了。兄弟只是为了加强百色防务，仅此而已，仅此而已。”

张云逸装作恍然大悟：“哦——原来是个误会啊，错怪老兄啦。”

说着，他朝李天佑使了个眼色，口里则不停地说：“误会，误会！实属误会！”

熊镐知道事已败露，下意识地掏腰间的手枪，说时迟，那时快，李天佑右手用驳壳枪顶住了熊镐的腰，喝令：“不许动！”左手麻利地抢先缴了熊镐的手枪，双枪逼着熊镐：“再动打死你！”

熊镐根本没把这个娃娃兵放在眼里，瞪眼怒道：“小毛贼，吓唬谁啊？放下枪！”

李天佑并不答话，双枪狠狠地顶了一下熊镐的两个腰眼。

熊镐被一个娃娃双枪顶住腰部，委实觉得窝囊，他朝着张云逸大声吼道：“姓张的，你他妈的摆鸿门宴啊！”

其实他这是在报警，呼叫赶紧来人救援。

几个随从闻声持枪想要冲上楼来，被埋伏在后厢的几名张云逸的部下快速射出的两梭子弹报销了，有的倒在楼梯口，有的倒在楼梯上。剩下的几个再也不敢轻举妄动，僵在那里。

熊镐傻眼了，不敢动弹，只得认栽。

就在这天夜里，根据邓小平制定的作战方案，右江苏区特委书记、右江苏维埃政府主席雷经天带领队伍突袭驻扎平马镇的熊镐部。正在睡大觉的第三警备大队的官兵从酣梦中惊醒过来时，想去拿枪，却见枪支已经被收走了，只能束手就擒。

李天佑随部队突入那坡镇，击溃了熊镐部的一个营。这次行动歼灭熊镐第三警备大队，俘虏敌人上千人，缴获枪支 700 多支。紧接着，部队返回百色，收缴了田东、田西两个县的警备队、警察局、民团的全部枪支。

抓“狗熊”，是百色起义的序幕，也是李天佑入党以后的第一仗。

1929 年 12 月 11 日，李天佑参加了在百色广场举行的红七军成立和誓师大会，史称“百色起义”。当天，红七军政委邓小平、军长张云逸任命李天佑为红七军特务连副连长，跟随军部行动，负责保卫首长和机关安全。李天佑又成了红七军中最年轻的军官。

从此，李天佑投身革命洪流，开始了波澜壮阔的戎马生涯。

从“小老虎连长”打成“猛虎师长”

1930 年 2 月 4 日，红七军东进南宁，桂军师长李琪率 4000 多兵力向红七军前哨阵地隆安发起攻击。

驻守隆安的红七军部队仅有 500 多人，而敌军兵力 4000 多人。李明瑞率部 700 多人从左江赶来增援，张云逸率四个营从平马镇赶来，红七军与数倍之敌激战。

敌军攻占了隆安城西制高点，给红七军造成致命的威胁。张云逸急红了眼，狠狠地揪下军帽，命令李天佑：

“你带特务连，把制高点给我夺回来！”

李天佑一手拿大刀，一手拿驳壳枪，带领特务连一路猛打猛冲，一度接近山顶，但由于地形不利，敌军居高临下，炮火猛烈，部队只得逐步从山上撤离。在掩护部队后撤时，飞来一弹打穿了李天佑的左脚。李天佑站立不稳，从半山腰滚落下来……

隆安一战，红七军与数倍敌军激战三天三夜，敌军伤亡500多人。红七军转移至东兰武篆。

2月13日，邓小平政委到武篆医院看望伤员。他来到李天佑床前，询问李天佑的伤情，鼓励他好好养伤，好好学习，提高自己，将来成为一个智勇双全的红军指挥员。他对身边陪同的医院院长说：“你知道吗？他叫李天佑。百色起义前，熊镐就是他用枪顶死的。这个‘小老虎连长’打仗勇敢。打隆安，他带特务连消灭了不少敌人，部队才顺利离开了隆安！”

邓小平走后，医院给伤员每人发了一块大洋，说是邓政委、张军长慰问伤员的。这块大洋，李天佑作为纪念品一直珍藏着。

1930年4月底，伤还未痊愈的李天佑就偷偷跑回了部队，率部参加攻打贵州榕江县城的战斗。这年，他16岁，被任命为军部特务连连长。

1931年2月，红七军挺进粤北，在乳源县梅花村与敌遭遇。战至黄昏，敌人增援人数越来越多，增加到四个团，敌众我寡，红七军伤亡很大，弹药所剩无几。打得赢就打，打不赢就走。军长张云逸命令特务连掩护部队撤出阵地。

李天佑带着特务连断后，以班排为单位，扼守要道，趁着夜色，阻击敌人。敌人上来了。李天佑命令，等敌人靠近再打。多拖住敌人一分钟，部队就多一分安全。

30米，20米，10米……敌人就到眼前了，突然间，李天佑一手大刀，一手驳壳枪，大喊：“冲啊！跟我上！”

敌人猝不及防，慌忙退却。

子弹一下就打光了。李天佑挥动大刀，带领战士们开展白刃战，终于杀开了一条血路。

撤退时，李天佑为了迷惑敌人，拖延时间，把军帽军装用竹竿撑起插在山上，把红旗插在高地上。敌人提心吊胆地慢慢从两侧摸上来，远远望见红旗，看见军装，都以为是红军，开足了火力扫射了一阵，才发现不对头，红军早已不知去向，他们打到的是对面的自己人，不禁又恼又羞。

从1930年9月至1931年7月，红七军兵发河池，经天河向罗城进逼，攻四把，战长安，过瑶山，打湖南武冈，攻占永安关，血染粤北梅花岭，巧渡武水河，转战桂湘粤赣，经历了10个月、行程7000多公里的“小长征”，经历大小战役近百次，最终到达江西，与朱毛红军胜利会师。这期间，李天佑始终率领特务连跟随军部行动，保护着军部首长和机关领导安全。

1932年2月，红三军团攻打赣州。已经划归红三军团建制的红七军从东城门发起攻击。李天佑身背大刀，口咬驳壳枪，冒着枪林弹雨攀爬城墙，连中三枪，摔下城楼。

连队通讯员在尸体堆中找到他，拉起他狂摇大呼，以为他死了，背着他号啕大哭，可他居然活了过来。

原来，他命大，摔倒在了尸体上。

伤愈归队后，18岁的李天佑升任五十八团副团长。后被派到瑞金红军学校学习，1933年归队，任团长。

1933年6月，红七军改编为红三军团五师十三团，李天佑任团长。在南平县[1]的芹山，红十三团遭遇国民党十九路军第六十一师第三六六团。十九路军装备精良，头戴钢盔，人们称其为“铁帽子军”，而三六六团最精锐，号称“战无不胜”。

团长李天佑身先士卒，一手挥动大刀，一手拿驳壳枪，带头冲向主峰，全团士气大振，冲向敌阵，杀声震天，与敌人展开白刃战，刺刀

1 今福建省南平市。

见红，鲜血淋漓，“铁帽子军”节节败退，丢盔卸甲，十三团乘胜追击敌军数十里，全歼敌军三六六团，开创红军在运动战中以一个团打掉敌军一个主力团的战绩。

为此，李天佑获三等红星奖章，所在部获“模范十三团”锦旗。授旗时，极少夸人的军团长彭德怀忍不住拍着李天佑的肩膀赞道：“小鬼，你年纪不大，打仗还真有本事！”

1934 年 1 月，年仅 20 岁的李天佑升为红五师师长，同年 4 月在第五次反“围剿”中，奉命进行高虎脑阻击战。

蒋介石调集大批飞机，滚雷似的飞来，狂轰滥炸，欺负红军没有高射炮，低空飞行扫射，炮击红军阵地，气浪掀起，山头在颤抖，树枝、土块、碎石腾空飞扬。

师长李天佑负伤不下火线，率部坚守阵地，与数倍于己、装备优良的敌人鏖战，阻敌三天四夜，打退了敌人 9 次冲锋，歼敌 6000 人，直到接受了撤退命令。红军撤出后，敌人一个多月不敢进石城。

从此，李天佑声震全军，人称“猛虎师长”。

五份电文和两份传单

1934 年 10 月，第五次反“围剿”失败后，中央红军开始长征，先后突破敌军三道封锁线，一路走向湘江天险……

担任中央红军前卫部队的是彭德怀的红三军团，红三军团的开路先锋是红五师。

察觉红军西进意图，蒋介石急调集中央军、湘军、桂军、粤军共 25 个师近 30 万人马，于灌阳、兴安、全州之间设置了第四道封锁线，桂军和湘军两侧夹击，中央军主力和粤军前堵后追，组成了“铁三角口袋阵”，张网以待，妄图将红军一网打尽。

被蒋介石任命为这次“追缴军”总司令的湖南军阀何键甚至认为，活捉红军将领，也不算是什么难事：“流徙千里，四面受制，虎落平阳，不难就擒”。

红军面临着全军覆灭的威胁！

1934年11月26日，黄昏，长空雁叫，残阳如血。

寒风阵阵，淫雨霏霏。红五师在急速行军。他们身穿褴褛的单衣，脸上淌着雨水，浑身黑乎乎的污迹，分不清是泥污还是血污。

1934年11月27日，红三军团长彭德怀发给第五师师长李天佑电令：

“五师十四、十五两团立即行动，赶赴灌阳新圩，阻击桂军，保证整个野战军左翼安全，掩护中央机关纵队抢渡湘江。不惜一切代价，全力坚持三天至四天。”

李天佑在《红旗飘飘》上发表的回忆录《把敌人挡在湘水面前》中说：

行至文市附近，部队经过半日休息之后，正准备继续前进。

译电员送给我一份电报，电报是军团发来的，命令我们师的十四、十五两团（十三团调归军团直接指挥）立即行动，赶赴灌阳的新圩附近，阻击广西军，保证整个野战军左翼的安全，掩护中央机关纵队过江。电文的语句像钢铁铸成的：“不惜一切代价，全力坚持三天至四天！”

任务是艰巨的。就在道旁，我打开了地图，借着手电的亮光，找到了阻击位置，当即向部队下达了命令：行进方向转向西南，以急行军向新圩前进。

灌阳新圩距湘江不到40公里，是中央红军前往湘江的必经之路，也是敌人进逼江岸的必经之路。

地者，兵之势也。新圩一带为丘陵地区，山低树小。新圩的后面一马平川，无险可守。这样的地形对于要打阻击战的第五师来说极其不利。

李天佑于当日下午4时许，抢在敌人前面，占领新圩公路两边的山头，并沿公路向前方的马渡桥推进，连续布防了从新圩向南至排埠江村长约8公里的防线。

红五师的第一道阻击阵地设在枫树脚附近，李天佑以公路为界，将部队分成左右两翼，互相配合形成交叉火力。十五团布置在公路的左侧，即打锣山、水口山、钟山上；十四团布置在公路的右侧，即月亮包山、判官山上；师指挥所设在距第一道阻击阵地一二里的杨柳井；军委临时调配的炮兵营部署在指挥所附近左侧的山地上。

李天佑在《把敌人挡在湘水面前》一文中回忆道：

我和师政治委员钟赤兵同志，参谋长胡震同志及两个团的指挥员、政治委员来到阵地上。刚刚布置好，侦察员便来报告，敌广西军第七军的两个师，由夏威率领，离这里已经不远了。以现有的两个团来对付敌人的两个师，兵力的悬殊是很明显的。而且，我们的部队经过一个多月的长途连续行军，减员很大，也很疲劳。更重要的是，从这里到新圩只有十二三里路，又没有工事。在这样的情况下，估计坚持两三天有把握，四天就有困难了。但是部队的情绪还是高涨的，我们都十分信赖我们的战士，为了党中央和兄弟部队的安全，他们会做出奇迹来的。

我把我的想法告诉了参谋长胡震同志，他正对着地图出神，显然也是想着同样的问题。听了我的话，他把拳头往桌子上一砸：“让他们来吧，只要还有一个人，就不让敌人到新圩！”

他的信心也有力地感染了我。我们一道给军团首长起草了一份电报：“保证完成任务！”

11月27日，蒋介石严令桂军重新夺回渡河点，夹击和堵击红军。

白崇禧命令夏威的第十五军和廖磊的第七军1个师回师灌阳，兵分两路，一路由灌阳地区北上，向湘江东岸进攻；一路由兴安向湘江西岸进攻，攻击左翼！

李天佑的第五师是否能够成功阻敌，决定着中央红军的命运。

第五师必须像铁桩一样夯在新圩！

11月28日拂晓，新圩阻击战终于打响了。

这是湘江战役中最早也是最惨烈的一次阻击战。

红五师两个团，加上炮兵营，只有4000人左右，兵力不到敌军的三分之一。新圩战斗第一天，经过密集炮火轰击后，桂军第四十四师在机枪、重炮、迫击炮的掩护下，整营整团向我军前沿阵地冲击，很快就冲到前沿阵地几十米处。

桂军武器装备精良，攻势凶猛。红军弹药匮乏，不敢轻易浪费子弹，只能等敌人接近我军阵地时，才能出手。

李天佑在望远镜里把一切都看得清清楚楚：敌人的排炮猛轰我军阵地，战壕里的战士们全被尘土遮住了，一片沉寂。敌人冲到阵地前面十几米时，突然之间，一排排的手榴弹扔向敌群中爆炸，敌军慌忙溃退下去，我军战士从土里钻出来，朝着溃退下去的敌人猛烈射击。

敌军退下来的时候，军委炮兵营的炮弹炸得敌军鬼哭狼嚎。敌人的冲锋被击垮了，在阵地上留下一具具尸体。

但是，我军由于仅有临时的工事，在敌人的猛烈的炮火和机枪扫射下，也付出了惨重代价。

李天佑打电话给十四团团长黄冕昌、十五团团长白志文，命令他们注意保存实力，抓紧时间修复工事，防备下一轮更惨烈的轰炸和攻击，要节约子弹，把敌人放近再打，必要时与敌人拼刺刀、肉搏，发挥我军近战优势，使得敌人的炮火无从施展。

敌人第一轮冲锋被打退之后，加强了兵力、火力，连续不断地向红军阵地轮番攻击，每次冲击都被英勇顽强的红军顶住了。

战斗至下午4时左右，敌人改变了招数，除了正面攻击，部分兵力迂回包抄到我军前沿阵地的钟山、水口山一带，我军腹背受敌。

红军抵抗到晚上，李天佑命令这几个山头的阻击部队，趁天黑赶紧撤退到杨柳井两侧的山头平头岭和尖背岭一带，作为第二道防线，阻击敌人。

桂军猛攻了一天，才勉强占领红军几个前沿山头，而且不是打下来的，而是红军主动撤离的。白崇禧十分恼怒，赶到前线责问夏威。

29日拂晓，敌军向红军发起了更大规模的进攻，除步兵7个团全部投入外，还有6架飞机参战。中午时分，我军前线阵地在敌军炮火的猛烈轰炸后一片沉寂。李天佑师长用望远镜向阵地上一望，阵地上一个战士都不见了，难道全都牺牲了？他不敢往下想。

不一会儿，李天佑从望远镜中看到令他惊喜的一幕：正当敌人快要爬上山头时，红军战士纷纷从战壕里跃出，几乎是面对面射击，敌人猝不及防，倒下一片。

敌人的一架飞机在山头盘旋，撒下满山的纸片。有几张正好散落在李天佑的师部指挥所旁边，警卫员捡起来交给李天佑。李天佑一看，原来是桂军的传单，一份是写给他的部队：

共军弟兄们：

李总司令和白副总司令知道你们大部分是广西人，广西人不打广西人，你们还是投降吧，你们的妻儿老小正在等着你们。

李总司令保证你们的生命安全，愿意回家的发给路费。

你们已经被我们包围了，你们过不了湘江！

另一份是写给他本人的：

李天佑将军：

你我都是临桂同乡，何必兄弟残杀！将军若能率部归附，定确保将军的军职不变及所部的人身安全！

李天佑一把将传单扯得稀烂，扔在地上，仍不解恨，用脚使劲踩踏进泥里。

硬的武力攻不下李天佑，软的利诱也攻不下李天佑。此时，红五师师部再次接到军团来电："中央纵队已通过石塘圩，正向界首前进，五师要不惜一切代价，坚守新圩到30日六师接防。"

生死阻敌

红五师生死阻敌的同时，李天佑不断接到来自军团说明后方情况的电报：

"'红星'纵队正在向江边前进！"

"'红星'纵队已接近江边！"

"'红星'纵队先头部队已开始渡江！"

几乎每一份电报都要求红五师"继续坚持"。

"红星"纵队是中央军委纵队的代称。而在"红星"纵队之后，还有代称为"红章"纵队的苏维埃政府机关纵队。要确保两个中央纵队的安全，就必须守住新圩！

红十四团的尖背岭阵地与红十五团的平头岭阵地互为犄角，扼守着公路，死死挡住敌人进新圩，保护着中央机关安全渡江。拖住时间，就是胜利！

11 月 29 日中午，敌军朝着尖背岭阵地和平头岭阵地发起更为疯狂的进攻，势要拿下这两个山头的制高点。

欺负我军没有高射炮，敌机肆无忌惮地低空飞行，不停地向我军阵地轰炸、扫射，飞机过后，排炮轰击，丘陵高地的土翻了过来，几乎被削平了，红军构筑的简易工事被摧毁，伤亡战士愈来愈多。

飞机大炮的猛烈轰击过后，阵地上一片死寂。

敌军的阵前喇叭开始用西南官话的桂林方言反复喊话："共军弟兄们！广西人不打广西人，你们赶快投降吧，你们的妻儿老小都盼着你们回家啊！"

不要小看敌人的喊话，这是敌人军事之外的政治攻势。李天佑知道，狡诈的桂军喊话有三个目的：一是劝降；二是动摇军心，瓦解我军斗志；三是想刺探虚实，看看飞机大炮地毯式雷暴式轰击过后，我方到底还剩下多少人。

李天佑抓起电话，对黄冕昌和白志文下命令，只说了四个字："打掉喇叭！"

过不多久，十四团、十五团的狙击手几声枪响，敌人的喇叭应声成了哑巴。

敌军见政治攻势无效，又恢复了军事攻势，两个师的步兵开始轮番发起进攻。

敌军多点进攻，正面和两侧迂回包抄。我军三面受敌，拼死固守，接连打退了敌军 10 多次进攻。

由于连续激战，再加上漫山遍野都是敌军，食物根本无法送达阵地，坚守阵地的红军指战员们先是吃原先带上来的炒米，后来炒米所剩无几，一袋炒米递过来推过去，谁都想吃，谁都不肯吃。指挥员只得下命令，必须吃，每人分一把，匀着吃。

这是红军的吃。那当时红军穿的是什么呢？新圩当地的群众蒋世德老人回忆道："那时候天气已经很冷了，早上下了很大的霜，红军的衣服单薄，我看见他们每人身上披一捆禾草去打仗。国民党的飞机很多，一见飞机，红军就扯起和国民党军队旗子一样的有白色十字架的旗帜，飞机分不清敌我，就不敢乱炸了。"

披禾草打仗，当然是为了御寒，同时也是为了隐蔽自己。扯起桂军的旗帜迷惑敌机，这是师长李天佑的计谋，这个计谋是他在红七军与敌作战时得来的经验。

红十四团团长黄冕昌忍着伤痛指挥战斗，他见到右侧敌军凶猛，就命令主要火力调往右侧支援，左侧只留一个排长带两个班坚守。

2000 多名敌军翻过一个小山坡向右侧攻击，立即遭到红十四团火力封锁，无法推进，敌军一哄而散，像猴子一样乱窜。

黄冕昌团长命令连指导员何诚带队向右侧敌人打反冲锋。刺刀在阳光下寒光闪闪，战士猛虎般扑向乱窜的敌军，与敌肉搏。

肉搏战下来，阵地上尸横遍野，桂军败下阵来。

可是，败下阵来的敌人，不多一会儿，又攻了上来，进攻的敌人越来越多，整连整营的敌人爬满山头，黑压压一大片，扇形散开。此时我军的兵力却越来越少。十四团团长黄冕昌腿部中弹负伤。有些连队只剩下 60 来人，其中还有 10 多个伤员。有的伤了手，有的伤了腿，简单包扎一下，又投入战斗。有道是，轻伤不下火线。此时此刻，重伤员也不下火线，人在阵地在，誓与阵地共存亡，誓死把敌人挡在湘江面前！

李天佑接到报告：十五团团长白志文、政委罗元发重伤，3名营长牺牲两人，全团伤亡500余人。

阵地前线需要指挥员，参谋长胡震上去了。

李天佑拿起电话，命令十四团团长黄冕昌收缩兵力，把团的指挥所转移到师指挥所杨柳井村的位置。

胡震赶到十五团的前沿阵地，在指挥反击桂军进攻的战斗中壮烈牺牲。他生前留下一句话：

"只要还有一个人，就不能让敌人进入新圩！"

敌人的机枪、炮火已经打到师指挥所旁边来了，李天佑只好转移。

刚刚到达新的师指挥所时，他又接到了报告：我军寡不敌众，敌人围了上来，黄冕昌团长身中数弹，壮烈牺牲。

李天佑在《把敌人挡在湘水面前》一文中说道：

这时已是下午。我们已整整抗击了两天，中央纵队还在过江。现在两个团的团长、政治委员都已牺牲或负了伤，营连指挥员也剩得不多了，负伤的战士们还不断地被抬下来。但是，我们是红军，是打不散、攻不垮的。我们的战士们在"保卫党中央"这个铁的意志下团结得更紧，指挥员伤亡了立刻就有人自动代理；带伤坚持战斗的同志也越来越多……第三天情况更加险恶了，但是我们以拼死的战斗坚持着，阵地仍然是我们的，敌人仍然被拦在这几平方里的山头面前，不能前进！

11月30日，红五师两团伤亡2000多人，十五团团长白志文身负重伤，两个团的营级以下干部牺牲过半。

红军仍以钢铁般的意志坚守着阵地，死死阻敌于新圩以南。

桂军当天发布的简报称："现桂军陆、空军及民团齐出，向新圩之匪堵截。但匪一味恃险顽抗，新圩得而复失者数次，此刻尚在战争相持中，胜负未分。"

30日下午4点多钟，李天佑接到了军团的电报：中央纵队已突过了湘江，正向龙胜前进。军团命令五师把防务移交给六师，部队迅速过江。

真的吗？李天佑简直不敢相信，他揉揉布满血丝网的眼睛，仔仔细细把来电看了两遍，白纸黑字，真真切切！确信无疑了，李天佑这才轻轻吐出了一口气，紧紧握住政委钟赤兵的手说："好，中央纵队总算安全地渡过江去了，我们的任务完成了！"

新圩阻击战，红五师坚守了三天，付出惨重代价，两个团3000多人损失过半，但最终不负使命，死死挡住了敌人。

想起牺牲的战友，李天佑揪心的疼痛。他们绝大多数是红七军的老战士，是他的老大哥，是这支部队的骨干和灵魂啊。

结束语

1937年7月，抗战全面爆发，李天佑任八路军第一一五师三四三旅六八六团团长。同年9月，李天佑首战平型关，率部重创日军精锐并夺取战场制高点老爷庙，对战斗胜利起到关键作用。

解放战争时期，李天佑历任北满军区参谋长、松江军区司令员、东北民主联军第一纵队司令员、东北野战军第三十八军军长、第四野战军十三兵团第一副司令员，曾率部参加三下江南及东北1947年夏、秋、冬季攻势和辽沈、平津等战役。

中华人民共和国成立后，李天佑历任广西军区副司令员、司令员，广州军区第一副司令员、代司令员，人民解放军副总参谋长，中共中央军委委员，曾参与领导广西剿匪战斗。1955年被授予上将军衔。1970年9月于北京病逝。

一代将星李天佑，一生南征北战，为民族独立与解放建立了卓著功勋。中央军委原副主席张震将军称赞他："一生忠贞，矢志不渝，英勇善战，我军楷模。"

回忆新圩阻击战，李天佑将军在《把敌人挡在湘水面前》一文中写道：

事情已经过去了许多年，仍然不能磨灭我对于这次战斗的深刻印象，无论敌人何等的凶狂、强大，何等想要消灭革命的武装力量——中国工农红军，但这是不可能的。……我更不能忘记那些为了红军的生存，为了革命胜利而牺牲的烈士们：他们以自己的胸膛阻住敌人，保存了革命的力量。烈士们永垂不朽！

作者简介：

王布衣，本名王勇，非虚构编剧、作者，曾出版《埋在地下的爱》《一代宗师马君武》《西街往事》《太阳每天都是新的》等纪实著作17部，其中《阳朔西街》《草根民主与共和国大法》两部入选中国作协年选。剧本《苗族斗马节》获第四届少数民族题材骏马奖一等奖，《辛亥革命·孙中山与广西》获中华全国优秀音像出版物奖。报告文学著作《震惊世界的广西农民》获广西文艺创作铜鼓奖。

失散红军陈正邦寻访记

⊙ 吴世林

引　子

2006年，中央电视台新闻频道《我的长征》栏目组不远千里，跋山涉水来到那个叫泗水的小乡镇专门采访了陈正邦。

那个时候，每年都有一批又一批的记者拥到浔江边的吊脚楼，听他讲述他的红军长征生涯，讲述他自己1949年后数十年普通而又幸福的新生活。

2008年他驾鹤西去，但他的事迹依然在当地传扬。一个电话打过去，那边的人立即滔滔不绝地为我讲述，仿佛事情就发生在昨天。

他就是陈正邦，一名湘江战役的失散老红军。

2019年6月，一场突如其来的大暴雨过后，桂林的天，晴空万里。我踏上了寻访陈正邦不寻常事迹之路。这位老红军英勇又曲折的一生，慢慢地呈现在我的眼前。

一

陈正邦，原名陈英浦，又名陈振帮，1915年农历八月十六日出生于江西省瑞金县[1]瑞林乡（今瑞金市瑞林镇）一个小山村。1930年7月参加中国工农红军，任中央模范一师二团（瑞金模范团）团长警卫员，参加中央苏区第三、第四、第五次反“围剿”。1934年中央红军长征过桂北时任红九军团三师八团团部通信员。因伤失散后，落户广西龙胜县泗水乡龙甸村（原八滩村）里排屯。

关于这位失散红军的过去，公开的资料不多，其中最详细的是中央电视台《我的长征》栏目的报道。栏目组采访陈正邦的时间是2006年6月17日。

【红军人物：陈正邦[2]】

（此短文根据老红军陈正邦口述整理。）

1934年7月，陈正邦跟随部队从福建长汀出发，这一年，他19岁。

那一年9月，长征开始。

渡于都河，突破围栋山封锁，过潇水、湘江……陈正邦，这个团部通信员在长征中经历了惊险，却也幸存下来。

某日，他去给军部送信，和炊事员撞到一块儿，炊事员正端着一锅米粥，米粥从他的腹部泼了下来，烫伤了腹部、左腿和左脚，而且导致他此后失去生育能力……为了养伤，他掉队了，成了失散红军。

带着烫伤，一路乞讨，陈正邦来到龙胜县泗水乡，碰到一个江西老乡，老乡收留了他。后来，他结了婚，靠给别人做工养家糊口……

中华人民共和国成立后，政府要给他安排工作，陈正邦觉得自己没文化就没有接受安排，自己做点小买卖过日子，后来成立合作社，就调到了合作社工作……

1　今江西省瑞金市。

2　此处楷体字部分摘自《我的长征》报道，有删改。原报道中称为“陈振帮”。为了方便理解，本文统一改作更常见的称呼。

2006年6月17日下午1点30分，《我的长征》队员带着大米、饮料和酒去看望陈正邦老人，老人清瘦，精神矍铄，满口广西话，对江西话已不大记得，只记得老家在江西瑞金，家里有四兄弟，有一个战死了，两个在老家死了。当年因他参加红军，父母被杀害。

陈正邦老人的老伴已中风多年，情绪一激动就会流泪。

这天下午，陈老太太又一次流泪。

2006年，是红军长征胜利抵达陕北的70周年，各路媒体记者借着这个时间节点，为我们留下了极其珍贵的史料，而更详细的资料还需要进一步探访。

2019年6月11日，我到达了寻访失散红军陈正邦事迹之路的第一站——龙胜县城，同行的是桂林市作家协会名誉主席李时新先生。李时新先生是我此行的好向导。他曾沿着红军在桂北行军的路线，采访了许多留在当地的老红军、老战士，创作了《血城》《血江》《血围》《血海》《实录血与火——1945，反攻桂林》等多部中长篇纪实文学、传记文学，用笔去还原桂林近现代战争岁月中很多鲜为人知的人物和事件。

在宾馆放好行李，我们随即在龙胜县档案史志局杨进朝局长和白明宣同志的陪同下，赶到了泗水乡，见到了陈正邦孙女向启培的侄女——在泗水市场开饮食店的向红玲，并通过她联系上陈正邦的曾孙子——现居住在北京的陈忠义。因为当年那次受伤，陈正邦丧失了生育能力，没有亲生子女，但有非亲生的儿孙。女儿叫陈爱华。孙女向启培是妻子向修云的亲侄女的女儿。1971年，12岁的向启培作为孙女，开始同陈正邦夫妇一起生活。曾孙陈忠义是向启培的儿子，1977年出生，算起来今年已经42岁了。

晚上，远在北京的陈忠义主动发信息给我，非常高兴地说："母亲去年过来照顾孙子，现在正在我的身旁。我们愿把我们知道的情况都提供给您，希望我们共同把老红军的精神传承下去。"

与此同时，曾采访过陈正邦的李时新主席也跟我聊起了主人公的那段不平凡的长征历程。他还把带来的当年采访陈正邦写成的文稿给我做参考。随后的几天里，陈忠义在微信里不断地给我留言，把他知道的陈正邦的情况一五一十地告诉了我，还不时地发来了有关的照片。

我把陈忠义的留言整理成文，再与李主席的讲述进行比照，慢慢地把老红军陈正邦的那段难忘的战斗岁月还原出来。

二

陈家四兄弟，陈正邦排行老二。1930 年，他和大哥一起参加红军。那一年，大哥 17 岁，他 15 岁。瑞金是红都，群众支持革命的热情高涨。那天，乡里给他们戴上大红花，敲锣打鼓地把哥俩和其他红军新战士送到了瑞金县城。

哥俩刚参军时都在中央模范一师二团（瑞金模范团），后来编入红一军团。

1933 年红一军团三师编入红九军团，还是叫三师，陈正邦是三师八团团长杨梅生的警卫员，后来改为团部通信员。

1933 年 12 月某天，已经开始下小雪，天气很冷，红九军团成立誓师大会在江西黎川的樟树村举行，陈正邦所在的团参加了大会。会上，中央来的首长宣布，红三师的师长罗炳辉当军团长。对于自己的师长当军团长，陈正邦与红三师的其他战士一样，都很高兴。

红九军团在中央苏区第五次反“围剿”开始时负责外线流动作战，虚张声势迷惑敌人，牵着敌人的鼻子走，先在江西广昌的康都，后开到广昌的甘竹、白合，不久，他们参加了广昌保卫战。

广昌保卫战，是 1934 年 4 月上旬，第五次反“围剿”第三阶段的一次战役。蒋介石集结 11 个师兵力，兵分两路向中央苏区重镇门户广昌进攻。广昌战役从 4 月 10 日打响至 28 日凌晨结束，最终红军被迫撤出，广昌失守。

在这场战役中，红军装备落后，又没有正规作战经验，不懂得怎么避开敌人的优势炮火，凭着不怕死、勇敢，跟敌人硬拼，损失很大。广昌保卫战打下来，红十四师只剩下一两百人，伤亡惨重。陈正邦的大哥也战死在这场战役里。好在他所在的红三师战术还比较灵活，伤亡小些。

陈正邦说，广昌保卫战时，战士们还是吃得饱的，官兵一样，一天有一斤二三两米，就是缺盐缺肉缺青菜。无盐无油煮的干、鲜竹笋，几乎成了他们每天的主菜。

1934 年 7 月上旬，红七军团改编为中国工农红军北上抗日先遣队，进军闽浙皖赣边区，陈正邦所在的红九军团担负了护送北上抗日先遣队渡过闽江的任务。

陈正邦随红九军团向东进入福建，包围永安城，但没打，就撤走了。然后攻占了闽江边的重镇樟湖板，掩护北上抗日先遣队胜利渡过了闽江，向浙江方向进发。红九军团胜利完成任务。

随后，红九军团在樟湖板召开了庆祝南昌起义七周年大会。战士们和当地群众一起参加大会，会后把没收来的物资尽量散发给群众。部队严格遵守纪律，不扰民，不侵犯群众利益，群众到处挂红旗欢迎他们，商店照常做买卖，街上很热闹。他们在那里休整了约半个月。

不久，红军攻占了福建地方军阀卢兴邦在尤溪口的一座仓库，缴获了黄色炸药 3 万多斤、食盐 5 万多斤和许多其他军用物资。

上级命令陈正邦所在的军团，务必把缴获的炸药、食盐全部运回苏区，不能丢掉一斤。

军团首长下达任务，从军团首长起，官兵一致，每人背 35 斤盐；人不骑马，每匹马驮盐 200 斤。其他的物资，战士们轮流挑，三个人挑两担或者四个人挑三担。浩浩荡荡的运输大队，在前卫、后卫和两侧警戒部队保护下，顶着酷暑，翻山越岭，日夜赶路。大家都明白这批物资对于中央苏区、红军的重要性，不管天气怎么炎热，山怎么高，路怎么险，红军战士依然保持高昂的士气，坚决完成任务。

六七天就走到了中央苏区的连城朋口，中央已派少共国际师和民工数千人前来迎接他们了。

上级给军团里每人发了一小袋食盐，大约一斤，那是发给个人的奖励。还是官兵一致，人人一样。

到了古田，休息一天，大家都到邮局，把发给个人的那一小袋食盐寄回家，邮局排起好长的队。

回苏区后不久，部队放了三天假，陈正邦回了一趟家。他根本想不到，这是他和爸妈、两个弟弟见的最后一面。国民党军进占中央苏区后，他的父母作为红军家属，又不愿骂共产党和红军表态，被当地土豪劣绅杀害。两个弟弟也在贫病中死去。

从家里回到部队，他就参加了松毛岭保卫战。

松毛岭在长汀东南，山峰连绵险峻，森林茂密，向东是龙岩、上杭、连城，向西则是长汀、瑞金、赣州，松毛岭便是扼守在这条交通要道上的咽喉之地。杨梅生团长在战前动员会上说："这一次我们的任务是固守松毛岭，保卫中央苏区的'红色小上海'——长汀。"

三

当时陈正邦不会知道，杨梅生团长可能也不会知道，甚至连罗炳辉军团长可能都还不知道，松毛岭战役是中央红军长征前的最后一战，此时中共中央和中央红军最高层已经开始着手准备战略转移。保卫松毛岭最主要的战略目的，就是为中央和红军主力战略大转移赢得集结和转移时间。

关于这一点，中共中央和中央红军最高层虽然还没有很明确的指示，但是在当时一些重要领导人的讲话中多少已经有所体现。比如在1934年9月上旬，时任中共福建省委书记刘少奇在长汀县召开中共福建省委扩大会议，布置保卫长汀支援前线的任务。其中特别提到了要加强游击战争，准备隐秘斗争和准备长期斗争。

福建省军区紧急动员苏区青年参军参战，同时还组织了多达2000人的地方武装开上前线，投入保卫松毛岭的战斗。

当时松毛岭附近所有村子都是“家家无闲人，户户无门板”，成年男子全部参加武装支前工作，门板都卸下来做了担架，就连当地的少先队、儿童团也被动员了起来，60岁以上的老人负责带孩子，其余青壮年有的直接参战，有的上前线抬伤员、运送物资，有的送饭送菜、送茶送水。

乡亲们唱着歌：“松毛岭上红旗飘，红军战士逞英豪，岭下人民齐支持，军民合作阵地牢。”喊着口号：“保卫松毛岭，就是保卫汀州、保卫瑞金！”他们排成“一”字长蛇阵把一砖一石从山脚传递到山上，和守卫阵地的红军一起修筑碉堡等防御工事。

红军修的碉堡是从地面往下挖一个圆形的大坑，坑上架起大木头，顶上铺一层几尺厚的泥土，泥土上用草皮或树枝伪装。碉堡周围修建大小据点，组成交叉火力。阵地内各主要据点间挖有交通壕，互相连接沟通。阵地前沿布下地雷阵、竹钉阵，主阵地前面的一线高地，也修筑了简易的工事，作为前进的阵地或警戒的阵地。

山高路险，易守难攻，红军战士居高临下，严阵以待。

农历八月十四日那天，钟屋村的群众还将糯米做的月饼送到阵地上慰劳他们，让他们提前一天过了中秋节。

国民党军选择的总攻日期为9月23日上午7时，当天正是农历中秋节，想乘红军过中秋节松懈之机，出其不意开展突袭。但是红军早有防备。

为确保摧毁红军堡垒，国民党军从南京调来两个装备精良的炮兵团，各有1932年引进的德国造的150毫米榴弹炮、75毫米卜福斯山炮36门。卜福斯山炮是当时中国火力最强的火炮之一。

蒋介石担心炮兵难以摧毁红军的阵地工事，又从南昌派来十几架德制“黑寡妇”轰炸机参战。轰炸机除了对红军松毛岭主峰阵地进行轮番轰炸外，还不间断地轰炸红军的粮弹补给线。

陈正邦说：“我记得很清楚，那天，太阳升起得特别早，特别圆，特别大，特别红。先像一颗大大的火球，又变成一颗大大的血球。再后来，就变成了一个开了瓢的血肉模糊的人头。”

光影血红，浓浓地罩着这块峰林石丛围成的谷地，浓浓地罩着满坡满山的杉松。

很静，不但没有人声，连鸟啼、鸡鸣、狗吠声都没有。

也就在这时，天空突然暗了一暗，接着，人们听到了“呜呜呜呜”的声响，那是炮弹出膛和掠空的声音。

炮弹从山头，从山后，几乎从各个方位，飞向红军各个阵地，敌人的炮弹落点极准确，很多都是首发命中。

在重炮和飞机的猛烈轰炸下，松毛岭上红军用木头和砖石修筑的工事几乎都被炸平、炸烂。陈正邦所在的团指挥所大碉堡被炸塌半边，顶上一米多厚的掩土也被掀翻。幸亏杨团长有经验，敌人炮击一开始，就叫战士们冲出碉堡分散隐蔽，损失不大，但团指挥所被迫转移到了旁边的一个山洞。

杨团长和政委隐蔽在山洞前观察敌情。杨团长对政委说，操炮的肯定是老兵油子，可能早已瞄准我们阵地，早已定好标尺。

炮击暂停后，国民党军乘红军的工事被严重破坏之机，整连整排往上冲。

炸弹、炮弹炸起的沙尘烟雾还没有散落，敌人密集的机枪火力就组成了横竖高低交叉的火网，从山下、山腰的各个火力点和工事掩体中射向我军阵地，掩护步兵冲锋。

两路数量庞大的敌军，快速以钳形合围之势，朝红八团阵地后方运动，企图很显然，想切断他们的退路。

红八团已陷于腹背受敌的险境。

红军指挥员们毕竟身经百战，并不惊慌失措。

团长、政委沉着地守在电话机旁，将敌情报告师部、军团部，同时根据平摊在地上的作战地图，向各营下达一个个作战命令。

很快，他们的电话线被炸断，电话打不通了，通信员被派了出去。陈正邦被派往一营。

“同志们，打穿马靴的，打机枪手……”一营张营长挥舞着手枪，高声命令。

同志们马上领会了营长的作战意图。

在这危急时刻，打蛇打七寸，首先消灭敌人的指挥官和机枪射手，就能有效地打乱敌人的指挥，有效地削弱敌人的火力。

红军机枪、步枪的特等射手马上被集中起来，专打敌人的指挥官和机枪射手。

打击步兵群最有效的武器是集束手榴弹，一个班，甚至一个排的指战员同时朝着敌人一个冲锋队投出手榴弹，直炸得敌人血肉横飞，阵脚大乱。

战斗太激烈，陈正邦已没办法回团部，也抓起手榴弹朝敌人投去。

敌人被打退了。

但是，训练有素、装备精良的敌人，很快就调整了部署。

在敌炮的新一轮轰炸后，敌人又开始了冲锋。

冲锋的敌人不再是集群阵形，而是列成疏松的散兵线，分别冲向我军的各个阵地。

他们要先切断了我军各据点之间的火力联系和兵力支援，而后分割包围各据点、各阵地。

敌人的散兵线运动很快，我军火力不易阻杀，一些阵地要点很快就被突破了。

三连一排只有负了轻伤的副排长端着一挺捷克式轻机枪冲出重围，跑向连部的小高地。其余指战员壮烈牺牲。

二排排长腿部已负伤，为夺回一排阵地，他带领二排仅剩的几个没负伤和负了轻伤的战士，滚着前进。还没接近阵地，就倒在敌人拦阻的迫击炮封锁中。

二排排长又负了伤，但没牺牲。敌人冲上来了，几把明晃晃的刺刀指向二排排长，要他缴枪投降。

透过时疏时浓的硝烟，陈正邦在一营阵地上和战友们亲眼看见已躺在地上不能动弹的二排排长，拉响了挂在胸前的那颗“光荣”手榴弹，与敌人同归于尽。

张营长大声喊道：“共产党员、共青团员和革命战士们，考验我们的时候到了，我们要坚守住阵地，打退敌人的进攻！大家睁大眼睛看着，谁是英雄，谁是孬种！”

陈正邦和同志们都大声地回答：“我们宁死不投降，坚守阵地，打垮敌人……”

敌人冒着我军射出的弹雨和投出的手榴弹，一群群不要命地往上冲，一边冲一边嗷嗷叫：“共军弟兄们，快投降吧，我们也优待俘虏……”

张营长大叫：“打，快打，狠狠打，敌人是块肉饼子，怕砸，只要我们狠狠打，就能把敌人砸扁打垮……”

枪管打红了，擦枪油也用完了，战士们就用水壶里的水浇。

水用完了，就用尿浇。继续打，狠狠打。

手榴弹投完了，子弹也快打光了，战士们就搬起埋在土里的被敌人炮弹炸翻的石块，砸向敌人。

石块砸完了，就冲上去同敌人展开肉搏。

用刺刀捅，用枪托砸，用石头打，用牙咬，就这样，又一次打退了敌人的进攻。

敌人的号声凄厉地响着。

退下去的敌人还没退到山下，冲锋的敌人就越过退却的敌人往上冲。

退下去的队形竟能保持不乱，冲上来的就更是严整。

一群群的炮弹越过冲锋敌人的头顶砸落在我们的阵地上。

我军近乎裸露的阵地上，用乱石垒起的掩体被炸得石块石屑乱飞。

一个个战士倒下了，不是被炮弹碎片杀伤，就是被碎石击伤。

没倒下的战士们都在往枪膛中压最后几颗子弹。

陈正邦也在往自己的驳壳枪膛里快速地压上最后几颗子弹。

躺在地上的伤员们大声喊：“不要把子弹打光，最后留几颗给我们……”

司号员把红绸解下，把军号砸扁，丢下悬崖。

营部的通信员撕坏了联络旗，砸坏了号角。

战士们把自己的皮带、枪套、军装、学习资料，甚至碗筷，全投进了一堆燃起的大火。

谁都没说话，大家已抱定必死的信念。

敌人又开始新的一轮炮击，阵地上弹片横飞，硝烟弥漫。

在炮击的掩护下，敌人又冲上来了。

红军指战员把手榴弹全部投向冲上来的敌人，手榴弹接二连三地在敌人集中的地方爆炸，炸得敌人伏在地上不敢动，也停止了喊话。

阵地上变得一片死寂。

火辣辣的太阳正移向中天，阵地上和阵地前一摊摊的血在太阳暴晒下由鲜红变成了紫黑。尸体就在阵地前横躺直卧着，敌我都有，有些已被一轮轮炮火炸得支离破碎，血肉模糊。

这时，团长派来增援的三营二连从后山爬上来，进入阵地，接替了三连的防务。这时，陈正邦才得以回到团部。

第二天，敌人的飞机轰炸和大炮火力更猛烈，遍山碗口粗的松树被拦腰炸断，地上的松针、茅草燃起大火，烧进红军的战壕、交通沟，陈正邦在各阵地之间跑来跑去传令，也不知什么时候，眉毛和头发被烧掉了一大半。

敌军一拨接一拨往上冲，打过来的子弹像下暴雨一样，向红军的头顶扫过来。红军战士们只有发挥近战优势，等敌人冲近阵地，敌机、敌炮发挥不了作用时，再用机枪、步枪、手榴弹等轻武器，居高临下，一次次打退敌人的进攻。

敌军穿皮鞋爬不上山，战士们就猛冲下去肉搏，把敌人打得落花流水，满山都是死尸。

福建省军区从上杭、长汀抽调了2000多名新战士投入战斗，钟屋村的赤卫连、少先队都组织起来抬伤员送茶水，家家户户都住满伤员，许多重伤员来不及抢救，就牺牲在阵地上。

敌我双方为了争夺一个山头，不惜付出巨大代价进行拼搏，形成胶着对峙状态。

大概打到第六天还是第七天，杨团长叫道：“陈正邦，你到各营传达命令：任务完成，撤出战斗，阵地交给红二十四师防守。”

红八团撤到钟屋村一带待命时，各营报告伤亡情况，全团伤亡过半。

一天早晨，《红色中华》报送到了团部，政委看了报上洛甫[1]写的一篇文章，读给团长听，大意是说，要消灭敌人不一定非在苏区不可，也可以到别的地方，在敌人力量薄弱的地方消灭他们。陈正邦听见团长、政委在议论，就猜想，红军有可能要撤离中央苏区，去白区打仗。

四

陈正邦猜对了。

1934年9月30日上午，红九军团在钟屋村观寿公祠堂门前大草坪上，召开群众大会，参加大会的有赤卫模范连、少先队和邻近村的群众2000多人。红九军团一部分指战员也参加了大会。

红九军团参谋长郭天民在大会上向参会的群众做告别讲话，说："红军马上要转移，去执行新的任务。"并叮咛道："我们走后，敌人会跟踪而来，乡亲们要做好坚壁清野！"最后他充满信心地说："乡亲们不要担心，红军还要打回来的！"会上，红九军团当场向钟屋村赤卫模范连、少先队发枪300余支，还发放了十几箱子弹。

当天下午3时，红九军团兵分两路，从钟屋村出发，经河田前往汀州城。

有史学家认为，红九军团1934年9月30日从福建长汀钟屋村（今中复村）观寿公祠堂前告别父老乡亲起步出发长征，迈出了中央红军二万五千里长征第一步，这使长汀钟屋村成为中央红军二万五千里长征的最远的长征起步点。

陈正邦所在的红三师的七团、八团两团，没有参加在钟屋村观寿公祠堂前大草坪上召开的群众大会，而是悄悄返回了松毛岭战场。

1　张闻天的化名。

红二十四师防守的松毛岭主峰阵地左侧的唐古坳高地被敌人攻陷，对松毛岭整条防线形成致命威胁，形势严峻，他们这两个团重新参战。

激战一天，经过多次反复争夺，红军将敌人击退，重新占领了唐古坳高地。红三师将阵地转交给红二十四师防守，深夜悄悄撤离战场，追赶军团部。他们遵照军团命令，从钟屋村经河田到汀州城。沿途敌机低空盘旋追踪，寻找红九军团主力的行踪。为避开敌机，他们每天夜间行军，白天宿营。

他们离开钟屋村时，有了枪支弹药武装起来的钟屋村赤卫模范连、少先队、模范连七八百人，也跟着红军一起转移，后来全部加入红九军团一起长征。

三天后，他们到达汀州城，与军团部和兄弟部队会合，在汀州城水东街一带休整了4天。他们每个指战员领到一套灰色的斜纹布薄棉衣、夹被，还有一双布鞋一双草鞋。

陈正邦终于确信，部队要出远门走远路了。

第五天夜里，红九军团悄悄离开汀州，向西走，走了整整一天，晚上走到了红都瑞金。

陈正邦的家距离瑞金城很近，走路不到一个小时，他很想回家看看父母，但上级没有批准。他们继续走，都是夜行军，从瑞金走到武阳，走到会昌朱子坝、狮子坝。走到会昌西北面的珠兰埠时，休整了6天。大约是10月中旬，15日或者16日下午，红九军团从珠兰埠出发，深夜从工兵连架起的浮桥上走过濂江，向西走，离开了中央苏区。

史学家认为，中央红军红九军团最先于1934年9月30日从福建长汀钟屋村起步，最后于1936年10月22日到达长征终点甘肃静宁县将台堡（今宁夏西吉县将台堡），是中央红军中走的路程最长（至少在3万里以上，甚至达到4万里）、走的时间最久（达到2年之久）的一支中央红军主力部队。

五

从江西出来，他们一路打一路走，走得最艰苦、打得最艰苦的是在湘桂边境，南面、东面是陈济棠的粤军，北面是国民党中央军、何键湘军，西面（前面）是白崇禧的桂军，红军在敌军围堵中边打边走。

那时已入冬，冬雨时大时小总是不断，又湿又冷。陈正邦他们经常是白天打仗晚上走路，行军时用铁丝绑着松枝点燃照明，从土岭走上大山，从大山下到土岭。土岭道路泥泞，有的地方一脚踩下去，陷进黄土泥有半尺深。大山又险又陡，山石又尖又利，稍不留神，不是跌伤就是碰伤。又冷又饿，累到了极点，走出一步都要咬紧牙关。

有一夜，差不多走到湖南道县，前面队伍停住了，停了好久不动。杨梅生团长叫道："陈正邦，你上前面去看看是什么挡住了去路！"他上去一看，原来是整整一个炊事班十多个炊事员背着大锅背着米面，在路中间睡着了，叫都叫不醒，把小路完全挡住。

走着走着，队伍又停了下来，他又到前面去看，一个战士抱着枪倒在路上，已经牺牲了。

这天，团部和一营进驻湖南道县一个圩镇时已是凌晨2点，杨团长命令战士们不准睡觉，连夜赶筑工事。杨团长以其丰富的作战经验防患于未然。首先派出侦察员到四周了解敌情，然后要大家在各个村口利用地形构筑简易工事，派人驻守。

天刚亮，敌人突然来袭，把圩镇包围，来敌至少有一个加强团，而在村里，红八团团部直属人员和一营两个连加起来不足200人。

枪声响起，杨团长一面急命向东警戒的三营回援团部和占领村外高地，一面急命团部人员和部队马上搜买村中的棺材、木箱、木桶，装上沙石砖瓦，置于村中交叉路口做机枪掩体，并堵死墙上窗口，开凿射击孔，准备巷战。再命警卫班和一营的优秀射手占据房顶冷枪阻敌。

陈正邦也被派到房顶狙击。

他瞄准一枪，射出的第一发子弹击中了一个给敌军带路的民团团丁头部。

敌军并没停止冲锋，冲到距村口五六十米处，才停止前进。

一发迫击炮弹在陈正邦旁边的房屋炸响，他被抛下房顶。

接着数十发炮弹落在村内外我军各处阵地上。

敌军开始冲锋，先猫腰小跑，再曲线急进，硝烟还没散尽，已冲到距我军阵地不到 30 米处。

又是炮击，一群群炮弹从敌军头顶几米处飞过，炸得村口我军正面阵地碎石泥土飞溅，好在没有血肉横飞。

对面的冲锋号响起，百余敌军一跃而起，挺着刺刀正面扑向我军阵地。

我军正面阵地没有射出一枪一弹，两侧阵地却突然射出了密集的炮弹，狙击手的冷枪也响起。

敌军倒下了二分之一，剩下的二分之一冲向两侧阵地。

我军正面阵地架起了一挺轻机枪，接着又架起了一挺，退至二线躲避炮火的指战员迅疾占回一线正面阵地。正面、侧面构成了交织的火网，迫使敌军不得不卧倒、跃起，再卧倒、再跃起……冲到我军阵地前又倒下了二分之一。

“打！”杨团长掷出了第一颗手榴弹，他的警卫抱着一箱手榴弹紧跟在他身后。陈正邦抱着一箱手榴弹跟在政委后面。

团长和政委都上到了一线。

集束手榴弹飞向敌群，炸响，敌人垮了。

敌人以更猛烈的炮火摧毁了我军简易构筑的一线阵地，接着又摧毁了二线阵地。

敌我双方都死伤惨重。

打退敌人四次冲锋后，杨团长命令，退入村中巷战。最紧急时，敌人冲到我军团指挥部前不到 100 米，炊事员、挑夫和文书都拿枪参战，才把敌人打退。

三营赶回增援，一营冲出村子夹击，敌人四散退去。

打完仗，连饭都没吃，陈正邦他们就继续往前走。爬上一座山顶，看到有一座凉亭，团长说：“进去歇一下。”

走进凉亭一坐下，战士们马上都睡着了，包括团长杨梅生。

战士们醒来时，看到军团政治部主任黄火青拿着块竹板站在他们身边。

黄主任说："我拿竹板敲打柱子都惊不醒你们，干脆给你们每人一竹板，终于把你们打醒了。"

走近广西时，红九军团是先朝龙虎关走，说是由红八军团掩护他们过龙虎关，然后他们进攻广西的灌阳。走到半路，又接到命令，说龙虎关已被桂军占领，叫他们掩护红八军团从永安关进广西。

陈正邦所在的红八团是红九军团的前锋。他们连夜赶路，天亮时走到永安关附近，才与红八军团相遇。

永安关的地势看上去并不是那么险要，连在一起的几座不高的土石山岭中间有一个山口，道路从山口中穿过。

他们立即占领了永安关，让红八军团先过关。红八军团过关时有两三千人，精神状态跟他们差不多，累得走路都东倒西歪的。

他们在永安关吃了顿饭，还带了少量干粮，开始进入广西。

跌跌撞撞一路走过来，陈正邦的运气应该说是很好的。他当红军4年多，参加十几二十次大小战斗，在他眼前倒下的战友至少有几十个，也算是经历过枪林弹雨，但是子弹、弹片都好像躲着他走，连碰都没碰过他。从江西走到广东，走到湖南，走进广西，渡过湘江，一路也是有惊无险，直到走进资源山区。

那天中午，他们团政委刘先胜要陈正邦送一个急件到军团部，交给军团政委蔡树藩。

他赶到军团部时，看见蔡政委正在跟军团几个首长商量事情，就站在门外等候。

他发现几个首长脸色都很严峻，蔡政委在发火，声音很大，好像发生了什么大事似的。

蔡政委的警卫员是他老乡，小声告诉他，昨天夜里，军团部宣传队有个小宣传员上茅房点火照明，不小心把老百姓的茅房给烧着了，幸亏救得快，没烧着别的房屋。正好前一天桂军伪装成红军烧房子，现在出了这件事，给老百姓造成了误会，事情很严重。

只听见蔡政委大声指示，烧了老百姓房子，必须向老百姓道歉、赔钱；烧房子的人查清了要枪毙。

等其他几位军团首长都走了，他才进去把信件交给蔡政委，想趁天黑前赶回团部。

刚走出门，他与军团部老炊事员迎面撞上了。

老炊事员手上端着一锅滚烫的米粥，一下全泼在了陈正邦的身上。米粥从上往下流，伤得最重的是腹部和左腿、左脚。那天他正好没打绑腿，光脚穿草鞋，还脱掉了棉衣。

军团部军医马上帮他处理了伤口，可是没有治烫伤的药，只能上点消炎粉。

第二天，陈正邦拖着伤腿跟着部队走了大半天，走着走着便昏倒了。醒来，看见身边放着一小布袋炒米。他认得那个布袋，是他们杨团长的。

已经看不见部队，他掉队了。

他的泪水默默地流下。他怎么也没有想到，生活给他开了个天大的玩笑，在出生入死的战场上处处有惊无险，却偏偏栽在一锅热粥里。

他奋力地往前爬。他心里不甘啊……

六

当红军，走长征，无疑是陈正邦最值得大书特书的辉煌经历，但这段经历只有四年多，只是他93年人生长河中的一小段。

本次寻访，我决定对他的一生进行探究。在龙胜党史部门的帮助下，结合陈正邦家人的讲述，我将陈正邦参加红军后的履历进行了梳理：1934年在资源县掉队后，陈正邦一路向着红军行军的方向行走，讨饭9个月，流落到龙胜县泗水乡龙甸村委里排屯，被村民侯正权收留。养好伤后，在寨子里替人打长工9年，帮地主种田5年。解放后，自己做货郎，与人合伙做生意、开商店。1956 年加入泗水合作商店，成为供销社职工，从营业员做到合作商店经理。1980 年退休。2008 年去世。

2019 年 6 月 12 日上午，我们来到了里排屯。在当年收留陈正邦的救命恩人侯正权家的吊脚楼里，67 岁的侯光前老人坐在当年陈正邦接受李时新主席专访的窗户旁，接受了我们的采访，回忆起祖父侯正权收留陈正邦，以及陈正邦在里排屯生活的点点滴滴。

七

国民党的军队到处搜捕失散的红军，资源县是不能停留的。

于是，掉队后的陈正邦，拖着病腿，离开资源县。本来有很多繁华的地方可走，但他坚持走人烟最稀少的山路，因为那是红军前进的方向。他想，再苦再难，也要追赶上部队。

1935 年 8 月，经过 9 个月的乞讨，衣衫褴褛的陈正邦走到里排屯，在那炎热的夏天里，他已骨瘦如柴，饥饿和干渴如无数只蚂蚁在爬，咬得他全身难受极了。他看见前面有一条河，那是屯边的浔江。他想爬到江里喝口水，爬着爬着，就晕倒了，不省人事。

一个 30 多岁的中年人挑着两只水桶从屯里出来，正向江边走来。中年人很快看见晕倒在江边的陈正邦，大头苍蝇在他的身上嗡嗡地乱飞，叮在他发臭的衣服上、脸上、手上。

中年人推了推陈正邦。陈正邦艰难地睁开眼，看了看中年人，看出他没有什么恶意，于是抬起手来指了指自己的嘴巴。

看着陈正邦干裂的嘴唇，中年人似乎明白了陈正邦的意思。于是，他走到江边，打了半桶水上来，用手慢慢地滴进陈正邦的嘴里。

大约喝下了一大碗水，陈正邦才慢慢回过神来，但他依然很虚弱。

中年人问他是哪里人，为什么流落到这里来。

半年多来，陈正邦一路乞讨，但从来不敢轻易开口说话，怕别人知道他是外地人，是红军，怕招来杀身之祸。

这个中年人的口音却让他心里一震。

对方说的是江西口音，久违的乡音。莫非对方也是失散的红军?

他终于开口说话了。

这次轮到中年人吃惊了，怎么会在这个壮寨里遇到老乡呢?

在交流中，中年人告诉陈正邦，他是从江西来这里做木工的木匠，现在正在帮半山腰的一户人家做柜子。

木匠想，如果不给他一点吃的，这个老乡很快就会饿死在路边了。于是，木匠叫他等等。

木匠挑着一担水回村里，同他的雇主说，江边有个晕倒的乞丐，是个江西老乡，希望能救救他。

木匠的雇主叫侯正权，是个40多岁的中年人，听说是木匠的老乡，马上同木匠往山下赶。

两人背着陈正邦，往侯正权的家里走。

侯正权先给陈正邦喝了一碗油茶，然后让他喝粥。一碗，两碗……看着他慢慢把粥吞下去了，气色渐渐好转，于是，木匠拿出自己的衣服，让陈正邦洗了个澡。

看着身穿干净衣服的陈正邦坐好了，侯正权和木匠问他：为什么流落到这里来?家里究竟发生了什么变故?

陈正邦将自己的红军身份告诉了这两位救命恩人。然后说，他知道这里是国民党统治区，不想连累侯家，他住几天，就去找部队。

侯正权看着他的腿伤，说，红军我们知道，去年也经过这里，是一支不扰民的部队，走了将近一年了，你很难追得上了，你先在这里治好伤再说吧。你不要乱说话，如果让国民党知道你是红军，抓住了就会杀头的。

经过几个月的休养，腿伤慢慢好起来后，陈正邦又几次同救命恩人说起要去找红军部队，但侯正权同他分析：红军已经走了一年多，你也不知道他们去到哪里了，再说，你是国民党眼中的“共匪”，你怎么去找呢?他们一听你这外地口音，可能就把你抓起来了。陈正邦说，自己总不能天天坐在这里吃闲饭啊。

1935 年，20 岁的陈正邦开始给寨子里的富裕人家打长工。

打长工，工作很辛苦，却只管一碗饭，没有什么工钱，但这总比坐着吃闲饭好多了。其实，对陈正邦来说，九死一生都经历过了，这点辛苦又算得了什么呢？

这期间，他隐姓埋名，做工特别卖力，却极少说话，更不敢对外人提以前的任何事情，因为他知道，他那一米七五的个子比当地人高出很多，还有那江西口音，说漏嘴了，自己被杀头事小，连累了侯家他可承受不起。

这长工一打就是 9 年。

这期间，侯正权见他为人老实厚道，于是，在一个春意盎然的日子里，把妹妹侯贤玉嫁给了他，让他有了一个温暖的家。

从 1945 年起，他又开始为地主种田。一直种到解放后。

从 19 岁到 35 岁，陈正邦在里排生活了 16 年。

八

1949 年，中华人民共和国成立了，陈正邦终于敢站起来说话了，敢公开自己的红军身份了。他每天挑着生活必需品，走村串寨，做着货郎的买卖，开心地赚取生活费用。大家都知道这个个子高挑的货郎原来是个红军战士，加上他的态度和蔼，卖的东西货真价实，大家都愿意买他的东西。随后，他又与人做生意，学习更多的生存本领。

1951 年，他的妻子侯贤玉去世后，他伤心地搬离了里排屯，出到泗水街，与人合伙开办大众商店。在做生意的过程中，陈正邦与在圩上做小本生意的向修云相遇，他们两情相悦，走到了一起。随后 50 多年里，他们相濡以沫，患难与共，相亲相爱，走过了银婚，走过了金婚。此是后话了。

1954 年，39 岁的陈正邦又在泗水开了一间棉布经销店，他用自己的双手开创了属于自己的幸福生活。

陈正邦的红军身份公开后，当地党委、政府多次找到他，希望他能出来工作，为新生的人民政权做更多的贡献。但是，陈正邦说自己文化水平不高，他更愿意做自己熟悉的小买卖。

1956 年，他加入泗水合作商店，成为一名供销合作社的职工。

1958 年，陈正邦转调到周家、马堤、芙蓉等地供销社工作，担任最基层的营业员。

虽然离开了里排，但里排是他的再生之地，在他的心中永远占据着最重要的位置。1961 年，他的救命恩人侯正权去世了。那时正是“三年困难”时期，吃了上顿没下顿，听到这个噩耗后，他擦干了满脸的泪水，把米缸里仅有的几斤米装在袋子里，立即赶回里排，披麻戴孝，哭得泪眼婆娑。

自从救命恩人去世后，陈正邦虽然没有亲人在里排了，但他还经常带着他的家人回到里排走亲戚，把里排的救命恩人的子孙当成亲人看待。20 世纪 80 年代，生活稍微好转了，他又亲自购买墓碑，回到里排厚葬早年去世的第一任妻子侯贤玉。1996 年，李时新对他做专访时，他特意把采访地点安排在里排那座给他第二次生命的吊脚楼，足见此吊脚楼在他心中的位置。

1962 年，47 岁的陈正邦又转回泗水合作商店，任经理，直至 1980 年退休。

在供销社工作的 24 年里，陈正邦不论是当营业员，还是任商店经理，他都以红军战士的标准来要求自己，不怕艰难，不怕困苦，积极工作，多次获得“先进工作者”的称号。

1977 年肖春发的职工鉴定表里，组织是这样评价他的：“该同志服从组织分配，能积极参加学习，有时带病工作，服务态度好，工作积极肯干，能团结帮助同志，态度鲜明，敢于同不良倾向作斗争。”

1949 年到 1980 年期间，陈正邦曾经回江西老家 4 次。解放战争胜利前，陈正邦不能回老家，想回也不敢，怕被国民党抓住。1949 年后，人民政府给他报销了路费，陈正邦终于踏上了返乡之路。第一次回家，他得知父母被国民党反动派杀害了，留在家里的两个弟弟也在贫病中去世了。他买了三牲供品，去祭拜父母亲和弟弟，痛痛快快地大哭了一场，很是悲伤。

退休之后，因为年纪大等原因，他再没回过瑞金老家祭拜父母和弟弟了。他将对家乡和亲人的思念，转化成了去关心与瑞金有关的人和事。2000年前后，泗水乡政府来了个江西瑞金籍的干部，他知道后非常高兴，经常主动去找老乡聊天，了解家乡的人和事，回家后会兴奋地反复讲述他所了解到的家乡信息。有一年，有个瑞金的马戏团来泗水演出，他特意去同人家攀谈了很久。回来之后，很长一段时间的话题都在说家乡马戏团的事。

1980年，陈正邦正式退休。

退休之后的陈正邦，还有什么样的故事呢？

九

1934年到1936年发生在中国大地上的红军两万五千里长征，是一次具有国际影响力的伟大征程，是中国共产党和红军谱写的壮丽史诗。长征这一人类历史上的伟大壮举，留给我们最宝贵的精神财富，就是坚忍不拔、自强不息、勇往直前的长征精神。

长征精神深深地影响着陈正邦的一生。

在红军长征胜利70周年之际，2006年8月，91岁的老红军陈正邦接受广西电视台采访时，第一句话就响亮地说："感谢共产党，感谢人民政府，是党和政府给了我幸福的生活。"

这也是他数十年来说得最多的一句话。

他的感恩是发自内心的。感恩，也许从他在里排被救起时，就在心中扎根了。

据说，当年没有什么文化的陈正邦为了给曾孙起个满意的名字，请教了乡里很多文化人，最后取名"忠义"，就是因为他希望曾孙能成为一个忠于党、忠于国家的有情有义之人。

他常说，解放后，党和政府就给他安排了工作，他和妻子向修云、孙女向启培在泗水供销社都有一份稳定的工作，一直上班到退休。退休后，每个月都有固定的退休金，虽然不是特别多，但之前的社会哪有这么好的制度？是党和国家的好制度，给了他安稳的生活。

“他始终强调是党给了他第二次生命。这样的觉悟，是早年参加红军受到的教育在他心中留下的烙印。”陈忠义接着说，“从我记事起，每年节假日，各级领导来慰问他时，他都会说感谢政府、感谢党的话，从来没有说过一句怨言。他也从来没有向组织上提过任何不合理的要求，从不愿意给政府增加困难或者麻烦。组织上问他有什么困难需要帮助时，他总是说，我每个月有退休金啊，与邻居相比收入已经很高了，看病还有医疗保障，你们去帮助更加困难的群众吧。”

是啊，人生漫漫，无论经历过怎样的艰难挫折，他都不忘初心。这就是一个老战士永不褪去的红军本色。

十

陈忠义说，我来讲一个太公 85 岁还装卸茶籽的故事。

我太公是个非常勤俭持家的人，我相信这种品格跟他的货郎生涯有关。退休后，他一直帮助我妈妈做这个做那个，从来没有闲过，90 岁了，有时候还自己做饭吃。

他 85 岁那年，我都读大学了，假期回家，帮助家里收购乡农的茶籽，然后榨成茶油。我当时印象很深刻，有一车货过来，四五吨，他当时叫上我，我们两个人，一起卸货。我当时一直说他，年纪很大了，不用他弄了，我自己慢慢卸就行了，可他一直帮助我们，一包一包地把茶籽拿下车，又拉到家里。当时连我都觉得很累了，而他干的比我更多。他笑着说，他是穷苦人民出身，勤俭持家是一辈子的事，年轻的时候也经过很多苦难，干这些活不算什么。

陈忠义说，再讲一些太公助人为乐的故事。

做货郎的经历，让他深深体会到乡民生活的艰辛和不易。所以，借钱给困难的乡民，主动购买乡民卖不出去的土特产、木柴、江鱼、红薯等，他干得乐此不疲。

这种乐于助人的精神，体现在他日常生活之中。

以前，人们赶圩都是走路的。我们家的房子就在泗水街的尽头路口。乡民们，特别是里排的乡亲出来赶圩，经过我们家门口，认识的不认识的，他都会主动招呼。“大家喘口气，然后吃个饭，喝杯水，再走”之类的话经常挂在他的嘴边。有时候，天黑了，他就说：“要不歇一晚上再走啊？”太公的家就成了乡民们的落脚点、休息站。

一些乡邻需要救急，找他借钱，无论多少，有能力的情况下他都会主动地帮助别人。钱借出后，却从来不问别人要回来。看到谁有困难了，他甚至主动去问，上去帮忙。

以前交通不便，一些乡民挑山货出来卖，如一些木柴、土特产、药材之类的，卖不掉的时候，很多人就会挑来我们家，问我们要不要。太公几乎每一次都会买下来。我觉得这也是一种帮助。虽然不是直接地给予别人多少，却赢得了乡民的交口称赞。

以前我们街上有一个人，名叫战龙，是一个智障人士。人有点傻里傻气的，但多多少少还能做点活。他平常去砍柴，砍回的柴基本上都卖给我太公。那些柴啊，有时不是很干，但是，只要是他拿来，太公都买。另外，每一次他送柴到家里来的时候，太公都会提前为他准备好一碗白米饭，让他吃饱了再走。这种默默相助，实实在在。

陈忠义说，最后我们来讲一讲太公太婆的故事。

1994年，我太婆脑中风，瘫痪了。从此，照顾我太婆成了太公退休后的日常工作之一，直到太公2008年去世。14年间，有着很多温情的故事。

太公腰板还硬朗的时候，他一日三餐服侍我太婆，每次都特意把米饭煮得烂一点，再喂太婆吃。太婆嘴巴能说会道，比较厉害，有时候还骂人，但是太公从不计较，对我太婆依然很好，事事都顺着她。

2006年，央视《我的长征》栏目组到过我们家采访他，给他很大的鼓舞和激励。当记者问他有什么心愿时，他说他唯一的心愿就是：要一个轮椅给妻子坐，还希望有医院能为妻子做个白内障手术，让妻子能重见光明，然后他推着妻子去看他当年掉队的地方。后来，这些心愿在爱心机构和热心人士的帮助下实现了。

结 语

2008年，失散老红军陈正邦去世。

他是个英雄，红军二万五千里长征路上的真英雄。

他是个普通的劳动者，社会主义建设中一名普普通通的劳动者。

他的曾孙陈忠义说，在我们眼里，他是亲人，是和蔼可亲的有情有义的长辈。

两天的采访结束了，我很欣慰，因为我寻找到了两样宝贵的东西。一种叫精神，另一种叫传承。

是的，尽管陈正邦走了，但红军精神依然永放光芒。

是的，尽管陈正邦走了，但光荣传统还在代代传承。

陈正邦去世后，乡民的土特产、木柴等依然送到他家里，他的孙女向启培热情招呼，像陈正邦在世的时候一样去收购。有些尽管用不上，但也要。

15年前，陈忠义在北京开饭店的时候，年轻的他就把太公的优良传统传递下去。他常对员工说，有乞丐来，千万不能赶走，一定要给人家吃饱了再走。他的饭店门庭若市，不但赢得了无数食客的口碑，还收到了众多的祝福。

注：鉴于陈正邦已去世多年，其长征岁月这一部分内容，在尊重其曾孙陈忠义讲述的基础上，经桂林市作家协会名誉主席李时新老师同意，也参考了他提供的采访文稿，以确保这一部分内容的真实性。在此，特向李时新主席致谢。

作者简介：

吴世林，广西钦州人，文学创作二级作家，广西重点文学创作扶持项目签约作家。系中国报告文学学会会员，中国散文学会会员，中国少数民族作家学会会员，广西作家协会会员，钦州市作家协会副主席。著有《永远的白海豚》等5部作品。

才喜界[*]记忆

⊙ 蒋忠民

在红军长征所经过的诸多关隘中，才喜界算不上雄关也算不上险关。它地处越城岭尾巴上，是大富岭东侧凤岭源西侧之间山腰处的一个十字路口，一条古道穿过隘口。隘口南边沿溪流下去是今属灵川县九屋镇东源村委的新寨（含冯家湾）村；从东北方向横盘路过去下竹林界，是兴安县溶江镇金石片区文甲洞村；出隘口不远有两条小道，左边去龙胜各族自治县江底乡黄家寨，右边下去是大坪江，依次经过闭江、半河、江门口到江底九江河口。

1934 年 12 月 6 日彭德怀、杨尚昆在《三军团 7 日行动部署》中多次提到了才喜界。

但关于湘江战役的研究文章和纪实作品中，对才喜界没有过多的涉及，至多偶尔提及。

算不上雄关险要的才喜界，是红军长征中遇到的第一个全部由被国民党反动派逼迫的瑶族同胞把守的隘口。在瑶族

---

* 才喜界，也称为寨市界、柴喜界、才喜街，本文采用现在的地名称呼：才喜界。

同胞盘桂荣的说服下，把守隘口的瑶民打开寨门，让红三军团先遣连不费一枪一弹顺利地通过了隘口，并保证了后续大部队顺利通过。

才喜界隘口的顺利通过，充分体现了中国工农红军总政治部在灌阳县文市玉溪村祠堂制定的《关于瑶苗民族工作中的原则指示》和拟定的《关于对苗瑶民的口号》是何等及时、何等正确。为红军离开广西进入贵州后，顺利通过四川苗族聚居区尤其是顺利通过大小凉山彝族聚居区，积累了宝贵经验。

2019 年 6 月 15 日，天气晴好。

灵川县东源村委新寨村的赵启学带路，我们从新寨出发，沿溪流而上，一条古道穿过竹林和杉木林，抵达才喜界隘口。

有资料说，当年才喜界上有商铺、作坊和店面茶馆，被人们称为才喜街。眼前，萋萋荒草，遮掩了古道石板；箭竹藤蔓，湮没了曾经的繁华。

一堵长约 100 米的残破的碎石泥墙横在隘口，墙体已经坍塌，坍塌的墙体上生长着杂树灌木。墙垣断口处，几块残破的石头，依稀可见当年寨门的样子。

隘口靠龙胜方向，一块龙胜温泉国家森林公园管理处“关爱自然，保护候鸟”的宣传牌竖立在古道边。每年，有数以万计的候鸟，在这片总面积达 5115 公顷的以迁徙候鸟为主要保护对象的自治区级自然保护区里栖息越冬。

赵启学指点着，这里，应该是当年守卡瑶民吊盘桂荣上来的地方；那边，往凤岭界上去，不会被注意到的上面，很陡峭的，当年装了滚木礌石。

红军过才喜界时，赵启学的曾祖父赵贵能就在卡子上。

我伏在如今并不显高的寨墙上，朝横盘路方向望去，除了前几年林业部门栽种的柳杉，什么也看不见。

赵启学说，那些柳杉长得好快，几年工夫就三四米高，横盘路全部被柳杉遮掩住了。几十年前，这一片山头都是茅草，寨子里的牛都放牧到这上面来。从隘口望过去，可以望到横盘路那头。

这个下午，才喜界很安静。

坐在隘口中间只能容两人通过的古道旁，一股久远的泥土气息扑面而来。我试图将听来的、查找到的历史记忆碎片，尽量拼接成一幅幅画面……

一

千斤石头千斤汉，石砌寨墙界口横。寨墙向来挡兵匪，不挡瑶胞自家人。红军本是穷苦身，与我同根共条藤。今日红军要过路，扒倒寨墙送亲人。

——才喜界下新寨村山歌

1934年12月6日，阴历甲戌年十月三十。

才喜界上的茅草被霜冻压着，无力地低垂。风吹过，发出细微的显得冰冷梆硬的咯吱咯吱声。

过两天，十一月初二，就是小雪。

作为连通湖广的古道隘口，每天挑夫客商来来往往的才喜界，冷清得连一只鸟也看不到。自从听说朱毛队伍开进了永安关，又在湘江打了恶仗，那些开店铺的，全都关门走人了。

卡子上，赵贵能放下火铳，直起身，用力勒紧捆在腰间的黑色腰带，咳了一阵，将一口浑浊的浓痰吐到寨墙下面。

他从腰带上拿下竹烟杆，在烟荷包里窸窸窣窣掏一阵，装好烟袋，点燃，美美地吸一口。斜眼看过去，佝偻在垛口边的其他人，跟他差不多，无精打采的。平日里打野猪的火铳，靠在寨墙上，同样显得无精打采。

一阵风吹过来，赵贵能打了个冷战，搓着双手朝寨墙中间位置走去。

寨老冯凤山、冯凤万兄弟在寨墙中间位置烧了堆火，两人坐在火堆旁低声议论着什么。

赵贵能跟冯凤山打个招呼，伸手烤火。冯凤山说，贵能呀，莫走来走去的，等下给那个人看到，难讲话呢。

冷得要死。都差不多两会烟[1]工夫了，鸟都不见一只，哪会有什么外来部队经过?

寨墙东边延伸上去最陡峭的地方，赵贵周和两个村民守护着石垒，每人手里拿着一把磨得锋利的柴刀。一堆大石头垒成一堆，由一些木头支撑，最后用几根老藤固定。只要有风吹草动，管事的一声令下，他们就斩断藤子，巨石从山上雪崩般滚下，砸向下面通隘口的横盘路。

隘口寨墙上忽然一阵骚动。

咦，快看，横盘路红山头那里过来人了。不是一个，是好长一溜哦，还有红旗!

一支高擎红旗的队伍，正从横盘路向隘口开来。

一天前，伦江。

盘四妹拿着一张草纸，蹦跳着跑到红三军团四师先遣连刘连长面前。红军阿哥，你帮我写个名字呗。

刘连长接过草纸，掏出钢笔，想了想，蹲下来，垫着膝盖在上面写好后递给盘四妹。

盘四妹拿着草纸倒过来倒过去看，红军阿哥你写的什么呀，我不认识呢。

拿着吧，等我们穷人打下了天下，你就能上学识字了。你就知道草纸上写的是什么了。穷人打下天下？盘四妹扑闪着大眼睛，看着刘连长。

是啊，我们这回路过你们这里，就是要北上抗日，等赶走了日本鬼子，我们穷人重新建立我们的苏维埃，这一天，要不了多久。

多久是好久呀？盘四妹看着门前清澈的伦江河，将草纸收到衣服口

1　当地方言，一会烟相当于2小时。

袋里。

四妹，你又来调皮了。快回家，阿妈要带你上山去挖冬笋，说不定会挖到竹鼠哦。盘桂荣在家门口喊。

刘连长迎声走向盘桂荣：大哥啊，这两天多有打搅了。

哪里，你们说话和气，这么冷的天，不肯进屋歇脚，硬要在山涧边搭茅厂子[1]过夜。实在不好意思哦。你看你，昨天要只鸡熬汤给那些伤员喝，一只鸡算什么呢，都是自家养的，你硬要给钱。给钱不算，拿到永安圩去卖，也就七八个毫子，你硬要再加一块光洋。

呵呵，你们生活不容易啊，就不要再提了，再提，我们就做不成老同了。

是的是的，盘桂荣连连点头，这两天你跟我讲的那些道理啊，我总算听明白了，你们红军就是我们瑶家的老同。

你们这伦江啊，真是个好地方，可惜，我们就要走了。你明天能不能帮我们带个路，我们要去龙胜泗水那边。当然，实在为难，那就算了。刘连长挨着盘桂荣坐下。

去泗水呀，那要走才喜界。

不走才喜界不行吗？

可以啊，但不是走我们伦江河这边，要走两渡桥那边，再翻过孟东界，那就弯得太远了。

哦，才喜界路好走吗？

路倒是不难走，从伦江河翻过前面山头就是横盘路。盘桂荣沉吟一会，又说：那上面设了个关卡，前几天听新寨的人说，民团中队长逼着他们 18 岁到 40 岁的都要去守卡，不让你们过才喜界呢。

他们有枪吗？

枪没有几支，大家拿的是打野猪的火铳，上码子的，我们瑶家人，在山里头打野猪，枪法都是蛮好的咯。不过刘连长你别担心，那上面守卡子的，都和我沾亲带故的。我帮你们带路，你们是我们瑶家的老同，

1 当地方言，即茅棚，也叫茅厂棚。

是自家人，我会想办法跟他们讲的。

盘桂荣将竹烟杆递给刘连长。刘连长摇摇手，表示不会。

盘桂荣朝屋里喊，道士，道士。一个后生走了出来。

明天我们不去挖穿山甲了，帮红军老同带个路。盘桂荣向刘连长介绍，这个周道士是山下文甲洞的，我们要得蛮好的。见周道士还在犹豫，盘桂荣瞪他一眼：我去得，你去不得？

周道士点点头，转身进屋去了。盘桂荣对刘连长说，你等等，我再喊个人，多个伴。不一会儿，盘桂荣将在伦江河边造土纸的马洪连喊了过来。

盘桂荣看着刘连长说：明天，我们三人帮你们带路。

赵贵能手心直冒汗，盯着前面。

红旗打头的队伍越来越近，距离隘口不到200米，忽听寨墙上一声大喊：瞄准！

刘连长手往下一压：卧倒！机枪手抢占两侧有利高地！

赵贵周朝手掌吐一泡口水，握紧柴刀，高高举起，只待冯凤山令下，就会刀落藤断巨石压顶滚下。

红军的机枪手拉动枪栓，屏住呼吸，随时准备击发。所有人的眼睛都死死盯住隘口。

刘连长双手握成喇叭状朝上面喊：守卡子的瑶族兄弟们，不要打！我们是中国工农红军，是穷人自己的队伍，专打地主土豪，保护瑶民！

北风飕飕，寨墙上面毫无反应。

刘连长正要继续喊，盘桂荣满头是汗地从刘连长身后闪出来，双手高举一个劲儿地摇动，用瑶话喊，嗨哎，大家莫打，都是自家人！

盘桂荣喊完，回头跟刘连长说，你喊的话他们听不懂的。你喊你的人好生在这里等着，万一哪个不小心走了火，那就搞大了啵。我先上去跟他们讲，几个寨子的人，基本上都是自家人，不沾亲也带故的。

盘桂荣一边摇手一边走向隘口，所有的眼睛此刻都盯着他。赵贵能也上了木楼，嗨，同年爷你这是吃了屋里的饭去装庙里的香，帮外头人带路？

盘桂荣到了石墙底下。冯贵发解下身上的腰带，放下寨墙。盘桂荣伸手试一试，够不着。冯贵发叫赵贵能解下身上的腰带，两个腰带接在一起，放下寨墙。盘桂荣抓住腰带，一丈多高的石墙，几把就上去了。

盘桂荣上去了，他要是不下来怎么办？等在下面的红军士兵有点焦急。刘连长摇摇头，不会的，不会的。瑶族人很讲义气的，这两天他帮了我们不少，又和我们认老同，再等等吧。

盘桂荣的侄子赵永茂跟盘桂荣打招呼说，叔爷呀，这么冷的天，你唧子[1]带起那些人上来了呢？盘桂荣瞪侄子一眼，你不是也不怕冷吗？见守卡子的多半是辈分比自己低的，盘桂荣也就不再客气。嗨，我不是被绑架也不是被抓丁，我是自愿的。你们晓得吗，下面这些人，确实是帮我们尤棉[2]的。说话和气，不偷不抢。在文甲洞帮周家二嫂曾国英治好了急症，扯了田里的萝卜都给了光洋。到我屋头买了只母鸡说是熬汤给伤员喝，那鸡平日最多卖得 8 毫子，他们硬给了一块光洋再加 8 毫子呢。

更有厉害的呢。盘桂荣掏出竹烟杆，装上一袋烟，竖起大拇指。中洞那个李寿廷晓得吧，欺男霸女，特别欺负我们瑶人。红军扎在文甲洞的第二天，就在新寨门金石河边把他给枪毙了！

真的？真的！

你亲眼看到的？

有看到的，也有听说的，实打实的帮我们穷人呢。

要得，要得！我们瑶家佩服！

盘桂荣立即吩咐自家侄子，永茂啊，还不赶紧地把石墙扒开，放红军过隘口？他们大部队就在后头，今天要赶到泗水那边呢。还有，多下去几个人，把那些竹扦子搞掉，你们不晓得，一路上你们埋的那些竹扦子，造大孽哟。那些个红军娃子，穿草鞋的呢，好多人脚板被戳伤

1 方言，意为“怎样”。

2 瑶语，意为“瑶人”。

了。嗨，都是你们做的好事。

哪怪我们呢，还不是那个刘金发，逼着我们。

冯贵发说，桂荣啊，运气，运气，刚好那个刘金发刚回半界家里去了，否则，放不放他们过去，难讲。

多大个事，在红军面前，他算老几！盘桂荣不以为然。

赵贵周和另外两个守着石垒的寨民将锋利的柴刀插入了背后的刀夹。身材高大的赵永茂拿起一根大翘杆，赵贵文、赵贵能几个人紧随其后，不一会儿，堵死的隘口扒开了一个大口子。寨墙前面的竹扦子也被清理干净。

盘桂荣疾步如飞，回到刘连长身边，将整支队伍领上了隘口。

盘桂荣向冯凤山介绍，寨老，这是红军老同刘连长。接着向刘连长介绍，这是新寨冯家湾寨老冯凤山，这是冯凤万，这是赵贵能……

这些头缠包头布、腰缠黑色腰带，浑身几乎都是黑色的瑶族同胞，都用疑惑的目光看着刘连长。

敬礼！刘连长一声大喊，全体战士不管是围拢在火堆旁的还是在四周警戒的，唰地站立，向隘口所有的瑶民敬礼！

这是第一次有战士集体向瑶族同胞致以崇高的敬礼！冯凤山眼睛一热，两手抱拳，多谢多谢，刘连长客气了。客人远道而来，又是我们瑶家的朋友，赶紧的，进寨子，喝几碗热乎乎的油茶暖和暖和。

你们寨子远吗？

不算远，不算远，从隘口下去走几步就到了。

火堆边，刘连长尽量用通俗的语言给守卡瑶胞宣讲在灌阳文市玉溪文家祠堂制定的关于苗瑶少数民族的政策，有些地方，还借助盘桂荣的翻译解说。

一个守卡瑶民对刘连长说，你们红军把我们尤棉当人看，帮我们尤棉，我们非常感激。可惜的是，你们很快要离开，那个欺压我们的刘金发还会继续欺压我们哦。

刘金发是你们瑶家人吗？

不是，他是新化人，来这里开山做生意，被区公所委任当了民团中队长。成天收这个税那个费，把我们尤棉搞得好苦啊。

不怕，我们把他除掉就是！刘连长斩钉截铁，他现在在哪里，你们带我们去抓他。

他家就在隘口下面不远的半界。估摸着他快上卡子来了，他要来点名查岗的。

正说着，便听得一个声音在前面林子边响起：你们烧什么火，哪个喊烧火烤的？

守卡瑶民噤声。刘连长轻轻压手，全体战士立刻隐蔽起来。

刘金发看到被拆开的寨门，咆哮如雷。你们要造反啦，啊？哪个拆的，站出来，你们想干什么？

冯凤山冷笑。其他守卡的瑶民不作声。

刘金发还要训斥，刘连长带着队伍走出来。想干什么，我们瑶家兄弟要站起来做人！我们瑶家兄弟被你们这些国民党反动派的走狗欺压多年，今天，我们就要帮他们讨回一个公道。

欺压瑶民多年的刘金发被朱毛红军杀了。新寨瑶民奔走相告：朱毛红军帮我们出了气，是帮瑶家的，是我们瑶家的老同！

二

红军上了才喜界，瑶家老同情谊深。把脉治病身痊愈，红薯苞谷待亲人。爬山上岭蝙蝠洞，蝙蝠洞里受苦情。红军在此养病伤，村民送饭来渡生。

——才喜界下新寨山歌

刘金发家在半界。

这里距离新寨还有一段路，可以听得见狗叫，看得见炊烟。

刘金发屋子里，不断有人从粮仓里挑谷子出来。

刘金发屋子门口，赵永茂、冯富林等人在杀猪。杀好的猪很快被砍成一小块一小块。红军战士将猪肉递到瑶族同胞手中。

推来推去，没人敢接。冯凤山发话，红军老同帮我们的，给我们的，接，大胆地接。

冯富林没有接猪肉，最后偷偷将一节猪大肠揣进怀中。

一个红军士兵拎着个灰桶，拿一个草把刷子，在木板壁上刷标语。

距离刘金发家不远的刘金有，虽然与刘金发论起来是本家兄弟，但是本分老实，从来不参与欺压新寨瑶胞的事。此刻，他家门前坐着一溜红军士兵，衣衫褴褛，在寒风中瑟缩着。

屋门忽地被推开，"老乡，老乡……"一个外地口音一个劲儿喊。刘金有迎了出去。门口昏倒一个红军士兵，脸色苍白，浑身颤抖。

快把他抬到火塘边。刘金有喊儿子刘华田，赶紧地，帮这个小老同看看。刘华田端详一会儿，拎起屋角落一个瓦罐在门槛上一磕，瓦罐烂成几片。

刘华田用热水将那个红军士兵的身子擦了一遍，然后用手猛搓他的手指头和脚趾头，搓得红红的。之后，拿起一块瓦罐破片，在每个手指头和脚趾头上戳一下，挤出乌血来。再用瓦片在他肩膀和背部刮，刮出一条条乌红乌红的痕。

他这是寒毒攻心，要把毒逼出来。刘金有在旁边给其他红军战士解释。

那个红军战士醒过来了。喝下一大碗热姜茶后，他的脸色慢慢恢复正常。旁边几个战士连声道谢。

醒过来的战士站起身，朝刘华田鞠了一躬，大哥，谢谢！我们要去赶大部队了，把这个送给你！说着将身上背着的一只水壶摘下来，双手捧着递给刘华田。

几番推辞，刘华田只好收下了这只水壶。

85 年后，刘华田的孙子刘道斌拿出这只传了三代的红军水壶，如数家珍地讲起爷爷救治红军战士的往事，言辞间有一种自豪。他打算将水壶捐到县文物局，作为才喜界记忆的一个实物，一直传下去。

1934年12月7日，阴历甲戌年十一月初一。

傍晚时分，黑黢黢的大山，一片寂静。

一支红三军团殿后的队伍，上了才喜界，稍做停顿，急匆匆向龙胜方向赶去。

夜色中，队伍中分出一队人马，顺着山涧边的古道进入新寨。寨子里的狗大声叫起来。

寨老冯凤山家的火塘边，冯凤山正与冯凤万等人低声交谈。火塘上挂着的丝笼灯里，几块油脂丰富的松树块燃烧着。冯凤山拿起长长的竹烟杆，装好烟丝，伸到火塘里吸一口。妻子递一碗苞谷油茶给冯凤山，瞪他一眼，你呀，这两年也折腾够多了，跑到梨子根去闹什么杠，打什么醮，害得连屋都不敢拢。丢起我们娘娘崽崽在屋头，造孽哟。

冯凤山接过油茶，我这不回来了吗。在才喜界卡子头，那个刘连长讲得真好，帮我们杀了刘金发，分了他家的谷子，杀了他家的猪呢。

唉，我怕红军走了，那些汉人官兵来找我们算账哦。冯凤山妻子叹了一口气，继续打草鞋。

几个人正议论着，村头的邓奶奶跑过来喊，凤山，来了一队兵，有伤员哦。

邓奶奶屋外坐着十几个人。见冯凤山他们过来，一个人对他们打个拱手，对不住了老乡，这么晚来打搅。有十几个伤员实在跟不上部队，能不能在你们这里暂避几天，等伤好点就离开。

冯凤山点头：好吧，那就让他们留在这里吧，只不过我们瑶家日子苦，会怠慢他们哦。

冯凤山喊起了每户人家的当家的，将红军伤员安顿下来，并且再三叮嘱，切不可走漏风声。

少顷，这队人马悄悄离开，一切又回归宁静。

一个月后。

冯凤山、冯凤万扛着火铳，背着砍刀，各自还背着个竹背篓，用棕叶盖着，出了寨子。他俩在寨子后面老林子转悠一阵，从另一头上老虎包，折向蝙蝠洞。

斜伸的石崖下，藤蔓缠绕，大片灌木林下是一片陡坡，陡坡下的山涧潺潺流水声传上来，像唱山歌，又像一种低语诉说。

蝙蝠洞就在石崖下，不是很深，因常年有蝙蝠进进出出，加上外观远看类似一只展翅欲飞的蝙蝠而得名。

新寨的人每逢兵荒马乱，就会到蝙蝠洞里躲藏。外人一般很难找到这里。

冯凤山、冯凤万爬到蝙蝠洞口，拍三声巴掌，里面回应三声巴掌。出来一个衣衫褴褛的人，看到冯凤山、冯凤万，脸上露出笑容。哎呀，亏了你们哦，这么陡的山路。

冯凤山、冯凤万放下竹背篓，拿掉遮盖的棕叶，拿出烧好的红薯、炒熟的苞谷，还有一大罐油茶。嗨，我说老同啊，也只有这些红薯苞谷和油茶了。这年头，你们晓得的。

晓得，晓得。11个红军伤员相继出了洞口，说着感谢的话：搭帮寨老和新寨的老乡了，就是这些红薯苞谷和油茶，我们也晓得是你们从嘴巴里挤出来的，日子难啊，穷人日子实在难啊。

不说客气话了，我们认了你们是我们瑶家的老同，就是一家人。来，让我看看你们的伤势，寨子里的草药医生帮配了一些新鲜的草药，看哪个还需要换药的。

不需要了。我们的伤势基本上都好了。我们，我们想去追赶大部队呢。

对了，还有两个重伤员呢？

冯凤山、冯凤万没有回答。

一时静默。大家都清楚这个不回答意味着什么。11个伤病员起身，肃立，默哀。

挨个查看了蝙蝠洞里11个伤员的伤势好转情况，冯凤山、冯凤万放心了。

要得么，要得么。老同伤好了，想去赶大部队了。可是，一路盘查紧呢，你们又是外乡口音。啷子出去吗？

可是，我们总不能老缩在这个小洞里啊，如果老缩在这里，那不是真的进了蝙蝠洞，成了蝙蝠精啊？一个红军战士调侃。

大家听出了无奈与不甘。

近几天，风声确实开始紧了，那个刘金发的婆娘，到兴安县告状，说要来清乡，你们能离开，也好。冯凤山说，这样吧，我回去再想想，也就这两天吧，帮你们想想办法。

我们那两个牺牲的战友呢？一个红军伤员迟疑着问。

已经入土为安了，就在山那边的井水坪。冯凤山沉声回答。

三天后，蝙蝠洞里的11个红军伤员乔装打扮离开了新寨。

黑夜包裹的大山里，一个人影踟蹰着前行，缓慢前行。

因为脚伤才痊愈，行走还是很不方便，与10个战友离开蝙蝠洞不久，他便掉队了。在一条溪流边坐了一阵，他决定沿着溪流往下走。

部队过才喜界已经两个多月了，他知道自己追不上了，更何况还拖着一条刚痊愈的伤腿。他也不能拖累其他战友，于是，他选择了独自前行。

眼下，他需要找一个地方把自己安顿下来。

沿着从才喜界流下来的河流走了好久，估摸着离开蝙蝠洞有好几十里地了，天色已经蒙蒙亮。他看见东江河边有户人家，从窗户透出微弱的光。

这里是西岭街。开客栈的石镇英大清早起床，给两个客人做早点。石镇英正在忙碌时，突然听见敲门声，开门一看，只见一个打着赤脚、拄着竹棍的小个子后生，怯怯地看着他。

大叔，我是逃难的，和家人走散了。请问大叔，我能否帮大叔打工，你管三餐饭就行，我不要工钱。

石镇英就着朦胧的灯光看着这个不速之客，犹豫着。

那个矮小的后生又怯生生地问，大叔，可以吗？

你进来吧。石镇英突然想到自己那个比他大不了多少的儿子石介成，要是介成流落成这样，也希望有人收留啊。

石镇英留下了这个叫李天赐的小后生在客栈帮忙。

半年后。

一天晚上，吃过晚饭，石镇英和石介成在火塘边烤火，喊李天赐一起过来坐下。

石镇英问，天赐啊，你都来半年了，还打算回老家吗？

李天赐摇摇头，老家不知还有没有人呢，不回了。

那以后呢？

以后也不回了，大叔，你这是？莫非嫌我在这里碍事，那我，我明天就走！

嗨，你想到哪里去了。石镇英沉吟，我是觉得，你老实能干又勤劳，和介成也处得来，我想收你为继子，改姓石，你看可以吗？

李天赐连连点头，要得，要得。他当即跪下，给石镇英叩头，从此成了石家的儿子。

几年后，国民党到西岭抓壮丁。石镇英的儿子石介成和村里好些青壮年被抓走了。因为石天赐的脚一瘸一拐，没有被抓走。

爸，你放心，介成哥哥被抓丁走了，家里还有我。话语不多的石天赐对石镇英说：我落难时你老收留了我，你就是我的亲人，我不会离开你。

从此，石天赐帮石镇英打理客栈，定居西岭，终身未娶，接养了一个女儿唐玉秀。

关于自己的过往，石天赐很少谈。后来，唐玉秀原来的家人知道他是新寨瑶族同胞收留过的红军伤员之后，想到县里找民政部门申请老红军补助，被老人阻止了。他跟家里的晚辈说，红军长征牺牲了那么多战友，自己能活下来看到新中国诞生，很满足了。

石天赐留给西岭村民的印象，是一个瘸腿小个子，话很少，做事很卖力。1976年石天赐去世，因家庭经济拮据，直到2000年，他的孙女周利华和孙女婿蒋贞华，才以母亲唐玉秀之名为他竖立墓碑，墓碑上概括性地记录了石天赐作为失散红军定居西岭的历史："吾父是江西省人氏。革命战争时期加入中国工农红军。参加二万五千里长征。在经过广西境内时，负伤落伍后，流落广西灵川九屋西岭街，石公镇英收养为继子。生于吉年六月初六，殁于一九七六年吉月吉日。为纪念请匠刻碑，子孙永远祭扫不忘。"

三

可怜乙亥二月天，国民党兵来清乡。追查瑶民通朱毛，地河冲里来抓人。凤山凤万两兄弟，贵文贵华是头人。全村壮年好汉子，抓去兴安收了监。

——才喜界下新寨山歌

刘金发被镇压那天，红军并没有为难刘金发的妻子罗翠英。不成想，就是这个罗翠英，天天到兴安县警察署告状，说老寨、新寨瑶人勾结红军，不仅放红军过才喜界，还镇压了守卡民团中队长刘金发。

得到警察署撑腰，罗翠英嚣张地要老寨、新寨每家出五块光洋殓埋刘金发。哪家没钱出，县里来的警察就牵牛抬猪挑谷子。凡是那天去守过卡的人，罗翠英都说他们是通共的。兴安县警察署的警察不分早晨夜晚，随时随地来抓人。村人只要听到狗叫，半夜都连忙逃跑。

老寨、新寨笼罩在恐怖之中。

赵荣成不仅在才喜界打开隘口放红军过去，还帮红军杀了刘金发家里养的一头猪。罗翠英带着警察抓他，赵荣成跑出去躲藏了，只有他父亲赵贵华在家。罗翠英咬牙切齿地说，跑了崽就抓老子，让他屋里拿钱赎人。

这一赎人就赎了两年。家里的七亩田都全部卖掉了，该借的地方都借遍了，每次凑一笔钱送去县警察署，得到的答复都是再等等吧，连面都没见上。亲人们急得团团转。

最后一次，寨上的赵昌富、冯富川陪着赵贵华的妻子吴满英送钱去赎人，得到的却是赵贵华已经被杀害了的噩耗。三人四处打听，都不知道赵贵华的尸体被埋在什么地方，只好空手回来。

一年后，兴安一个老人偷偷告诉赵荣成，他的父亲被国民党反动派杀害后埋在了某个荒坡上。赵荣成连夜赶到那个荒坡，把尸骨挖出来，用蛇皮袋装好挑回新寨，把父亲的尸骨埋在寨子边的定坤屋场。

天空飞着冷雨。才喜界笼罩在迷蒙烟雨中。

新寨前面的地河冲，社山下的几块田里，男女老少几十人瑟缩在寒风中。

闹啊，你们开心啊！刘金发的老婆罗翠英在人们面前冷笑着走来走去。你们这些瑶古佬，有好不识好，放走朱毛红军，杀了我家金华，杀了我家的猪，分了我家的粮，你们以为找到了靠山。哼哼，他们拍拍屁股走了，我的账，统统算在你们头上。

她走到人群前面，指着低头在第二排的冯富林骂。好你个冯富林，你能干啊，杀我家的猪，我家的猪是那么好杀的吗？哼，还偷偷藏了半截猪大肠。吃得舒服吗？今天老老实实给我吐出来。

冯富林被几个警察抓出来，按在地上，用竹片抽打，打得满地翻滚，哀声连天。

人群骚动，小孩哭成一片，妇女们将自己的孩子紧紧搂在身边。

二十几个荷枪实弹的县警备队警察，虎视眈眈地盯着瑟缩在寒风中的男女老少。警察局局长唐雄阴沉着脸。副局长张高拿着一本花名册，在人群中搜索。

赵九妹被抓出人群，赵永茂被抓出人群，赵贵文被抓出人群，赵荣华被抓出人群……警察用枪驱赶他们到一边，用铁丝反捆双手。

唐雄皮笑肉不笑地说，大家都是乡里乡亲，我们也不想这样。可是，你们不安分过日子，前年和去年，你们有的人跑到梨子根去打醮、造反。当时就要抓你们，要严惩你们。看在乡里乡亲分上，我睁只眼闭只眼算了。可是这回，你们这些守卡子的瑶人，吃了熊心豹子胆了，居然放朱毛红军过了才喜界。而且，我听说，有些伤员被你们窝藏了，你们啊，胆子上天了。

现在，还有寨老冯凤山、冯凤万两人躲起来。哼，你躲啊，躲得了初一躲得了十五吗？你们赶紧地，交出那些红军伤员，还有交出冯凤山、冯凤万，不然，别怪我不客气哦！

他手一举，所有枪口都对准了被驱赶到一堆的人群。

躲在地河冲背后老虎包密林里的冯凤山看到这一幕，嘴唇咬出了血：凤万，这架势，我们俩必须出去了，不然，全寨子的人要遭殃。

冯凤山和冯凤万走出密林，来到地河冲。

冯凤山呵斥道：欺负老人妇女小孩，算哪样本事！

寨老，寨老！骚动的人们突然安静下来。

不要为难其他人！一人做事一人担，放红军老同过才喜界，是我的主意。冯凤山大义凛然地说。

冯凤山、冯凤万、赵荣保、赵九妹、赵荣贵、赵荣付、赵荣华等人，被五花大绑押走，全村人眼泪汪汪地目送他们离开。

冯凤山等人被押着下了才喜界，沿着横盘路到了竹林界界头。

赵荣华大声叫道：兄弟们，大家快跑，到了兴安我们就会没命的！于是，赵荣华、赵荣付、赵荣贵三人推开押送人员，直往山下狂奔，押送的警察慌乱开枪射击，三人很快隐身到松林灌木从中。

竹林界下，金石河边。

赵荣保、赵九妹、冯凤山、冯凤万、赵贵文被摁着头，跪在地上。每人嘴里被塞上了一根大木棍，说不出话。扭头互视，彼此眼里都是仇恨。

两条水牛拖着粗大的松木被赶过来，松木过处，荒草压平，就连那些凸起的小土堆也被压平。围观的人一阵骚动，低声议论着，造孽哟，这不是冯家湾老表吗，要挨碾棍。

两天后，冯凤山等人的家属得到噩耗，从冯家湾赶到竹林界下金石河边。面对丈夫血肉模糊的尸体，冯凤山妻子泣不成声。辨认半天，无法区别谁是谁。最后，只能用他们生前穿过的草鞋在勉强保留完整的脚上比试，才确认了。

1952 年。

金石河边，当年冯凤万等瑶族同胞被残酷碾死的沙洲上，人民政府公审国民党警察头子唐雄、张高的大会在这里举行。

来自才喜界下老寨、新寨和金坑大寨、小寨的上千名瑶族同胞，仇恨的目光死死盯住唐雄和张高。那些被残酷杀害了亲人的瑶族同胞纷纷上台控诉，声泪俱下，点燃了仇恨烈焰。2019 年 6 月，在新修的木楼里，新寨几个当年目睹了公审唐雄、张高大会的老人，说起这事便特别解恨。他们说，善恶自有报，最终还是红军帮我们穷人夺得了天下。

四

古道石板青又青，踩上石板忆古今。红军长征过才喜，帮我瑶胞恩情深。才喜界头高又高，新寨老寨如双雕。梯田瀑布玉龙舞，雨后青山彩虹飘。

——才喜界下新寨山歌

1956年。兴安县两金区文甲洞。

区邮政所邮递员骑着单车来到盘桂荣家门前。

盘老，你有一封北京寄来的信。

啊，北京寄来的信啊？盘桂荣和老伴盘中玉从邮递员手中接过那封信，反复端详。他大儿子盘成万看到信封上落款有个“刘”字，说，莫非是当年那个刘连长寄来的？

信果真是刘连长寄来的。在信中，刘连长对盘桂荣帮助红军过才喜界表达谢意，也感谢那些当年在才喜界守卡的瑶族老同们。他在信里请盘桂荣帮打听，人民政府是否镇压了那个曾经杀害了4个红军战士的麻脸瓦匠。在信的最后，刘连长还对盘桂荣调皮的女儿盘四妹表示问候。刘连长说打算以盘桂荣的名义写一篇文章，回忆当年他帮助红军过才喜界的事。

又过了一些日子，盘桂荣接到了刘连长寄来的第二封信。同时寄来的还有一本杂志和15元稿费。

盘桂荣觉得自己年纪大了，不适合出远门，便叫儿子赵永芳拿着刘连长的信到北京去找刘连长，想当面告诉他那些年红军走后瑶寨发生的事情。赵永芳去到北京，按照信封上的地址“中国人民解放军总政治部南大门电话机一楼”找过去，地址不详细，他又说不上刘连长的名字，最终没有找到刘连长。赵永芳只好带着遗憾回到文甲洞。

刘连长的名字，从此成为一个未解之谜。盘桂荣和妻子盘中玉不知道他的名字，大儿子盘成万在20世纪80年代接受中共桂林地委党史办组织的访谈时，也只知道叫刘连长。

盘桂荣的两个孙子赵昌明、赵昌友，就住在金石文甲洞当年彭德怀指挥所不远处的房子里，站在大门口，抬头可见竹林界。

赵昌友说，红军来的那年，他祖父盘桂荣住在伦江河边，种地弄山货为生。伦江就在竹林界坳口进去几里路，是一条山涧。山腰有一大片竹林，山涧从竹林下流过。

2019年5月24日下午，赵昌友站在自己家大门前，指点给我们看：喏，看得见界顶那个隐约露出一点泥土的地方吗？那里就是竹林界坳口。红军的先头连就驻扎在祖父家旁边，是搭茅厂子住的，山上有的是木头茅草。住了两夜，红军和祖父熟了，那个刘连长讲起要过才喜界去龙胜，请祖父帮忙带路。经过两天的相处，盘桂荣感觉到红军确实很尊重瑶族同胞，说话和和气气，便答应帮带路过才喜界。

赵昌明说，当时，那个刘连长还送了一件棉衣给我祖父。新中国成立后，那个刘连长写了信来，把当年带路的情形写了文章，登在一本书上，又寄了15元钱来。后来蛮多回上面的人来问我祖父带路的事，我祖父都讲给他们听了。祖父去世后，上面有人来问，就是我奶奶盘中玉把当年的事讲给他们听。我们在旁边听的次数多了，自然记得了。

我对赵昌明、赵昌友兄弟俩说，龙胜矮岭那里的瑶胞也说过盘桂荣帮助红军过才喜界的事，说盘桂荣是矮岭的；灵川县东源村委老寨、新寨的人又说盘桂荣本姓赵，是新寨的。

赵昌明、赵昌友兄弟俩异口同声：没错，可以那么讲的。

据赵家兄弟俩说，盘桂荣老家是新寨那边的，姓赵。后来去到龙胜江底三江坪那边上门，改姓盘，三江坪就在矮岭寨后不远。新中国成立后，人民政府在文甲洞分了房子给盘桂荣住，一家人才搬了过来。

赵昌明、赵昌友兄弟俩有一个共同的痛，那就是21世纪初父亲赵永芳去世时，他们的姐姐回来，将父亲生前使用的物品全部拿到村前水沟边烧了，连同那本登载祖父文章的书，还有北京写来的信和信封，全部都烧了。赵昌明说，姐姐拿东西出去烧的时候，他们在另一座房子里忙别的，知道后跑去水沟边，已经烧得只剩下灰烬了。

一段珍贵往事的记忆元素，随着一把火烧掉了，只有祖父祖母讲的故事，深深烙在兄弟俩心头。祖父当年在伦江河边住的房子早就朽烂了，如今，伦江那里什么也没有咯。那片屋场长满了齐人高的杂草。赵昌友说到这里，眼里有晶莹的泪花闪现。

今年（2019 年）48 岁的赵启学是当年才喜界守卡瑶族同胞赵贵能的曾孙。他从小不止一次听曾祖父说起当年红军过才喜界的事，也不止一次听曾祖父说起红军离开后，新寨、老寨瑶族同胞遭受国民党反动派残酷迫害的事。

只有小学文化的赵启学，将曾祖父讲的往事一直放在心上。他外出多年，打过工，办过厂，因为放不下才喜界这段珍贵的历史，前两年，他关闭了厂子，和妻子回到才喜界，用多年积蓄在新寨盘王庙不远处修建了一座三层楼房，取名望竹楼。只要游客来到这里，赵启学都会给他们讲才喜界的故事。他和妻子带游客上才喜界时，也定然忘不了一路介绍：哪里是半界刘金发住处，哪里是红军过来的横盘路。近两年，他在“今日头条”网站发表了多篇关于才喜界的文章：《瑶民为什么要杀民团中队长，给中央红军带路过才喜界？》《发生在红军过桂北灵川县才喜界的悲摧故事》《寻找红军烈士遗骸时我们发现一块神秘石碑》等。

对于赵启学文章里的相关叙述，网上有人提出了不同意见，这并不影响赵启学对才喜界记忆的探寻。说起当年红三军团过才喜界，赵启学讲得头头是道，一些对湘江战役颇有研究的学者听了赵启学的讲述，讶异地问赵启学：你说自己是小学文化，是不是开玩笑？中共桂林市委党校一位治学严谨的教授到新寨采访，听了赵启学的介绍后，对他的一些观点表示认同，把他的观点编入了自己主编的书中。

外人不知道的是，赵启学为了挖掘才喜界往事，下了极大功夫。这两年，他走访了老寨、新寨所有能谈得出当年往事的老人，四处寻找相关资料。在望竹楼的一楼大厅，放有一大箱书，那是他专门买回来的《红军长征史料集》。为了弄清那两个因为重伤牺牲在新寨的红军烈士姓名，他几经辗转买了一本《红三军团长征史》，想看看是否有人记得当年送到新寨养伤的那些伤病员。结果自然未能如他所愿。他笑着摇摇头说，很难，至少目前以他的能力找不到。

但是他会继续下去。曾祖父讲给他听的往事，他讲给自己正在上高二的儿子听。他说，红军过才喜界，红军到过新寨，瑶寨的老人为了红军敢于出头，这些事，必须代代相传。

坐在望竹楼前面，抬眼望去就是竹林界过来的横盘路，横盘路尽头，就是才喜界。晴天，山峰上茂盛的柳杉林立，俨如一支行进的队伍；雨天，雾岚弥漫，将连绵的山峰连同才喜界裹在迷蒙之中。

老寨村头，一座高大的寨门上，“民族团结进步示范村”几个大字金光闪闪。寨门旁边，一株千年红豆杉高大挺拔。老寨村、新寨村作为灵川县民族服饰、民族习俗和民族语言保存最好的少数民族村寨，被列入了中国传统村落名录。国家投资几百万元，修建了进村的水泥路和寨子之间的水泥路，修建了文化广场。入夜，水泥路边的路灯亮了，与木楼里的灯光交相辉映，仿佛天上的星星镶嵌在这青山绿水间。家家户户电视机的声音、火塘边的山歌声以及寨子旁边哗啦啦的山涧水声，交织成美妙的瑶寨夜曲。生活在这里的瑶族同胞，除了出售山上毛竹杉木的收入，好些人还到外面打工，生活一年比一年好。

才喜界下的竹林边，据说以前埋葬有路过这里牺牲的红军战士。2019 年初，灵川县启动了湘江战役红军烈士遗骸的收殓保护工作。笔者前往采访时，这一工作已告一段落，才喜界古道边，“湘江战役红军烈士遗骸收殓保护工作九屋镇新寨村才喜界坳口点”的横幅还张挂在树上，横幅下竖有一块牌子，牌子上是“灵川县九屋镇东源村委新寨村疑似红军烈士遗骸掩埋点简介”——

九屋镇东源村委新寨村是桂林湘江战役红军经过的地方。据新寨村冯全德、盘秀明、冯贵茂、刘杰、冯启英、罗成英等老人反映：1934 年 12 月 6 日，红军经过新寨才喜界，大部队当天镇压伪民团中队长刘金发并吃过饭后离开，因部分伤员伤势过重，牺牲在九屋镇新寨村，红军将牺牲的四名红军掩埋在才喜界。

新寨许家冲边，一座庄严的红军烈士纪念园给绿水青山增添了别样风采。“九屋镇新寨村集中安葬墓碑”碑文浓缩记忆了红军长征经过才喜界这段往事。井水坪那座无名红军墓前，新竖立的“红军烈士之墓”的青石墓碑，取代了那块隐约可以看出用石块刻画着“1934”字样的无名碑。墓碑两边摆放着的鲜花，寄托着才喜界附近群众对红军的追思。

新寨的老人们都记得，当年到寨子来养伤的13个伤病员中有两个伤重不治，就埋在这里。

离开的11个伤病员，除了落户在西岭村的石天赐，还有10个没有音信。

这段刻骨铭心的往事，一直刻印在才喜界下瑶族同胞的心灵深处，代代相传。赵启学他们将这段珍贵的往事编成了瑶家山歌：

一杆红旗过湘江，红军来到我瑶乡。
这样队伍少得见，好像寒冬见太阳。
红军来到我瑶乡，与我瑶家话家常。
同桌同吃瑶家饭，相亲相爱喜洋洋。
红军来到我瑶乡，号召穷人举刀枪。
彻底砸烂旧世界，穷人翻身把家当。
十里长空闪霞光，千家万户把歌唱。
唱起瑶歌千万首，红军美名天下扬。

作者简介：

蒋忠民，男，广西作家协会会员，现定居桂林。有图书《消逝的红帆船》《来自地层深处的诱惑》《一别挥手三十年》正式出版，主要报告文学作品有《水啊水》《今生无悔》《来自地层深处的诱惑》《五十年英魂归故里》《余秋雨雨中踏灵渠》等。

下辑·

红土新天

生死约定

⊙ 唐女

湘江战役的壮烈，我是站在大坪渡口的大桥上感受到的。那是1997年10月，八一电影制片厂在此地拍摄电影《我的长征》，河岸上新修建了很多徽派建筑作为实景，还调来了驻桂林三个团的部队，到处都是穿灰色衣服的“红军”。我站在桥上看热闹，看着一队队的“红军”在浮桥上渡江，两岸人山人海，挑担的、抬柜的、牵马的，更多的是拿着大刀和步枪。几架飞机飞过来，突然往江心投下无数“炸弹”，炸起很高的水柱，“红军”在水柱之间奔跑，涉水渡江的“红军”一大片一大片跌进水里，水都红了；还有岸上，机枪扫射，战马嘶鸣，“红军”成片倒下，硝烟弥漫，树木燃烧，地动山摇，跟真的一样。我十分担心那些在枪弹下奔跑的“红军”，当时吓得双股战战，以为桥在颤抖，生怕大桥吓塌，掉进湘江咋办？赶紧掉转回去。那时是骑单车去的，后来连单车都爬不上了，推着单车跑。

后来才了解，原来这里发生了一场特别重要的战役，叫湘江战役。这次战役是红军长征途中最悲壮的一战，关系到中央红军的生死存亡。数万名红军战士，他们都很年轻，有的才十三四岁，就永远长眠在我们这片土地。

牺牲了那么多红军战士，他们的白骨遍及山野河滩，他们的父母知道吗？活下来的战士如何面对这场惨烈的战争？如何面对这份沉重的记忆？我一直想寻找这么一个鲜活的个体，想知道他的感受。

通过阅读资料，我知道了湘江战役时全州县两河镇古岭头曾经发生过两次惨烈的战斗。2016 年，我和几个作家去古岭头采访，两河镇的镇长王军生带我们走访了隔壁山、聂家、古岭头村，还去了砖瓦岭和铁犁冲（因该处发生过激烈战争，当地百姓改称烧天岭）看了两场阻击战的战场，感觉战争既在眼前，又遥不可及。后来村民提到了一位失散红军肖春发，说他就住在古岭头下面的板塘村，是亲历过湘江战役的战士，可惜已经去世多年。他有个儿子叫谌明生，住在白竹坪村。我们去了白竹坪村，采访了这位红军遗属。大致了解到这位原籍江西于都县的红军肖春发，在灌阳瑶上牌楼被飞机炸伤，成为掉队的失散红军，在两河镇生活了大半辈子，虽然后来肖春发回了江西，但儿女们都还在这里。我问他为什么姓谌。他说，他母亲生下他就疯了，把他丢在山里头，要埋他。他生下来的第三天，他父亲就把他过继到白竹坪了。

我去全州县红色史料征集与整理工作领导小组办公室找肖春发的资料，他不在全州县失散红军档案里，统计失散红军的时候，他已经回了江西，但找到了他 1983 年写给全州民政局申请回全州两河镇居住的自述报告复印件。这份自述平生的报告，只是他一生的骨架，我需要鲜活的细节来充实。

按图索骥，我先去找他嫁在两河镇新富村委瓦子脚村的女儿廖戴姣。

星期天，下着大雨，瓦子脚村的村支书廖满荣带我走过一段田埂找到廖戴姣家。她身材高大，面部饱满，满头银丝在后脑勺束成一把。她先端出红瓜子、炒花生，再倒了杯热茶水给我，才开始接受采访。说到她的大大[1]肖春发，她眼含泪水，几次哽咽得说不下去。

1 桂北方言，父亲。

我说，耳木塘这里的红军……

话没说完，她就接着说，我大大每年都去挂山[1]的。以前带我去，我最怕过新富江的原木桥，那桥就用两根松树扎在一起架成的，以往都是大大背我过桥，有次他一定要我自己过，我一边哭一边爬……

他为什么要去耳木塘挂山？

廖戴姣轻描淡写地说，是他埋的，他当然要去挂山了。他捡了很多白骨，大大说，这些白骨都是他的战友，也是我的亲人。他回江西的时候交代我每年要来挂山、封岁[2]。

我心里震动了一下——他正是我要找的人。

那份报告的原件就在她这里，她拿出来给我拍了照，还有肖春发的照片，可惜模糊不清了。从江西寄回来的她自己的照片也拿出来给我看，黑白照，扎着羊角辫，露齿笑着，青春动人。还有很多信件，她觉得没有用，就烧了。

那把红军刀，她说，有次家里来了贼，她怕丢了，刚刚放去桂林市区大儿子家了。

我说，我想根据肖春发的自述，去灌阳找找瑶上牌楼，看看他受伤的地方。再去田湾村找找他的救命恩人的家人，看看那间藏他的灰屋。

她留我在她家吃午饭，说，等吃了午饭，我陪你去找，我也想看看大大受伤的地方，找到他救命恩人的家人。可惜我不能坐小（汽）车，摩托车就能坐。

廖满荣说，我骑电动车搭你去。

我们先去了田湾村。一路上在暴雨中走走停停，他们穿的是双人雨衣，廖戴姣的帽子被风吹到了后面，脑袋露在风雨中。兜了几个圈子，找到了田湾村，村民陆新德带领我们找到了肖春发的救命恩人陆锡户的儿子陆顺德。陆顺德的爱人端出一个茶盘，里面是红瓜子和炒花生，一定要我们吃。陆顺德已经80岁了，我们问起他父亲救红军的事，他竟

1　桂北风俗，指清明节扫墓。

2　桂北风俗，指过年前请先人回家过年。

然说不知道。廖戴姣急了，说，他救了我大大，叫肖春发。陆顺德突然想起来了，哦，春发呀，我之前老听我父亲说，春发造孽[1]了，他出去就没回来了。那时候我父亲疯了，老爱在地上画画，偶尔说那么一句。

廖满荣说，我记起来了，你父亲是不是叫“瓦癫子”？小时候经常见他去我们村子捡瓦，我们总是追着他要他画兔子。他来是我们小孩子最高兴的事，过节一样，一大群孩子追着他。

陆新德说，那是，“瓦癫子”读过私塾的，很有学问。我们小时候也经常追着他让他画小动物给我们看。你要他画什么他就给你画什么。现在老祠堂的墙壁上还有他画的马呢。

肖春发的自述报告里还提到一个人，叫陆锡政，是陆锡户的堂兄，陆锡政还有孙子在家，但他更不知道这些事了。

我去看了肖春发曾经藏身的灰屋和陆锡户的老屋。灰屋就在老屋后面，房顶已经坍塌，只剩断壁残垣，灰屋中间已经长出了一棵高大的苦楝树，后面就是空山。陆锡户的老屋是一座正房子，也因年久失修破败了。

陆新德开着他的微型车带我们去找瑶上牌楼，廖戴姣坐不了车，电动车在充电，又下着大雨，她只能在村里等我们。

瑶上村很大，人很多，但知晓瑶上牌楼的，竟然没几人。经过颇多周折，终于找到了那个早已经不存在了的瑶上牌楼的原址。

通往牌楼的石板路也不见了。牌楼处，左边是继麻山，右边是松树林。

带我们去的瑶上村村民爬上一块石头，指着跟前的那堆刺丛说，这里还留着两块夹石，我站的位置就是石牌楼，后来拆去修西干渠了，古驿道的石板也撬去修西干渠了。

我看到他站的石头旁边有两个很深的坑，大概就是飞机丢的炸弹炸出来的。现在的泥巴路从牌楼右边绕过，完全看不出古驿道的痕迹了。离开的时候，我回过身去，远远看着瑶上牌楼旁边那棵孤零零的酸枣

---

1 桂北方言，可怜。

树，酸枣树上，似乎坐着那些牺牲的战士，他们谈笑风生、英姿飒爽。

从这条古驿道到田湾村，有半里路，绕过两座山，到达空山，西干渠横过空山的小道，留有一道门洞。其实，这一带山上的石材很丰富，修渠的石料子多得是，都是石灰石，天晴时是青灰色，下雨则是青黑色。石头形状特别漂亮，像狗像猫，像佛祖像道士，各式各样。过去，很多山，包括空山，都有人在开采石料，用切割机切下一整块一整块石料，运到外面去卖。据陆新德说，现在国家有规定，不能随便采石了。空山的采石场已经废弃，挖空的地方蓄积了一潭水。奇怪的是，这水是蓝色的，非常漂亮。采石场就在古驿道的三岔路口，一条通向空山，一条通向田湾村前的官道。陆锡户就是走空山小路救的肖春发。红军部队走的是官道。

那天，廖戴姣被雨淋湿了，我也淋湿了，头发、衣服、裤子、鞋子里全是雨水。回到家，心情沉郁，身子一直在发抖，整夜回旋在肖春发经历的战斗中睡不着，肖春发跟廖戴姣说的细节，一个镜头接一个镜头，在我脑子里播放……

1934年，11月8日立冬，23日小雪。这时候的广西桂北地区阴雨连绵，空气湿冷，一些地势较高的山岭，比如都庞岭、宝盖岭、越城岭的山巅，夜气如雾，凝于木上，清晨便可以看到雾凇了。山脚平原，清晨凝于木上的，是白霜。打的白霜越大，日头就越大。这个时节的风，有些割脸，有点冻骨。

1934年11月29日晚上，中央红军红九军团在水车乡官庄村旁的鸭子口打了一仗。敌人是从新圩逼过来的一小撮桂军，红军战斗部队跟他们打得十分激烈，有部分同志伤亡。其余部队紧急赶路，经过官庄的山坡，又遇到灌阳民团。他们埋伏在旁边的石山上，突然从茂密的树林间飞出子弹，击中毫无防备的红军战士。这种冷枪防不胜防。红军边还击边赶路，急速赶往湘江渡口。

30日早上，灌阳之敌占领了新圩，击溃了红六师十八团，又黏着红九军团的屁股追击。

经过文市之后，太阳从东边的山头爬上来，红得十分耀眼，白霜泛着红光，腾起一层粉烟，绕着山岭、田野、村庄，像一条柔软的丝带。红九军团三师的队伍当中，肖春发扛着沉沉的军刀，往嘴里塞了把米，边嚼边快步行走。这样边走边打已经五天五夜，没正式停下来休息和吃饭过。走了一夜，他的头发上也打了白霜，此刻晒了太阳，变成水珠顺着脸颊滚下来。身上单薄的衣服被汗水、泥水浸透，吸走他的体温还不够，有些地方还结霜变硬，动不动割他一下。此刻见了阳光，衣服软了，他感觉到了温暖和舒适，疲倦袭来，走着走着，眼睛就闭上了，只剩浮肿的双腿像两根铁棍在另外的世界迈动，磨破的脚板传来遥远的生痛。忘了咀嚼，米从嘴角掉了出来。突然绊到什么东西，一头撞在松树上，睁眼一看，原来是破草鞋踢到石头打了折，脚指甲都翻了。他左右一踢，将穿破的草鞋甩进旁边的草丛。

后面江西赣州的战友笑了起来，说，春发子，过村子了。江西人叫人名字习惯在后面带个“子”。

肖春发马上解下衣服扎在腰上，遮住裤子破口露出来的两瓣屁股。他不知道裤子是怎么破的，也许是被山里的荆棘剐破的，也许是打仗的时候，抡刀幅度过大挣破的，反正，在鸭子口一战之后，屁股就见了光。每次过村，都必须用衣服来遮羞。

前面福建的战友递给肖春发一双草鞋说，别打赤脚，小心踩到竹扦，我还剩一双，穿上吧。

他们自己打的草鞋基本上是两天走烂一双，队伍边打仗边赶路，没时间休息打草鞋，背的草鞋都穿完了。

赣州的战友说，那些竹扦是用桐油跟粪便熬煮过的，又脏又臭还有毒，有同志踩中了，脚肿成了萝卜头，走不了路，就跟不上部队了。春发子赶紧穿上。

肖春发接过草鞋蹲下穿好，起身说，等过了湘江，我打两双还你。

福建的战友说，都是共过患难的兄弟，路上相互照应是应该的，说什么还？

他们从江西沙洲坝出发，经过江西、广东、湖南，进入广西，现在到文市的瑶上，边打边走，已经成为生死与共的兄弟了。

赣州的战友赶上来小声说，跟你们商量个事，这一路走来，战斗这么多，这么激烈，隔不了两个小时就有一场战斗，特别是新圩到文市这一段，你们看，牺牲的战友田埂上、路边、江边到处都是，死相难看。我们家乡有个说法，尸体入土为安，灵魂才能归天。我们来个约定吧，我们三人要是有人牺牲了，没牺牲的给收个尸，掩埋一下，你们看怎么样？

福建的战友回头说，这个问题我早就想过，你替我说了，在我们家乡，死了要穿戴整齐才能让亲人观相呢，最后一面，不要吓到人吧！

肖春发说，我们于都也一样，死者为大，要体体面面，不过，我们现在情况特殊，没办法备棺材，就以入土为安吧。

好。三只手掌叠在一起，彼此用力握了握，算是盟誓。

肖春发下意识地摸了摸裤袋里的党证、红军证和钱币，扯衣服遮了遮屁股上的破洞，他想起战友横尸荒野的模样，胸口就发慌。有了这个约定，他稍微安心了些。

瑶上村比较大，村里空荡荡的，不见人。村子中央有一个大塘，塘边有几亩水田，带点徽派风格的老房子倒映水中，静静的，被一群白鸭划开。

肖春发看到这样的田园风光，脑子里闪过自己的父母：他们站在家门口看着他离开，他回头看的时候，他们对着他挥手。当时他比较兴奋，一心向往新生活，开开心心地走了，根本没理会他们当时的心情。一晃七年过去了，他已经长成了一个高大壮实的小伙子，父母大概也认不出他来了吧！他现在非常想念他们，不知道部队离开之后，清乡的敌人有没有为难他们。

过了瑶上村，进入一个田垌。田垌尽头左边是座石山，右边是片松树林，正前方有座高大的石牌楼，青石板路穿过牌楼，亮晶晶的，绕着旁边的石山打了个弯。牌楼上翘着四个牛角，还有四条鱼仔翘着尾巴，更神奇的是，那四条鱼仔都咧开嘴笑，下面还盘着几条龙。早上的阳光打在上面，那些笑呵呵的鱼儿和鳞光闪闪的龙仿佛是些神仙，辉煌得让他有些迷糊。

他把衣服解下来，又再穿上，衣服开始冒出水汽，而屁股也见到了阳光。讨厌的是，天空又响起了嗡嗡声，这些轰炸机像一群青头苍蝇，一直尾随着他们，动不动扔下几个炸弹，炸飞几个同志，赶着他们往湘江渡口跑。

收割后的田野正在休养生息，耕牛也正是长膘的时候。

田湾村的陆锡户把牛赶到了继麻山，他坐在瑶上牌楼下的青石条上自言自语：又喊去山洞里躲兵，我就不信了，这些兵真能吃了我？

前些天过红军，他把牛赶到山洞里，饿了两天，人和牛都饿瘦了。他坐在一棵大栗树上，看那些红军沿着石板路走过村前田垌，过富水石拱桥，翻百陡岭，穿过古亭，上了梯子岭，经隔壁山往古岭头方向去了。有人骑着马，踩在石板路上，嘚嘚嘚嘚，在山上响，很好听。他们没有一点惊扰村子的意思，跟乡公所、村公所的人来村里开会时说的样子完全不沾边嘛。这次再不能信公所那帮人的。

瑶上牌楼立在继麻山下的古驿道上，是瑶上村跟田湾村的分界线。牌楼是青石条子砌的，上面还雕龙画凤，有模有样，瑶上那边立着几块夹石，那是因为他们村中了几个进士。陆锡户没事就拿根棍子在地上画画。他也是念过好几年私塾的斯文人。正在他画着一个鸟头的时候，天上嗡嗡嗡来了好几架飞机，他好奇地看着天空中闪着白光的飞机，这是他第一次看到飞机，比他画的鸟飞得高多了。不一会儿，听到文市那边传来巨大的声响，他吓了一跳。一支部队从瑶上村过来，他赶紧爬上继麻山，藏在高耸的青石后面。

这些背着斗笠的兵，有些人戴着有红星的帽子，跟前些天的兵一样，肯定也是红军。他们走得非常快，根本没留意他的水牛。倒是水牛注意到他们，转头望着这队急匆匆赶路的人。

队伍从牌楼间过到一半，天上嗡嗡嗡，飞机从文市那边飞回来了，其中一架飞机翅膀一歪，俯冲下来，擦着牌楼，扔下了两个炸弹，炸在牌楼下的古驿道上，牌楼没炸倒，经过牌楼的红军被炸飞了好几个。他看见脚、手、脑袋、帽子、衣服之类的飞起来，有的就挂在了他旁边的松树上。惨了惨了，他吓得浑身发抖，腿都软了，瘫坐在地。跟他一同瘫坐在地的，是草木上的白霜。红军仍旧赶路，不把天上的飞机当回事，好像赶路才是他们的头等大事。

部队过完，继麻山安静了，草木上的白霜，只有背阳光的阴处还零零星星有点白。他坐在一窝蚂蚁上，惊慌失措的蚂蚁爬上这个巨兽，到处乱钻，钻进他的背，爬上他的脖子，在他头顶上转了几圈又下来，还有蚂蚁恼恨地叮咬他的手臂、脖子，他都一概不理。扶着青石爬起来，他看见水牛还在对面的看牛坪吃草，山里的虫鸟恢复了鸣叫。他哆哆嗦嗦地下山去看个究竟。

就这一会儿工夫，牌楼下面多出了两个很深的坑，衣服帽子破成布片，像面旗帜在呐喊招摇。有人头落在刺丛里，眼睛瞪着他。还有一个完整的，躺在旁边的一棵松树下。他点了点数，三个人头，加上这个完整的，一共炸死了四个人。他嘴里嘀咕着，造孽了，造孽了。陆锡户摸了摸松树下边那个人的鼻子，还有点气。他的右腿肉被掀开了，血流不止，右肩、右腰都被炸得血肉模糊。一把军刀躺在他脑袋旁边。

有人说话，是藏在山里的民团，他们出来察看情况。

陆锡户抱起军刀，爬上继麻山，刀很重，他跌跌撞撞找了个小石洞，把军刀藏起来。

民团的人离开之后，陆锡户再下山去看，发现松树下那个红军奶仔的衣服不见了，裤子被炸成了碎片。脚上穿着一双被血染红的新草鞋。太阳越来越烈，晒着他的伤口，蚂蚁在伤口上爬来爬去，苍蝇也及时赶到。陆锡户嘴里嘀咕着“造孽了”，取下腰间的镰刀，砍了几根松树枝遮在他身上，一是为他遮羞，二是替他遮阳。

瑶上村田垌的青蛙叫声又大了，山里的虫声唧唧，麻雀飞来一大群，落在松树上，叽叽喳喳。陆锡户眼角闪过了一个白色的东西，在继麻山的青石间跳跃。糟糕，是白皮狗（当地的一种野狗）。这年头，野东西比人多，还经常有矮脚虎（华南虎），它们嗅到血腥味，就会下山来觅食。

陆锡户把牛赶回了家，关在灰屋后间的牛棚。村里的人多了起来，又有孩子与狗在巷子里跑动。陆锡户家住村后，紧靠着空山。空山很高，怪石嶙峋，古木苍翠，还有不少岩洞，有部队经过，村民往空山随便一躲就牢实了。沿他家灰屋旁边的石板路，翻过空山，就通到了古驿道上，古驿道向左绕村前而过，是红军走的路。向前，再过一个水塘就到继麻山了。赶牛回来的路上，陆锡户就在盘算，那个红军奶仔牛高马大，又不省人事，他一个人背不动，夜晚喊个人，两人抬他走空山小路回，直接到家，不会有人发现。问题是乡公所的人说得凶，谁要是救红军，就没收家里所有财产。他家几亩田就靠这头牛，他还要靠这头牛讨个老婆呢。

午后，村里的人三三两两聚在一起议论，说瑶上牌楼给飞机丢的炸弹炸了，炸死了四个人，这里一块肉，那里一块肉，好惨。

陆锡户听着，也不插话，捡根棍棍在泥地上画画，画了一只鸟，用脚踩掉，又画一只猫，踩掉，画出一个人来，背着斗笠，扛着军刀，穿着草鞋，雄赳赳气昂昂的。太造孽了，他看着这个人像自言自语。

半夜，正下霜，风很冷，他敲开堂哥陆锡政的房门，陆锡政半睡半醒问，又来兵了？

刚过完一个部队。现在应该不会有了。

你半夜叫我做什么？

嘘——小声点，我是来跟你商量点事，瑶上牌楼被炸的事你知道了吧？

听说了，死了四个。

死了三个，还有一个是活的。我用松毛盖了他，如果现在不去救他回来，他不被冻死也会被白皮狗吃掉。

你想救红军？你有几个脑壳？陆锡政被他吓醒了。

嘘——小声点，我看这些红军奶仔不坏，跟我们差不多年纪，也是父母生的，好造孽。书上说，救人一命胜造七级浮屠。我一个人搬不动他，我们用粪箕抬他回来吧！

就你读的书多，这个道理我也懂。救他可以，但一定要藏好，你准备把他藏哪里？

就藏我家灰屋。我已经挪出地方，垫好稻草了。

走。

那晚的月光很好，下过那么久的雨，把天空洗得干干净净。他们赶到瑶上牌楼，看见一群白皮狗正在旁边转悠，它们听见脚步声，马上闪进继麻山。

好险，我们来晚一步，就没得这个红军奶仔了。陆锡户掀开松毛见到红军战士还是好好的，舒了口气说。

他们就着月光，把这个红军战士抬回了灰屋。安置好之后，他还处在昏迷状态。

这么重的伤，要找个草药医师替他治。陆锡户说。

你明天在家照顾他，我去找草药医师。陆锡政说。

注意隐蔽。陆锡户说。

没事，草药医师也是治病救人的，他不会告密。

陆锡户给那个红军战士抱来一床四五斤的小被子，找出自己的衣服裤子放在一旁，才回去睡觉。

第二天凌晨，天刚麻麻亮，草药医师就到了。陆锡政带他到灰屋给红军治伤。草药医师治完伤，在陆锡户家吃了油茶离开，村里人还没起床。陆锡户父母早就察觉到了儿子的异常，早上见到草药医师就全明白了。

陆锡户傍晚放牛回来，打开灰屋的门，发现这个红军战士醒了。他戒备地看着陆锡户。陆锡户说，别怕，我是救你的人，叫陆锡户，田湾村的。

红军战士目光缓和下来，问，我的战友呢？

陆锡户顿了顿说，他们啊……

怎么了？红军战士很急。

死了三个，你命大。

不行，我得去给他们收尸。红军战士说着就要站起来，却“哎哟”一声倒在地上，这才发现右腿上血肉模糊。右手也动不了，腰部也开了很大的口子。

别动。草药医师交代了，动不得。陆锡户压低嗓门说，不能大声说话，会暴露的。每天都有乡公所的人来清乡，发现藏红军是要掉脑壳的。你先好好养伤，其他的别想了。我去给你端碗油茶来。

一碗油茶下肚，这个红军稳住了心。他跟陆锡户说，他叫肖春发，是江西于都县宽田乡公所杨公村公所永红村的，1913年出生，14岁参加革命，家里还有父母和一个弟弟。

他摸摸裤袋，说，我的党证、红军证和钱丢了，衣服和军刀也丢了，什么都没有了。

陆锡户说，军刀我给你藏在山洞里了，你放心，等你伤好了我给你取回来。

我晕死多久了？

一天一夜。

我们的队伍应该过了湘江了。

草药医师讲了，你这伤没得两个月好不了。

部队赶不上了……

嘭嘭嘭，有人敲灰屋的门。陆锡户赶紧移一捆柴挡住肖春发，把脸贴在门上。通过门缝看见外面站着的是陆锡政，便打开门让他进来。

陆锡政直叹气：好惨，太惨了。

怎么了？

陆锡政说，刚才石拱桥上晕倒一个人，我搀扶他到老井边，喂了他一瓢井水，他醒过来就跑。我追上他，问他发生了什么事。他抖得全身筛糠，牙齿打架。他讲湘江全是尸体，江水都红了。天上飞机又轰炸又打枪，地上还有枪来扫，渡江的红军一排一排中弹倒进江里。他接着讲，我哪里见过这么惨的场面，当场丢了担子往回跑。我的妈，那些子弹就在我背后追，我的魂都吓脱了。他讲，天都打红了，好吓人，我要回家，我要回家。我猜这人已经吓脱魂了，回克[1]也是要癫。这个红军醒了没得？

---

1 桂北方言，去。

醒了。陆锡户把那捆柴搬开，发现肖春发脸色煞白，跟个死人一样。他问，春发哪里不舒服？要不要喊草药医师来？

广西这边叫人不爱在后面带个“子”。

肖春发半天不出声，后来咬着被子哭，呜呜的，跟半夜的狗见了鬼一样。

我去了灌阳联合村委白布兴村，就在田湾村附近，去找蒋百发的后人，肖春发在蒋百发家生活过六年。蒋百发的二儿子蒋国祥在家，他1949年出生，前些年打风钻打断了腿，现在待在家里哪里都不能去。他说他父亲跟肖春发是拜把子兄弟，肖春发还准备把廖戴姣许配给他，后来廖戴姣嫁在了瓦子脚，但两家一直走亲戚，你来我往没断过。

廖戴姣说，蒋百发比亲叔叔还要好。小时候，大大经常让我骑在肩上去白布兴村走亲戚，跟蒋百发叔叔一起去灌阳赶闹子[1]。我长大之后，去灌阳赶闹子，白布兴村的人遇上了，还认得我是肖春发的女儿，说我长得跟大大很像。

我去板塘村采访了91岁的老人廖辉绿，他见证了在板塘发生的战争，知道耳木塘和耳木洞的故事。经过去古岭头采访了解和资料比对，我确定了两河一带的战争史实。

红军沿湘桂古道进入两河镇境内，经聂家村、隔壁山、古岭头再到板塘村，红三军团、红八军团等部队途经此地受到国民党桂军的追击，许多战士受伤牺牲。在西边的砖瓦岭，红八军团遭到了从灌阳北上的桂军先头部队的拦截，双方发生激烈交火，后来桂军北上的部队越来越多，源源不断地加入战斗，红八军团在此牺牲了一千多人。砖瓦岭旁边的那座山叫铁犁冲，红三军团六师十八团从新圩退到这里，与桂军的七个团血拼，最后弹尽粮绝，两千多名红军战士英勇牺牲。后来有一部分战士冲出包围圈，也在板塘渡口耳木塘附近被围攻，全军覆没。其中一支因伤病失散的红军队伍藏于耳木洞中，后来被敌人发现，用硫黄、干辣椒和松毛进行烟熏，伤员全部牺牲在洞里。

1　桂北方言，赶集。

经过两个多月的医治，肖春发能站起来走路了。陆锡户和陆锡政的积蓄也用得差不多了。一天，陆锡户把那把军刀取回来交给肖春发说，你想回家吗？我们凑点路费给你。

肖春发摇摇头说，不回。

留在这里很危险的，隔不久就有人来村里搜，搜到失散红军会拖出去枪毙的。陆锡户说。

我不能回，我跟战友有个约定，我不能反悔。

那我介绍你到白布兴村蒋百发家去帮工吧，离田湾村不远。蒋百发跟我玩得来，人很好的。我已经跟他说了你的事，他同意接收你。

蒋百发家有几亩田地，他是1914年出生的，比肖春发小一岁。两人很投缘，一起放牛，一起劳作，以兄弟相称。肖春发在他家待了六年。

有时候，他们去继麻山看牛，蒋百发总见肖春发在瑶上牌楼附近的草丛里翻来翻去，像是寻找着什么。有一次，他忍不住问肖春发在找什么。肖春发说，看看有没有铜锣菌。蒋百发心里清楚，肖春发是在寻找自己战友的遗骨。放牛砍柴时他也在土里掏东西。只要听见村民挖地的时候挖到了骨头，他就立即去捡回来。

蒋百发知道肖春发有两样宝贝是不能动的：一个是他用稻草扎的枕头，里面藏着一把军刀；还有一个布包裹，一天比一天大，一直放在他枕头边，带着睡的。蒋百发知道，那里面包着他从山间地头捡回来的骨头。

在白布兴村的这六年，肖春发跟蒋百发看牛砍柴，走遍了文市乡公所内红军走过的古驿道。有次站在隔壁山上，蒋百发指着西边的砖瓦岭说，当年红军在这座山跟桂军打了一仗，牺牲了一千多个红军。

蒋百发知道肖春发对这个感兴趣，又指着另外一座矮小的山说，那座山叫铁犁冲，红军从新圩退到这里，又被围着打。有些红军冲出了包围圈，躲到了板塘耳木塘那里的耳木洞，后来被敌人发现了，用硫黄、辣椒和松毛熏，都死在洞里头。

肖春发咬紧嘴唇不说话。蒋百发说，不信？我带你去两河圩赶个闹子，随便问个村民就晓得我讲的对不对了。

板塘村的廖辉绿，1928年出生，打仗时6岁，是这场战斗的见证人，不管哪个问他，他都绘声绘色地描绘那时的情景。

肖春发跟蒋百发去廖辉绿家，蒋百发问廖辉绿，老弟，1934年11月30日那天，板塘这里打过仗？

廖辉绿说，打了，何止一天，打了三天三夜，死了很多人，我数不清，亭子边，田里头，栖丘上，到处都是死人，有些还没死，就被拖到耳木塘旁边用松毛烧，烧死了。我躲在山上，听见打枪声，你一枪他一枪，觉得好耍，就跑下来看，看到怕又跑到山上了。也晓不得是哪个跟哪个打，有些人就穿的我们这种衣裳，有几个穿的是军装，那时候我还小，才6岁，码不清楚[1]了。不信你去耳木塘看看，还有很多这么大个的头盖骨，这么大根的筒子骨。小嘎仔都不敢去那边看牛的。还有那个耳木洞，当时藏了一百多个伤员，被发现了。国民党军来我们村把墙上晒的干辣椒都搜了去，跟硫黄、松毛合拢在一堆烧，把烟子往洞里灌，里面的伤员都死了。

听了这些故事，肖春发好几天不讲话，要么闷头挖地，要么坐在石头上发呆。有天早上喝油茶，蒋百发说，我晓得你在想什么，耳木塘的红军遗骨太多，你要捡也捡不过来，捡回来也堆不下。

我去看了，那些骨头还在风吹日晒，我想去埋一下他们。肖春发跟蒋百发说。

好吧，白天不能去，要是被人举报，发现你是红军，我怕他们会拉你去枪毙的。我们夜晚去埋吧，我陪你去。蒋百发说。

好。谢谢你，兄弟。

那天晚上，他们不敢点火把，摸黑从耳木塘对面的栖丘上挑土去掩埋了那些暴露的遗骨。

肖春发回来做了一个非常幸福的梦，很多红军战友跟他走在一起，嚼米，打盹，赶路，讲笑话，就算天上有轰隆隆的飞机，他也不害

1　码不清楚：搞不清楚。

怕，开心极了。

蒋百发讨了老婆，几个月就怀上了。添了人口，房子变小了，粮食也不够吃了。有一天，蒋百发叫老婆杀了一只公鸡，买了一斤水酒。他老婆夹了菜端着碗出去了，留下他跟肖春发两个人喝酒。

蒋百发说，听说两河畔田村的廖秀甫救了一个红军，给他治好伤，一年后，红军回了江西老家。朝南乡公所祥屋村的王发婆也讲，他们村留养了三个红军，到第二年正月也都送他们回了江西。

说完之后，他看了看肖春发。肖春发皱紧眉头，盯着酒杯里的水酒，眼神忧郁。蒋百发跟他交情很深，要赶走他有些于心不忍，于是话锋一转，说，其实，不回也可以的，岩头坝救的那个红军叫胡兆，他在岩头坝住了一年，后来到水车大山上的苗园村住了四五年，听说捡了个孩子，准备在这里扎根不走了。

肖春发终于说话了，他说，百发，你知道的，我不能走，我这么多战友牺牲在这里，我答应过的，要替他们收尸。

蒋百发想起他枕头上的那包东西，吞吞吐吐地说，我知道，我知道的，我也理解你。春发，知道我为什么喜欢你吗？你有情有义，是个有种的男人，说实话，我挺敬佩你的。春发，我不是想赶你走，是想留下你的，这是真心话。

肖春发看着他笑了笑，说，我知道，我们是铁哥们儿嘛。我也知道你的难处，尽量早点搬出去。

其他的等会儿再说，我们来个结拜仪式，干了这一杯，今后就是拜把子的兄弟了，离得再远，心也连在一块儿。

好。肖春发拿酒杯跟蒋百发的酒杯一碰，仰头喝下。

你将来也要成家立业，如果你不想回江西，就一定要在我们这边安下身来。我打听到瓦子脚村的廖子顺想过继一个儿子，我跟他说了你的事，他很感兴趣，你觉得怎么样？

就是板塘村隔壁的那个村子？

是的，就隔了条新富江。他娶了两个老婆，大婆子给他生了两个女（儿），小婆子也生了个女（儿），女（儿）是要嫁出去的，他想给大婆子过继一个儿子。

行，这样就可以安身了。肖春发倒是高兴起来。

反正离得不远，我们兄弟俩可以相互走动的。蒋百发也高兴起来。

肖春发的自述报告中写道，经蒋百发介绍，他过继给了瓦子脚村的廖子顺做儿子，后来又去板塘村分了田地和房子，当了十多年的生产队队长。这让我迷惑，为什么不在瓦子脚村分田地房子，要去板塘村分呢？必须去板塘村采访了解。

79岁的廖祖送说，土改分房分田的时候，肖春发一无所有，愿意来板塘村落户，板塘村就给他分房分田，还选他当了生产队队长。耳木塘对面原本是栖丘，就是他带领村民造的田。

我问，肖春发是哪年来板塘村的?

他说，反正是土改的时候，具体哪年，我也码不清楚了。

我想，他对板塘村的感情，是源于耳木塘的战友。

几乎所有板塘村的村民都知道肖春发老婆生下谌明生后发疯的事，说她癫癫狂狂的，要活埋自己的亲生儿子，儿子被抢回来后，她又要去埋，横竖要活埋掉谌明生。具体情况又说不清楚，因为不是在板塘生的。他们那时住的是村里的香火堂，堂屋有供奉家神的神龛，是不给生孩子坐月子的。

我问，那她去哪里生孩子了呢?

他们都说不知道，也许是在哪间空房子里生的吧。

我再问，她为什么一定要活埋自己的孩子?

他们说，她癫了啊，肖春发那时候一无所有，哪里讨得到好女人，她肯定在畔田癫了，她丈夫才不要她的。

我去看了肖春发分到的房子，这个香火堂跟一般的正房子没多大区别，唯一的区别就是大门对着堂屋，住家房是不能这么开门的，要用照墙挡着，这是风水。大门外是绕村过的水渠和村巷。他分到的是左长房的后进间和倒厅的半间，倒厅半间做伙房。当时这座房子住了五户人家，现在没人住，有些破败。

板塘村是个小村，新中国成立前才五六十人，现在有一两百人。

采访回来之后，这些零零碎碎的信息，跟廖戴姣的陈述和肖春发的自述，构成了无数相互交集又互相撕裂的镜头，在我脑子里轮番浮现，我得把它们理顺。那时候哪里有什么空房子，廖戴姣说她大大搬了好多次家，她阿妈在小水山上埋她明生哥哥——大概搬家是因为生孩子的事，明生是在小水村生的。

廖戴姣说，她是在板塘生的，当时接了她外婆来。外婆后来经常跟她说起这事，说她就是在长房后进间里生的。

不是香火堂不让生孩子吗？她怎么能在香火堂出生呢？

那么肖春发的妻子邓运妹为什么会发疯？她之前真有过发疯的病史吗？为什么一定要活埋自己的亲生儿子？到底受到了什么刺激？

带着这些疑问，我去上宅村委的畔田村进行访问，说访问，却没有一点线索，没有一点底气。

畔田村也临新富江，在板塘村的上游。到达的时候是正午，阳光猛烈，枫杨茂盛，蝉鸣响亮。大桥边的江畔坐着一群村民，吹着徐徐江风，在摸麻将。我走过去等他们出了一会儿牌，见缝插针地问，知不知道廖气有住哪里？廖戴姣说过，她的哥哥廖气有从江西回来之后就回了畔田。

他们竟然不理我，我再问。一个村民冷嘲热讽地说，人家都是桂林人了，我们哪里知道他住哪里。我说，我只想知道他的老房子在哪里。他们再不理我。其实我是醉翁之意不在酒，我是想问邓运妹的事，她的那段历史，想必村人更不愿提及。

得去找老人，我就不信了，到了这个村，还找不到他的房子，找不到一个老人。

还真的悬。我沿着小巷道往村里走，就两排房子，一排凿山建造，一排架水建造，都是一层两层的楼房，屋顶连接，巷道淋不到雨。一边是嘈嘈切切的蝉鸣，一边是哗哗啦啦的流水，走到头，都没见到一个人，大门都上着锁。

走回来，有些无奈，又问那些村民：你们竟然不知道同村的人住哪里？

看水鸭子的妇女抱着孩子喂奶，她说，就在村口路边，水井上面堆沙子的那座房子，门口有两棵柚子树的。

一路找，找到了水井，也看到了那堆沙子，房子前面有两棵柚子树，门口长满了韭兰，连大门口也是。看来很久没住人了。

旁边的一座靠着公路的平房开着门，我走过去，见到一个老太太佝偻着坐在竹床上，见到我笑了笑。我跟她说话，她说听不见，然后说儿子出去干活了，孙子都在外面打工，等等。我大声问她：廖气有的房子在哪里？她终于听到了，说，就在她家的右边，几十年没回来住了，他都瘫痪了，2015 年撑着板凳回来过，连家门都没进。其他的码不清楚了。

原来不是有韭兰那座，廖气有家这座有小院墙，三间平房，已经没有一点儿人气，20 世纪 80 年代的建筑，墙上写着"百年大计，教育为本"的红色标语，靠路边右角锁着一扇铁门。

整个村子走遍了，竟然找不到可问之人，有些沮丧。只好在房子对面一大蔸竹子下面等公交车，准备打道回府。

车很久没来，却等来了一个关键人物。一个老妇人戴着斗笠挑着粪箕走过来，我连忙逮住她问廖气有的情况。她竟然知道一些。

她 81 岁，要去地里垒芋头，顺便捡葱婆回来明天去赶闹子。我问她叫什么名字。她笑着说，解放前没名字，他们都喊我"贱妹"。解放后，我母亲当了贫农代表，一个张同志来我家吃饭，说，都解放了，莫再"贱"了，我给你取个名，就叫聂雄英吧。后来我就有名字了。

我问她，气有的母亲叫什么名字？

先前那个耳背的老人走过来说，捡葱婆克啦？我的葱婆还没克捡。

聂雄英对她大喊，气有的母亲喊作什么名字？

她大着嗓门说，没得名字的，平时和她讲话有点耳背，她是上广的，大家就喊她上广聋婆，是个童养媳，在这里没得吃的，男的又好吃懒做，还爱赌。那时候肖春发来领她，我们几个人劝她莫走，劝了好久都留不住她。

她在这里疯过吗？我问聂雄英，聂雄英问先前的老人。

没得。好得很的。那个老人说。她似乎不是很聋，聂雄英跟她说话她都能听见。聂雄英说，她就爱跟我说话，我每次经过这里，她都要来跟我说半天。

她叫什么名字？我问聂雄英。

她呀，也没名字的，解放前我们女人都没名字，她个子矮，我们都叫她矮子大姐。她今年 95 岁了。

唉，他自己不争气，一斗麦子卖了两个，上广聋婆到瓦子脚四十天就生下了气有。矮子大姐说。

这一趟，收获颇多。

廖子顺很中意肖春发，身强力壮，有力气。人口多了，他准备砌座正房子。砌房子的活，就落在肖春发身上。他现在是人家的儿子，当然要卖力气干活了。

他去 20 多里外的地方挑煤，去山上打片石。本地石头是石灰石，一层煤一层片石就能烧石灰，然后就用脚去踩，踩成石灰浆。还去烧砖做瓦挖沙砍木料，用片石砌墙脚，青砖砌墙面，用沙和泥夯地，用脚踩泥，脚都踩烂了。做了三年，房子修成了。

1944 年，刚修好房子，就走日本了。

村民都躲进了深山老林。没人敢往耳木塘这边躲，肖春发把鸭子赶进新富江，来不及跑到远的山去躲，就势跳过耳木塘，躲进了耳木洞。洞口矮小，不足一米，里面有个较高的圆顶，往左拐进去，里面很深。他摸索着往里走，摸到了一个又一个光滑的圆球，不，是他熟悉的头骨。等眼睛适应了洞里昏暗的光，他看清了，果然是头骨，很多遗骸，躺着的，靠着的，脸都对着洞口。他跪下，给他们磕了三个响头。他坐在洞里，跟遗骸一样，脸朝洞口，看着洞口白亮的光，听外面的动静。

板塘村上面就是古岭头村。古岭头村是个交通枢纽，位于桂林市全州县东南部，距县城36公里，村口是右通全州县城、前通桂林、左通灌阳的“丁”字路口，从右边古驿道下来，伴着溪流，经过板塘古石桥，就到了板塘村。这是红军长征前往湘江渡口的必经之地。顺着溪流往右，就到了耳木塘。耳木塘有一块巨石像只耳朵支在溪流上，整日倾听流水潺潺，鸟语人喧，上面长满野花青苔，大概就是“耳”的来历。山上古木参天，松树、栎树、樟树都有，故称为“木”。石耳下面水域宽阔，形成水塘，故而叫作耳木塘。耳木塘对面是栖丘，过去就是新富江，江边有个亭子，亭子下面是渡口，河水湍急，十来个木墩上面架着由几十节两根原木并拢组成的木桥，有村民过桥还掉进河里淹死了。

日本人也要过这个渡口。

肖春发听得板塘村里鸡飞狗跳，日本鬼子进村了，幸亏他把鸭子赶到了江里，不然就没了。日本鬼子还搜山，找人找吃的，用刺刀在耳木塘的树丛里插来插去。就在他侧耳倾听外面动静的时候，感觉洞口有守卫的战士，身边坐着受伤的战友，一同屏住呼吸，此刻，他们是同呼吸共命运了。肖春发觉得，他跟战友们的血脉早就连在一起，彼此不能分开了。

洞口很小，而且被灌木遮蔽，日本鬼子没有发现。躲了两天，他算是挨过去了。但是，陆锡户没挨过去，他疯了。

日本鬼子在空山发现了陆锡户跟他的水牛，举着枪要打牛。陆锡户大叫，莫打莫打，我给钱给你。日本人把枪对准他，他脑子蒙了，说，好吧好吧，你打牛吧。他看着日本鬼子一枪打死了牛，几个人把牛砍作四块，解下腰带扎上抬走了。他伤心欲绝，这是他的命根子呀，没有牛，怎么种田？

他老婆刚生了个女儿，身体虚弱，躲在空山两天两夜，又冷又饿，得了病，不治而亡。小的还未满百日，没奶吃，也带不大。村里人把孩子也扔进棺材同她母亲一起埋了。陆锡户哭道：不能这样呀，把她浸一下都好啊。没有人听他的，孩子在棺材里哭，盖上土之后还听见她的哭声，活活地跟着母亲被埋了。还有一个两岁多的儿子，躲到山里找不见了，等找到他时，已经奄奄一息，也死了。一连串的打击，陆锡户受不住，疯了。

他毕竟是个斯文人，疯了也不乱打人乱骂人，只是什么事也不做，只蹲在地上用棍子画画，画只鸟儿，或者画只猫。更多的时候，他画红军，还画高头大马，红军骑着高头大马。他的身边总是跟着一群孩子，要他画兔子，他就画兔子，要他画狗，他就画狗，他还主动画牛给他们看。这些孩子很喜欢，觉得他画得活灵活现，跟画家一模一样，很有水平。

他还有一个女儿和一个儿子，不疯的时候，他要做事赚钱养活两个孩子。后来他走村串户给人捡瓦背，捡完瓦背就画画，每个村的孩子都喜欢追着他，亲切地喊他“瓦癫子”。村里人喊他“锡户癫子”。

有时候他对儿子陆顺德没头没脑地说，春发春发，这个红军奶仔吃了大亏了。他出去就没回来了。

肖春发这个时候非常想念自己的父母，他不知道，他的父母已经相继去世。

那时候，除了陆锡户、陆锡政、蒋百发晓得肖春发是失散红军，其他人都不知道他的来历。听他一口江西话，又一无所有，都叫他江西“告花子”。

他也确实一无所有，都30多岁了，还没娶亲。像他们这样的失散红军，一般都只能做人家的上门女婿才能安下身来。比如，红五军团的福建籍工兵排排长黄马福，受伤后掉队，在全州县大西江乡公所的紫草山当了上门女婿，改名叫吴世兴；老家在江西于都的红三十四师战士钟贵权，文塘被围之后，在鳌鱼洲山下的岩洞里躲过一劫，后在蕉江乡公所太白地黄泥桥村当了上门女婿，改名叫唐时全。

1947年，肖春发34岁，当时的他做好了打光棍的准备。上宅村公所的畔田村来了个媒婆，找到廖子顺的大婆子说，要帮她继仔肖春发介绍对象，条件是给她一斗麦子。两河这方土地，田少地多，地里种的麦子是很重要的补充粮。廖子顺和大婆子很高兴地答应了。没想到她介绍的对象，是畔田村别人家的老婆，都大着个肚子快生了，叫上广聋婆，是童养媳，已经育有一儿一女。她的丈夫好吃懒做，还爱赌博，家里的财产田地都给他输光了。两个孩子没饭吃，上广聋婆去给村里人洗衣服，得一碗米煮饭给孩子吃，她丈夫要吃，她不让，孩子还吃不够呢。她丈夫恼火了，把她打了一顿，骂道："不给我饭吃，我把你卖了。"媒婆是她的邻居，没有儿子，缺衣少吃，听见他要卖老婆，就屁颠屁颠跑来做媒了。

那时候一斗麦子一条命。1946年，因为家里借了地主一斗麦子，后来要还两斗，还不起，聂雄英6岁的姐姐被逼着去给地主做丫头。后来替地主看牛，牛在结冰的石拱桥上滑进石缝扭到脚，她回去被地主关在屋里给打死了。

廖子顺的大婆子去问肖春发愿不愿意接下这门亲事。肖春发说，听大阿妈安排。

大阿妈叫肖春发挑了两斗麦子，一斗送给媒婆，一斗送给上广聋婆的丈夫，顺便就把上广聋婆接回来了。接回来四十天，上广聋婆生了个儿子。廖子顺很开心，自从肖春发到了他家，房子有了，孙子也有了，他给孙子取名"廖气有"，本来是"砌有"，那个字难写，就用了"气"字。

第二年，廖子顺的小老婆也给他生下一个儿子来，他高兴坏了，给他起名叫"廖有望"。

新中国成立后，肖春发见到了光明，翻身当了主人，在板塘村分了一间半瓦房和水田五亩，还做了板塘村的生产队队长。

肖春发对上广聋婆十分疼爱，做事又有力气，肯吃苦。上广聋婆睡觉的时候，在他耳边说，跟了你，我蛮走运。

肖春发见上广聋婆并不聋，取这么难听的名字，对她是一种侮辱。那天晚上，他搂着她说，你看，我们现在解放了，穷苦的人要翻身，你也要翻身，我不能再让别人喊我的女人上广聋婆了，你以后就喊作邓运妹吧。

邓运妹非常开心。这个男人就是她的天了。1950年10月，她怀孕了。

1951年清明，肖春发捧着他的包裹，带着老婆、儿子去耳木洞祭拜。

邓运妹是个非常善良的女人，她跟了肖春发之后，发现那个稻草扎的枕头有点硬，问肖春发里面有什么。他说，是把跟了他很多年的军刀。她又问那个白布包着什么东西。肖春发先是不理她。她再说，三个人睡，床不够宽，能不能把它搁到床底下去？他一听来了火，说不可以，怎么能放床底下呢？谁也不能碰。反正那个白布包裹放在他枕头的那边，有时她带着儿子睡另外一头，也不构成多大的妨碍，她也就不再提这个问题了。

有一次，趁她不注意，气有淘气地翻找东西，把那个白布包裹解开了，大大小小的人骨头撒满一床，他一根一根地堆叠着玩。从未对她和孩子发过火的肖春发，冲过去扇了气有一耳光，打得他眼冒金星，哇的一声，哭得嘴唇发紫，回不过气来。邓运妹抱着儿子，看着那些骨头吓得脸色煞白。

肖春发把骨头一根根小心地捡好，再仔细包好，放到木柜上孩子碰不到的地方。然后回来抱着孩子哄，说他早该把它们放到柜子上去，只是他跟它们待习惯了，拿开就睡不安稳。

之前，红军遗骸是不能收集，不能暴露的，现在好了，他们可以光明正大地安葬在国家的土地上了。这一年的清明，天气出奇地好，天朗气清，他带着妻儿来到耳木洞前，跟儿子说，耳木洞里牺牲的红军，都是你大大的战友，没有他们献出自己的生命，就不会有我们今天的好日子，以后每年清明、除夕都不要忘了来祭拜他们。记住了吗？

邓运妹说，记住了。又推了推气有。

肖春发盯着三岁的儿子。

气有奶声奶气地说，记住了。

好。他把怀里的白布包裹放在地上，小心解开后说，你还要记住，这个包裹里的骨头，也都是你大大的战友，你的亲叔叔，大大现在把他们安葬在耳木洞旁边，你也要记得来给他们挂山、封岁。

气有望着肖春发说，记住了。

在邓运妹的帮助下，肖春发从洞外挑了泥土，将这些战士遗骸掩埋了，再用石头将洞口垒死。他跪在洞外说，战友们，我只能以洞为坟，把你们安葬，你们安息吧。又在洞外挖了坑，将包裹里的骨头摆放在坑里埋了，各自点了九炷香，烧了纸钱，磕了头，放了两挂炮仗。

邓运妹坐在青石上，看着气有蹲在地上跟蚂蚁玩，对肖春发说，总算可以放下一桩心事了吧？

肖春发指着前面的栖丘说，还没完，这片栖丘上牺牲了很多战友，每年都发洪水，再不把他们收拢起来，就找不到了。

好，我帮你。邓运妹说。

白天，肖春发犁田、锄地，邓运妹播种、种菜；晚饭后，气有睡了觉，他们就来栖丘上挖地，找红军遗骨。点着油柴，挖到半夜才回去睡觉。陆陆续续地，也找到了一些红军遗骨，肖春发把遗骨集中起来，放在木桶里，集够一桶就去耳木塘埋下。挖了的沙地，邓运妹也没浪费，插了红薯，红薯藤煮猪潲，可以养肥一头架子猪。做了几十年童养媳，邓运妹现在跟着肖春发，扬眉吐气了，两人十分恩爱。

这年 5 月，邓运妹肚子已经很大，肖春发不让邓运妹晚上跟着他找战友遗骨，让她回去睡觉，邓运妹不肯，要陪着他，不挖地，就站在旁边举着松膏火把照着他挖。新富江有很多黄色的石头，后来的人叫它们黄蜡石，这种颜色的小石头跟骨头有些接近，有时要凑近火把辨认一番。邓运妹站累了，就靠在枫杨树上，看着肖春发掏。

枫杨树下面有一口井，肖春发出汗多了，就去井边捧几捧水喝。

别掏了，去江里洗个澡，回去吧。邓运妹说，明天你还要去灌阳擂鼓岭给李国才做生日。

对了，他这个失散红军，也是我们江西的，赣州市的，我们是老乡又是战友，这个亲是要走的。肖春发直起腰来说。

等等。肖春发对朝着新富江走的邓运妹说。

怎么了？邓运妹举着火把凑过来问。她惊呆了——肖春发掏出了一只完好的手。

肖春发激动得不知道说什么好，就胡乱地说，兄弟，我来了，兄弟，别怕，兄弟。边说边挖土。

邓运妹听得枫杨之上吹过一阵口哨，吓了一跳，以为是谁在树上吹口哨，抬头望，树叶在摆动，是风。

她眼睁睁地看着肖春发挖出了一具完整的遗骸，带肉的。她问，是不是红军啊？

是嘞，衣领上还有布五角星。我也有这样的衣服，受伤的时候丢了。

邓运妹举着火把凑上去看，衣领上真的有褪色了的五角星，不过这两颗星星在这黑夜里发出光来，跟天上的星星有了呼应，有点地动山摇的感觉。邓运妹再看那遗骸的脸，不由一惊，跟她大儿子有些像，十四五岁的样子。

这孩子，造孽了。他娘知不知道他在这儿？邓运妹说着眼圈一红，落下泪来。我们春发也是14岁参的军，也是个孩子啊。春发，解放了，你应该写封信给娘，让她放心。

我没读过书，不会写字。肖春发说，以后请个读书人写一封信回家，报个平安。唉，要是陆锡户不疯就好了。

是啊，都说他读了很多的书。邓运妹说。

肖春发后来请人写了一封信回去，但没接到回信。这是后话了。

这个兄弟手里还抓着一面红旗。肖春发说。

哪里？邓运妹凑近看。

旗朽了，但他手里的旗还在，我很熟悉的，旗上有五角星。肖春发说。

都十七年了，别的战友只剩下白骨，他还有个肉身，好奇怪。邓运妹说。

可能是这边是沙地的原因，他才没烂。肖春发说。

怎么办？邓运妹说。

不能背，会把他弄坏的。我回去取块门板来，拖他到耳木塘去安葬。肖春发说。

他又说，运妹，你先回去吧。

你一个人怎么行？我留下来帮你一把。再说，万一白皮狗来了怎么办？我就拿火把在这里等你，白皮狗怕火，也不敢来。

你真不怕？

不怕，你的战友，我怕什么？邓运妹声音打战。

那……肖春发环视周围，黑漆漆的，再瞟了一眼耳木塘那边，树林里肯定藏着白皮狗。他有些不放心邓运妹，也有些担心战友。最后，他说，那你在这儿等我回来。

好。

邓运妹分了一片松膏火把给肖春发，看着他走远，她就后悔了。他在，她什么也不怕，他不在，身边的黑影围拢过来，很多红军在喊，春发子，还有我呢，春发子，我在这儿……邓运妹头皮发麻，恐惧完全侵占了她。她举着火把在原地打圈，最后蹲下照亮那个躺在地上的红军说，小兄弟，我是你嫂子，告诉你的战友，春发会找到他们的，会的，我们会找到他们的。不知道你叫什么名字，你跟我大儿子长得像，猛一看，还以为你是我的儿，太心疼了。你娘要是知道了，怎么活？！

来了一阵风，邓运妹感觉冷，火把在摇晃，她哆嗦着一直重复：小兄弟，别怕，我们不会再让你孤孤单单了。

又一阵风，枫杨叶吧嗒吧嗒落下来，擦过她的脸。她又是一惊，说，同志们，春发会找到你们的，我们会找到你们的。那会儿流行说“同志”，她听肖春发说得多了，也会说了。

还好，板塘村离得不远，村口有了火把，是肖春发扛着门板过来了。听着他啪嗒啪嗒的脚步声越来越近，邓运妹站起来，环视四周，挺直腰板说，我没骗你们，春发回来了，我们一定会找到你们的。

肖春发放下门板，就见邓运妹一直哆嗦着说：我们会找到你们的，我们一定会找到你们的……他走过去说，运妹，别怕，我来了。

我不怕。邓运妹大着嗓门说，他们都是你的战友，你的兄弟，也是我的亲人，我们要找到他们，给他们收尸。

肖春发愣了一下，感觉妻子有点异常，心想，可能是夜深人静，所以她说话才变得大声了。他说，好，我把他抱到门板上去。

我帮你。邓运妹抬脚，肖春发抬肩，把那红军遗骸小心地放在门板上。那时没有胶轮车，拖着门板走会省不少力。

邓运妹看着肖春发一个人很费劲地拖门板，就赶上去抓住左边的门角说，门板要两个人才好拖。

肖春发让出一边，两个人默默地把门板往耳木塘拖。

到了耳木塘，肖春发和邓运妹蹚着水拖战友过溪，门板在大大小小的鹅卵石上嘣咚嘣咚颠簸。肖春发和邓运妹尽量弯腰放平门板，免得把战友遗骸抛下去。邓运妹的衣服落在水里，弄湿了一大片，裤子也弄湿了。

等肖春发把战友掩埋好，已经到了凌晨。夜风更加凉，溪水的湿气也弥漫上来，邓运妹连打几个喷嚏，浑身汗毛倒竖，起了一阵鸡皮疙瘩。

第二天早上，肖春发出了早工回来，发现邓运妹还睡着，没有做早饭。气有坐在大门的石门槛上哭。他进房去看，发现邓运妹在发高烧。

这座房子住了五家人。肖春发听见其他四家的女人站在堂屋在说闲言碎语，其中一个见他留意她们，故意抬高嗓门说，怎么能拆香火堂的门去拖死人呢？很不吉利的，你们看，祖宗生气了吧，遭报应了吧？

村里的长辈这时候也找到肖春发说，你们住的房子是村里的香火堂，是不能在这座房子里生孩子、坐月子的，列祖列宗见不得秽气。队长，你看你能不能另想办法……

又有人来附和说，按照本地惯例，解放前女人是不能进香火堂的，更别说是生孩子了，会给村里带来灭顶之灾的。

村里人七嘴八舌，说得肖春发十分烦恼。

他背着气有过桥去瓦子脚找他爷爷奶奶想办法。大阿妈对肖春发说，她给带着气有，其他的，让他自己再想想办法。

肖春发去板塘找到廖有二谈了自己的情况，平时两人关系不错。肖春发请他帮忙腾间房子出来救救急。

廖有二二话没说，腾出一间房子来。肖春发跟邓运妹住了进去。邓运妹住进来之后，病情越来越重，白天晚上都在颠三倒四地说，同志们，别担心，我和春发会找到你们的，我们一定会找到你们的。有时在深更半夜哭，造孽啊，孩子，要是你娘知道了，还怎么活！

廖有二的老婆悄悄跟廖有二说，听说他们拆了香火堂的门去拖死人，你看她整夜跟死人说话，是不是祖宗在惩罚她？我都害怕了，已经两夜没敢合眼了。你得跟队长说说，这样下去，我们也吃不消了。

肖春发在隔壁听到了他们的对话，想跟他们解释，邓运妹是受了风寒才发烧的，孩子都快生了，医生说不能乱吃药，就只能拖着。但是邓运妹一直说胡话，肯定是那晚受惊了，现在任凭人家怎么说都有道理了。

后来他又带着邓运妹去了车古岭村的公堂里借住。人家也是公堂，不能生孩子的，不能住下去。实在没办法了，又跑去找上广塘邓运妹的娘家商量。

岳母让肖春发带着邓运妹去她在小水村的表妹家借住一段时间，就在车古岭隔壁。

肖春发带着邓运妹住进了表娘娘家。没过几天，邓运妹生了。生得非常辛苦，喊了一天一夜才把孩子生下来。孩子生下来了，她昏死过去，一天一夜都不醒。

孩子饿得哇哇直哭，后来没力气哭了，闭着眼睛不吭气。

肖春发像只被掐去了脑袋的蚊子，没了主意。

早上，表娘娘在堂屋铺块门板，叫肖春发把邓运妹抱来放在上面。还叫人去买回了棺材，准备把她放进棺材抬去埋了。坟地也看好了，就在耳木塘山上。

邓运妹的娘家来人了，是她哥哥。他摸摸邓运妹的鼻子，隐隐感觉还有一口气在，就不让放进棺材。

这么耗着，又过了一天。

第三天中午，表娘娘一家人都下地干活去了。村里很安静，知了的叫声特别响亮，阳光特别猛烈，大舅子抱着小外甥坐在门口特别安静，肖春发的心情特别焦虑。

他一直蹲在邓运妹身边，握着她冰冷的手，隔不久就喊一句：运妹，醒醒，别怕，是我，春发，就在你身边。

邓运妹终于听见了肖春发的呼唤，睁开了双眼，黑着眼圈说，兄弟，别怕，我们会找到你们的。说完，两眼一翻，又背过气去。

运妹，运妹。肖春发大声喊。你生了个儿子，不能走啊。

这时，表娘娘提着一篮子猪菜回来了，放在堂屋一角，便去淘米煮饭。

过了一会儿，邓运妹又醒来，她好像看见了很多红军战士，口里说着：谢谢你们，春发说，没有你们，就没有他今天，我也要感谢你们。

表娘娘听不懂她的话，叹口气说，这孩子，疯了。

肖春发突然想起自己受伤昏迷后，追着战友喊，等等我，等等我。战友回转身来说，春发子，你别急着赶路，留下来，替我们收个尸吧。说完将他一推，他醒来就在陆锡户的灰屋里了。他理解此刻邓运妹的处境：肯定是走到了奈何桥，跟牺牲的战友对上话了。

运妹，你醒醒，都怪我，不该留下你一个人，栖丘那么黑。肖春发垂着自己的脑袋，哽咽着说。他仔细端详邓运妹，她的左脸上落了点灰，他用粗粝的手指给她拂去，动作轻柔，又摸了摸她苍白的嘴唇、尖细的下巴。

孩子开始微弱地哭，大舅子迷茫地看着肖春发。肖春发接过孩子，跪在邓运妹身边。孩子哭两声又停下，又哭两声再停下，后来不知怎么了，大概是闻到母亲的气味了，拼着命啼哭。

表娘娘哽咽着说，这么小的孩子，也晓得阿妈要走了。

邓运妹的哥哥哭了，可怜的妹子，以前在畔田受尽委屈，哥以为你改嫁了就有好日子过了，哪晓得还是没福气。

孩子嗓子哭哑了，还一个劲儿地哭。肖春发看着孩子闭着眼，张着嘴，里面的小舌头像受惊的吊钟，打着战，发出撕心裂肺的啼哭，小脸已经变成紫茄子了。肖春发落下泪来。

邓运妹突然坐了起来，看着身边啼哭的孩子发呆。

运妹，这是我们的儿子。肖春发惊喜地说，泪水正好滑进嘴里。

表娘娘说，快，给孩子开奶，别让孩子的奶断了。

肖春发把孩子放在邓运妹的怀里。邓运妹下意识地捞起衣服，给孩子喂奶。孩子嘴巴碰上奶头就拼命吮。

吃了一会儿，表娘娘说，还有右边的奶要吃开，春发，把孩子换过来。

肖春发去抱孩子的时候，邓运妹将他的手挡开，说，都是有娘的孩子，谁没个娘？哪个做娘的不心疼孩子？春发有娘的，他也想娘，我知道，他骗不了我。你们也想娘，我知道的。说着，紧紧抱着孩子，侧过身子，生怕别人抢走。

表娘娘跟邓运妹的哥哥说，大舅子，你听听，人是不是坏了？

邓运妹的哥哥铁青着脸，不说话。

肖春发知道她还在跟他的战友说话，他摇摇邓运妹的肩头，说，运妹，醒醒，醒醒。

表娘娘说，她不是在做梦，她这是疯了，在说疯话呢。

肖春发说，表娘娘，运妹她在发高烧，烧了好几天，烧糊涂了。

好吧，我去给她炖只母鸡，希望她能早点好吧。

邓运妹喝下一碗鸡汤，能够站起来走路了。她抱着孩子一边喂奶一边朝屋外走。

邓运妹的哥哥见妹夫并未嫌弃妹妹，人也不会被埋了，吃了午饭就回去了。

表娘娘叫肖春发把堂屋的门板收了，装回他们住的那间厢房。

刚安好门，有个村民急匆匆地跑进来喊，春发，春发，大事不好了，你老婆在小水山埋你的仔了……

表娘娘眉头一挑，惊道，什么？我就说她疯了嘛。快走快走，在哪里？快带我们去。

他们赶到山里，看见邓运妹正用那把掏花生的小挂耙往儿子身上填土。孩子只剩个头在外面，睁开眼睛，望着她，不哭不闹。肖春发听她边填土边说，孩子乖，不怕，娘这就带你回家，娘来接你回家。

肖春发过去夺下她手中的挂耙，紧紧抱住她说，好了，好了，没事了。

表娘娘扒开孩子身上的泥土，骂道：癫婆，恁癫成这个样子了，连自己的亲生仔都活埋。

邓运妹喊，别抢我的孩子，我要带他回家。

好了，别闹了，我们回家吧。肖春发一手抓挂耙，一手搀扶邓运妹，把她往表娘娘家拖。

春发，我们的家不在这里。她是谁？是不是敌人？

她是你表娘娘，不是敌人。肖春发说。

莫理她，你跟癫婆讲什么，她哪里还晓得人事。表娘娘抱着孩子走在前面说。她还不停地跟孩子说，宝贝，你的家不在“黄土县”，表奶奶带你回家。

先前报信的村民对赶过来看热闹的人说，好险，要不是我发现得早，她早就把自己的儿子活埋了。我看见她挖洞的样子有些奇怪，挖一挂耙讲一句话，讲什么“娘带你回家”，跑过去看见旁边丢着个小嘎仔，我才跑去喊春发的。肖春发他们克晚点，孩子就没有了，都埋到脑壳了。

闹了半天，邓运妹安静下来，坐在床上给孩子喂奶。肖春发稍稍稳了心。

晚上，肖春发给邓运妹端来一碗鸡肉、一碗米饭。表娘娘说，月婆子要吃好点儿奶水才足。邓运妹吃了鸡肉，精力更旺了。她一边喂奶一边唱歌。肖春发从来没听她唱过歌，平时哼都没哼过，这会儿唱得这么顺溜，声音洪亮。她唱道：

哪个孩儿没有娘？
哪个娘没有孩儿？
孩儿躺在水里娘可知道？
娘哭瞎了眼睛孩儿可知道？

哪个孩儿没有娘？
哪个娘没有孩儿？

孩儿骨头在荒郊娘可知道？

娘伤碎了心孩儿可知道？

哪个孩儿没有娘？

哪个娘没有孩儿？

孩儿唤娘闹太冷娘可知道？

娘奔黄泉送衣裳孩儿可知道？

孩儿别怕，娘来接你回家。

娘别伤心，孩儿就在你怀里。

孩儿别怕，娘就来接你回家。

娘别伤心，孩儿就在你怀里。

肖春发已经三天三夜没合眼，听她颠三倒四地唱着娘啊孩儿啊，想着自己的娘，又想着自己添了儿子，要是娘知道，该有多开心啊，想着这些，悲喜交集，流着泪水昏沉沉睡去。

春发，春发，快醒醒，你老婆又克埋仔了。表娘娘在推他，他一骨碌翻身下床，晕头转向地跟着表娘娘在夜里奔跑。邓运妹在小水山里挖坑埋儿，边挖边唱：“哪个孩儿没有娘？哪个娘没有孩儿？……”山里的唧唧虫声为她伴奏。

很奇怪，孩子身上埋着土，只剩个脑袋在外面，他看着邓运妹，神态安详，不哭不闹。肖春发去抱住她，表娘娘又扒开孩子身上的泥土，把孩子紧紧抱在怀里，孩子哭了。表娘娘说，癫了，癫了，你阿妈癫了，莫怪她，她晓不得自己在做什么事。又亲着孩子的额头说，孩子，我们这就回家，回小水村你表奶奶的家。

小孩子的魂要这么喊才回来的，特别是夜里，孩子的魂容易迷失。表娘娘一路走，一路这么喊魂，把孩子抱回了家。

表娘娘不再把孩子交给邓运妹，她自己带着睡，饿了就抱过来让邓运妹喂一趟奶，喂完奶她就抱走。邓运妹跟她抢：我的孩子，这是我的孩子。

表娘娘骂道：这会儿晓得是自己的孩子了？自己生的还要克活埋？

我要带他回家。邓运妹还争辩。

表娘娘懒得跟她争，夺下孩子就抱去自己房间，把房门闩得死死的。

第二天，邓运妹的阿妈来了，她提着两只老母鸡。表妹跟她讲昨天她女儿活埋她外孙的事，她听得心惊肉跳。她去房间看邓运妹，邓运妹黑着眼圈，坐在床头，呆呆地看她，好像看着一截木头。她心里发凉，出去找到肖春发说，春发，这孩子早点送出去吧，给孩子放条生路，你看，小水村门口就是溪水，万一运妹把孩子丢进去，人就没了。

不会的。肖春发说，他知道邓运妹的症结，但不知道怎么跟岳母解释。

怎么不会？还是小心撑得万年船，把孩子送出去吧，都埋了两次了，谁知道第三次还能不能把孩子救回来？表娘娘说。

这是肖春发的第一个亲生儿子，他有一万个不舍，但迫于这种情形，必须得做出选择。他想了想说，白竹坪的谌敦民没有儿女，过继给他吧，他是新富村村长，我信得过他。

肖春发当天就把儿子抱给了谌敦民。谌敦民很高兴，给孩子起名叫谌明生。

邓运妹到处找儿子，屋里屋外找了，还跑到山里去找，任何人都拦不住。

找不到儿子，邓运妹回到屋里哇哇大哭。她抱着枕头又哭又唱：

哪个孩儿没有娘？
哪个娘没有孩儿？
孩儿躺在水里娘可知道？
娘哭瞎了眼睛孩儿可知道？

哪个孩儿没有娘？
哪个娘没有孩儿？

孩儿骨头在荒郊娘可知道？

娘伤碎了心孩儿可知道？

哪个孩儿没有娘？

哪个娘没有孩儿？

孩儿唤娘闹太冷娘可知道？

娘奔黄泉送衣裳孩儿可知道？

孩儿别怕，娘来接你回家。

娘别伤心，孩儿就在你怀里。

孩儿别怕，娘就来接你回家。

娘别伤心，孩儿就在你怀里。

没过几天，邓运妹又惹了事。

春发春发，你老婆又在山里活埋仔了。一个村民气喘吁吁地跑来报信。

春发不在屋里，随她去埋吧，不埋一个，她是不甘心的。表娘娘跟那个报信的村民说。

那村民瞪大了眼睛，表示吃惊。

邓运妹阿妈说，不用管她，她现在埋的是个枕头。

哦——要把话说清楚啊，会吓死人的。我是讲，哪会有这么恶毒的女人呢。

肖春发送走了儿子，心情糟糕透了，一直坐在堂屋发呆。岳母回去之后，他再也撑不住了，晚饭没吃，躺在床上，翻来覆去，迷糊一会儿，又听到有人报信说邓运妹活埋自己的儿子了，吓得睁开眼睛，原来是个梦。就这么半睡半醒。外面雷电交加，大雨倾盆。那雷好像就围着他们这个房间轰炸。他看了看身边的邓运妹，她睡着了，呼吸均匀。他在心里跟雷公求情，邓运妹不是坏人，她是个好女人、好母亲。不知道雷公是不是听懂了他的心语，走远了。听着雷声雨声，肖春发回到梦里，又被飞机炸死了一回。

邓运妹埋了那个枕头之后，就安静了，再不闹腾，平静地坐完月子，跟着肖春发抱着被子回到了板塘，进了自己的家门。

回家一个月之后，邓运妹半夜推醒肖春发，着急地问，孩子呢？我肚子里的孩子呢？

肖春发睡眼惺忪地回答，送人了，是个儿子，叫明生，过继给了谌敦民。

为什么要送人？他可是你的亲生仔。

当时你……非要把他活埋，为了保住他的命，才送的人。

我是疯了吗？

你是病了。

对不起，春发，我也不知道怎么了，怎么能做那种事呢？

不怪你，怪我。醒过来就好了。肖春发搂过邓运妹说，孩子还可以再生。

1953年，廖子顺去世。大阿妈跟小阿妈分了家。肖春发经常给大阿妈砍柴挑水，送点吃的东西。

1954年元月，邓运妹又怀上了。

这年清明，肖春发又带着老婆、孩子去耳木塘扫墓，耳木塘这边没有桥，要过溪流，就踩着凸出水面的大石头跳过去。气有很开心地跳，肖春发脱了鞋子，抱着邓运妹蹚水过。他给每个坟堆砍了青，带着孩子在柴棍上戳了一片纸钱，坟头也压几片纸钱，邓运妹跪在坟前点香。她双掌合十，握着点燃的香，给红军战士磕头，嘴里念念有词。肖春发听到她说，战友们，你们已经入土为安，请你们保佑我和我的孩子，我要给春发留后，要不，对不住人家。

肖春发听她说清醒的话，欣慰地笑了。他想起邓运妹疯癫的时候唱的那支歌，虽是她神志不清时瞎编的，但实在好听，唱到他心里头去了。

运妹，还记得那支歌吗？肖春发试探着问。

什么歌？邓运妹瞪着一双迷茫的眼睛看着他。

哪个孩儿没有娘什么的，不记得了？

邓运妹红着脸说，我平时又不爱唱歌，你几时听我唱过歌？就算心里有歌，也不敢唱出来呢。

你怕什么，现在我们当家做主人了，有歌就唱出来。我觉得你就是个歌星，大明星。

那……那我就唱唱。

哪个孩儿没有娘？
哪个娘没有孩儿？
孩儿躺在水里娘可知道？
娘哭瞎了眼睛孩儿可知道？

哪个孩儿没有娘？
哪个娘没有孩儿？
孩儿骨头在荒郊娘可知道？
娘伤碎了心孩儿可知道？

哪个孩儿没有娘？
哪个娘没有孩儿？
孩儿唤娘闹太冷娘可知道？
娘奔黄泉送衣裳孩儿可知道？

孩儿别怕，娘来接你回家。
娘别伤心，孩儿就在你怀里。
孩儿别怕，娘就来接你回家。
娘别伤心，孩儿就在你怀里。

邓运妹小声地唱，跟她疯时毫无顾忌地高声大唱形成反差。不过，此刻肖春发控制不住了，跪在地上失声痛哭。

邓运妹过去抚摸着他的头。

哭过一阵，肖春发流着泪水鼻涕说，我第一次来耳木塘，看见一具白骨伏在地上，一只手往前伸，想去抓前面的碗。那时，我们太饿了，他肯定是太饿了……

唉，谁家的爹娘肯让孩子受这样的苦。邓运妹说。

我跟蒋百发夜里偷偷给他们掩了土。洞里白骨人堆人，他们都看着洞口，都希望能活着出去，继续跟上部队……

还有跟我有约定的战友，一个福建的，一个江西的，他们唯一的遗愿就是入土为安。所有牺牲的战友都想入土为安，我没有这个能力找到他们。凤凰嘴村民开荒挖地，挖到好多白骨，脚山铺开荒也挖到好多白骨，岳湾塘的栖丘也有好多白骨，还有那么多战友的遗骨躺在荒郊野地，有的战友连一块骨头都不剩了，我没能力找到他们。肖春发说完，又恸哭起来。

邓运妹流着泪说，我怎么觉得这些红军都是我的孩子呢。看见他们的白骨，我好心疼啊。他们都是母亲的孩子啊。我也答应过他们，要跟你一起找到他们的，我们不能放弃呀。

气有捧着一大把映山红跳下石头说，大大、阿妈，我们给红军叔叔献花吧。

他们三个人分头把映山红插上坟头，最后由气有点炮仗，气有很开心。

这次邓运妹生产，肖春发做了足够的准备，他在村民大会上说，我们已经解放了，什么叫解放？我们穷人除了要有饭吃，还要解放思想，破除迷信，该抛弃的陋习就要抛弃。

大家听着，当然也知道他指的是什么。虽然还是有人在背后嘀咕，但没有人跳出来让他们搬出香火堂了。

9月，肖春发把邓运妹的母亲接过来，小心伺候她生产。1954年9月9日，邓运妹顺利生下了一个女儿，肖春发给她起名叫肖戴姣。肖戴姣上学的时候，同学们都笑她：我们大家都姓廖，为什么你姓肖？有人欺负她是外族人，笑话她，就算你是红军的女儿又能怎么样，还不是变不成金凤凰？！她回家来哭，不要姓肖了。肖春发没办法，又去派出所把肖戴姣改为廖戴姣。

邓运妹十分宠爱这个女儿，时刻抱在怀里。平平安安出了月子，大家都松了一口气。

蒋百发、李国才、谌敦民过来给戴姣做百日酒，肖春发非常开心，跟他们喝了两斤水酒。要是陆锡户、陆锡政能来就好了。肖春发酒后红着脸说。

有一次，村里有人请陆锡户来捡瓦背，肖春发也特意请他给自己的房子捡了瓦背。他好像不认识肖春发了，村里孩子见他空闲下来蹲在地上画红军骑大马，画红军扛军刀，就嚷嚷着要他画猫画兔画鸟画狗。

肖春发请他吃午饭，叫邓运妹打了一斤酒，跟他喝酒，试着问他可曾救过一个红军。

他抬头看肖春发一眼，说，哦，春发呀，这个红军奶仔造孽了，他后来出去了，就再也没回来。

肖春发听了鼻子一酸，举起酒杯说，来，干杯，你是个好人。

春发是个好人，日本鬼子很坏，真的，不骗你。

吃完饭，他一走出大门，一群孩子就追着他喊，瓦癫子，瓦癫子，你会画牛吗？

他说，会，当然会了。

那画给我们看啊……

他特别爱孩子，特别特别爱，对任何一个孩子的要求，都十分认真地对待。有时候，他站在那里看孩子们回家，会呆上好久。

我有一点不理解，既然肖春发的儿女都在两河镇生活，他在自述报告中又有那么强烈的要回到两河来的意愿，为何当初肖春发要回江西呢？他江西老家已经没有一个家人，难道只为了那边的优惠政策？那之前全州民政部门接他去全州县工作生活，他为什么又拒绝得那么干脆？

要解开这些谜团，只能找跟肖春发一起去江西的廖气有，他自小就一直跟在肖春发身边生活，发生了什么，他自然最清楚，最有发言权。

我没找到廖气有的电话，倒是在上宅村委干部那里找到了他爱人蒋祥姑的手机号。

跟她打了十来通电话，其中好几次她都哽咽得说不出话，一个失散红军的背后，当真就是一部血泪史。

廖气有已经完全不能走路，躺在床上不能动，需要蒋祥姑喂饭，话也讲不利索。有不懂的，蒋祥姑问他，他都会发脾气，说记不得了。后来他在电视上看到习近平总书记去于都了，就跟蒋祥姑说，快看电视，习主席到于都了。他的心情好起来，才回答了我的问题，跟蒋祥姑和盘托出。蒋祥姑再给我打电话，如此很多次，我终于解开了这些谜团。

廖气有说，他们后来回到瓦子脚村住了十年。肖春发自述报告中说，当了十多年生产队长，十年贫农代表。就是说，应该是在1964年回到瓦子脚生活的。他说，爷爷和大奶奶在世的时候，对他们不错，没赶他们走的。

端午节，蒋祥姑回来办理申报红军遗属手续，给我打电话，一定要做粽子给我吃。我婉拒了，她说想跟我见个面，认识认识。我知道她要照顾廖气有，不想耽搁她的时间。

廖戴姣也把她江西堂哥肖起春的手机号码给了我，我跟他联系了，他告诉了我江西那边的情况。因为2008年于都县宽田乡政府要开发水库旁边的山，要迁走邓运妹的坟，他找了很久，差点找不到这个坟了，最后把她迁到河头村的另一个山头，跟肖春发合葬了。他问我要了蒋祥姑的号码，给她打了电话，问候廖气有。廖气有接到他的电话，说起大大，他恸哭一场。蒋祥姑又打来电话跟我说谢谢我，让他们失联这么久的亲人又联系上了。廖气有病倒之后，她一直不敢在他面前提大大，一提起大大，他就激动，就发脾气。

我问为什么。

她说，大大非常喜欢气有，气有也尊敬大大，我们回来之后，自己没地方安身，1986年才借钱凿开山修了三小间平房，孩子多也住不下，我们一直没能力接大大回来给他养老，很愧疚。大大去世，只有妹妹收到了电报，妹妹没有把大大过世的消息告诉我们。过了好久，才听见村民问我们说，你家大大已经去世了，你们晓不晓得？气得我们跟妹妹断了亲。我们回到了畔田，大大想葬回来的遗愿，我们也没办法帮他实现。大大一天没回来，气有这里就一天不能提到大大。现在接到起春的电话，说已经把大大安葬在了河头村的山上，他怎么不哭！我从来没见过他哭，哭成那样，把我吓坏了。

廖戴姣也跟我说到这个，她说，我当时很生气，大大把气有哥哥养大，对他那么好，他不接大大回来给他养老，我确实怪他。现在回想起来，他当时孩子多，条件也不好，其实不能怪他。

有个地方，我犹豫着，到了最后才去找，就是肖春发修建的那座让他爱恨交加的房子。

去的那天，我是中午到的，久雨初晴，满天棉花云，阳光猛烈，我找到瓦子脚，走进一家开着门的楼里，一个妇女在堂屋的躺椅上午休。我叫醒了她，问她廖有望家的老房子在哪儿。她醒来，站起来问我哪里来的，然后说，廖有望去畔田打鼓去了，他没有新房子，有三儿两女，两个儿子都盖了新房，他跟他爱人还带着一个儿子住在这座房子里。说着，带我去找房子，经过一条水渠，两旁很多新楼房，到后山前，她指着那座黄色墙体的正房子说，锁着铁门的那座就是，不知道他爱人在不在家。然后就回家了。

太漂亮了，我站在围墙外有些吃惊地欣赏这座房子。围墙外是条卵石路，应该是老村的一条主巷道，两侧都是老房子，隔壁的那座老房子飞檐翘角，墙壁灰白，据说是清朝建筑。廖有望家的围墙圈住一个非常大的院子，黄色照墙右侧种着两棵蜜柑，已经长得很高。院子里还种着几棵高大的桂花树，不知道是谁种的。屋后是高大的茂盛的苦楝树，将这座黄色房子拥在怀里。整座房子朴素大方，用混合黄泥粉刷墙体，檐下走了一道白边，青砖挂角。虽然过去了72年，但整座房子墙体完好，墙面用的混合泥也没脱落，上面有一些黑色雨痕，墙体下面有模糊的红色标语。我想起蒋祥姑说的：大大为了修这座房子，石灰冷了就去踩，混合泥都是他一脚一脚踩出来的，双脚都踩烂了。石头一担一担挑回来，片石一块一块打回来，还有木料都是去山上一根一根砍回来的，还跑到20多里外的地方挑煤回来烧石灰……

就在我拍照的时候，一个老妇人走出来，我跟她打招呼，然后自己把虚锁打开，推门进去，自报了家门，说想来看看房子。

门口还铺设了卵石路面，门槛是青石条，门槛前铺着一大块完整的青石，有门头，上面写着什么字看不清楚。大门两边开了两条口子，可以看到里面的墙体结构，都是用卵石排在木板上，外面粉刷黄泥而成。

她让我进去，里面是典型的正房子结构，一个青石铺设的天井，照墙比一般正房子要高，两边的厢房都带阁楼；堂屋两边的长房也带阁楼。堂屋神龛上的墙面挂满了中央领导人的画像，下面挂着四张照片。我问，廖子顺是哪个？她说，没有爷爷的照片，有望5岁的时候，他大大就去世了。只有有望阿妈的照片和我娘家阿妈的照片，两边是我和有望的照片。我过去看，有望跟他阿妈长得很像。她说，有望阿妈很可怜，她是湖南的，父亲是个光眼瞎，她没得吃的，10多岁就走到这里来。后来被廖子顺收留，她连娘家也找不到。我问肖春发住哪里。她说，住右边。我看了看，里面堆满了杂物。她补充说，他去板塘分了房子田地的，这里他没有分到任何东西。我再问，肖春发为什么又回来住？她说，阿妈觉得有望没伴……我记不得了，有次脑溢血倒在堂屋里，后来送去医院，20天才醒过来，脑袋上开了个洞，抽了好多血出来，以前的事再也记不住了。

我不便再多打扰，便走了。回头再看，这座房子真是好，虽然没有旁边清朝建筑的灰白墙面气派，也没有飞檐翘角，但它的赭黄十分温暖，它的简朴非常大气。我理解了肖春发对它的感情。

肖春发到底是哪个部队的，这是最令人头痛的问题。他的自述报告写的是红军第三军团三师一团一营三连一排三班的，可是红军长征时，第三军团根本没有第三师。他跟随军队从沙洲坝出发，开始长征。根据他的行军线路，大略可以判断出他属于红八或者红九军团，再结合他记忆中的所属部队，只有红九军团下辖第三师，所以，可以判断他是红九军团三师的战士。

后来我又找到了江西于都县党史办的徐晓岚的手机号码——她来古岭头考察时留下的，我请她帮我查肖春发的烈士资料。过了一周，她回电话给我，说从于都退役军人事务局老的烈士名录上查到一个叫“宽田乡人肖春发子”的烈士，1932 年入伍，19 岁，补充师的，在湖南作战牺牲。这些资料跟肖春发的自述出入较大，红九军团在凤凰嘴渡江的时候，他们的辎重和资料扔了很大一部分，翻越越城岭的时候，过不了悬崖峭壁，也销毁了部分资料，等到于都民政局在二十世纪五六十年代再去统计，情况那么复杂，时间又隔得那么久远，估计部队找不出士兵的资料，于都当地也查不清楚了，错漏难免。

1958 年，全国搞大炼钢铁运动，耳木塘这座山上的树木全部被砍下来炼铁。

第二年清明，肖春发站在耳木洞前，看着光秃秃的耳木塘，皱紧了眉头，他担心涨洪水会把坟堆冲走。他去挖了几蔸竹子，栽在耳木洞和每一个坟堆前，为战友荫庇。

可是，那年涨起的大水还是将石耳下面的竹子冲走了，也冲走了一部分坟堆。栖丘被淹没，耳木洞也被淹。栖丘上的枫杨树也被洪水卷走了好几棵。肖春发每天都爬到耳木塘山上转，看着下面的滚滚洪水，一点办法也没有。

邓运妹见他回家就唉声叹气，安慰他说，幸亏找到了栖丘上的那些红军战士。

耳木塘也被洪水冲了，肖春发叹口气说。耳木洞洞口都冲垮了，不知道里面的遗骨有没有被洪水带走。

洪水退了之后，肖春发去清理耳木塘的淤泥，重新用石头码好耳木洞洞口。不到两个月，肖春发看到耳木塘又长满了青草，郁郁葱葱的，这才放下心来。

1964 年，全国实行“农业学大寨”，肖春发带领村民造田造地，把耳木塘对面的栖丘造成了良田。在挖掘过程中，还有人挖到了白骨，肖春发把它们也埋在了耳木塘。

当年，又有山洪暴发，洪水呼啸而来，把耳木塘对面的那块靠着溪水的长形水田冲垮了一部分。事后为了修复水田，村民们就近到耳木塘对面的草地上挑土，没想到一锄头下去，挖到了一具白骨，换个地方挖，又是白骨，村民在那里挖了不到十分钟的土，就挖出了三十多具白骨。肖春发还在栖丘尾部检查受灾情况，听说挖到白骨的事，赶紧跑过来，让大家停下来。他亲手再把那三十多具白骨重新掩埋。

他跟村民说，这里牺牲了很多红军，你们忘了？

村民们摇着头说，晓不得，晓得的人差不多都过世了。

肖春发说，还有个活着的，不知道的去问问他。

哪个？

廖辉绿。

大家把廖辉绿找过来，廖辉绿说，问我？我也码不清楚了，我当时才 6 岁，站在山上看到这里在打仗，死了很多人，有些人被拖到这边来烧了。也晓不得哪个跟哪个打。

肖春发铁青着脸说，对，牺牲的就是我们的红军，我的战友。以后，大家都不要来动耳木塘的土，也不要进耳木洞。

村民从来没见过肖春发发脾气，大家都沉默着，看到肖春发给掩埋的红军战友鞠躬致歉，也都跟着鞠躬致歉。

这年，肖春发的大阿妈过世。小阿妈带着未成年的孩子挣不来工分，没有劳动力就要交超支款才能领到余粮，她拿不出钱，承受不住了，来板塘肖春发家里说，瓦子脚的房子空了，来接他们回家去住，人多热闹一点。

肖春发当然知道她的那点小九九，但他觉得她带着个孩子确实不容易，况且，他对那座由他一手建造的房子十分留恋，就搬过去住了，住在右长房，把一家四口人的田也划拨到了瓦子脚。板塘的队长也没再当了，在瓦子脚当了贫农代表。有时候回板塘住一段时间。

每年大年三十，肖春发都带着气有、戴姣去耳木塘封岁。每次戴姣都趴在原木桥头不愿过桥。肖春发说，耳木塘有好多螺蛳，大大带你去摸螺蛳。戴姣本来是很喜欢摸螺蛳的，但要过那板桥，桥下的水那么急，就把脑袋摇成拨浪鼓。

你必须自己过这板桥。

看见水就头晕，想吐啊。戴姣哭道。

肖春发没办法，只能把她背过新富江。背她过桥的时候说，当年红军就是没渡过这板桥，才牺牲在板塘了。

到了耳木塘，肖春发耐心地给她讲红军的故事，讲他长征途中走到哪里打了仗，走到哪里被飞机轰炸，总是讲他被炸的地方，讲他的救命恩人陆锡户，讲他的结拜兄弟蒋百发，还讲他跟战友的生死之约，所以他才要守护好耳木塘、耳木洞的红军战友，这些烈士也是她的亲叔叔，以后他不在了，她要跟哥哥守护好这些亲人，每一年的大年三十都要记得来接他们回家过年。

那么多人来我家过年，怎么住得下？戴姣问。

他们不住的，过了夜晚十二点，大大就打炮仗送他们回去。

哦？他们有多少人？

很多，几百个。气有说。

那么多人，难怪阿妈做那么多菜，告诉阿妈多煮点饭了吗？

气有说，笨，阿妈早就知道的。

几年之后，竹子长起来了，连成片，耳木塘又变得郁郁葱葱。

全州县民政局跟乡政府的同志来找肖春发，要给他在县城安排工作。

肖春发一口回绝，说他不能离开这块土地，不能离开他的战友，这里就是他生根的地方。说他现在生活得很好，有田有地，还有一窖红薯、几桶谷子，衣食无忧，感谢政府关心。

他本来做好打算，要一辈子守护自己的战友，最后跟他们葬在一起，再也不分开的，没料到后面会接连发生那么多事。

气有 14 岁离家出去搞副业，跟着人去挖煤、挖矿，很少回家；后来跟蒋祥姑谈了六年恋爱，却没钱没房结婚。1969 年，戴姣嫁在了瓦子脚，肖春发用戴姣的彩礼钱给气有订下了婚事。

肖春发搬回板塘住，把瓦子脚村的右长房让出来给气有结婚用。小阿妈原本也没什么意见，后来受人怂恿，说气有结婚占了房子，将来有望的儿女就没地方住了。她开始着急，跟肖春发说，房子可以分一半，堂屋不能占。

这话说的，来人来客到什么地方去坐呢？吃个饭聊个天，也要有落脚的地方啊。肖春发说。

小阿妈很生气，把他们放在堂屋的板凳、挂在篱壁上的斗笠蓑衣都扔了出去。

气有结婚那天，嫁妆刚抬进门，就被小阿妈一件一件扔了出去。

新娘子在门外进不了门，气得直哭。她娘家人也气得够呛。肖春发气血上涌，跟小阿妈吵了一架，说这房子都是他一担一担挑回来，一脚一脚踩出来的，凭什么扔他儿媳妇的嫁妆？

小阿妈听了别人出的主意，就是想把新娘赶走。蒋祥姑念了初中的，知书达理，跟气有有感情基础，忍气吞声迈进了气有的家门。

气有结婚之后，当了村里仓库的保管员。有一天正在地里出工，有个村民跑来说要拿仓库钥匙去拿把锄头。气有交代说，拿了赶紧把钥匙送回来。村民答应一声回村了。

后来就出现了丢红花草籽的事。七百斤红花草籽不见了，仓库的门还锁得好好的。仓库通往气有家的巷子，这里一堆那里一堆的红花草籽，看起来就像气有把红花草籽偷回了家。这么明显，全村的人都怀疑是气有偷去了。当时红花草籽要三块钱一斤，两千一百块钱在 20 世纪 70 年代初是个天文数字，拿不出钱补回来是要被抓去坐牢的。

蒋祥姑怀有七个月的身孕，马上要生了，气有要是被抓去坐牢，这该怎么办才好？邓运妹急得躲在板塘的屋里哭。

乡政府来人调查，在村里成立了四个调查小组，还去蒋祥姑娘家去搜查了。什么也没搜到。村里有人解了个箩筐的绳子，准备把气有绑起来。乡政府的人说，他们在这里前无帮手后无救兵，哪里敢做这种事？我们相信肖春发，也相信他教育出来的儿子不会做这种事。结果，没抓气有去坐牢，也没罚他的款。

有一伙村民很不服气，要为民除害，纠集一帮年轻人冲到气有家，扬言要打死气有。听闻此事，蒋祥姑娘家人，谌敦民带着谌明生，蒋百发带着三个儿子，李国才带着儿子，还有畔田气有的爷爷和哥哥都赶到瓦子脚，组成一个阵仗，才保住了气有不被他们打。

后来有村民说，红花草籽丢失的那天，听见狗追出了村口，一直追到新富商店才停下。有村民去商店买东西，看见商店楼板上有红花草籽。队长带人去新富商店，在地下木楼里搜到了这些红花草籽。

肖春发知道有村民想赶走他们，心里那块疙瘩没办法解开。正好有个插队干部陈班长，来他家里吃饭，跟他说起江西厚待失散红军的事，说那边可以帮红军修座房子，给后人安排工作。他听了有些动摇了。这里再怎么难，他也能待下去，只要能跟战友们在一起，每年接他们回家来过个年，他就心满意足了。可是他的儿子和儿媳很难生存，他得为后人着想。

1972 年春天，在陈班长的帮助下，他回了趟江西老家。

他找不到自己的家了。在似曾相识的河头村转了一圈，确定那座倒掉了的破房子就是自己住了十四年的家。他在长满杂草树木的房子里喊：爸——阿妈——我回来了，你们在哪儿？惊醒的，是一群长脚蚊子，扑向他的手臂、脚踝、脸和脖子，使劲吸血。他再喊：爸——阿妈——你们在哪儿？这次回应他的，是堂屋里腐朽了的板凳上烂掉的那一顶草帽，他弯腰下去看，是他以前看牛时戴过的。四十五年前，外面有红军队伍经过，他随手把这顶草帽搁在这张板凳上，给父母丢下一句“我去当红军了”，就离开了家。这么多年了，它还在等他回来。他鼻子一酸，哽咽着喊：爸——阿妈——你们在哪儿？我是春发子啊，我回来了。破壁挡回了他的话，没有人回答他。

一个老头从门口伸了个头问，你刚刚讲，你是哪个？

我是春发子，出去四十五个年头了。

你是春发子？那个老头走进来问。

是呀，我是春发子，14 岁出去参加工农红军，一直没回来。

又走过来一个老头，问刚才那个老头，他说他是春发子？

肖春发说，我就是春发子。

你不是牺牲了吗？红军烈士纪念馆的碑上都有你的名字。后面进来的老头接着问。

前面进来的老头说，难道是搞错了？

我当时也怀疑有错，我还叫起春去县里民政局查了，烈士名录上写的是宽田人肖春发子，1932年，19岁参军，补充师的，在湖南作战牺牲。当时我也搞不清楚到底是不是我们家的春发子。宽田的肖春发子难道会有好几个？后面来的老头说。

他们搞错了，1934年11月30日，我在广西灌阳县的瑶上牌楼给飞机炸伤，掉队了，当时牺牲的战士太多，部队可能以为我牺牲了。我14岁参的军，毛主席1927年发动秋收起义，创建工农红军，开辟井冈山革命根据地的时候，我就参加了中国工农红军，部队一直在重组，番号也一直在变，我原来是在红军第三军团三师一团一营三连一排三班，班长姓梦的，后来好像是在红九军三师，具体我也不清楚了。

名字是你应该没错，我们宽田乡没有第二个肖春发子。后进来的老头说。

你真是春发子？先进来的老头说，我是你堂兄，他是你堂弟啊，你都不认得我们了。

哦，我想起来了，那时候你们还小，现在都变成老头子了，我怎么认得出来？肖春发说。

你个忤逆子，你父母一直等不到你的消息，40年代两老一前一后去世了。你弟弟也跟红军走了。堂哥说。

肖春发哽咽着说，难怪我写的信没有回音。

堂弟也哭了，他搂着肖春发说，活着就好，活着就好啊，多好的喜事啊，可惜伯伯、伯母看不到你了。

三个人抱在一起，哭成一团。

堂弟的儿子肖起春在杨公大队当秘书，他打听好之后跟肖春发说，伯伯，确实有这个政策，你们回来，政府会给你们砌座房子，气有可以安排在五金厂打铁，蒋祥姑读了初中，可以安排在小学教书。

得了这个准信，肖春发回到瓦子脚就不安了，他到底回还是不回？回去，对后人肯定好；不回，他就可以陪着战友。邓运妹也拿不定主意，一切听从他的安排。

李国才听说肖春发回了江西，特意来给他拜年，听肖春发说起江西的政策，他也心动了，回去马上动身，去灌阳县民政局领了一笔搬迁费，回赣州市了。

等到1972年5月，蒋祥姑生下了一个儿子，肖春发十分心疼孙子，想给孙子一个好的未来，下定决心搬迁回江西。孙子还不到一岁，肖春发跑到全州县民政局去办理迁户手续，蒋祥姑给孙子取的名字“廖成生”他不会写，就写了个“廖大”，回来说给蒋祥姑听，蒋祥姑生气了，怎么写这么难听的名字呢？肖春发笑着说，反正是第一个，还有生的，他就是老大，如果不喜欢，以后再改过来吧。蒋祥姑说，都上了户口了，以后还怎么改？她是有些不愿离开全州的，她舍不得家人。

1973年4月，蒋祥姑的儿子还没做对岁，肖春发就办好了所有手续，从全州县民政局领回了八百五十元搬迁费，卖了板塘的房子又拿到了两百元，收拾停当，要举家迁回江西了。蒋祥姑的母亲给外孙买了棉衣送过来，算是提前给外孙做对岁。她舍不得自己的女儿和外孙，老是偷偷抹泪，说，去了那么远，女（儿）就丢了。

廖戴姣也不高兴，说她坐不了车，见车就晕，去了那么远的地方，就再也见不着了。

肖春发把军刀交给她说，以后好好保存它，它跟了我大半辈子，看见刀就等于看见大大了。并一再交代她，让她每年记得去耳木塘挂山、封岁，如果自己晕水过不了桥，就让女婿和孩子们去。

那次，廖戴姣去火车站送他们，等他们上了火车，她坐在候车厅号啕大哭。旁边的人走过来问她，是不是丢了什么东西？她说，我丢了我的大大和阿妈了。

肖春发他们回到江西，河头村腾出了生产队的两间空房子给他们住。回了村，成了河头村的社员，就必须出工挣工分，男的每天 30 个工分，女的每天 18 个工分。

蒋祥姑的儿子一到江西就生病了，成天成夜咳嗽，得了肺炎，又吃不下东西，人瘦得脖子都撑不住头了。没过多久，蒋祥姑接到妹妹的信，说母亲从木楼上摔了下来，病着病着就疯了，老是叫她的名字。

看到这封信，蒋祥姑更是坐立不安，整天以泪泡饭。

邓运妹看在眼里，给孙子洗衣服的时候跟她聊天，问她有什么事。蒋祥姑才流着泪跟她说了母亲的事。邓运妹疼爱孙子，也心疼儿媳，晚上跟肖春发说起这个事。肖春发叹气说，可能孙子是水土不服，还是让她带孙子回去吧，要是因为搬回江西丢了孙子，那就太可惜了。

1975 年，蒋祥姑带着孩子回到娘家，母亲见了她，病就好了，高兴地给她腾房间，给孩子磨米浆、熬米糊。

孩子也不咳嗽了。蒋祥姑对着儿子叹气说，这就是我们的命。

过了两个月，肖春发见气有神不守舍，就跟邓运妹商量，让他也赶紧回家吧，时间久了，保不定妹妹[1]会改嫁。

邓运妹说，就是。只是，户口都迁过来了，还能迁回去吗？

说的也是，家里房子也卖掉了，田地也没了，瓦子脚肯定是回不去了，户口迁回去又落到哪里去呢？可是，就算有困难，也要夫妻团圆啊。

邓运妹说，就是，这是大事。

气有本来就想念老婆孩子，肖春发让他回去，他就回了。

畔田的哥哥也只住着一间房子，帮不上忙。后来畔田的堂哥廖国华腾了一间厢房出来给他们住。

户口没迁回来，所以他们变成了“黑户”，没有田地也没有山柴，当时又不让搞副业，没有吃的，大年三十，他们还在灌阳县里讨米，讨白糍粑粑。这样讨了三年米维持生活，乡政府帮忙，才解决了户口问题。户口落在了畔田村，分到了三亩多田，当时已经生了老三。1980 年

---

1 此处指蒋祥姑。“妹妹”是当地长辈对晚辈的亲切叫法。

生了老四，房子住不下了。1986年借钱凿开石山修了三小间平房。

气有回家之后，剩下两个老人留在江西。肖起春给政府打了个报告，说明了情况。政府安排肖春发跟邓运妹住进了宽田乡敬老院。

邓运妹病倒了。其实她非常想念孩子们，想念广西的那片土地，想念那些牺牲了的还像孩子一样的红军战士，她不在家，谁给他们做年夜饭？她知道，肖春发也后悔了，他也特别想念他的战友，想念他的亲人朋友，总是跟她嘀咕，不知道孙子身体怎么样了，不知道气有他们的生活怎么样了，不知道戴姣去给战友挂山、封岁了没有。再想，也回不去了。

1976年，邓运妹在宽田敬老院去世。谌明生赶到江西，为母亲挖了坟坑，把母亲安葬在水库边的山上。

只身一人的肖春发更是想念广西，他请肖起春替他给三个孩子写信，问孩子们要照片（他也给他们都寄了一张照片，可惜后来都潮坏了）。戴姣请来村里拍照的人照了一张照片寄给了父亲。气有带着老婆孩子去县城照相馆拍了张全家福寄了过去。谌明生也寄了张自己的照片。他把这些亲人的照片用图钉钉在墙上，醒来就看见他们了，睡觉也能看着他们。但是，他看不到耳木塘的战友们，一想起这个，他就老泪纵横。

1983年2月，他辗转坐车，回到了全州县两河乡，在瓦子脚、白竹坪、畔田三个村子轮流住了两个月。在畔田气有家过的年。

气有生了四个孩子，寄住在堂哥腾出的一间房子里，十分拥挤，生活艰辛。

戴姣生了五个孩子，还要养两个老人，生活也不宽裕。

谌明生作为民兵于1979年参加对越自卫反击战，在河内受了伤。后来想把户口迁去江西，没办成，回到白竹坪靠打碑生活。养父母双亡，他孤苦一人，无依无靠。

肖春发非常想有一个家，可是三个孩子的家门他都不愿迈进去，怕成为他们的负担。

全州县民政局的同志来瓦子脚看望他，询问他的生活状况，他感动了，想，能不能请民政局帮他迁回两河呢？3月21日春分，他请人代笔，给全州县民政局打了份报告，陈述了自己的状况，请求政府给他办理手续迁入两河居住，不管落在哪个村子，只要能回来，有口饭吃就行。

1980年全州县就已经分田到户了，哪个村的田都很难再动，所以，民政局也办不下来。

等不到结果，肖春发先去跟蒋百发道了别，两个满头银发的老人喝着水酒，回顾往事。蒋百发劝他回来，肖春发叹口气说，回不来了，以后你要保重。这一年的清明，踏着绿茸茸的青草，肖春发又来到耳木塘，最后一次给战友们砍了青，烧了纸钱点了香，还带来了几盘菜、一壶水酒，给战友们满上三杯，敬了酒，最后给自己满上一杯，艰难地在坟前跪下：战友们，永别了，从今往后，就天各一方了。说完脖子一仰，喝了满杯。竹林飒飒作响，春寒料峭，他一连打了三个喷嚏，喝下的酒反冲上头，感觉有点晕眩。悲伤也跟着涌来，想起跟战友们在一起的日子，想起去世了的陆锡户，想起蒋百发，最后想起邓运妹，想起她陪自己找战友的尸骨、陪自己掩埋战友，想起她哼唱过的山歌，又想起自己的父母，不觉流下了泪水，他不知不觉哼唱起邓运妹唱过的歌：

哪个孩儿没有娘？
哪个娘没有孩儿？
孩儿躺在水里娘可知道？
娘哭瞎了眼睛孩儿可知道？

哪个孩儿没有娘？
哪个娘没有孩儿？
孩儿骨头在荒郊娘可知道？
娘伤碎了心孩儿可知道？

哪个孩儿没有娘？

哪个娘没有孩儿？

孩儿唤娘闹太冷娘可知道？

娘奔黄泉送衣裳孩儿可知道？

孩儿别怕，娘来接你回家。

娘别伤心，孩儿就在你怀里。

孩儿别怕，娘就来接你回家。

娘别伤心，孩儿就在你怀里。

歌声凄楚，流水呜咽，青竹颤颤的，掉落一身雨水。

他喝下第二杯酒，对战友说，我最后的愿望，就是葬回耳木塘，跟战友在一起，靠天开眼，助我一把。

他喝下第三杯酒，对战友说，春发无能，没能替战友收好尸骨，还有上万的战友无家可归，希望上天开眼，有一天能让牺牲的战友入土为安。

回江西那天他跟戴姣道别的时候，他说，女儿呀，我们这一别，就再也见不上了。

戴姣说，等你大外孙女结婚的时候，大大你再回来呀。

肖春发哽咽道，没命再回来了。我最大的心愿，就是想葬回耳木塘，战友们全都在那里，我要去陪伴他们。

戴姣听罢大哭，埋怨道，大大为什么要跑到那么远的地方去？我又坐不了车，以后怎么去接你回来呀？叫你别回去了，你偏要回。

傻孩子，有那么多张嘴问你要饭吃，大大怎么能跟孩子们抢饭吃呢？回到江西敬老院，也还有我的一口饭吃。

1984 年，谌明生把户口簿等带去江西，想迁过去，但没办成，户口簿也丢了，回来又成了“黑户”。

1989 年，戴姣接到江西宽田乡敬老院的电报，说她大大过世了，让她过去安葬。随后把肖春发的遗物都寄给了她，包括他跟孩子们往来的信件和保存的照片等。

戴姣哭得要死。耳木塘不是瓦子脚村的山，肖春发的户口又不在这边，很难实现接他回来葬在耳木塘的遗愿。宽田敬老院把肖春发的骨灰放进了河头村公堂，一直没下葬。

肖春发还在等待。

2016 年 11 月 30 日，一群陌生人来到古岭头的大樟树下转悠，领头的是一位年近七旬的白发老人，另外几位是他的儿子、儿媳及孙女。

老人站在古樟旁，凝视良久，然后拿了纸钱和香蜡，边烧纸，边念念有词，之后老人张开眼，说，父亲大人，您安息吧，我帮您完成了心愿。

古岭头村民廖宏发好奇地问，老表，哪里人啊？恁跑到这里来求古樟保佑？

老人说，我们是江西的，我父亲是老红军，他去世时，要我帮他做一件事：当年战友为掩护他们过湘江，在古岭头西南方的一座山上打阻击，后来音信全无，估计牺牲了。古樟下面有口古井，部队经过的时候，战友们都喝了这口井的水。当时天上有飞机轰炸，炸弹扔下来，一些战友被炸到了，幸亏这棵老樟树把我父亲挡住了。他非常感谢这棵樟树和这口古井，一直想回来看看它们，想祭奠一下牺牲在此地的战友，但身体不行，走不动，去世时的遗愿就是要我来帮他实现这个愿望。我父亲说，古樟被飞机扔的炸弹炸出了一个很大的洞，我怎么找不到那个洞呢？

洞在这里。廖宏发说，（20 世纪）70 年代还有很大一个口子，我的孩子还在洞里躲猫猫呢，现在已经长满了。看，还有这么大一个伤疤呢。

大家围过去，果然看到了那个伤疤。树皮的长势是从四周围拢到一个中心点，形成一个特殊的凹形圆圈，像个光芒四射的太阳。

那个老人说，经过这么多年，连树的伤口也愈合了，我父亲也应该圆满了。

2017年春节前，又有一批红军后代来寻找先辈的痕迹，在隔壁山村的下广山，一位老人发现了一根人腿骨，凑上去看的时候又踩到一块碎骨，差点摔倒。捧着这些遗骨，这位老人当场大哭。这一带就是铁犁冲和砖瓦岭战场。下广山有一个待确认的红军无名烈士墓葬群，有二十三个无名烈士散葬点，有坟堆的七个，没有坟堆的十六个。之后的一年，有近百个团体来此祭拜。2016年起，隔壁山的村民就自发祭拜周边牺牲的红军战士。每年的大年初二或者初四，全村外出务工的村民都回到村里，队长廖祖迁领着全村四百人去下广山祭拜，祭拜回来聚餐，再发话定下第二年集体祭拜的时间。他们听长辈们说了发生在这里的战争：田里被飞机扔的炸弹炸出斛桶那么大的坑；山上很多子弹壳，都去捡来换丁丁糖吃；村前的云河庵是红军伤员救护所，对面的大夫祠是红军临时指挥部。

2018年3月，两河镇开展“铭记历史，寻找红军烈士遗骸，传承红色基因”主题党日活动，对找到的红军烈士墓进行树牌插旗保护，对散落荒野的红军遗骸进行收集、整理、安葬，并举行了祭拜缅怀活动。

2018年11月11日，习近平总书记对湘江战役遗骸收殓保护工作做出重要批示，李克强总理等13位国家领导人也先后做出批示。自党的十八大以来，习近平总书记十分重视湘江战役，在2014年全军政治工作会议、2016年纪念红军长征胜利80周年大会、2019年纪念五四运动100周年大会、“不忘初心、牢记使命”主题教育工作会议和赴中央红军长征集结出发地江西于都考察等重要场合多次提及湘江战役，并在《在纪念红军长征胜利80周年大会上的讲话》中提到“长征途中，英雄的红军，血战湘江，四渡赤水……纵横十余省，长驱二万五千里”，把“血战湘江”列为长征途中的第一场重大战役。

2018年12月4日，中共中央政治局委员、中宣部部长黄坤明一行走访了红军长征走过的隔壁山至古岭头一带，最后来到了耳木塘。他问廖戴姣，这蔸竹子下面埋葬了多少红军战士？戴姣说，听大大讲，每一蔸竹子下面都葬着红军，这蔸，那蔸，下面都有红军，大大特意种了竹子做记号，洞里面有一百多个。他要我每年都来挂山、封岁，生怕他们没地方过年。

黄坤明眼含热泪说，这片土地真是一草一木一忠魂，一山一石一丰碑啊。

他们向耳木洞里的战士鞠躬，也向耳木洞外的战士鞠躬。天上下起了大雨，竹叶飒飒，似乎是无数战士在恸哭，他们终于等到了这一天。

2019 年 1 月 21—25 日，湘江战役红军遗骸收殓保护工作组到耳木塘进行发掘，在耳木塘溪流旁、石耳附近的竹子底下挖到 2 具非常完整的遗骸，一个小红军匍匐在地，伸手去够一只碗；一个小红军手里抓着一点布，平躺着。据村民说，此地曾多次被洪水冲刷，很多红军遗骸已经被洪水带走。耳木洞洞口被泥石堵死，挖开后，洞口约 1 米高、3 米宽，整个洞道 20 多米深。从洞口进去 10 米没发现遗骸，也许是被洪水带走了；10 米之后，挖掘到 8 个完整的头骨和不少遗骸遗物。据考古挖掘专家估算，这里约有 20 具红军遗骸。

1 月 27 日，在耳木塘举行了待确认红军遗骸收殓移交仪式。

寻找遗骸的同志在耳木洞里面发现一个被泥堵死的洞口，刨开之后，发现还有一个里洞，约 10 米深，在里洞发现了红军遗骸。

3 月 21 日，考古挖掘专家对耳木洞进行二期发掘，在里洞发掘到 9 个完整的头骨，6 纸箱红军遗骸遗物，约 15 具红军遗骸，铜钱 100 余枚，铜扣 10 颗，耳环 5 只，玉佩 2 个，怀表 1 个。在洞外竹子下挖掘到 1 具遗骸，后来本着就地保护的原则，剩下的竹子下面不再挖掘。

3 月 31 日，在耳木塘举行了第二次待确认红军遗骸收殓移交仪式。

为了纪念革命先烈，2019 年 6 月 8 日中宣部批复了《红军长征湘江战役烈士纪念设施建设保护总体规划》，在桂林市全州县才湾镇脚山铺阻击战旧址重点规划建设红军长征湘江战役纪念园。主要包括纪念馆和纪念林两大功能区，总占地面积为 970 亩，其中，纪念馆区 45 亩，纪念林区 495 亩，缓冲保护区 430 亩。纪念馆主体建筑占地面积 2220 平方米，总建筑面积7479平方米，展陈面积约为3800平方米。纪念馆区与纪念林区分布在国道322线的东西两侧，由下穿隧道连接。纪念林区建设内容为凭吊区（雕塑长廊）、战壕遗迹、纪念石林、下穿隧洞、地下停车场及相关配套设施。设置4个安放区域共计85个安放墓穴，全州县境内发掘收殓的40具遗骸和4086块零散遗骨安放其中。石阵则以古岭头突围战遗址天然石阵为原型，沿等高线地势排布，体现以山为陵、以木为魂、以石为碑、青山处处埋忠骨的理念。

耳木塘成为红军长征湘江战役全州散葬点之一，正在规划修建红军烈士墓，与耳木洞和竹林原坟连成一个整体，纪念红军烈士。

这些天，廖戴姣睡不踏实，老想着大大，他待在河头村的祠堂里，已经三十年了。有天晚上，她梦见了大大，大大说，妹妹，我想回家，我想念你们，想念我的战友，接我回去吧。

半夜醒来，廖戴姣摸着军刀哭了。

我必须对大大有个交代了。她坐在黑夜里一直到天明，不停地对自己说。后来她给江西的堂哥肖起春写了封信，询问大大的事，并留下了自己的手机号码。

两周之后，她接到了堂哥的电话，他说，联系不上你们，2008年，原来安葬伯母的山头要开发，需要迁坟，我去找，山上已经平整，大家都在种橘子，已经找不到伯母的坟墓了。我想，伯父是等不到你们了，我就从伯母安葬的山上带了点泥土，代表伯母，跟伯父合葬在河头村的后山上了。

2019年8月2日，两河镇副镇长何瑜带着工作组及肖春发的遗属，去江西接肖春发回来。谌明生还有廖戴姣的大女婿、小女儿和小女婿，坐着一辆从租车平台租来的白色商务车出发了。经过湖南郴州市的赤石大桥时下了一场暴雨，对面的山岭湿润空蒙，一路时雨时晴，车上的人心情复杂。宽田乡的乡村道路路况不好，还是泥沙路，十分颠簸，通往河头村的道路被大车压坏，过不了车，绕了50公里的路，才到了杨公村委河头村。

路虽不好，自然环境却特别好。河头村村前有一条布满河沙的自然流淌的河流，河边立着六棵古榕树，枝繁叶茂，根系粗壮，巩固着河堤，村民在河边洗衣乘凉。村中也是遍地古樟，伴着七个古祠堂，青砖上顶，飞檐翘角，柱子上贴着红色对联，有的还挂着书院的牌子。

按照习俗，肖起春带领肖春发的遗属去村里的祠堂认祖归宗。听说他们要来接伯父回去，肖起春也没什么好说的：伯父的后代在全州，他的遗愿也是要回到全州，现在遗属一起来接，当然是好事。他在当地请了个风水师看了日子，觉得8月5日是好日子，就定在5日早上7点破土开坟。

这天清早，肖起春做了一大桌菜，请大家吃饭。他请了村里两个青年来帮忙。河头村后山山坡上，杂草丛生，有一棵孤独的松树立于坡上。肖春发的坟墓就在松树底下，肖起春给他立了碑，坟墓扣了水泥。祭拜之后，两个青年费了很大的劲凿开水泥，开坟，开棺，捧出骨灰瓷坛，放进白色泡沫盒里，抱回村——他们没要一分钱。

回程途中，到了赤石大桥，又遇上一场暴雨。车上的人都有些惊奇，难道是肖春发有了感应？

下午6点半，全州殡仪馆门口，米花山的太阳落下去，气温降下来，起了一点小风，没有阳光的照耀，“迎接老红军战士肖春发魂归第二故乡”的横幅清晰起来。全州县委书记林武民、县长周政英和其他县委常委列队迎接。谌明生和廖戴姣的小女婿抬着木匣子过来，蒋祥姑也从桂林赶过来，跟其他家属一起走在木匣子后面。全州退役军人事务局局长与两河镇党委书记接过木匣子，从队列中间走过，列队人员在静默中行注目礼。肖春发的骨灰暂时放在殡仪馆。

“终于实现了他想回全州的遗愿。”县委书记握着谌明生的手说。

8月22日上午11时，肖春发所有的亲人朋友来到板塘。鞭炮齐鸣，在两河镇党委书记王军生和退役军人事务局局长徐建国的主持下，肖春发的骨灰盒安放进了“红军战士肖春发之墓”。

8月28日，全州县举行盛大的烈士遗骸安放仪式，在肖春发墓旁边的“红军烈士墓”安放着牺牲在耳木洞的无名烈士遗骸，从今往后，肖春发跟他的战友们永远不分离了。

作者简介：

唐女，桂林市全州县人，在《诗刊》《青年文学》《西湖》《广西文学》《时代文学》等国内正式刊物上发表作品47万字。《筑梦工匠》获“庆祝改革开放40周年·广西壮族自治区成立60周年文学创作”征文报告文学组三等奖。有中短篇小说被《小说月报》大字版和《海外文摘》转载。作品入选12个选本。出版诗集《在高处》、散文集《云层里的居民》。小说《行走的稻草人》获第九届广西文艺创作铜鼓奖。

今日老山界

⊙ 彭书华

1934年10月，中央苏区第五次反“围剿”失败。10月17日，中共中央、中革军委率领中央红军8.6万余人，从江西省于都等地出发，开始战略转移，准备到湘西地区同红二、红六军团会合。

12月1日，经过惨烈的湘江战役，中央红军突破了蒋介石国民党军第四道封锁线，相继进入全州西延地区（今资源中锋），但中央红军也由出发时的8.6万余人锐减为3万余人。

12月3日，湘军突破青坪界隘口，红军先头部队也已侦察到国民党军在湘桂边境修筑大量战壕、碉堡等工事。

刚渡过湘江的中央红军又一次面临生死存亡的险境。

下午，中央军委决定放弃休整，兵分三路进入湖南的通道县。

红一、红九军团作为右翼仍按红六军团的路线，由油榨坪、大庄田、大埠头出发，向车田小地、北门坳、凤水、社水、河口、湖南杨梅坳及城步前进；红三军团和中央第二纵队向华江锐炜、广塘、千家寺、洞上前进，翻越大风坳到金石的中洞、新文，然后往龙胜的矮岭江底西进。

军委第一纵队和后卫红五军团、红八军团一部则从枫木向西折入兴安华江千家寺、塘坊边等地，从龙塘江峡谷翻越老山界。

第二纵队到达锐炜时，彭德怀建议第二纵队跟随第一纵队前进，军委同意后，第二纵队即从锐炜的落林口翻越佛子界到达塘坊边与第一纵队会合。

12 月 4 日下午，军委第一纵队、第二纵队相继进入老山界下的同仁村，军委纵队就地在同仁塘坊边一带宿营；第一纵队干部团先行开路，开始翻越老山界。

地处兴安、资源两县交界处的老山界，紧靠五岭最高峰猫儿山的西南侧。从同仁村的龙塘江峡谷进山，上山 15 公里到界顶，下山 10 公里后就是资源县的塘洞村。

老山界地势险陡，上山下山的所谓“路”，都是修在悬崖峭壁上的羊肠小道，而且不少地方上面是直立的绝壁，下面是万丈深渊。但是，这却是瑶民们常走的一条古道。

12 月 5 日、6 日，军委纵队相继翻越老山界，进入资源县塘洞村。

陆定一所属的第二纵队 12 月 5 日进入龙塘江峡谷，紧随第一纵队翻越老山界。之后，陆定一写下了著名的《老山界》一文。

文章以生动优美、真挚细腻的笔触，叙述了长征中红军克服重重困难，翻越老山界的故事。

85 年过去了，当年红军翻过的老山界怎么样了，红军沿路经过村屯的老百姓生活过得好吗?

带着这些疑问，2019 年 6 月 12 日，我来到了老山界脚下的兴安县华江瑶族乡。

一、强盛才是硬道理

在华江瑶族乡政府办公室，我见到了年轻的潘荣利乡长。

“1934 年 12 月 3 日，红三军团从锐炜经广塘、兴坪率先进入千家寺，第二天其先头部队则经洞上翻过大风口到达金石；12 月 4 日，中央第一纵队和后卫部队红五军团、红八军团的一部分从资源中锋经社岭、岔岭到达华江的集义、同仁一带，当天下午，第一纵队干部团开始从龙塘江翻越老山界，第二天到达资源塘洞村；第二纵队从锐炜的落林口翻过佛子界到达同仁，紧随着第一纵队翻越老山界；红八军团一部则到达高寨，从梯子岭翻过老山界，下到资源塘洞村的李洞。”

潘荣利说，中央红军除红一军团和红九军团外，基本上都到过华江。毛泽东、朱德、周恩来、刘少奇、邓小平等老一辈无产阶级革命家都在华江住过。

红军过华江，除了行军打仗，还向华江人民宣传革命道理和红军的主张，镇压土豪劣绅，播下了革命的火种；华江人民则为红军带路，挑行李，抬担架，保护红军伤病员和失散人员，掩埋红军英烈。

85 年过去了，红军在华江浴血奋战的悲壮故事，一往无前的革命英雄主义精神，爱护群众、模范遵守纪律的动人事迹，一直铭记在华江人民心中。

85 年过去了，在红军精神鼓舞下，华江发生了翻天覆地的变化，人民生活得到了很大的改善。华江人民充分利用本地竹木、水力，结合红色旅游品牌，不屈不挠，艰苦创业，成功了，不自满；失败了，不气馁。从 20 世纪末开始，华江瑶族乡的农民人均收入稳居广西 59 个少数民族乡的前列，被称为“广西少数民族首富乡”。

近几年，猫儿山升格为国家级生态保护区，斧子口水库、川江水库相继落成，整个华江的生态环境发生了深刻的变化，成为关注养生养老人士养生度假的首选地。投资 10 亿元人民币的桂林阳雀国际温泉养生项目、投资 2.6 亿元人民币的“一山半岛”旅游度假项目、投资 2 亿元人民币的桐子坪养生度假基地项目相继落户华江。

2018 年，华江瑶族乡成为全广西首批七个“养生养老小镇”之一。

潘荣利带我来到华江的民族广场。

昨天暴雨倾盆，今天则是雨过天晴，天空蓝得像是静静的大海，几丝白云飘过，似雪白的海浪在海上游荡。

六垌河的水量不大，昨天还下过雨，今天的水就清澈见底了，水里的鹅卵石在水波中晃悠。

一座风雨桥挺立在六垌河上，河的两边堤岸均用条石砌成，上面还有大理石围栏。站在风雨桥上，可以清晰地看到猫儿山山顶。

风雨桥的旁边，是占地20多亩的民族广场。

广场的竹林丛中，五个铜鼓造型格外醒目；几组红军和瑶民的雕塑栩栩如生地立在广场上，仿佛当年的红军又回到了华江，似乎在向瑶民问路，又似在跟瑶民宣传红军是人民群众的队伍。

广场的正面是一个敞开式的舞台，一群着瑶族服装和红军服装的男女正在排练节目，广场上轻响着《十送红军》的曲子。潘荣利说，今年“七一”前，中央电视台将在华江录制《从胜利走向胜利》的大型文艺节目，瑶民们作为群众演员正在加紧排练。

广场的右面是一幢五层的民族展览馆。

站在广场上，我说：不敢相信这是一个乡一级的广场。

潘荣利说，一个到华江来指导工作的自治区领导感慨，有的县一级的广场还没华江民族广场这么宽敞和漂亮。

来到街道上，两边的铺面都重新装修过，外墙是鹅黄色，招牌是统一的深棕色。

潘荣利说，这几年，我们利用新型城镇化示范乡镇建设的机会，将华江的小城镇建设推向了一个新的高度，2018年，华江瑶族乡荣获桂林市新型城镇化示范乡镇建设一等奖。

二、靠山吃山富瑶民

从华江乡政府所在地的千祥往上两公里便是同仁村。

同仁村，中央红军军委纵队栖息之地。毛泽东、张闻天和王稼祥曾在同仁的大埌村居住过，塘坊边的衡广会馆曾做过周恩来、朱德以及李德、博古的军委指挥所，上万的红军将士曾散居在同仁各自然村，做着翻越老山界的准备工作。

双江口村是同仁的一个村，以前是第一生产队，龙潭江和盖板江在这里交汇。

双江口村有107人，村里却办有10个竹产品加工厂，还有一个华江茶叶厂。除此之外，双江口村还有一幢十一层楼高的华江第一楼，这也是兴安县由村民自建的最高楼。

同仁村委现任党总支书记欧名海，其父亲欧迪华、四哥欧名高都曾当过同仁的党总支书记，他家被村民称为“支书之家”。其父欧迪华在村里做过33年的村干部。欧名海1972年出生，当过4年兵，从1996年当村里副支书开始，算一算，担任村干部也有23年了。

欧名海也在村里办了一个竹产品加工厂，忙完村里的事，还要忙厂里的。欧名海说，同仁村是全乡最先办厂的，目前华江乡生产的铁炮串占了全国百分之六十的份额，而同仁村生产量则占了全乡的百分之六十以上。竹产品加工富了老板，也提高了本地的毛竹价格，更吸收了本地大批劳动力就业。

人们常说，无工不富。这是同仁村的老百姓最深刻的体会。如今，同仁村的首富就是坚持办了二十多年竹木加工厂的李军一家。

我问：修了全村最高楼房的是全村首富吗？

欧名海说不是，修最高楼房的是他四哥欧名高，但欧名高以前也是办竹木加工厂起的家。

在同仁村委附近的一座两层半楼房里，我们找到了最先在华江开办竹产品加工厂的赵宜忠。据同行的欧名海介绍，这幢两层半的楼房，曾是华江的第一幢小洋楼。

赵宜忠生于1949年，与中华人民共和国同龄。但70岁的他头发浓黑而密实，且梳理得整整齐齐，洁白的衬衣扎在深蓝色的西裤里，皮鞋锃亮。赵宜忠笑着说，头发是焗的油，以前办企业，要时刻注意自己的形象，搞久了，也就变成习惯了。

赵宜忠家的客厅里，悬挂着他的简介和历年所得的各种奖项照片，一进门就能看到。

赵宜忠出生在老山界那一边的塘洞村。父亲死了，母亲跑了，11岁的他和姐姐相依为命，被送到资源县孤儿院。也就是到了孤儿院，赵宜忠才开始读书，读完高小，赵宜忠被安排到敬老院做事，后来还兼了敬老院的会计。

1973年，赵宜忠落户到同仁竹林脚的姐姐家。

赵宜忠虽然只读了高小，但他爱学习，爱看书和读报纸，年轻时就买了一个收音机，没事就听国内外新闻，有时还喜欢写写画画，作过词，谱过曲，吹拉弹唱样样都会。不管在村里还是在公社，他都是出了名的文艺骨干。不久，公社将赵宜忠抽调到公社采育场工作。

赵宜忠头脑灵活，也敢想敢干。1979年，赵宜忠在收音机里听新闻说有些地方包产到户了，就和队里的几个人思谋着分田分地。他们几个向当时在竹林脚蹲点的一位公社副书记提出要分田分地单干，被狠狠地批评了一顿。但赵宜忠和几个队干部趁公社副书记去县里开会，就把田和地分了。公社副书记知道自己蹲点的竹林脚分了田和地后大发雷霆，但为时已晚。

竹林脚是华江第一个分田到户的生产队!

赵宜忠的一个姨妈在桂林机床厂工作。1982年夏天，华江通了班车，赵宜忠坐班车到白竹铺，从白竹铺转车到桂林。赵宜忠骑着姨妈家的自行车在桂林城到处转。一天上午，赵宜忠看到一座厂房外堆了几大堆毛竹尾巴，曾在公社采育场工作过的他饶有兴致地进到厂里，看到十几个工人正在做竹签，就上前问一个管事的他们收购的毛竹多少钱一根，管事的姓刘，是这个厂里的四个合伙人之一。刘老板告诉他，厂里收购价是6毛钱一根，赵宜忠一怔：华江毛竹才1.5毛一根，这利润太大了。赵宜忠就对刘老板说：我是兴安华江的，我可以卖毛竹尾巴给你们吗？刘老板回答说：当然可以。

赵宜忠回到华江后，打听到从华江拉毛竹到桂林的运费，算了算，一车毛竹尾巴可赚100多块。那时候100多块可是一个不得了的数字，一般的工人上一个月班也不过就二三十块钱工资啊。赵宜忠请了一辆车，专门收毛竹尾巴。收了几车后，赵宜忠的脑袋又转开了，有一天，他试着跟刘老板商量说，华江毛竹尾巴多，价格便宜，何不将机械搬到华江去办厂？刘老板和合伙人一合计，竟然答应了。

当时，同仁村小学的一个分校校舍正好空着，赵宜忠跟大队干部一商量，大队干部很支持办厂，就爽快地答应了用校舍来办厂。到公社时，虽然大家都很支持，但谁也不敢签字，也不知道应该由谁签字。当时的公社书记艾志芸就说，先干起来再讲吧。

机器搬过来了，一车一车的毛竹拉进厂里，一车一车的竹针、竹筷拉出了山。

可惜，因为种种原因，刘老板和他的合伙人都不想在华江继续办厂了。

赵宜忠急了，心想这厂好不容易办起来，这可是华江的第一家毛竹加工厂啊！他问刘老板能不能把机器留下来，让他一个人接着干。刘老板答应了。

可是，钱呢？他家所有的财产加起来都不到一千块啊！他找到公社书记艾志芸。艾志芸带他找到信用社主任戴丹辉，戴丹辉当即拍板贷款给赵宜忠，供他购买桂林搬到华江的机器。

厂重新办起来了，县、乡、村三级领导经常到厂里走访，协调处理各方面的关系，把赵宜忠当作劳动致富典型大力宣传。

渐渐地，华江的毛竹加工厂多起来了，到二十世纪八九十年代，华江的乡镇企业达到了全盛时期，财政收入、农民人均收入都走在了全县的前列。

1993 年，时任广西壮族自治区党委书记赵富林亲临赵宜忠的竹制品厂考察工作，称赞赵宜忠的产品飞出了山谷，走向了世界。随后《广西日报》、广西电视台以《飞出山谷》为题对赵宜忠做了专题报道。

谈到这里，赵宜忠眼里蓄满了泪，他激动地说：“有人说我是华江竹器行业的开创者，但如果没有各级领导和华江历届党委、政府的支持，我赵宜忠什么都不是！”

下午，华江小学退休老师伍志德陪我来到华江老山界六垌茶业有限公司。该公司创办于 2011 年，厂址在同仁的双江口村，目前是华江唯一上规模的六垌茶厂。公司张经理正在品茶室里接待几名广东游客，茶室里悬挂着“桂林市农业产业化龙头企业”的牌匾。见到我们进来，他热情地请我们在一张大茶桌旁和广东客人们坐下，大家围坐在一起兴致勃勃地品茶。

张经理向大家介绍，说伍老师的老祖宗在嘉庆年间将六垌茶带到京城，用谷雨茶作药引治好了小皇子的病，六垌茶就成了贡茶。

伍老师今年66岁，退休后经常背着照相机和摄像机四处走。有各种喜事，大家都愿意让他去拍个照、摄个影，他也不讲报酬，给个影碟钱就行。

谈起六垌茶，伍老师就滔滔不绝。他说，华江古称六垌，地处华南最高峰的猫儿山脚下，森林繁茂，终年雾气弥漫。此地出产的六垌茶以其色翠、香浓、味醇而著称。《兴安县志》记载，仅1981年，兴安县土产公司收购的六垌茶青就达5万多斤。但随着毛竹和木材价格的提升，华江老百姓把种植毛竹和经济林作为重点，茶叶种植面积逐步减少。近年来，随着人民生活水平的提高，人们对茶叶有了新的认识，六垌茶再次受到人们的青睐。

六垌茶厂的开办，很快带动了当地老百姓采茶、做茶的热情。采茶季节，华江满山满岭都是采茶的人。如今，华江的野生六垌茶已到了一两千块钱一斤。

广东客人问张经理，正品的野生红茶怎么卖？张经理说，我们是规模生产，五六百块钱一斤也就卖了。

目前，华江瑶族乡党委、政府正着力发展六垌茶的种植和保护，拟将六垌茶作为配套养生、养老产业的一个重要支柱产业来抓。

三、瑶民搬出雷公岩

我们已经超过自己的纵队，跑到“红星”纵队的尾巴上，恰好在转弯地方发现路旁有一间房子，我们就进去歇一下。

这是一家瑶民，住着母女二人；男人大概是因为听到过队伍，照着习惯，到什么地方去躲起来了。

“大嫂，借你这里歇歇脚儿。”

“请到里边坐。”她带着些惊惶的神情说。队伍还是极迟慢地向前行动。我们就跟瑶民攀谈起来。照我们一路上的经验，不论是谁，不论他们开始怎样怕我们，只要我们对他们说清楚了红军是什么，没有不变忧为喜，同我们十分亲热起来的。今天对瑶民，我们也要试一试。

我们谈到红军，谈到苛捐杂税，谈到广西军阀禁止瑶民信仰自己的宗教，残杀瑶民，谈到她住在这里的生活情形。那女人哭起来了。

——陆定一《老山界》

陆定一提到的瑶民母女两人，其实就是住在雷公岩前面的赵荣高的妻子和女儿。

欧名海带我到桐子坪瑶寨，找到了赵荣高的孙子赵生林。

赵生林生于1949年，20世纪60年代当过大队民兵营长。赵生林说，当时爷爷赵荣高给红军带路翻老山界了，奶奶和一岁多的姑姑就留在家里。前一天红军来到家里，让爷爷给红军带路。红军对奶奶说，红军是穷人的队伍，叫她在家等着丈夫，不要怕，不要躲。奶奶就在家待着，陆定一等宣传局的红军来到家里时，奶奶虽然害怕，但知道红军是好人，就在家帮红军煮粥；后来，红军还送了她一袋米。

红军过老山界时，从龙塘江到雷公岩一带稀稀拉拉地住了十多户瑶民，而靠近雷公岩的五岭背只有赵荣高、赵有棚、赵桂良三户。因为山高路陡，田地很少，瑶民生活极其艰苦，成天吃红薯、苞谷，一年到头吃不上几餐大米饭。

1954年，政府让他们搬出大山，来到桐子坪居住。桐子坪当时也只有三四户瑶民，没什么田地和山林，政府就从上面的洋田分了一些山和田地给他们，成立了一个小队。桐子坪也就由四五十人发展到如今100多人了。

2010年，县里拨款三百多万元打造桐子坪瑶寨，统一对村里的住房进行改造，对村道进行了水泥硬化，修建了文化综合楼和舞台。富有民族文化特色的瑶族村落，吸引了六垌茶业公司的目光，他们承包了村背后的山坡地种植茶叶。村民们在村后的茶叶地里护理、采摘茶叶，仅此一项就给村民人均收入增加1000多元。

2017年，桐子坪村良好的生态环境又引起了步长制药的关注。他们将要在桐子坪建造一个占地4000亩的养生度假中药材种植基地。该项目已签约，目前正处于规划设计当中。

四、瑶乡处处党旗红

在高寨村委旁边，立着一个红军亭。里面的一块党建牌里醒目地写着几个大字："老山界下守初心，瑶乡处处党旗红。"

华江瑶族乡党委书记文万年对我说，1934年12月4日，被打散的红八军团一部进入高寨，之后又兵分两路，一路从梯子岭经老山门翻越老山界到达资源社水，一路从杉木江，也就是现在的十里大峡谷、白水站直达猫儿山山顶，然后下到资源塘洞的雷公田、李洞。

文万年说，近年来，华江瑶族乡党委抓住红军翻越老山界这一红色文化资源，提出了"老山界下守初心，瑶乡处处党旗红"的党建目标，要求全乡党员干部"三学、三亮、三创"，即学政治理论、学革命历史、学先进典型；亮身份、亮承诺、亮业绩；创党性教育基地、创红色旅游基地、创红色教育示范点。

猫儿山山顶到山脚垂直高差1861.5米，山体巨大，群峰起伏，气势恢宏，山上石峰峥嵘，峭壁林立；猫儿山独特的山地环境和气候条件，形成了许多绚丽的气象景观，其日出、晚霞、云海、烟雨、冰雪都极富观赏价值。

2003年1月，猫儿山自然保护区经国务院批准晋升为国家级自然保护区。2006年，从高寨到猫儿山山顶的水泥路建好后，游客纷至沓来，每年游客达到50万人次。

文万年说，猫儿山山顶住宿条件有限，而山脚下的华江一带气候宜人，自然景观独特，红军走过的华江、翻越过的老山界等景区景点越来越吸引人们的目光。每年的春夏秋季，华江成为旅客集散地，特别是夏天，游客纷纷举家到华江的高寨和龙潭江避暑。华江各个景区到处都停满了游客的大巴车和小轿车。

多年来，华江瑶族乡党委、政府鼓励党员干部带头开办旅馆、餐馆，以满足越来越多游客的需求。

高寨村支书潘金生、村委会主任潘奇全等 5 名村干部及村里 16 名党员开办了农家乐，在党员干部的带领下，高寨村开办了 46 家农家乐。

高寨村主任潘奇全开办的漓源瀑布山庄正建在红军开始翻越老山界的梯子岭山脚下，一条溪流从梯子岭下经过，飞泉瀑布，竹林深深，十多个木屋冬暖夏凉；山庄还建有红军亭、红军小道、梯子岭体验道，许多游客为了感受当年红军攀爬梯子岭的艰辛，都要爬一段梯子岭，因此，漓源瀑布山庄四季游客不断，一到旺季，游客往往要提前好几天预约。

2017 年，漓源瀑布山庄被评为四星级农家乐。

我们来到高寨村委的梁家村，这里是华江乡党委、政府精心打造的“三色文化村”，即体现了历史红色、生态绿色和瑶乡原色文化。

梁家村位于高寨到梯子岭的路边，是红军经过的村庄，全村 20 多户都是瑶族。一条清冽的小溪从山上蜿蜒而下，泉水叮咚，几座造型独特的凉亭搭建在溪流的两旁。党总支书记潘金生的家就在梁家村的村口，一座写有“梁家村瑶寨”的门楼就立在他家门口。

在潘金生的家里，我看到一块牌匾，上书“我家有党员”五个字，就问潘金生，这就是乡党委提出的“亮身份”吧？潘金生笑笑说，这个牌子在我们村党员的家里都挂有。

潘金生开办农家乐有十多年了，生意一直很好。村里新开另外两家农家乐时，潘金生主动提出将有能力的村民都动员起来开办农家乐，并进行统一经营管理。

现梁家村二十多幢房屋分成三个区域，即红色区域、绿色区域、原色（瑶族）区域；每幢房屋外墙均用深黄色的涂料重新粉刷，有的用木皮做屋檐，有的则用茅草做屋檐。村里开有六七家农家乐，统一经营管理，2019年以来，村里已接待了几十批来自各地的游客。

华江瑶族乡党委、政府的党建工作得到了上级领导的高度赞赏，在2018年11月20日召开的广西推进全区新时代文明实践中心和新时代讲习所建设专题电视电话会议上，华江瑶族乡党委书记文万年在南宁主会场上做了典型发言。

五、避暑胜地龙塘江

提到避暑玩水胜地，很多人都会想到华江，特别是华江的龙塘江。龙塘江峡谷里，有深潭，有瀑布，有溪流，还有那最清澈透明的“果冻水”，自是十分清凉。

龙塘江峡谷位于华南第一高峰猫儿山之南，系漓江主要源头溪流之一。龙塘江一线有龙门巷、龙须瀑布、龙塘瀑布、雷公岩等景点，沿途森林植被茂密，极为阴凉，空气清新，景色迷人。

龙塘江峡谷的出口，就是龙塘江村。

中华人民共和国成立后，政府将散居在龙塘江峡谷一带的十多户瑶民搬出大山后，龙塘江就成了进入老山界的第一个村庄。

龙塘江村住有两姓人家，一姓龙，一姓潘。

红军经过龙塘江时，潘姓人家很苦，龙姓人家是大户。红军在湘江战役中俘获了一个叫龙周华的民团成员。他说他家就住在老山界脚下的龙塘江，可以给红军带路；之后他就带着红军来到了龙塘江。到家后，龙周华装病，找到躲在山上的一个村民给红军带路上老山界。

我们晚上就住在龙周华孙子龙家有开的农家乐。龙周华的儿子龙慎礼还在，龙家有说老人家有87岁了，刚从医院治疗回来。

龙慎礼说话还算清楚，就是嘴角不时有口水流出。

龙家有说龙塘江村有110多个人，以前和外面的村庄也没什么区别，办厂的办厂，做生意的做生意，他开农家乐之前是杀牛的。

几年前，一个投资商看中了龙塘江峡谷，就将龙塘江的一段峡谷圈起来搞开发，在龙潭的周围修了栈道，将进龙塘江的路拓宽并铺了水泥路。还没完工，经过网络一宣传，来龙塘江避暑的人就多了起来，一传十、十传百，后来可以讲是人山人海，大班车、中巴车、小轿车一直停到外面的大马路上，大马路上都停了两三公里。

面对人山人海的游客，村民们纷纷开起了农家乐，100 多人的村一下子冒出来十多个农家乐，但仍然供不应求。龙家有的农家乐是建得最早的，也是规模最大的，来他家吃饭的最多的一天达到 30 多桌，他和妻子两人忙不过来，80 多岁的老父亲、老母亲都要帮忙。

忙了一天，晚上倒下就睡着，第二天早上起不来，但第二天还要做生意啊，还得上街买菜，那段时间真是累惨了。

我问：村里近年有没有人走过老山界？龙慎礼说以前瑶汉互不通婚，华江和资源的塘洞本是瑶族，资源的嫁过来，华江的嫁过去是常事。因为瑶族人口少，兴“两头扯”，也就是讲夫妻两边的田地山头都要管。以前没有公路，基本上都走老山界；通了公路之后，穷一些的人家也还走老山界，一是省钱，二是塘洞那边的路不好，坐车去塘洞要转几趟车，大多坐一整天的车才能到。而爬老山界，像我们这种走惯山路的山里人走四五个小时也就到了。龙家有则告诉我，村里的潘炳军以前在塘洞当过保护站站长，应该经常走的。

我曾跟桂林市文联副主席秦文斌谈起过老山界，秦副主席当时在桂林陆军学院工作，曾多次随学员爬过老山界。秦副主席说，那时，从界首行军经过华江、龙塘江到老山界，是桂林陆军学院和桂林空军学院学员毕业的必修课，也是最后一课。

龙家有当场打电话给潘炳军，不一会儿，现在华江瑶族乡土地所工作的潘炳军就来到了龙家有的家。

听说要爬老山界，潘炳军自告奋勇要给我当向导。

潘炳军说，这几年，重走长征路的人多了起来，2018 年他给县红色文化研究会的十多个会员带路，后来又给国家红旅办的领导带过路。

六、今日再翻老山界

听说要爬老山界，摄影爱好者伍老师说自从爱上摄影就没爬过老山界了，这次要好好地拍一拍老山界，邀上小时候在雷公岩生活过的赵生林，经过一天的准备，我和潘炳军、伍老师、赵生林一行四人就出发了。

我们坐着潘炳军的轿车在山道上行走了半小时，来到一个叫小湾的地方，这里有一个金龙电站。

潘炳军将车停在电站。我们一行人就步行向老山界进发。

潘炳军今年47岁，1994年毕业于桂林林校，曾在猫儿山保护区工作多年，工作期间到过猫儿山顶的九块田观察站工作过几年，当过高寨保护站站长、塘洞保护站站长。

当塘洞保护站站长时，他经常一个人往来于这一条人迹罕至的山道。

修电站时，电站要从雷公岩附近引水，水渠一直修到雷公岩，因此，这一带的路基本上还算好走。

离雷公岩还有一里地左右，赵生林说，这里叫五岭背，也就是他以前的家了。

果真在路的上面一点，有一块200多平方米的房屋坪地。赵生林站在坪地上说，当时我们一家就住在这一座用竹子和木皮作瓦，四周用竹片和泥巴作墙的屋子里，门前有一块空地，前面有竹篱笆围着，竹篱笆里面养些鸡鸭。陆定一他们到我家休息时，我奶奶给他们煮粥吃，他们写了标语贴在竹篱笆上，叫人不要扯竹子做火把。

1954年，赵生林一家搬到了桐子坪，因生产队在竹里江开办纸厂，爷爷和奶奶带着赵生林又回到这里居住，一直住到九岁多才又到桐子坪读书。

从五岭背往上走，到达雷公岩。雷公岩是一座大石山，一条人工开凿的小路绕山而过，山下是二三十米深的悬崖，悬崖下面就是龙塘江；路的入口很矮，人要低头才能过去。雷公岩前面有一块巨大的石块，可以作为休息的平台。

赵生林说雷公岩前面原先有一座雷公庙，天气久旱无雨，人们就要敲锣打鼓来雷公庙求雨。

如今，雷公庙已不见踪迹，赵生林讲的庙址只长着一些杂草。

笔者走到巨石的边上，巨石下面是一个深潭，几棵生着绿茸毛的古树在潭的旁边，潭水是湛蓝是碧绿还是橙黄？是神秘是梦幻还是圣洁？龙塘江龙潭的水被比喻为果冻，那雷公岩前这一潭水该怎么形容呢？我不知道。

转过身，用手机对着雷公岩拍了几张照片。往上看，猫儿山顶的电视差转塔清晰可见，原来，我们已来到猫儿山南面的山脚下。再往前走，就是人们说的“三跳”。

过了雷公岩，龙塘江的水量就不大了，其实就是一条小溪流了。所谓“三跳”，就是沿着这条小溪往上走，水少的地方就架了一些跳石，人们从这边跳到对岸。水深时就往山上的小路走。小溪弯过来，拐过去，人们就在这些跳石上跳来跳去，瑶民们形象地把这段路称为“三跳”。

“三跳”虽然不惊不险，但这时正值雨季，很多地方的水没过了跳石，有些跳石又被山洪冲走，这就要脱鞋子过水，过一段水又要穿上鞋子袜子，颇费时间。走上岸，穿行在原始森林里，大大小小的树枝横七竖八地倒在本就狭窄的路上，潘炳军和赵生林用长柄柴刀在前面开路，费了九牛二虎之力才走过了“三跳”。

过了“三跳”就开始爬山了。这里也就是陆定一《老山界》里说的“之”字拐。

山脚下，潘炳军建议停下来吃点东西再走。大家一看时间已到中午，就围坐在一块石头边吃带来的粽子。

吃完粽子，我打开手机看一路拍的照片，突然，我看到不经意拍的雷公岩，竟活脱脱像一个庙里面的雷公，眼睛、眉毛、嘴巴、胡子一应俱全。

我问大家，之前有没有人发现过雷公岩像雷公，大家都说没听说过。

我说古人一定有人发现过雷公岩像雷公，才到这里来求雨。大家都兴奋起来，纷纷要求我把照片发给大家。伍老师说，怪了，怪了，我来了多次，从来就没想过从这个角度拍雷公岩。

接着就爬山。潘炳军见我爬得吃力，就用树枝做了一根拐棍让我撑着走。爬到一半，我就气喘吁吁了，赵生林笑着说，哈哈，你连我这七十岁的老头都不如啊，我们还是陪你坐坐吧。

我坐在路边的草地上喘气，伍老师却一点也不累，端着摄像机爬上爬下，前后左右地把镜头摇来摇去。

赵生林打趣说，伍老师的老婆是资源车田生的，以前经常爬梯子岭，这点山路对他来讲是小菜一碟。

爬过陆定一所说的“之”字拐，满以为就到山顶了，我一屁股坐在了地上。伍老师说还早呢，前面还有更难走的“百步陡”。

果然，走不多远，一座大石山横亘在我们面前，一条铁链子一样的石阶顺着山缠绕着巨石往上延伸。我倒抽一口凉气，这老山界果真不是好爬的。

赵生林见我又想要坐下来，就扶着我的肩膀说，爬过“百步陡”就差不多了。伍老师说充其量也就是一百零八陡，莫休息了，越休息越没力气。

我身上的东西都交给他们了，连手机都放到了伍老师的摄影包，手上，就只剩下一根拐棍。

“百步陡”其实也不太陡，地上的石板完好，左边是岩石，右边有树可抓，并不难走。

潘炳军走在前面，一边走一边清理石阶上的杂草，赵生林一级一级地帮我数着石阶。腿实在没劲了，我每走二十级就要停下来站一会儿。伍老师跟在后面，我们一停下来，他也就停下来端起摄像机忙活。

过了“百步陡”，我们再次休息。

赵生林满口袋乱摸。伍老师打趣道，烟瘾来了吧？回到雷公岩找去吧！赵生林笑了。进入雷公岩前，有一块保护区的警示牌子，当过保护站站长的潘炳军坚持把各人的口袋摸了一遍，将赵生林的打火机摸出来砸烂了。

好不容易，我们又爬上了一座大山。

在神仙桥附近，有一股小小的泉水，我双手撑地，一口气喝了个饱，站起来，肚子里面的水咣当咣当响，可嘴巴还是渴得很。

到达老山界界顶，一直阴沉着的天空晴朗起来，一看时间，已经是下午两点钟了。虽然已是疲乏至极，但内心却有一股莫名的激动。

老山界界顶其实是一个坳口，往左右两边看，是高而峻峭的山脊，往左边山脊上爬一会儿，能看见猫儿山顶电视差转台高高的铁塔。太阳的光打在铁塔上，一闪一闪的。

往后看，是连绵起伏的原始森林，一阵一阵的白云从这山移动到那山，又从那山移动到这山，偶尔，能看见远处一条银色的飘带在大山闪现，无疑，那就是龙潭江了。

站在山脊上，往山的另一边看，仍然是一波一波的群山。山下，是一处一处散落的民居，我想，那应该就是传说中的塘洞了。再往前看，又是高耸的大山。

回到山坳，突然想起陆定一的文章来，陆定一到山顶时也是下午两点多，他在文章中写道：

我忽然想起，将来要在这里立个纪念碑，写上某年某月某日，红军北上抗日，路过此处。

我问潘炳军，这块纪念碑后来立了吗？

潘炳军摇摇头，说，好像没有！

站在老山界上，望着东、西两面连绵起伏的山岭，我想：如今，湖南省的城步、新宁，贵州的黔东南都竖着老山界的碑石，但真正中央红军第一、第二纵队走过的，陆定一笔下写过的“老山界”却空无一物。

八十五年过去了，我们无数的人都读过《老山界》，但却还没有人来完成陆定一这个夙愿。

我们都还欠着陆定一老人一块纪念碑啊！

一个半小时后，我们来到了清水江电站，一辆柳微车在电站的停车场停着，和潘炳军一起在塘洞保护站工作过的现任塘洞村委员会主任赵美周已等候多时。

大家相互介绍之后，潘炳军对赵美周说，我们这次还算快了，走了六个半小时，上次我陪红旅办的过来，走了九个小时。

柳微车一路下山，不久就开到兴安通往资源的联网公路上，路基很宽，但却是沙石路。赵美周说，这条路1993年动工修建，路基早修好了，但到现在还没铺水泥，因此走的人也就很少。

在一个“S”形盘山道路的直线段，柳微车拐进一个施工工地停下，赵美周说，这是2018年习总书记批示后，自治区确定的湘江战役资源县清水江红军烈士集中安置点，要求2019年8月底完工。

安置点依山而建，几台挖掘机在施工现场移动着，几十个工人正在紧张地砌片石。

赵美周带我们来到立着的规划图前，对我们说，清水江红军烈士集中安置点也叫湘江战役资源县红军烈士纪念园，占地12亩，投资350万元，除烈士坟墓外，还有广场、观景台、旅游公厕等，目前已进入硬化、绿化阶段。

赵美周问一位现场施工负责人：8月底完工没问题吧？负责人说，放心吧，只有提前完工。

下山的一段路正在铺水泥，柳微车时而走在水泥路面上，时而又拐进沙石路里，十多分钟后，来到了塘洞村委源头村赵美周的家。

七、山歌美酒醉瑶寨

赵美周的家是一座古色古香的瑶家木屋。屋前的院子里，几个以前和潘炳军一起在保护站工作的同事正在杀鸡剖鱼切腊肉。见到潘炳军，大家停下手中的活，也不管年纪大小，一概亲热地叫着“军哥”，争着过来和潘炳军握手或拥抱。

赵美周的父亲70来岁，热情地拿来板凳让我们落座，问我们道：好多年没人走老山界了，路上一定很难走吧？

伍老师抢着说，不算难走，比想象的好多了。

说着话，赵美周的母亲用一个长方形的木盘子端了油茶出来。

小小的土瓷碗里撒了细细的葱花，看着就胃口大开。更何况我确实也饿了，一碗又一碗，不知不觉就喝了六碗。

天渐渐地黑了，宽敞的堂屋里坐了十多个男人，大家硬拉着我和赵美周的父亲坐在上席。几个妇女在伙屋里围着火塘坐了一桌。

主菜是赵美周家养了三年多的大公鸡，宽大的炭盆架子上摆了大碗的腊肉，更有大盆子装着的冷水鲤鱼。赵美周指着桌上的一个高个子说，鱼是唐拐子拿来的，他家的鱼塘引清水江的水到塘里，一年四季水清清的。他每年都要到外面买几百斤鱼放进塘里养，不喂草，更不喂饲料，三四个月后，这鱼的肉就只剩下鲜嫩了。

说着话，碗里就倒满了酒，赵美周端起碗一口喝完，说：什么也别讲，大家先喝了三碗再讲话。

酒是自家酿的土酒，度数不高，还略带甜味。喝了三碗，大家开始相互敬酒。十多个人相互敬了一轮，头就有点晕晕乎乎了。这时，从伙屋里走出一位叫玉嫂的中年妇女，端着酒就要敬我，见我有点迟疑，唐拐子说，唱劝酒歌。

玉嫂顿了一下，唱道：

一杯酒来纯又纯，双手捧来敬贵人。

贵人喝了这杯酒，金筒玉盏万事兴。

玉嫂唱完，把酒一口喝干，将碗底朝天一举。

女人都喝了，我怎能不喝？我举起碗，也一饮而尽。

我正要坐下，唐拐子也站了起来，走到我面前，举着酒碗唱道：

二杯酒来香又香，同年哥哥你先尝。

你若尝了这杯酒，添福添财又健康。

唐拐子喝了个底朝天，说，我喝完，你随意。

我硬着头皮还是喝完了。

接着赵美周又站了起来，唱道：

三杯酒来甜又甜，土酿茅台哥莫嫌。

自古三杯通大道，美好日子在眼前。

赵美周喝干自己的酒，又过来把我的酒倒了大半到他碗里喝了。我只好把剩余的小半碗酒喝了。

这时，伙屋里响起了一个女子的歌声。

山歌好唱口难开，杨梅好吃树难栽。

莫把杨梅摘断路，留条大路等妹来。

顿了一会，唐拐子接唱：

山歌好唱难起头，木匠难起九层楼。

石匠难打石狮子，铁匠难打钓鱼钩。

晕晕乎乎中，大家对起了山歌。

想妹一天又一天，想妹一年又一年。

铁打肝肠都想断，铜打眼睛都望穿。

哥哥天天想着妹，妹我成天想着哥。

哥有心来妹有意，选个良辰嫁给哥。

…………

一首首山歌在堂屋里响起，之后飘向屋外的大山深处。

八、红色旅游火塘洞

李洞三面环山，地势开阔，一条水泥路直通村里，两边修剪齐整的花带绽放着一簇一簇的鲜花。进入村口，迎面看到的就是海拔 2141.5 米的猫儿山。

柳微车在标有“翻越老山界长征纪念馆”的一座两层楼前的广场停了下来，两水苗族乡党委书记吴龙源和塘洞村委总支书记唐昌义已在此等候我们。

吴龙源说，1934 年 12 月，红八军团一部从华江高寨的杉木江（今十里大峡谷）翻过猫儿山，经雷公田到达塘洞村北侧的李洞自然村。

2016 年 10 月，为了纪念红军长征八十周年，塘洞向上级争取资金 300 多万元，修建了这座“翻越老山界长征纪念馆”。

在纪念馆里，唐昌义亲自给我们做讲解，他笑着说，纪念馆的讲解员去桂林学习了，他只好滥竽充数一回。

纪念馆占地面积 2 亩多，展馆面积 330 平方米。

纪念馆内音像设施先进，湘江战役的沙盘模型精准而清晰，馆内图文并茂，展示了许多红军长征史料，还有收集来的珍贵物件，内涵非常丰富。

我曾沿中央红军在桂北五县的线路重走长征路，从进入广西的灌阳永安关，走到中央红军离开广西的龙胜广西壕，这是我见过的最完整的村一级红军长征湘江战役纪念馆了。

吴龙源说，塘洞村委处于猫儿山脚下，距离县城 44 公里，离资源至龙胜的 144 县道 10 公里，到猫儿山山顶直线距离 2.2 公里，与国家 AAAA 级景区猫儿山相接。当地政府结合老山界优质的生态环境，挖掘少数民族文化和红色文化，建设了一批红色和民俗旅游景点，打造集旅游观光、休闲度假、生态康养、爱国主义教育于一体的“塘洞红色田园综合体”，按照规划把塘洞村打造成“红军村”。

吴龙源说，塘洞风光秀丽，有连绵的竹林和原始森林，有高山瀑布、清澈的河流、古朴的原生态梯田、独特的吊脚木楼、独具风味的瑶家油茶，有中央红军经过的老山界、雷公田寺庙，从雷公田寺沿着当年红军经过的山路可直通猫儿山山顶。

唐昌义接着说：塘洞境内还有曾作为军委总部的西寨；有清朝咸丰年间修建保存至今的陆定一住过的赵家祠堂；李洞上面的雷公田寺 2005 年被列为资源县红色旅游景区。

2015 年，塘洞村以打造三星级乡村旅游区为契机，修建游客集散中心、生态停车场，还修建了两座旅游厕所，完善了红色旅游标识标牌等旅游基础设施。

“老山界农家乐”等餐馆，主打红色文化，推出了包括红米饭、南瓜汤、野菜在内的“红军饭”，加上当地原生态的土鸡、土鸭、腊肉、有机蔬菜等土特产品，颇受游客欢迎。

这些年，经常有旅游大巴在塘洞村停靠。目前，游客大多来自区内外的机关单位、企事业单位和学校。游客们在塘洞体验“翻越老山界”革命传统教育精品路线，接受爱国主义教育和党性教育。

如今，每年到塘洞的游客达到一万人次以上，不少群众吃上了“旅游饭”。

2017年，塘洞乡村旅游区被评为国家AAA级景区。

吴龙源和唐昌义带我们来到一个建筑工地，吴龙源说，2018年，“粤桂扶贫协作重点产业合作项目”在这里投资800万元兴建3幢民宿，免费赠送给塘洞村经营管理，预计2019年8月可以正式接纳游客住宿。该项目建成后，塘洞甚至两水苗族乡的旅游住宿条件将得到彻底改善。

九、不屈不挠求富路

唐昌义清早到乡里开会去了。

在村委办公室，村委主任赵美周和曾做过一届村委干部的唐斌与我们谈起塘洞人艰苦创业的往事。

赵美周说要填一份扶贫的表格，让唐斌先和我们谈。

伍老师在旁边架起摄像机，唐斌有些紧张，我笑着说，不要怕，他录着好玩的。

“以前，塘洞村民是很苦的。”1962年出生的唐斌开门见山地说道，由于塘洞位置十分偏僻，田地很少，又不通路，村里大片大片的竹子运不出去，村民只能造些土纸和做一些筷子、竹席等传统竹制品，步行挑着到两水和车田街上去卖，因为都是小批量生产，运输又困难，村民的生活一直比较清苦。

20世纪80年代，一条弯弯曲曲的沙石路修到了塘洞，虽然一到落雨天就走不了，但毕竟给村民带来了希望。1984年，曾任过税务局局长的赵清心回到阔别40多年的家乡，看到家乡有大片的山林，就建议村民兴办企业。

“企业，什么是企业？”当初，村民听到这个词还莫名其妙。其时，出生在塘洞的赵宜忠已经在华江同仁办了一年多的竹产品加工厂了。在赵清心的鼓励和帮助下，村里组织十多名骨干到外地考察，考察回来，村里成立了“塘洞竹木开发公司”，公司一边组织村民对村里的3000亩竹林进行低产改造，一边办起了竹针厂，村里实现了企业开办零的突破。

1992年，改革开放的春风再次激起了村民创业的激情。大家决定不能仅仅限于开办一家竹针厂，而是要兴办更多的企业。

当时唐斌正在村里任副支书，他和几个村干部一合计，决定带着大家到兴安华江和金石学习竹制品加工技术。

唐斌说，在华江同仁，我们见到了办厂多年的张优胜，我们就诚恳地邀请张老板到塘洞办厂，承诺给他免费使用村里的旧厂房，并帮厂里安装变压器。

张优胜被塘洞村人的热情感动，同时获知塘洞的每根毛竹要比华江便宜三至五块钱，便把竹针、竹筷加工厂搬到了塘洞。

张优胜的厂开办不久就开始赢利，村民大受鼓舞，纷纷到张老板的厂学技术、学管理，张老板也不保守，还把销售渠道介绍给了大家。

不久，一家家竹制品加工厂在塘洞开办了起来。

然而，创办企业并不那么容易，山里人天生憨厚，不知江湖险恶。唐斌说，1993年，村民黄修斌、张祝兵创办了一家加工厂，从筹集资金、学技术到跑销售，一路下来费尽九牛二虎之力；可当他们把第一批成品卖到南宁时，由于经验不足被骗子欺骗，价值20多万元的产品没有拿到分文回款。

不过，他们并没有被吓倒，而是一边通过法律渠道讨回损失，一边重新贷款发展生产。

村里人穷，当时很多人都是通过贷款来办厂，唐斌说。

1997年，村民邵富干拉了一车的竹凉席到广东卖，半路上，一场大雨把竹凉席淋了，因为没及时处理，结果竹凉席全部发了霉，损失8万多元。贷款还不起了，工人的工资也还没付，邵富干当时真想一头撞死算了。

悲痛欲绝的邵富干把发霉的竹凉席拉回村里，一床一床发给村里人，让大家刷干净了凑合用。看到平时为人诚实、乐于助人的邵富干处于这种境况，亲友和村民共20人主动拿出自家的房产证排队到信用社为其贷款，鼓励邵富干继续干。

经过大家的帮助，邵富干的厂子又运转了起来。

通过不屈不挠的努力，村里的企业慢慢成熟起来，产品也更加丰富，有竹筷、竹针、竹凉席、竹地板等，并远销到广东、香港以及日本、东南亚等地。塘洞企业最多的时候，一度发展到26家。一百多名村民成为老板或在厂里占股，村里的经济得到迅速发展，成了远近闻名的富裕村。

20世纪90年代，塘洞大部分人家都有了电视机、洗衣机和VCD播放机等电器。原来村里的小伙子难以娶到老婆，村里富裕后，外面的姑娘纷纷嫁到了村里。

十、扶贫路上勇争先

赵美周填好了表格，也加入我们的谈话，说，前些年竹木加工促进了村里的经济发展，但这些年受市场等因素影响，竹制品不好卖了，竹子也就不值钱了；20多年前9块钱一根的竹子，现在还是9块钱，但工钱却从两三块提高到六七块，远一点山上的竹子都没人砍了。

唐斌无奈地说，由于竹木产业不景气，现在不少村民选择暂时关闭加工厂，原来沿路都是加工厂的壮观景象已经难以看到了。

加工厂停了，毛竹不值钱了，村民的生活重新陷入了困境。2015年开始搞精准扶贫，塘洞1800多人中，有532人成为贫困人口，贫困发生率超过四分之一。

赵美周说，桂林市农业局和资源县委组织部的驻村干部长期住在村里，单位的每个党员干部都联系一户贫困户，村里的村干部和带富能力强的党员也带动帮扶 1 至 2 户贫困户。

党小组或党员牵头创办农民专业合作社，带动、扶持贫困户发展辣椒、红薯、白花菜、球芽甘蓝、小芋头、西葫芦、大芋头、芦笋等的种植，村里建起了 500 多亩的富硒水稻基地、6 个富硒蔬菜育苗标准棚。还进行了黑生猪、竹山鸡养殖推广。

一直在一旁摄像的伍老师停止手上的活，说，你们还可以到华江去看看，和华江一起生产铁炮串，如今张优胜的厂还在办，而且越办越红火了。

唐斌说，好啊，张优胜当时和我关系最好了。

赵美周说，这是个好主意，等唐昌义回来和他商量一下，看怎么样把村里的厂重新运转起来。

塘洞村地处大山深处，却有一个小村庄叫“街上”，这就是东寨与西寨之间的接合部。以前，这里有供销社、粮所、大队部，曾是塘洞政治经济文化的中心。

上午 11 点多，我们来到桂林市农业局扶持的贫困户赵勇华家。

赵勇华家住街上，一座古色古香的木屋前挂着“塘洞有机蔬菜种植合作社”的牌子。

赵勇华家门前的十来亩各种时令蔬菜生长得生机勃勃，辣椒、茄子、冬瓜、南瓜、西红柿已开始成熟，几个妇女在菜地里忙碌着。赵勇华妻子回到家给我们倒了茶，说赵勇华现在不在家，让我们等一下，说他一般中午前总要回来的。

赵勇华牵头成立合作社后，自己种了十来亩蔬菜，夫妻两人忙不过来，就请其他贫困户过来帮忙，劳动一天，男的给 150 元，女的给 80 元。周围的二十多户贫困户也种蔬菜，有的种三四亩，有的种一两亩。

赵勇华买了辆农用车，傍晚在村里收集村民的蔬菜瓜果，下半夜开车，天刚亮时赶到桂林的早市场将蔬菜批发给城里的菜贩。赵勇华的妻子说，丈夫好像成了一个班车司机，每天都按时发车，从龙胜走，到桂林要三个多小时，早晨两点多钟就要出发了，地里的蔬菜基本上由她管理。

赵美周笑着说，赵勇华开始时不知道农用车不准进市里，后来被交警抓了，赵勇华就说自己是市农业局扶持的资源塘洞的贫困户，是专门帮贫困户卖有机蔬菜的，交警也就没罚他的款，只是叫他要早去早回。赵生林说，现在大家都关心贫困户了。伍老师说，不仅仅是关心贫困户，还说明塘洞的名气大了。

白竹江贫困户刘耀是唐昌义的联系户，住在大坳的另一边。

大坳的另一边从白竹江以下是兴安县溶江镇的地盘，之前叫金石乡，再之前叫两金区。

两金区曾横跨兴安的金石，龙胜的金坑、江底以及资源县的车田、两水。20 世纪 50 年代末至 60 年代初，金坑、江底和车田、两水，分别划给龙胜和资源县管辖。2006 年，金石乡撤销后划归溶江镇管辖。

红军过老山界时，桂军在红三军团撤离金石后，从金石永安的两渡桥翻过大坳，与后卫红五军团在大坳激战半日；红五军团边打边撤向塘洞、灰山，后在灰山给桂军以重创，桂军才没再追击。

白竹江地处资源与兴安的交界之地，虽有一条公路与外界连接，但路是沙石路，年久失修，几乎很少有车经过。

白竹江周围地广人稀，特别适合养牛、养羊以及放养土猪。唐昌义与刘耀商量，建议他贷款发展养殖业，但刘耀怕贷款还不起而没答应。唐昌义就多次上门做思想工作，最后刘耀终于答应贷款养些土猪。尝到甜头后，2018 年刘耀又养了三十多头牛。

柳微车吃力地爬过大坳。大坳海拔 1400 多米，山顶上不长树，满山看上去不是茅草就是灌木林，真的特别适合养牛、养羊。

下坡不远向右拐向一条小路，走两里窄窄的沙土路后就到了刘耀的养猪场。刘耀的养猪场建在一个山坳里，周围用竹子围着，几十头猪和几百只鸡就在山坡上乱跑。

刘耀妻子到村里吃满月酒了，他一个人在场里，正准备煮中午饭，见到我们，就要留我们吃饭。赵美周说不了，下面已准备了午餐。刘耀也不说什么，拿起一个网兜就到山上抓鸡，但追了许久一无所获。赵美周就哈哈笑着大声喊，莫演戏了，快下来吧，我们还要去看你的牛。

赵生林赶紧对赵美周说，莫乱讲人家，这可不是装的，大半上午的，山上养的鸡确实没几个人抓得到。

刘耀下来后，一边擦着满头的汗水，一边说，牛清早就赶上山了，要看的话要等到傍晚才看得着。

我问刘耀，你养三十多头牛，光买小牛就要很多钱吧？刘耀说，农业局说搞个项目给我，叫什么高山牛养殖什么的，贷款给我买了三十二头小牛，说等我养成功了再带动其他人养。

回来的路上，赵美周说，市农业局和县组织部以及全村 20 多名党员与贫困户结对认亲，市、县、乡、村、组，140 多名党员奋斗近四年，塘洞贫困户参与特色种养的达到 90%，每户每年平均增收 5000 元以上。

2018 年底，塘洞村未脱贫的只剩下 15 户 53 人，贫困发生率从 25% 降到了 3%。塘洞村委会还因此被评为桂林市先进村委会。

柳微车再次经过正在建设的红军纪念园时，赵美周说，红军不怕流血牺牲打江山，为的是让大家生活好起来。所以，对红军最好的纪念就是让大家都富起来。

十一、文明之花开塘洞

从源头村步行十多分钟，就来到了退休教师唐其德的家。

唐老师的家三面环山，只有一条小路通向外面。

伍老师来到唐老师的家，因为同是退休老师，以前还见过几次，俩人见面后亲热得不得了。

唐老师出生于 1948 年，按唐老师的说法是差一点变成“解放牌”。唐老师听爷爷说，当时红军是突然进村的，村民们谁也没跑，也来不及跑。但红军很友善，对大家都客客气气的，大家也就不怕红军了，村民们还主动把红薯、苞谷之类的送给红军。瑶民们穷，别的也拿不出什么，但红军却要给钱，你不要钱他们就不要你的东西。

爷爷告诉他，后来有两个掉队的红军，伤很重，走不了，他还给他们送了水和饭，之后不久他们还是死在了村外的竹林里。20 世纪 70 年代造田造地时还挖到过那两个红军的遗骨，唐老师亲眼看到大家把两个头骨摆在石头上祭拜。后来就不知道头骨埋哪里了，这次红军烈士遗骸收集就找不到了。

唐老师读完高小，到车田公社的老山界林牧中学读了两年书，之后就回到塘洞当老师。

唐老师说，大山深处的塘洞人生性纯朴，耕读传家是祖祖辈辈的家训。20 世纪 40 年代，东寨的赵清心翻山越岭，走三四天的路到桂林读书，后来参加学生军到前方抗日，最后当到中南五省的税务局局长。王修义是唐老师当老师后的第一期学生，后来考上中央民族学院，现在是中央民族大学的高级教授。

侯宜、周忠、李庭华三兄弟，唐老师掰着手指头一个一个地介绍，如数家珍。

唐老师说，这些年来，考上大学的数不胜数了。年轻时就出外打工的盛华亿在东莞办企业后，富裕不忘家乡恩，每年为全村 80 岁以上老人送上 500 元慰问金。2018 年初，盛华亿承诺给全村考上大学的学生发奖金，考上一本发 3000 元，考上二本发 2000 元。结果，村里当年就考上了 6 个一本、1 个二本，其中考得最好的考上了复旦大学。

2019 年，考上的人数初步估计要超过 2018 年。

在街上，我们走进了桂林市“五好家庭”李洪财的家。

20 世纪 80 年代初，李洪财曾做过村里的支部书记。如今夫妇两人虽都已年过 80，但身体仍然硬朗。只是李洪财老人已有些耳背，李洪财的妻子唐祖秀就在旁边给他做“翻译”。

李洪财五个儿子，其中三个分别为本科生、硕士生和博士生，被村民们赞为“书香之家”。

李洪财虽是一个地道的农民，甚至连小学也没读过，但在经过努力自学之后，他不仅能识文断字，而且爱上了读书看报。劳作之余，经常会用闲暇时光捧起书本阅读。李洪财年轻时最喜欢读《参考消息》等报纸，以了解国内外大事，更以此时刻提醒自己保持清醒的头脑、开阔自己的视野。对读书的热爱，对知识的渴望，让文化程度不高的李洪财特别注重孩子的教育。

二十世纪七八十年代，李洪财全家人挤在一座并不宽敞的矮木屋内，日子过得很清贫。不过，那时候，李洪财对儿子们说得最多的一句话就是：“只要努力读书，哪怕砸锅卖铁也要送你们读。”

在集体经济的年代，为了填补家用，筹集儿子们的读书费用，李洪财除了参加生产队的劳动，还忙着管理自留地，不辞辛劳地去做一些副业。

正是靠着李洪财夫妇的肩挑背扛，家里的五个儿子都读上了书。其中，三儿子获得了广西师范大学的硕士学位，五儿子获得了厦门大学的博士学位。

除了重视教育成就“书香之家”外，李洪财、唐祖秀夫妇的乐善好施也是村里的美谈。

20世纪80年代，塘洞村的一个自然屯发生火灾，烧毁了房屋3间。尽管当时家里的经济也特别紧张，但李洪财夫妇除了给受灾户钱粮的支持，还专门腾出自家的一间住房让受灾的一家4口临时居住，以解他们的燃眉之急。

曾经有很长一段时间，李洪财利用闲暇时间做衣服补贴家用。虽然村里的裁缝不止李洪财一个，可是村里的很多乡亲都愿意到他家里来做衣服。不仅是因为李洪财的技术好、收费低，更因为他从不贪小便宜，处处为别人考虑。一些裁剪下来的零碎布头，李洪财都会充分利用，帮忙做一些小衣裤、口水兜等实用的小物品。

在那个物资匮乏的年代，李洪财夫妇用自己的勤劳持家，偶尔也需要向别人借一些口粮，但是只要有比自家更贫苦的村民前来借粮借钱，李洪财夫妇都很慷慨地答应，哪怕因此过得更拮据。

李洪财夫妇乐善好施的家风，得到了很好的传承。如今，每当村里有红白喜事，在家务农的四儿子李小兵只要知道，都会代表父母和他本人表达心意。在外工作的几个儿子对待村里发生的一些天灾人祸，只要知道，都及时伸出援手予以帮助。

2013 年，李洪财一家被桂林市妇联评为“五好家庭”。

而在 2015 年，大山深处的塘洞又因一个人扬名了！

塘洞村的杨进美荣登“中国好人榜”。看到同一个村的杨进美在中央电视台领奖，村民们又羡慕又赞叹不已，大家纷纷说，好人终究有好报！

1983 年，出生于资源两水苗族乡烟竹村委的苗族青年杨进美到塘洞村委打工时，结识了情投意合的瑶族妹子赵勋合。杨进美做了上门女婿。结婚不久，他和妻子通过勤劳的双手建起新房，并将岳父、岳母接到自家侍奉。

然而，在短短十余年内，岳父、生父、妻兄、妻子相继因病去世。2006 年 11 月，刚过完 80 岁生日的岳母也因中风瘫痪，卧床不起，生活无法自理。

妻子及妻兄过早去世后，杨进美便独自肩负起服侍岳母的重担。他不仅要天天外出劳动赚钱，而且还承担起了照料老人生活的重担。杨进美本可以像村里其他男人一样到外地打工，而将照顾岳母的事交给其他留守在家的女性亲属，但他没有这样做。杨进美说：“我不能丢下妈妈！”

俗话说，久病床前无孝子，但杨进美却用一颗纯朴的爱心，默默无闻地照顾瘫痪在床的岳母近 8 年，用真诚演绎出“久病床前有孝子”的感人故事。

2015 年 5 月，由中央文明办主办、中国文明网承办的“我推荐，我评议身边好人”活动揭晓了“中国好人榜”，杨进美名列第七位。

可惜，杨进美的岳母前年以 91 岁的高龄去世了。

我们来到杨进美的家，杨进美家的大门紧锁着。邻居说杨进美前几天去烟竹坪给他继母做生日去了。邻居说，你们下次再来吧，他过几天就会回来的。

站在塘洞的西寨，高高的猫儿山就矗立在眼前。

是的，过几天再来吧，过几天我要来喝几杯老山界的土酒，和纯朴的大山人谈谈大山人的追求！

我还要徒步到雷公田，从雷公田登上猫儿山；站在猫儿山顶，瞭望老山界无限的风光！

作者简介：

彭书华，曾任中共兴安县委宣传部副部长、兴安报社总编、兴安县社科联主席，现为兴安县文联主席。广西作家协会会员，桂林作家协会理事，在《广西文学》《广西日报》《潮声》《南方文学》《金田》等报刊发表中短篇小说、报告文学、诗歌、散文100多篇（首）。

梦想的热土
——湘江战役精神的光芒照耀界首

⊙ 朱千华

红军堂：从神庙变成圣地

战争硝烟早已湮没在历史的尘埃中。出现在我眼前的，已经是湘江战役 85 年后的界首，民居林立，市肆繁盛。远眺乡野，村庄里炊烟正袅袅升起。我心中对于界首的第一感觉，就是这里的拥挤和忙碌，战争痕迹早已荡然无存。

走过古老的界首街市，我看到一批又一批举着红旗穿着红军服装的年轻人、中年人甚至老年人，他们精神饱满步伐整齐地从骑楼街昂首阔步走过，听口音就知道，他们来自不同的地方，可我不知道他们为何而来，又去向哪里。

后来，我在湘江边的红军堂遇见他们。他们在这里集结、行礼、宣誓，在红军堂前重温入党誓词，个个豪情满怀，深情高唱《十送红军》，激情朗诵毛泽东的《七律·长征》："五岭逶迤腾细浪，乌蒙磅礴走泥丸……"激昂、高亢的声调充满自信，显示出无比的活力，就连在湘江对岸的人，都禁不住驻足水边，向红军堂眺望。

在红军堂，一个戴着草帽默默扫地的中年人引起了我的注意。

“老乡，请问一下这红军堂是个什么来历？”我想向他打听红军堂的掌故。中年人听到我的疑问，露出笑意，摘下草帽对着自己扇动几下，那神情的意思是，嘿嘿，您找对人了。事实上，我真的找对人了。这位其貌不扬的中年人，正是红军堂的管理员，56岁的黄崇明。

黄崇明的出生地，就在红军堂附近。红军血战湘江的故事，一直都是界首百姓离不开的话题。黄崇明的爷爷黄名汉，曾目睹那场战争，每当夏天一家人到江边游泳纳凉，或者冬天围炉烤火时，爷爷就跟黄崇明讲红军的故事。

爷爷讲的红军故事与众不同，很多都带有民间的传奇色彩。让黄崇明印象最深的是，那年冬天，红军准备过江，其中很多都是十四五岁的小兵，他们脚上穿的是草鞋，身上的军装单薄，既脏又破。当时天上有飞机不停轰炸，但红军有办法对付——在早晚渡江。镇上就有人看见，深夜，红军堂附近，有红军小战士骑白马渡江。

红军骑白马渡江的传说，在界首古街流传颇广，老人们都认为，那是三官堂的三神显灵，并且深信不疑。

原来，红军堂原本是一所道教神庙，供奉天官、地官、水官，故名“三官堂”。后来，三官堂更名为红军堂，这其中又有一段往事，是黄崇明父亲告诉他的。

黄崇明说，父亲曾经历过“横扫一切牛鬼蛇神”的年代。对于三官堂这样的神庙，有少数人想“破四旧”。可镇上大多数百姓，尤其是很多老人，要守住三官堂。他们说，三官堂是个“老物件”，红军当年使用过，得让后辈人知道，我们界首有种，帮红军打过仗，这是世世代代的荣光，得传下去。

这样守着也不是办法，大家聚在一起，商讨对策，如何才能保住三官堂。其中有人说，这好办，我们把三官堂改名为“红军堂”，就没人敢“破”了。这个办法得到大家一致赞同。写有“红军堂”字样的匾额，很快就挂在三官堂前。说来也神奇，“红军堂”三个字，鲜红透亮，光芒四射，从此，再也没人敢“破”。

受爷爷、父亲影响，黄崇明一直默默地守护着红军堂，义务看管。在他心中，红军堂是个神奇所在。每天，他把红军堂里外打扫得干干净净，有空了，再清除屋前屋后的杂草，这些都是黄崇明义务劳动，一干就是几十年。

红军堂名气越来越大，前来瞻仰的各地群众也越来越多。文物部门准备扩宽场地。红军堂周边的土地，紧靠老街，可谓寸土寸金。但住在附近的黄崇明二话没说，将自家在红军堂旁边的四分地以低价出让给国家，不仅如此，他还主动去做其他几位村民的思想工作，说服他们以国家给出的价格让出宅基地。

在整个征地过程中，没有发生一起村民向国家漫天要价的事件。如今，红军堂的外围，已比原来宽出两亩多地，这地是村民的命根子，可他们愿意出让给红军堂。黄崇明说，本来，这些地就是和红军堂连在一起，看到那么多人来参观红军堂，我们心里也高兴，附近的餐馆、店铺等，生意也随着红火起来。

我问黄崇明：“你以低价让出土地，你家人同意吗？你媳妇不怨你？”

黄崇明说：“说没有怨言，肯定是假的。但是，我每天都守在红军堂，每天耳濡目染那些激昂的誓言，每一次都让我心里一阵激动，我每日在红军堂的环境中受到教育，内心受到启迪，就会影响到全家人。”

黄崇明说，有一年，一队红军将领后人来红军堂参观，听完讲解后，列队站在红军堂前，一声“敬礼！”，全队整齐地举起右手，整个场面庄严肃穆，很震撼。“每当我看到这些令人动容的场面，我就觉得，在红军堂这些年的义务劳动，吃的辛苦，都值了，同时，也让我觉得无比光荣。”黄崇明说。

一支队伍离开，紧接着又有一支队伍到来。一时间，红军堂的院子里站满了人。这是2019年4月26日，我在界首镇党委书记王杰陪同下，在红军堂前看到的情景。王书记告诉我，这些参观团有本地的，还有很多人来自外省，有国企和民企职工，有各类协会组织的成员，有政府各部门工作人员，等等。

我问："王书记，我相信多数人来到红军堂，一定很失望，这里不是那种豪门大院，也没有琳琅满目的陈列，除墙壁上悬挂一些湘江战役的简介，几乎找不到一件像样的文物，可是，人们纷至沓来，这是为什么？"

王书记想了一下，说："这是一种信仰的力量。有时，我们前行时感到迷茫，感到疲乏，就需要汲取新的动力。湘江战役精神，正是一股取之不尽的强大能量，是我们界首不可多得的精神瑰宝，也是我们在工作中攻坚克难、完成各项任务的强大武器。"

王书记说完，我再次把目光投向红军堂，细细打量，一座典型岭南风格的神庙建筑，很普通，并无特别之处，从其外观来看，甚至是新修不久，但没有人关心这些，因为它熠熠生辉，自带光芒，有一种强大的气场吸引着每个人，它能让我们心中有阳光，脚下坚实有力。

界首大桥：红军浮桥带来的梦想

天色微明。界首镇骑楼街上，只有我一人，脚步声更显此处空旷。磨得光滑的青石板映着街灯的亮光，引我踽踽向前。我拖着自己的影子，从一团光走进另一团光。界首镇骑楼街长达 1.3 公里，这么长的古建筑群，保存不易，除岭南一些大城市尚有遗存，乡镇一级已所剩无几。

湖南会馆、江西会馆、志源祥、裕昌隆、药店、杂货铺、旅社、裁缝铺、榨油坊、土法酿酒厂等会馆商铺，无论其规模是盛大还是微小，此刻都从我身边一一掠过，像旧电影的画面。

感悟水边小镇，我常常选择在夜晚或凌晨，这时全镇都在梦里，你很容易走进一个迷幻的梦境。就像此刻，我迈出每一步，都像走在一幅南方的《清明上河图》中：人群密集，市肆繁忙。湘江上高亢震天的号子里，舟楫穿梭，千帆竞发。船舱堆满来自中原的生丝、绸缎、瓷器等，如果看到装载着香料、珍珠、珊瑚、奇果的船只，一定来自岭南。

明崇祯十年（1637年），中国伟大的地理学家、探险家徐霞客抵达界首，他在《徐霞客游记》中描绘界首“乃千家之市”，见证了界首昔日繁华。

但是，历史上的界首，再怎么繁华，都有一个美中不足的地方，那就是在湘江上没有一座桥，这给界首两岸商旅和百姓往来造成很大麻烦。当然，这件事也引起当地乡绅的重视，他们采取集资修桥的办法。界首各家商铺也都积极响应，但是，所谓修桥，因技术原因，也只是在湘江上架木为桥，随坏随修，无法达到坚固耐用的程度，就是说，在质量上不尽如人意，江水一涨，木桥常被冲垮。

屡修屡垮，再多的费用，也不够修桥。最后，修桥的事无人再提。地方志记载：“薄寒则履霜可畏，异涨则唤渡无人。”没有桥，只能用最原始的船渡。可湘江之水，如千军万马，激荡奔流，渡口船只多在枯水季节苦心经营，若雨季水涨，则“唤渡无人”。

时间到了1934年11月27日。被蒋介石30万大军追击“围剿”的中央红军，经过顽强的奔袭、阻击，来到了湘江边的古镇界首。

界首有个渡口，河面宽100多米，虽然水深流急，但岸边有山林，便于隐蔽。而且渡河后，西行两公里就是桂黄公路，横过公路再行二三公里，进入森林茂密的越城岭，就能相对安全。所以，红军抢渡湘江，界首渡口是最理想的地点之一。

红一军团二师四团在团长耿飚、政委杨成武的指挥下，率领部队抢占了界首渡口，晚上，四团奉命增援脚山铺，遂将界首移交红三军团四师接防，并准备架桥过江。

江面百米之宽，江流湍急，东有敌人追击，上有飞机轰炸，又无任何设备，如何架桥？

架桥是不可能的。最可行的办法，就是搭浮桥。红军的设想是，找当地的船只、油桶、毛竹、木板、门板等，此为最简单也是最行之有效的办法。其中，用得最多的材料就是门板，这些门板来自界首古街两侧的商铺。

那天晚上，红军走在古街上，挨家挨户做动员，商借门板。这一幕，有个10岁的小男孩看得清清楚楚，他叫马有益，如今已95岁高龄，住在界首古街一间普通的二层楼房里。古街见过红军的老人不少，只是大部分已经作古，唯马老健在。

2019年6月8日，我来到界首古街，在街道干部周玉君老师的帮助下，采访了马有益老人。对于红军向古街商铺借门板之事，马有益老人回忆说："红军来了之后，先是进行宣传，满街写标语、贴标语，告诉大家，红军是穷苦人的队伍。我那时不懂得危险，街上突然来了这么多兵，穿着也破旧，就觉得好玩，一直跟在后面。红军借门板，都在上面用漆写上编号，他们说，用完了，要还回来。"

1934年11月28日，红军在界首搭建了三道浮桥。蒋介石的飞机在天空盘旋，浮桥很快被炸散，红军又立即恢复。为避开敌机轰炸，军委纵队特意选择在早、晚时间过江。30日拂晓时分，军委第一纵队从界首渡口的浮桥过江；黄昏时分，军委第二纵队再从浮桥过江。至12月1日晚上止，中央红军陆续渡过湘江。

马有益老人自红军离开之后，一直在界首古街生活，日常靠卖面、打零工为生。聊天的时候，马老还告诉我，红军给界首人留下一个"扯渡"。我很好奇，问马老什么是扯渡。

马老说："红军搭浮桥，桥上有一根缆绳，他们离开界首时，对村民说，这根绳，就留给你们做渡船用吧。后来，就有了界首扯渡，几个乡绅凑钱买来一只渡船，过渡时，船工双手扯缆绳前行。当有船只往来通行时，可解下缆绳，沉入江底。"

界首的扯渡方式，一直持续到中华人民共和国成立后，虽方便了湘江两岸村民的往来；但是扯渡的种种麻烦，也越来越显现，比如，航道上的船只多，缆绳就要频繁起落。更重要的是，石百公路（全州石塘镇至兴安百里村）正在修建，界首需要一座大桥的呼声也越来越高。

那时，桂林地区刚刚设立，交通部门对于界首大桥十分重视。决心是有了，可缺少技术和资金。技术可以请外地专家，可造桥资金短缺，该如何解决？需要运载成千上万吨的土石方，没有装载车怎么办？混凝土可以由厂家运送来，需要的大量碎石去哪儿找？总之，1971年的界首，资金短缺，没有任何机械设备，缺这样缺那样，要想造一座桥，其难度可想而知。

说到界首大桥，一直坐在旁边听我们聊天的马名高，兴奋地把板凳往前挪了挪，他是马有益的二儿子。他说："界首大桥，我知道啊，那年我17岁。造桥时我也参加了。"马名高说着，脸上露出骄傲的神情。

我说："马大哥，当时没有任何机械，界首大桥怎么造？"

马名高接过我递过去的烟，点着了，很惬意地吸了一口，继续说："没有机械，可我们有手啊。"

我听了，有点纳闷，问他："我是说，当时没有钩机、装载车，也没有运输车，那么多石料，怎么运？"

马名高把手举起，在我眼前扬了扬，说："界首大桥，就是我们用双手堆起来的。"

马名高把他的手给我看，很粗糙，像圆锉。他解释说："我经历过'文革'，没念过什么书，现在专门做瓦工，天天和水泥石子火砖打交道。"他又说："1970年造桥，我的手就开始变成这样了。"

我对界首大桥很感兴趣，很想知道在没有资金没有机械，甚至连基本石料都不具备的情况下，一座百多米长的混凝土大桥是怎么建起来的。

经马名高带着浓重的全州口音讲述，又有在场周玉君老师帮忙翻译，我总算明白了界首大桥的前世今生，心中谜团渐渐解开。

界首大桥正式开工于1971年6月1日。那天上午，渡口那边就不断传出响亮的鞭炮声，马名高觉得稀奇，就走过去看。政府要在渡口修一座大桥的消息，很快传遍界首的每个角落，大家奔走相告，都拥到渡口来看热闹。马名高挤在人群中，看到一位干部正在开工典礼上发表讲话："……37年前，红军经过我们这个渡口，东边有蒋介石的追兵，天上有飞机轰炸，但我们红军克服了难以想象的困难，粉碎了敌人的'围剿'。如今，我们造界首大桥，资金短缺，机械短缺，可是，再大的困难，有当年红军的困难大吗？红军当年能够赤手空拳造出浮桥，我们在和平的今天，就能用双手造出一座界首大桥！"

界首大桥开工后，需要大量临时工，开山凿石，运石，碎石，工地管一顿午饭，每天按照工作量的多少给报酬。以这样的方式参加劳动，在那个记工分的年代，实在不可思议，界首人民的积极性被调动起来了。

一时间，全界首镇的男女老少都拥到渡口工地。首先，是壮劳力开山。开哪座山？山官山，在红军堂对岸，原来的山官山要比现在高很多。为什么要开那座山？民间传言，在湘江西岸，当初筑三官庙，却把东岸的“山官”给忘了，山官很不高兴，一郁闷就发大水。百姓无奈，就在山腰修了一座山官堂。山官还不满意，继续发大水，惹怒了界首百姓，现在有了机会，大家决定开山凿石。

马名高回忆，那时，早上出工都要先高呼口号：

苦不苦？想想红军二万五！累不累？天上没有敌机追！

饿不饿？我们都有南瓜粥！难不难？没有红军过江难！

一时间，山官山上都是密密麻麻的人，抬石的号子声连绵不断。人们以大队为单位，山坡被分成若干片，各队都有自己的红旗，大家齐心协力。一座高山，被界首百姓用一个个畚箕、一把把钢钎、一把把大锤和一双双肉手，硬生生削去了一半。

一块块巨石，又被开成一块块条石、方石、碎石。第二年，这些顽石全部垒成长 143 米、宽 7 米的界首大桥，总投资只花了 37 万元。

马名高说，界首大桥通车那天，湘江两岸站满了人，他们脸上洋溢着喜悦，祖祖辈辈梦想的湘江大桥，在他们眼前变成了现实。

界首龙舟赛：特殊的纪念

2019 年 6 月 6 日，芒种那天，我来到界首，住在界首大桥西岸、紧靠桥头的界首宾馆，房间窗户对着界首大桥。这里是当年红军架浮桥过湘江的渡口遗址。如今的界首大桥，已成为镇上最繁忙的一处交通要道，大货车、大客车、机动三轮车川流不息，拥堵，嘈杂。老板娘不停地安慰我，向下 500 米，界首二桥已造好一半，下回再来，这里就安静了。

夜里，我做了个梦，梦见红军控制界首渡口，架浮桥过湘江。界首人民敲锣打鼓，给红军鼓劲，可总觉得哪儿不对。

6 月 7 日，一大早，我就被梦里一阵接一阵的锣鼓声惊醒。我仔细听，不是一处有锣鼓声，东边、西边、南面、北面，桥上、桥下……此起彼伏，遥相呼应。这里怎么了？界首发生了什么事？

匆忙打开窗户看，立即明白，我来界首，多么巧，这天正是端午节，我与界首一年一度的龙舟赛不期而遇。我看到，已建成将近半个世纪的界首大桥上，早已挤满了来自各个乡镇的村民，甚至全州县的部分村庄也组织队伍来参赛。我感到奇怪，昨天到来时，没感觉到镇上有龙舟赛的任何迹象，只过一夜，各个村庄的龙舟队就像藏在哪儿一样，忽然就神奇地出现在街头。

我兴奋而愉快地加入了观众的行列，一路浩浩荡荡，向红军堂广场进发。当时才 6 点多钟。途中，我忽然看到戴着安全袖章维持秩序的蒋维丽，她是界首镇副镇长，我们昨天见过面。我说，没听说今天有龙舟赛啊？

蒋维丽说："都是村民自发组织的。他们自筹资金，自我管理，我们政府不支持，也不参与。之前发生过重大责任事故，让我们各级政府感到责任重大，对于今年的龙舟赛持反对态度。可是，龙舟赛是界首村民的传统赛事，每次比赛，那场面比过春节还要热闹。"

我说："这是好事啊，有的地方挖空心思找活动项目办文化节，你们这里倒是现成的，甚至都不要政府出面，事情就能办妥。"

"其实不是这样。因为之前的事件，上级部门对龙舟赛是不支持的。"蒋维丽说，"我们镇上所有干部，一整夜都没睡觉，都来制止、劝说村民不要进行龙舟赛。我们说得口干舌燥，可没有任何效果。一个流传千百年的民间习俗，也不是我们一时半会儿就能改变的。在这种情况下，我们只好帮他们维持秩序，进行安全教育，防止事故发生。”

我问："界首的龙舟赛，是和岭北中原一样，纪念屈原？"

蒋维丽用手指了指广场，说："你看，那边有个条幅，大字标语，界首村民自发组织的龙舟赛，是纪念85年前在湘江牺牲的红军将士们的。这也是我们无法采取强制措施的原因。"

顺着蒋维丽手指的方向，我看到墙壁上挂着大幅标语，上面写着："缅怀革命先烈，培养爱国情操。"

蒋维丽说："村民们对革命先烈的深厚情感，应该得到尊重。同时，对于龙舟赛可能出现的危险，我们政府也不能听之任之。所以你看，我们今天一大早就来了，镇政府的所有干部全部上岗，分段分片，进行安全宣传。"

不管政府部门如何苦口婆心劝说，规模庞大的界首龙舟赛，最终还是如期举行了。

从早上6点多开始，界首镇上的锣鼓声就没停歇过。村民基本上都是全村出动，拥着自己的队伍。本村最漂亮的女子，容光焕发，衣着鲜丽，举着写有本村村名的木牌，走在队伍最前面。男人抬着龙头，舞着红旗紧随其后。女人们则拿着红绸、花扇、彩带边走边舞，她们服饰鲜亮，着装统一，展示着本村人的精神风采。

大约到了早上10点，来自界首镇和邻县村庄的三十多支龙舟队聚集在红军堂广场。一时间，广场上红旗猎猎，人如潮涌，成千上万的村民聚在一起。我第一次看到如此壮观的场面，记下了那些龙舟队的名字：水江头、何家拉、兴安口、茅坪岭、下宅村、全州畔毗、马渡桥、枧底村、熊家村、界首上街、界首下街、界首古街、土笔头、上街村、周家贝、黄家新街联队、长冲、新开田、龙井塘、石田村、枫木山、全州金潭、老屋场、胡家拉、仰田村、铁埠塘等。

在龙舟队的队伍中，我看到了一个熟人，熊杰。说是熟人，实际上是在昨晚认识的。熊杰是红军堂广场边上一家餐馆的厨师，三十来岁。我昨晚在他那儿吃过饭。我说："熊杰，你也参加龙舟赛？"他说："是啊，我就是江边人，出生的地方距离红军堂只有50米。从小就是'浪里白条’，年年参加龙舟赛。”

熊杰是退伍兵，从小生活在红军堂边，他说，每天看到许多外地人来看红军堂，里面啥都没有，一时想不明白，他们到底来看什么。但关于红军过湘江的种种故事，熊杰耳濡目染，知道不少，并告诉我，他爷爷曾救过几个落水的红军。这样的故事，在界首的江边有很多，我一点都不觉得意外。但是，他从一个厨师瞬间就变成了龙舟队队员，却让我觉得惊奇。

熊杰说，退伍之后，他也有过一阵迷茫，打过工，卖过服装，不知道自己能干什么。后来，界首下街的龙舟队王队长找到他，说："来龙舟队吧，等你划上龙舟，你就知道，无论生活中有多大的烦恼，都不算个事。我们下街龙舟队，整个兴安县，没有不知道的，每年都能拿到名次，得过两次冠军呢。"

当时，熊杰也是无事可做，听了王队长的话，就开始了日常的训练。王队长偷偷地告诉熊杰："我们下街龙舟队常常拿到名次，那是有秘密武器的。"

到了正式训练那一天，王队长把龙舟队员带到红军堂前，在江边立成一排，振臂高呼："学习红军，齐心上阵，排除万难，争取胜利！"熊杰后来才明白，这就是王队长所说的拿名次的秘密武器。但是，秘密还是被其他龙舟队知道了，大家纷纷来到红军堂做战前动员。

再后来，龙舟队员们在湘江上奋力拼搏。大伙儿才发现，名次已不再重要。熊杰说："通过龙舟竞赛，当年红军留下来的优秀传统，在每个队员身上都能得到体现，大家工作岗位虽各有不同，但都能做到不断进取、奋勇争先、敢于胜利，对人生而言，这是多么宝贵啊！"

这天中午，界首龙舟赛进行了几场。红军堂前，湘江的水面上鼓声震天，几十支龙舟飞桨逐浪，快如箭镞。

小宅村：桂花林里的秘密

2019年1月28日，兴安县界首镇界首村委小宅村。

那天早上，天空的云朵有些低垂，光线阴沉，似要下雨。小宅村村民蒋光正的家门前约50米远的地方，有一片桂花林。这天，桂花林里来了一群陌生人，正围着一个土堆，尺量，拍照，记录。大家各司其职，没有人高声喧哗，即使交谈，也是小声耳语，桂花林里的气氛有些神秘。

桂花林里的土堆是一座小小的坟茔，并不起眼。前两天，已经请村民搭好帐篷。周围是成片的桂花树，这里静悄悄，就像一个陌生世界。

一切准备妥当。有人拿出一瓶酒，洒向坟前，有人燃放一串鞭炮，还有村民燃烧了一捧纸钱。现场所有的人，向着桂花林中那座不起眼的坟堆，虔诚地三鞠躬。

"开始！"

简短的仪式结束之后，随着一声令下，被请来的小宅村村民蒋光正、胡松青、胡爱明等人，拿着铁锹，开始挖掘那座坟。

现场指挥并主持挖掘仪式的干部，是界首镇副镇长蒋维丽，其他人员有界首镇民政办主任颜林、界首村村委会主任胡天立等。随着地面上的土堆被村民细心地一层层铲去，一个长方形的地坑出现在大家眼前。在场所有的人都屏住了呼吸。四个村民小心翼翼，用锹一点一点铲去坑内的虚土。

一直到下午，村民终于挖到了一具遗骸。但是却没有发现传说中的另一具遗骸。小宅村的人都知道，桂花林里的坟茔里，长眠着两个红军，长辈们都这么说。

蒋维丽将情况向县政府汇报之后，立即决定，扩大挖掘范围。

2019年3月1日至4日，第二具红军遗骸终于被发现。从祖辈开始在小宅村流传了八十多年的传说终于得到证实。

2019年6月8日，进入界首镇小宅村后，我就在浓密的树荫里穿行，香樟树、蜜桃树、柑橘树植满了村民的房前屋后。对于小宅村良好的生态环境，我赞不绝口，我甚至惊讶于界首镇还有如此花香鸟语的村庄。但我无暇顾及，在界首村村委会主任胡天立的带领下，我来到小宅村，找到了那片神秘的桂花林。

胡天立是土生土长的本村人，他说："这片桂花林，与85年前在寒冷冬夜里行走的两名红军有关。在讲述这段故事之前，我先带你参观全村，让你心中有个印象。"

我对小宅村的印象非常好。我问胡主任，整个小宅村郁郁葱葱，房前花果香，屋后树成行，和其他乡村相比，给人一种完全不一样的感觉。为什么会这样？

胡天立说："这事说来话长。我们小宅村是界首镇政府驻地，也是兴安、全州、灌阳、资源四县的交通要道，全村人口1200多，276户人家。由胡、蒋两姓人氏共居一村。胡姓祖籍来自江西成安府，蒋姓来自湖南永州府。两姓家族为避战乱，不断迁徙，于清初迁至本村。胡、蒋两姓，都是耕读人家，一边读书，一边练武自卫，能文能武，村中有'进士''武魁'二匾，有'急公好义'之碑，这样的村子，不会差到哪儿去。"

胡天立这么一说，我已明白。古代读书人喜欢隐居耕读，村子里树林多少，似乎决定了一个村子是否兴旺，能否欣欣向荣。在古代，一个地方如果发达，必然是树木成林的村庄，同时，对于村庄的布置十分用心，讲究"井如星，渠如网，树成行，林连片"。

树和林，我是亲眼所见。我问胡主任，有井和渠吗？在哪里？

胡天立说："我正要带你去看小宅村的井与渠。"

走过村中蜿蜒小道，可看到一片水田。水田中间，有些水井、水塘、沟渠。胡天立带我来到水田中间，说："在自来水接通之前，我们全村人都是到这里来担水。自古以来，这里就有一处泉眼，水质甘甜。任何时候，这口泉水都是清澈透明。小宅村的村民们细心保护，用石块砌成井栏，我们村里人都叫它红军井。"

胡天立告诉我，他就是吃这口红军井的水长大的，年轻的时候，来这里挑水是他的日常工作。一直到村里装了自来水，这口井才渐渐无人问津。

那天，我看到了胡天立说的红军井。实际上，这一片区域，也不止这一口井，有很多泉眼，水源有大有小，说明这里地下水很丰富。最让我感到神奇和不可思议的是，周围的这些水井、水池、水塘等，都浑浊不堪，由于长期不用，雨水、泥水混在一起，完全不能饮用。但就在这片水域当中，红军井却是个例外，它的水质透明，深不可测。

我走到红军井边，用手掬起一捧水尝了，甘美无比，十分清爽，不比任何矿泉水差。我对胡天立说，这水完全可以制成瓶装水啊。胡天立说，村里有这个打算，他正想办法，请专家来进行化验，这么好的水，白白浪费在这里，太可惜。

我问胡天立，这口井，为什么叫红军井呢？

胡天立沉默了一下，说："这是我们小宅村的一个秘密。85年前，红军渡过湘江后，继续向西前进，进入山高林密、连绵起伏的越城岭。我们这个小宅村，正是红军过湘江后首先要经过的村庄。"

1934年11月底的一天，兴安正是严寒的冬季，天气很冷，晚上都是零下两度到零下三度，冰冻很厉害，屋顶、草垛都打上白霜，接着，地上又开始长霜，和其他地方不同，那是一种从地上长出来的冰凌，像狗的牙齿，当地人称之为"狗牙子霜"。

为避开敌机轰炸，红军都是晚上渡江。渡江之后，立即向西挺进。可是，有两名红军脚部受伤，渐渐掉队。他俩相互搀扶着，一步一步往前挪动。朦胧的夜晚，他俩走过小宅村，却没有打扰村里的百姓。

正在迷茫之际，两名红军看到路边不远的地方，向下有个小陡坡，而且看到陡坡上还有个草垛，真是天赐良地。两名红军搀扶着下坡，来到草垛旁，准备在这里过夜。可是伤口的严重感染，让两人高烧不止。他们的嘴唇被烧得干裂，多么希望此刻能喝一口水。

两个红军在天寒地冻的草堆边过了一夜。第二天大清早，一名红军醒了，另一名红军已经陷入昏迷。朦胧中，一缕白色的烟雾升起，那里是一口水井，没有冻结，冒着热气。醒着的那名红军已无法站起，他匍匐着向井边爬去。也许，他喝到水了，却再也没能说说这水的味道。

小宅村村民有早起挑水的习惯。他们看到了两名衣衫褴褛的红军，一名倒在草垛边，一名倒在井边。看他们衣着单薄的情况，基本可以确定，是伤势过重和天气严寒让他们再也没有醒来，而他们的年龄，也不过十六七岁的样子。

水井边发现两名遇难红军的消息，很快传遍了小宅村。村中胡、蒋两姓族长，一同前来水井边查看。见到这两名年轻红军宁可冻死渴死也不打扰村民，胡姓族长眼角湿润，赞道："这是哪里的队伍？奇哉伟哉！"

有年轻的村民回答："他们是红军。"

蒋姓族长对着两具红军的遗体深深鞠躬，双手一抱拳，说道："两位红军壮士，令本村人肃然起敬！既然留在这里，请放心，鄙村村规当中，也有急公好义一条，我们定会妥善料理后事，绝无怠慢。"

两位族长一商量，决定将两位红军以本村村民的名义安葬，让他们入土为安，所有支出，全村人共同承担。

后来，小宅村的胡家喜、胡家星、胡家泉等几个年轻人，按照本地习俗，用木板钉了两口薄棺，将两位牺牲的红军埋葬，为避免国民党追查，只用了一个坟头，也没有立碑。坟地选在离水井不远处的一片桂花林里。

很快，桂花林里的红军坟上开始被杂草和藤蔓覆盖，周围的四季桂花树，散发着阵阵桂花香。

一直到中华人民共和国成立后，村里的老人们才告诉后辈，桂花林里有个红军墓，那里面是两名红军，受了重伤，牺牲在这里。

2019 年 6 月 8 日。我和胡天立在小宅村看过红军井后，就来到了坡地上的桂花林，看到了那两个埋葬红军的土坑。住在附近的村民蒋光正老人，今年已有 69 岁，参与了现场挖掘工作。他说："父亲一直告诉我，每年都要给桂花林里的红军墓烧些纸钱，放些供品。红军保佑着小宅村呢。那口红军井，无论旱涝，都不会浑浊，你说奇不奇？还有，小宅村的村民，早已脱贫致富，家家有果园，多数人家都有轿车，村里一直风调雨顺，这都要念红军的情啊！"

胡天立告诉我，村里的大部分村民都建议把桂花林改成红军公园，把红军井也保护好，这是小宅村的无价之宝，让子孙后代都能受到红军不怕牺牲、勇于胜利的精神教育，并把这种宝贵的精神带进新的生活。

陈秋岑：英雄的召唤

红军血战湘江，损失重大。但3万多红军主力在蒋介石四面追击之下成功突围，这是战争史上的奇迹。

突围背后，担负殿后重任的红五军团三十四师可谓功高至伟。红军主力渡江后，红三十四师本想撤退，却发现敌人已封锁全部渡口，他们已无过江的可能。红三十四师陷入了敌人的重围，孤军作战，最后弹尽粮绝，6000余人几乎全部阵亡，师长陈树湘被俘不屈，断肠自尽。

红三十四师一〇〇团被打散之后，团长韩伟带着几十名红军战士，在地形不熟，又无向导的情况下，错误地走进了都庞岭深处，在一个叫轿顶山的地方（位于兴安县漠川乡协兴村与灌阳县西山瑶族乡下洞村大江岭屯交界处），遭到了当地民团袭击，多名红军牺牲，只剩下几人。在子弹打光、不愿被俘的情况下，韩伟纵身一跃，跳下悬崖。

悬崖下面，有不少茂密的大树与草本植物。因树枝缓冲，韩伟得以生还。

韩伟后来被兴安县漠川乡协兴村的村民王本森相救。王本森是漠川乡的一名草药郎中。那天，隔壁村一村民因脚受伤，请王本森上门诊治，王本森在路上遇到了受伤的韩伟，当即把他扶回家。

1983年1月，兴安县委派党史办主任王宽民带人到九里田下村（今协兴村）寻找救过红军的王本森。王本森已作古，王宽民便找到王本森的大弟王本容、二弟王本旺，才弄清事情的来龙去脉。

在王本森家休整几天之后，韩伟化装成当地村民，挑着山货，离开了都庞岭。

陈光章，兴安界首人，一个普通工人。红军血战湘江的故事，他从小听得太多，尤其是韩伟团长英勇不屈，“弹尽粮绝跳悬崖”的悲壮传奇，最能让陈光章赞叹。他有两个哥哥，都去了部队，他俩每次回家，个个军装笔挺，多光荣！

陈光章是家里老三，小时候，左臂摔伤，未及时诊治，落下残疾，不要说去参军，就连报名资格都没有。但这不妨碍他对“红军过湘江”这段历史的关注，因为这段历史发生在界首，这是他的家乡。有关红军长征的电影、电视剧、图书等，他都很感兴趣，因而对韩伟跳崖的故事更是烂熟于心。

自己的从军梦破灭，陈光章就把希望寄托在儿子身上。儿子高考的第一志愿，陈光章就让他填报军校。可命运弄人，尽管儿子高考成绩达到600多分，已进入体检程序，却因种种原因未被录取。这样，陈光章寄托在儿子身上的从军梦成了泡影。

陈光章说：“得知儿子不能读军校，我很失落。这事又不能强求。但我还没死心。”

陈光章之所以没死心，是因为他还有个女儿。他说：“我看好我的女儿，她从小性格好强，喜欢和男孩打架，性子比较野，天生是个当兵的料。”

陈光章不光这样想，而且去做了。他想从实践和理论两个方面对女儿进行培训，希望将来部队征兵时，女儿入伍的机会大些。在实践方面，陈光章把女儿送到体育馆，学习摔跤、武术等技术；在理论方面呢，那就由他自己来辅导了，主要就是讲红军过湘江的故事，讲包围与突围，讲排兵布阵，讲双方得失。

陈光章的女儿叫陈秋岑，1990年生于界首镇。从小就听父亲讲韩团长跳崖的故事。

陈光章的心血没有白费。2011年，陈秋岑从柳州师专毕业，正好赶上县里征兵，机会不容错过，陈光章鼓励女儿报名。后来，得到女儿应征合格的消息，陈光章很高兴，立即去买了一万响长鞭炮，放得震天震地。他说：“部队最能锻炼人，女儿参军，也算是圆我一个梦。”

但是，陈光章怎么也没想到，女儿参军之后，需要到万里之遥的非洲南苏丹执行维和任务。为这事，陈秋岑打电话回家，征求父亲的意见。陈光章从电视上知道，那里是个危险的地方，武装派别林立，动乱频发，还有更可怕的疫情。陈光章想了一下，严肃地对女儿说："军人是以服从命令为天职！自己注意安全。"

陈秋岑经过严格的培训，考核合格。2015年9月，陈秋岑跟随中国第二批赴南苏丹维和步兵营，来到南苏丹朱巴市。

陈秋岑所在的队伍，是一支由十三名女兵组成的女子步兵班，她们和男兵一样，担负着朱巴市区城市巡逻、难民营哨位警戒等八项任务，每天都要顶着烈日，携带30多斤的装备，在朱巴市区徒步巡逻三个多小时。每次巡逻回来，全身衣服都被汗水湿透。

在执行任务的过程中，陈秋岑凭借自身武术、体育方面的特长，顽强的吃苦耐劳精神，不仅与男兵一样完成了各项任务，还与当地人民进行广泛交流，表现出色。

从来到朱巴市执行警戒任务那天开始，危险就无处不在。在南苏丹，种族矛盾、政府武装与反政府武装的冲突时有发生，即便在首都朱巴市区，也常出现枪击、抢劫等事件。

一天傍晚，陈秋岑正在哨位执行警戒任务，发生了一件意想不到的事。

当时，有五六个当地人往维和战士值勤的哨位冲过来，有四个人拿砍刀乱舞，另两个人拿枪不断地向天空开枪射击。陈秋岑那天正在哨位上，她抬头一看，满天都是各种口径的弹道。但是，鉴于联合国维和行动的中立原则，所有维和战士都不能开枪。

面对突如其来的紧急情况，陈秋岑沉着应对，她首先将情况报告给步兵营连长朱林林，并与其他战士共同努力，将当天的突发事件妥当处置。

在南苏丹的维和战场，陈秋岑先后参与营救了6名受伤的妇女儿童。因为陈秋岑表现出色，她被维和部队评为"维和之星"。

2016年12月16日，陈秋岑圆满完成在南苏丹的维和任务后回国，光荣退伍。

陈秋岑返乡时，正值兴安县评选2016年度“感动兴安”十大人物。乡亲们感动于陈秋岑在维和战场上为祖国和家乡争了光，纷纷把选票投给她，让她在众多的候选人中脱颖而出，成功当选。

但是，陈秋岑的故事还没有结束。

2019年6月6日。在兴安县漠川乡人民政府大楼内，我采访了陈秋岑。很难想象我面前的陈秋岑是一个武术高手，她身材苗条匀称，甚至有些偏瘦，可她的房间里却放着拳击手套和立式沙袋。她向我讲述了在南苏丹维和时的种种惊险遭遇，就像在讲述别人的故事，显得很平静。

我问：“漠川乡位于深山之中，路况极差，行路艰难，你怎么会想到来这里工作呢？”

陈秋岑说：“退伍之后，我也面临着人生的选择。我还年轻，阅历还不够，我想让自己尽快成熟。当时我就向县领导提出，到兴安最艰苦的地方去工作。我的申请获得了批准。就这样，我来到了漠川。”

来到漠川之后，陈秋岑喜欢上了这个大山里的桃花源。漠川是中国古银杏之乡，共有银杏树100多万株，其中有古银杏树2.5万株，仅张家崎村的银杏树就达5000多株，上百年独株银杏超过200株。每年秋天，漠川的银杏黄了，看到外地大量的旅游者和摄影师来到漠川，村民靠经营农家乐脱贫致富，陈秋岑就感到无比欣喜。

陈秋岑说：“9月末你再来，那时张家崎村的银杏树叶全部泛黄，地面上满是银杏果，成千上万棵银杏树出现在你面前，你都不想离开。那时，我们漠川就是一个童话世界。”

在陈秋岑眼里，遥远的漠川已不再是穷乡僻壤，而是“我们漠川”和“童话世界”，一个人的心中对漠川有了感情，有了爱，才会情不自禁地从心里流露出来。

此外，陈秋岑告诉我，到漠川乡来，主要还是因为心里的一个英雄情结。父亲讲述的红军团长韩伟的英勇故事，一直藏在陈秋岑心里。有一次，她特地去韩团长跳崖的轿顶山，找到了当年的遗址。那是个天坑，靠近一条山路，韩团长被当地民团追击，从山路拐入一条岔道，谁知，这是条死路，进退不得，只得跳崖。

2014年，韩伟将军的儿子韩京京来到漠川乡，找到了韩伟当年跳崖的地方。他在轿顶山对面的山坡修建了一座红军墓，以纪念牺牲在这里的红军战士。

“当时，我就站在韩团长纵身跳崖的地方，心里百感交集，一眼望去，天坑深不见底。我向跳下悬崖的英雄们鞠躬致敬！我来漠川，就是想看看，还有什么困难是我不能克服的。如果真有困难，和当年红军过湘江相比，也不算什么。”陈秋岑坚定地说。

湘江战役精神：和平村的希望之光

和平村，地处界首镇东部，与全州凤凰乡毗邻，全村有15个自然村，931户，3310人。村里人均耕地少，周围多丘陵山地，地理位置偏僻，交通不便，长期以来，经济发展缓慢，至今没有脱贫。

2018年3月，蒋万红由兴安县委党校下派到和平村任第一书记。上任伊始，蒋万红决定，先对和平村进行摸底调查，做到心中有数。全村共有58户贫困户，贫困人口约173人。蒋万红心里很清楚，经过当地村干部不断努力，能脱贫的家庭早就脱贫了，剩下的这些贫困户，该想的办法也都想过，村干部已无计可施，因此，和平村的贫困村帽子始终未能摘去。

但是，扶贫工作的最终目的，并非只为摘帽。让百姓过上幸福生活，让每个贫困户在物质与精神上真正脱贫，这才是扶贫工作的核心所在，这也是上级部门派蒋万红来和平村担任驻村第一书记的主要原因。

村主任看到蒋万红带着铺盖来到和平村，紧紧地握着他的手说：“蒋书记，我们盼星星盼月亮，终于把你盼来了。还有50多个贫困户，我们该用的法子都用了，实在束手无策，就盼你早点来，贫困村这顶帽子戴着难受啊！你想想，哪家的闺女，肯嫁给贫困村的小子呢？”

村干部们对于蒋万红的到来表现出很大的热情，他们在拭目以待，心想，我们那么多年的工作都做了，接下来，就看你有什么高招妙招，让这50多个贫困户脱贫解困了。

面对这样一个脱贫工作如此棘手的偏远小村，初来乍到的蒋万红心里并没有底。他的手上并没有什么秘密法宝，甚至没有任何扶贫的经验。这是他第一次担任驻村第一书记。

如何找到和平村脱贫致富的秘诀，蒋万红一直在思考。他心里也很着急：上级部门期待着你的表现，村里干部群众等待着你拿出具体扶贫方案，如果你没点真材实料，要你下来做什么！

蒋万红已经感受到来自各方的压力，他现在是和平村脱贫攻坚的主要领导，必须尽快拿出本村脱贫的具体方案。经过深入思考之后，蒋万红决定，先对本村的实际状况进行把脉，只有知道症结所在，才能对症下药。很快，蒋万红发现了和平村存在的一些痼疾与弊端，归纳起来主要有以下几条：

（1）和平村的贫困户当中，伤残、因病致贫占了绝大多数，很多人依赖思想很严重，缺少脱贫动力。

（2）大多数村民思想比较保守，喜欢随大流，比如，大家种柑橘，自己也跟着种柑橘，从来没想过，万一市场过剩，价格低迷，自己种出的柑橘怎么办。

（3）全村种植业品种单一。俗话说，鸡蛋不能放在一个篮子里。和平村大部分村民都是种柑橘，一旦某年柑橘因病虫害或自然灾害歉收，或者市场疲软，那这一年就白忙活了，一点补救的办法都没有。

这不是危言耸听。2018年，蒋万红来到和平村，看到满山遍野都是柑橘，他心里就掠过一丝不好的预感，很快，这种预感就应验了。

2018年底，整个兴安县的柑橘业受到了严重的损失。由于持续阴雨天气，以及市场供大于求，导致果农家的大部分柑橘积压。由于冬季雨水频繁，果树长期浸泡在雨水中，不但容易造成果子浮皮，而且不利于果子保质保鲜，对口感也有影响。果品质量下降，收购商不愿收购，导致柑橘滞销价低。

越是滞销，收购商就越是挑剔，品质稍差的柑橘都会被挑出来，这些被挑出来的柑橘，只能当垃圾白白扔掉。那年，兴安县界首镇境内的百里桂北交易市场旁边，大量因滞销而被倾倒的柑橘堆积如山，造成环境污染，令人痛心。

为了改变这种现状，让农民不再受到损失，蒋万红到市里，甚至到区里请教果树专家，掌握了大量信息。他心里有底了，回到村里，立即召开村民大会，要求大家转变思想，调整种植结构，特别是柑橘的种植，不能随大流，要转换品种。

根据水果专家的建议，蒋万红决定在全村实施“早晚工程”。他的具体想法是：采取种植早熟与晚熟品种的办法，错开全县柑橘收获的高峰期。

蒋万红向村民介绍早熟品种的好处：9 月 10 日左右就可以大量上市，提前采摘，可做罐头，价格上没有竞争对手，有订单有销路。就是说，常规柑橘 10 月份上市的时候，早熟品种已基本销售完毕。晚熟品种也是这个道理。晚熟品种在春节过后才上市，新鲜甘甜，过了高峰期，在价格上也几乎没有竞争对手。

但是，和平村的村民们并不领情，兴致不高。要更换品种，前期管护十分烦琐。他们最喜欢种南丰蜜橘，80% 的村民都是种这个品种，谁也不肯换苗，哪怕是免费送苗，也没几个村民愿意要。

面对思想如此顽固的村民，蒋万红才明白，基层农村的扶贫工作要开展起来是多么困难。明明有好的种苗、好的收益，甚至都有订单做保障，村民们为什么就不肯转换一下思路呢？

面对无动于衷的村民，蒋万红无计可施。他甚至想打退堂鼓，这扶贫工作太难了，好的种苗，送上门都不要，这工作还怎么开展？蒋万红也在反思：是我哪儿做得不对吗？不会啊，我早出晚归，一心想让乡亲们脱贫致富，没做错什么，可他们怎么就不肯听我的呢？

后来，蒋万红想明白了：我让村民转换思路，我自己为什么不转换一下思路呢？不错，和平村有这样那样的落后问题，村民观念守旧，这也不是一天两天形成的。强行推广新的种苗，他们肯定不会接受，要想解决这个难题，还得想想其他办法。

蒋万红决定，先从转变自己的思想开始。他想：以前我总是看到和平村的各种落后状况，甚至把和平村看得一无是处，这是不客观的，难怪群众不买我的账。我能不能梳理一下，找一找和平村的好处与优点？

蒋万红仔细回忆来到和平村后自己的所见所闻，他意外发现，一直以来，忽略了和平村村民许多美好之处。比如，他们的朴实，他们的勤劳，还有他们的热情——每次到农户家调研，村民再贫穷，都会端一碗水递到面前，赤日炎炎，一碗水就是宝贵的甘泉啊。

还有，和平村有 102 名党员，通过一段时间的观察，蒋万红发现，这些党员虽然都是基层村民，但党性原则很强，是非常靠谱的坚实力量。蒋万红想到这儿，恍然大悟，问题的症结终于找到了：是我把这最可靠的 102 人给忘了。

一个星期天的上午，蒋万红找来两部大客车，把村里所有党员拉到界首镇参观红军堂。蒋万红拿着喇叭，动情讲述红军过湘江的故事。又去湘江战役光华铺阻击战场旧址参观，给党员们讲解光华铺阻击战。

在整个湘江战役中，光华铺阻击战不算大战，主要作战的红三军团红四师十团牺牲了四百多人。但是，光华铺阻击战中红军守卫的是界首渡口，是军委纵队过江的地方，重要性可想而知。1987 年，兴安县人民政府在光华铺公路旁修建了红军烈士墓。

站在烈士墓前，蒋万红给和平村的这 100 多名党员进行了一次“战前动员”，他说：“和平村是贫困村，这顶帽子，戴在谁的头上都不好受，现在县里和镇上都在鼓励村里进行产业结构调整，我们就应该抓住机遇。脱贫工作再难，有红军过湘江难吗？红军在被几十万追兵包围的情况下，依然突围过江，靠的是什么？靠的是钢铁般的意志和对革命前途的坚定信心！”

现场鸦雀无声，100 多名党员聚精会神地听着蒋万红讲红军故事。

蒋万红看到大家听得很认真，决定趁热打铁。他说：“大家想过没有，红军过湘江，为什么如此艰难？根本的原因，是思想路线出了问题，红军渡的不是一条江，而是翻越了一座‘山’——一座阻碍正确思想路线的屏障。毛泽东主张放弃同红二、红六军团会合，博古、李德一意孤行，顽固坚持。结果，红军损失惨重。我们和平村面临着同样的问题，思想僵化，村民缺少对产业结构调整的正确认识。柑橘大量上市，大家都在卖，价格怎么能上得去？成吨成吨的柑橘倒在路边，今年是这样，去年是这样，据我所知，前年也是这样，我很奇怪，教训如此深刻，为什么不思改变？”

蒋万红的一番话，让这100多名党员陷入了沉思。村里的柑橘树都长了十多年，已呈老化状态，结果少，果小味酸，表皮粗厚，特别是抗病虫害的能力减弱。再不进行调整，损失会更大。

通过现场党课教育，党员们茅塞顿开，纷纷表示：回村之后，立即带头进行产业结构调整。党员是和平村的中坚力量，他们思想通了，给村民做出了表率。很快，村民在党员的带动下，把原来的柑橘树全部砍去，全部改种早熟和晚熟的新品种。

对于那些特别困难的贫困户，蒋万红采取了党员一对一的帮扶形式，利用各种扶贫政策，让每个贫困户都能种上柑橘。其中有些家庭没有劳动力，村里的党员和干部组成扶贫小分队，定期上门服务。

柑橘新品种种下去之后，蒋万红又请来县里的水果专家对果农进行技术培训。目前，村里的柑橘新品种长势良好。但是，蒋万红并没有“把鸡蛋放在一个篮子里”，为了实现和平村产业形式的多样化，蒋万红带领和平村村民以合作社方式，开展鸵鸟、山羊养殖等多种经营。

扶贫先扶志。对于村里有劳动能力、有就业意向的贫困户，蒋万红定期组织他们来到湘江边，参观湘江战役遗址，告诉他们：和红军突破湘江的困难相比，我们面临的困难不过是鸡毛蒜皮，从思想上给这些村民以信心，鼓励他们靠自己的双手脱贫致富。

2019年6月10日。我见到蒋万红，是在界首镇政府的办公大楼前。他来镇上办事，很匆忙。这是我们第一次见面。蒋万红个子不高，皮肤黝黑，精神饱满，脸上总是带着亲切的笑容，似乎对每个人都充满热情。在办公大楼前的一块空地上，我们席地而坐，聊了两个小时，然后，蒋万红开车，我们一起去了和平村。走在果园里，满眼都是连片的柑橘苗，生机勃勃，蔚为壮观，蒋万红告诉我，那些就是新更换的早熟品种。

蒋万红说，全村党员、干部和村民都喜欢听红军突围过湘江的故事，而那些悲壮又令人振奋的过往就发生在自己生活的土地上，很多精彩的细节，大家都耳熟能详。用红军故事作为例子，全村人的思想工作也容易做，这实在是一个好办法。

我想，蒋万红所说的“好办法”，其实正是村民迫切需要的一种精神力量，一种信心的鼓励。红军留下的湘江战役精神，正好契合了当代社会发展的思想需求，勇于突破、勇于牺牲、勇于胜利，这种博大与深厚的革命情怀，可以让我们不断创造奇迹。它不只是界首人民的宝贵财富，更是我们每个人不断奋进，以必胜的信心、昂扬的斗志，决胜全面建成小康社会的精神之源。

作者简介：

朱千华，中国作家协会会员。一直在扬州定居、工作、生活。2006年6月开始行走南方，进行岭南田野考察。现居广西南宁，从事岭南文化研究，专业写作。系《中国国家地理》杂志资深作家。代表著作有《岭南文化三部曲》《像麦子那样金黄》《中国美女地理》《三沙人文地理》《家山何处》《挺进大石山》等十多部。荣获首届朱自清文学奖。

一幅油画托出一段历史

⊙ 董晓燕

人的一生，要经历很多场面，风驰电掣般闪过，但这世上有的场面，只要一撞入眼帘，就像被电击似的一颤，然后烙进记忆的苍穹：第一眼望见你，我就被你的刻骨与悲情、勇气与坚强惊呆了，就知道此生再也不会忘记。快两年了，无论路途多么遥远，可你的模样总会在我不经意的时候冒出来，又悄然离去。这，或许是在给我一种神秘的暗示吧，希望我用笔把你不灭的存在昭告于世人。

一

其实，第一次，我本不是去看你的。

2017 年的 7 月，因一次旅游活动，我来到兴安湘江战役纪念馆参观，在馆里不显眼的地方，一个拐弯处，却偶然地瞥见了你——《湘江 · 1934》油画。这幅画鸿篇巨制，波澜壮阔，我看到了湘江之水波涛汹涌，血染赤红；我看到了浩浩荡荡的红军队伍，犹如一条疲惫受伤的巨龙，蜿蜒地由湘江东岸向西岸方向艰难地律动；我看到了毛泽东、周恩来、朱德、李德、博古、张闻天、王稼祥等中国工农红军领导人的身影，看到了毛泽东行进在队伍行列中，脸上充满极度忧虑、痛苦思索的神情……这幅油画，没有直接描绘枪林弹雨的战争场面，而是凭借颜料的遮盖力、层次丰富的色彩在挤压中互相渗透，凸现战火硝烟光影之下的斑驳，充盈着惨烈与悲壮的气氛。太刺激了，我的心被彻底震撼了。

第二次，有幸专门欣赏你。

2019 年 4 月 23 日，广西区文联、广西区作协组织报告文学作家重走红军路，开展“湘江战役主题采风”活动，先后赴桂林兴安、全州、灌阳等地的战场遗址进行采访，凭吊血洒湘江的革命先烈。作为采访团的其中一员，我再次走进兴安湘江战役纪念馆——这次是专门去看你的。驻足观看《湘江·1934》，我仿佛听到红军战士在渡江的浪涛中相互碰撞、拥挤、穿插中所发出的嘶喊和呻吟；我仿佛听到生与死的“挣扎”“突进”“寻找”中殊死搏斗与厮杀的呐喊；我仿佛听到一个个生命在浴火重生、凤凰涅槃中的呼唤。画面无声似有声，整个作品用笔凝重，叙事性强，信息量大，梯度展开，立体逼真，让人切身感受到那场战争不绝于耳的枪声、炮声、飞机轰炸声，拼杀与搏斗，危机之战，惊心动魄，给人以听觉、视觉、心理上的极大冲击。场景的悲壮与惨烈，让我抑制不住心中的情感，眼泪夺眶而出，又不禁感叹，这幅画的想象力和绘画功力真是了不得。

说实话，在未到湘江战役纪念馆参观以前，我有点想当然了，看到一个“湘”字，还以为湘江战役发生在湖南。现在明白了，蜿蜒 800 公里的湘江发源于广西灵川县，经兴安、全州后，自南向北穿流湖南，最后归入洞庭湖。湘江战役发生在湘江上游广西境内的兴安县、全州县、灌阳县，主要包括光华铺阻击战、脚山铺阻击战、新圩阻击战三场阻击战，大大小小的战斗一百多场。在这一带，中央红军与国民党军苦战七昼夜，两军实力悬殊，红军伤亡惨重，中央红军由战前的七万余人锐减至三万余人。当时的态势非常危急，中央红军只剩下一线生机，血战湘江，生死抢渡，最后从全州、兴安之间强渡湘江，终于突破了国民党军的第四道封锁线。

采访团来到脚山铺阻击战遗址，据当地老人回忆，他们听父辈讲过，这一片土地曾经被鲜血染红，尸骨遍地。在我们的脚下，当年那些躺在泥土中的红军战士冰冷的躯体虽早已化成尘埃，但我愿意相信，他们的灵魂还在上空回旋，还在一朵花、一片树叶、一抹云彩、一汪清泉里凝视着我们。

在凤凰嘴渡口，爬上高岸，放眼望去，我的印象是：好一幅山水美景，是画家、摄影家的最爱。那奔腾的湘江水，浩浩荡荡，岸上的灌木郁郁葱葱，一片和谐安详的图景。曾经“十年莫食湘江鱼，三年莫饮湘江水”的骇人景象早已不见踪影。听随行的全州党史办同志讲述，红军过湘江时，沿江许多地方都有人牺牲，但最集中、牺牲最多的地方是在和平村委凤凰嘴村与建安司村之间的古堰一带。湘江在全州境内有一个转弯处，江水流速较缓，湘江战役后，上游漂下的尸体几乎全都汇到此处，湘江里只有灰色和红色，没有人愿来这个伤心之地。

走在发生过湘江战役的这片土地上，心情格外难受，战争留下的伤痕还能随处可见，我们几乎每时每刻都在谈论着当年红军的死亡、血溅湘江的悲壮，一路上的心情始终被揪着。

然而，有意思的是，那幅《湘江·1934》油画，总会在我完全无意识的时候蓦然现身，与我听闻、想象的湘江战役的那一幕幕互为背景，在我脑海里翻腾，使画面上的一个个人物更加鲜活起来。

两次走进兴安湘江战役纪念馆，和这次重走红军长征路，活生生的事例、当年遗留的实物及相关文字、图片，包括影视作品，使我对湘江战役有了更深的认识。但我也发现，表现湘江战役的绘画很少，《湘江·1934》具有代表性。

湘江战役是关系到中央红军命运的转折之战，在中国历史上必将留下重要的一页，然而在很长一段时间内，提及的人并不多，就是当地人知道的也越来越少，新的一代被问起时表现出的是极大的陌生。《湘江·1934》就是在这样的背景下创作出来的。

据兴安湘江战役纪念馆的工作人员说，为创作这幅油画，一位画家痴心不改、呕心沥血，蛰伏了 20 多年，还差点送了自己的命——他，就是张庆涛。说到张庆涛，他可是著名的大画家。我相信，这幅《湘江·1934》绝对算得上一幅惊世骇俗的杰作。在画作中，我似乎感受到画家饱含的深厚情感，也隐约地感觉到画里还隐藏着鲜为人知的故事，意犹未尽。莫名的就想听听张庆涛画前画后的故事。一时陷入了踌躇，思忖了半天，最后经不起内心的涌动，找他去吧，或许能打开我未知的世界，问问他是怎么撞进湘江战役这陌生世界的，他为何要去触摸那段刀光剑影的历史脉动，他又是如何挖掘这一精神世界遗产而昭示天下的……

几经周折，终于找到了张庆涛老师的联系方式。2019 年 4 月 26 日晚上 8 时许，我冒昧地给他发去了一条长长的短信，自报家门，希望他能接受我的专程拜访。短信发出后，接下来是静静地等待。终于，他在第二天一早给我复信："欢迎来京叙谈……"我大喜过望，与他相约在 5 月 24 日见面。

二

2019 年 5 月 24 日下午，我按导航找到张庆涛老师住地时，没想到他已在门口等候，我高兴极了，上前握住了他的手。

张庆涛老师给我的第一印象：皮肤很白，脸上充满了笑意，看上去一米七以上，匀称的身材，上身穿一件圆领紫罗兰色 T 恤，整个人散发出一股清新、儒雅的气息。

"您比在百度上的照片年轻多啦。"我说。

"我是 1949 年出生的，与共和国同岁，今年 70 岁了。"他回答我。

我们虽然是第一次见面，但没有陌生感，一见如故。

我跟随张庆涛老师走进了一栋公寓楼，上了第四层。一进门儿，发现里面是楼中有楼的上下两层，有三百多平方米。他告诉我，这是租的工作室，居家就在下面的二楼。画室一个月近万元房租费，房东还想涨价。我开玩笑地说，多画美女，一幅肖像几万元，挣钱可快了。他说，没时间画美女，就手里这些历史画，时间都安排得满满的了。

参观他的工作室，好似走进了一所军事画作博物馆，我在这里看见了最喜欢的几幅画，那是名扬四海的杰作：《出航》《红帆》《检阅》《岁月》《界河》《特级英雄杨根思》《毛主席与抗大学员在一起》《瓦子街战役》《浴血刘老庄》《百色曙光——红七军诞生》《朱德总司令在华野》等，还有他创作的毛泽东、周恩来、朱德、张闻天等领袖人物的油画。与别的画家画的真是有点不一样，他不走光鲜的模式，而是抓住人物与人物所处的历史环境特点。我还看到他一些写生的风景画作，也很不错。

在楼中二层一隅的墙上，贴满了照片、草图、素描稿以及步枪、马刀、油灯、斗笠、85 年前式样的破烂草鞋等实物道具，历史留痕，传递出的都是故事。

不难看出，张庆涛老师是执着于军事历史题材创作的画家。在充满竞争和诱惑的现代社会，像他这样的大画家，还保持着一种淳厚朴实的品质和态度，没有被光怪陆离的市场带偏，真让人由衷地敬仰。

我谈了自己对于画作的理解，张庆涛老师很高兴，他说我看懂了他的画，交流起来畅快、投缘。

张庆涛老师拿出一摞泛黄的手稿给我看，这是很多年前《湘江·1934》构图的草稿。

他向前走几步，转回身对我说："你看，这是我现在正在画的《湘江·1934》。"

原来，眼下张庆涛老师正在聚精会神创作的这幅《湘江·1934》是一幅变体画，已经画了两年了。《湘江·1934》的原作于 2010 年被中国美术馆收藏，我在兴安湘江战役纪念馆看到的是一幅根据原作喷绘的复制品。

恰逢其时，眼前的《湘江·1934》变体画正在深度创作之中，面貌基本上都出来了，这幅画，尺幅略小于在兴安看到的。近距离赏析，油画肌理感更强，更直观，更生动。

张庆涛老师一边用手示意画面，一边向我解说，这里补了一些画面，那里要注意一处留白……这幅变体画，也补了他的遗憾呢。

这是我第三次看《湘江·1934》了，每一次看都有新的感受。这次，我看到了人性的光芒：一位红军战士即将被湍急的江水冲走，说时迟那时快，一只粗壮有力的大手奋力拉拽着他；有位红军战士身负重伤，支持不住突然仰面倒下，其他几位战士一齐伸手撑扶他起来；在抢渡湘江之时，无数红军战士身着的军服渗出一片片殷红，鲜血从他们的额头、肩背和腿脚的包扎带中滴流出来，染红了湘江那一片片碧绿；饥饿疲劳的红军战士正争分夺秒，急奔湘江渡口，浮桥炸断了，会水的战士泅渡，不会水的拽着蹚水前进的战马的尾巴过江……在这支疲惫的队伍中，在生与死的极限挑战中，红军战士相互关怀，相互搀扶，背着伤员、抬着伤员、扛着伤员、扶着伤员，在生命危急关头，在无序混乱中却让出了一条有序的生命通道——让受伤的红军战士先行，惊涛骇浪中一只只有力的大手在向红军战士挥舞召唤，这是红军铁一般的纪律，这是红军战士无言的大爱。

一说到湘江战役，张庆涛老师显得有些激动，他站了起来，说："对这段历史不能无动于衷，湘江战役中牺牲的都是年轻的生命啊。这个战役虽然过去 80 多年了，但一想起在国难当头的时候，如果是你的骨肉上战场了、为国捐躯牺牲了，你不去了解他吗？无论时间过去多长，面对生命永远不晚。只要你成熟了，只要你觉醒了，就要去做你内心世界至今空白的事，只有这样才能安宁、踏实。"

这一席话，或许正是他创作《湘江·1934》的动力吧。我情不自禁抛出了疑问，是什么人什么原因促使张庆涛老师画这幅画。

面对我的提问，张庆涛老师沉思片刻后说："说实话，要从尘封的历史中掀开那场战争撕心裂肺的疮疤，是需要勇气的。"

张庆涛老师立在画前，满怀深情地用手抚摸着自己的画，他说："没有人叫我画，是我自己要画的。湘江战役是真人真事，我就是想让后人知道什么是信仰的力量，什么是不屈的意志，什么是一个民族、一个国家、一支军队的英雄主义。"

今天的中国，正走在为民族复兴而奋斗的新长征路上，对于共产党人来讲，这依旧是一条殉道之路。中国进入社会转型期以来，人们的世界观、价值观、人生观日益多样化，主流的信仰、道德、信念受到了前所未有的冲击，很多社会人群，特别是年青一代出现了精神迷失、信仰坍塌，由此引发了很多严重的社会问题。以艺术的方式引领人们重温老一辈中国共产党人对信仰的坚守、为追寻真理而流血牺牲的艰难伟大历程，就是想记住他们，记住灾难，记住信仰，记住坚强，记住豪迈，记住一往无前，把历史真相告诉后人，告慰他们的在天之灵。

三

为开启藏在湘江战役中的时光密码，唤醒那一段红色记忆，张庆涛老师讲起了创作《湘江·1934》的一笔一画、一点一滴，讲起了一个个画前画后的动人故事和个人的心路历程。

张庆涛，1949 年 2 月生于上海，毕业于上海美术学校、解放军艺术学院，中国人民解放军海军政治部创作室专业创作员，国家一级美术师，中国美术家协会会员，享受国务院特殊津贴专家。他创作的主要是反映部队生活和军事题材的作品。所创作作品入选第六届、第八届、第九届、第十届、第十一届全国美术作品展览（简称全国美展）和第三届中国油画展，获第九届全国美展银奖、铜奖，第六届解放军文艺奖，中国人民解放军建军 75 周年美展金奖等。他的数十幅作品被国家级博物馆和省市博物馆收藏。从 1970 年参军入伍进入海政歌舞团，到 2000 年调入海政创作室至退休，40 余年的海军生涯，使他对这支光荣的部队产生了特殊的感情。张庆涛自信地说：“作为军人，作为军事画家，画军事题材、反映部队生活是我一生的追求。身在军营，不说对党史、军史理论了解多深，但对我军战斗历程中那些著名的战役大致是知道的。”

有一天，张庆涛突然发现，我们的党史、军史中关于湘江战役这段历史的资料很少，然而，发生在 1934 年 11 月下旬至 12 月 1 日的湘江战役，是红军长征途中关键的一次生死之战，影响很深远，教训也很深刻。他发现，还没有人用绘画的形式来反映和纪念这段历史，于是下定决心，想通过历史和现实的思考，回顾这段历史，用军事历史题材作品展现令人震撼的力度。

那还是1987年的时候，张庆涛就开始把心沉下来研究湘江战役这段历史，遍寻军事典籍中记录湘江战役的每一页，从历史亲历者的回忆文章和访谈中寻找着佚失的历史碎片。查阅资料，他首先想到的是解放军出版社出版的“星火燎原”丛书，这是权威的军事典藏，共出版了10集，300多万字。然而，他在“星火燎原”丛书中找到的有关湘江战役的文章，只有3篇，还全是短文。当重新叩问湘江战役这段历史时，他发现，由于历史资料的散失，湘江战役被遮蔽在历史的浓重雾霭之中，人们难以看到那场战役的真面貌。

张庆涛少年时，曾在父亲的书架上看到过一本写红军长征的书，封面是著名画家艾中信画的《红军过雪山》，里面讲了很多长征故事，记忆中那是他最初接触的第一本长征主题的书籍，当他再一次去翻阅时才发现，里面也没有提及湘江战役。

他忘不了小时候课文里，王愿坚所创作的短篇小说《七根火柴》：暴雨倾泻在大草原上，一个生命垂危的红军战士把党证和7根干燥的火柴交给战友，请他转交给党组织，言毕安然地闭上了眼睛。张庆涛崇拜红军就是从这个时候开始的。

我国最早出版的记述长征的书，应属老一辈革命家陈云的《随军西行见闻录》，张庆涛在书中却只找到了一句话与湘江战役有关：“红军在经历了湘江战役的挫折后，很快便舍弃了‘大搬家’的转移方式，不再携带过多辎重，除少数几门迫击炮外，所谓的‘重火力’只有各种轻重机枪。”

百般寻觅之后，让他眼睛一亮的图书出现了——美国战地记者、作家哈里森·索尔兹伯里所著的《长征：前所未闻的故事》，书中不仅记录了湘江战役那段历史的来龙去脉，而且对当时的时代环境、文化，对毛泽东、周恩来、朱德、张闻天、王稼祥、博古、李德等人物的生活、心理、精神、地位和外貌特征及个人习惯、举止、动作、声音、说话方式和说话腔调等方面都有较为深刻的描写，他读后很有感触，对后续创作的影响帮助较大。

书中刻画了1934年秋毛泽东的形象与状态：他患疟疾，经常复发，一病数月，黑发长得几乎齐肩，整个人看上去憔悴消瘦，颧骨高耸，双颊深陷，但两眼炯炯有神。他过江西于都河后，因为身体原因，很长一段时间不得不坐在担架上。当时，和他同行的中央政治局成员是王稼祥和张闻天。王稼祥在第四次反“围剿”中负重伤后，一直未愈，也只能靠担架行军。张闻天身体尚好，一般是骑马行军，工作繁重时偶尔也坐担架。担架因此变成讨论政治的舞台。毛泽东抓住机会与张闻天、王稼祥一起担架挨担架地聊，交流意见，分析博古、李德在军事指挥上的错误，阐述马列主义普遍原理必须与中国革命实际相结合的道理。毛泽东的想法和观点得到了王稼祥和张闻天的认可和支持。

李德是一个让人望而生畏的人，他身高一米八以上，在人群中格外醒目，蓝眼睛，黄头发，大鼻子。他原是来送经费的，送完了之后他希望留下来。通过博古的斡旋，李德就变成了军事顾问。随后，共产国际便分配李德到中国工作。

博古、李德他们进入中央苏区以后，执行的基本上是共产国际这条路线，批评毛泽东的游击主义，他们要打正规战。而实际的情况是，敌我双方力量很悬殊，硬碰硬地这么打下去，必然要失败。由于路线和战争指挥上的失误，中央红军在第五次反“围剿”当中遭受了重大的损失，后来不得不进行长征。在湘江战役中，国民党重兵围堵，中央红军伤亡巨大，红军广大指战员对主导决策的李德和博古十分不满。

从这本书里，张庆涛第一次比较系统地了解到，中国共产党和中国工农红军的领导者毛泽东、张闻天、周恩来、朱德、刘伯承、博古……他们无不是胸有万卷、下笔雄浑，他们都有“问苍茫大地，谁主沉浮”的伟大志向和抱负。

张庆涛通过对湘江战役这段历史的找寻、考察和感悟，积累了素材，为创作《湘江·1934》提供了活生生的角色形象。构思《湘江·1934》，关键是人物的刻画，尤其是红军领袖人物的心理刻画与形体塑造，这既是历史的聚集点，也是艺术的难点，必须突破以往刻画革命领导人的常例，让历史说话，要将毛泽东、周恩来、朱德、博古、李德、张闻天、王稼祥等中央红军的主要领导人，置身于红军艰难前行的队伍之中，置身于革命濒于溃退的危境之下，置身于同一错落的构图里，形成一种戏剧性冲突的矛盾旋涡，让他们有血有肉地站在人们面前，流露出真实自然的情感，画面上每个人物都要准确刻画，表达的情绪都要有微妙的区别。博古、李德在党史上存在一些争议，但表现在艺术上，绝不能流于自然主义的再现和脸谱化的程式，而要在时代和历史的大背景中去思索人物的心理状态。

20世纪80年代末，湘江战役相关的回忆文章陆续出版，张庆涛进一步了解湘江战役更多的史实，对这些文章做了深入细致的梳理与学理升华，从哲学的高度来审视这段历史和这场惊天动地的血战。这是一条难以跨越的江，为过这条江，为了保护中央机关和红军主力大部渡过湘江，每时每刻都有人牺牲，把生命永远地留在了湘江东岸这片浸满鲜血的土地上。

在灌阳县湘江战役烈士陵园里，花岗岩石碑上刻着湘江战役中牺牲的战士名字，我躬身一一看过，大多是这样的一些名字：赖老石头、马二二、陈三俚子、吕太阳妹、李矮六、戴七子、李四古佬……看着这些名字，仿佛就能看到他们贫寒的出身——父母连给他们取名字的能力都没有，但他们有着和我们一样的血肉之躯，一样的对生命的热爱。在那个战火纷飞的年代，他们十几二十岁的稚嫩生命俯身下去，将自己的身躯铺就成为滚滚车轮前行的生命之路，让后人在滂沱的泪水中回忆。

四

历史与现实交汇的触点已经触碰到张庆涛敏感的神经，他得出了自己的结论：一条湘江，一片战火，一次战役，承载的绝对不仅仅是两支军队的厮杀，那是两个政党、两个阶级、两种命运、两种信念的尖锐冲突和紧张抉择……所有矛盾，所有可能改变中国历史走向的因素，多方位、多角度地横陈在这一条湘江之上，定格在1934年冬天的这个节点，成为20世纪中国历史轰隆作响的“沸点”。悲剧不一定是史诗，但所有的史诗一定具有悲剧性。古往今来的优秀绘画作品，实质上都是画家心灵深处的呐喊。他壮士断腕般下了决心：无论前面荆棘丛生还是泥塘沼泽，也要“突围”，在有生之年一定要创作一幅反映湘江战役的大型油画。

有朋友劝张庆涛，不要去触碰那段历史，湘江战役少有人提及，不好定论；有画家给他建议，“要画也不要画领导人进去”；还有人干脆说“湘江战役是一次失败”……对后一种说法，张庆涛直接怼回去：走过去就是胜利！

张庆涛准备把自己也画进去，安排在抢渡湘江的队伍里，他说他也是一名战士——要么前进，要么退缩，没有第三条路可走。他选择了，准备了，就不后悔，这就是他的性格。

担当与责任，信念与勇气，当年红军战士用鲜血铸造的品质，也在考验着张庆涛。他说，历史本身具有复杂性。如果我们去回避这些复杂性，纯粹地去表达一个战役，那就显得非常幼稚了。湘江战役，是一段历史，需要两个维度的思考，一个是对历史的深思，一个是对现实的深思。

张庆涛也尝试过不把高层领导人画进去，但看草图就感觉不行，太平了。中央红军的领导一定要画进去，而且还要把这几个处于旋涡中的人物的各种心态全部画进去，通过毛泽东、周恩来这些人物散发出革命前途的命运气场，才有方向。

这幅作品构图上最大的特点就是避虚就实。在创作过程中，他一次又一次在心头布局，构思一幅又一幅草图，安排一个个人物，既把自己化作伟人又把自己当作士兵，既把自己作为指挥家又把自己看成搬运工，既把自己看作艺术家又把自己当作工匠，既宏观布局又细腻入微，把握好主要人物的原型还有士兵的动态、神态的特征，还有中景远景的人物，所有人物的安排都是经过深思熟虑的，比如周恩来叉着腰，朱德手里还提着冲锋枪等。

他也坦诚，他的儿子看到他在画湘江战役这段历史，开始也不理解，还认为有点“学究”，问他为什么不画点流行的。后来，他有意识地给儿子讲了当年的战役后，儿子就觉得这个主题有意思，这些画很珍贵了。

五

2000 年，张庆涛就构思出了第一幅草图，当时名字叫《中华苏维埃共和国的迁移》。2006 年，中共中央宣传部、文化部、财政部联合主办的国家重大历史题材美术创作工程启动，他将这一选题进行了申报。他坚信，湘江战役不仅是红军长征一个重要环节，更是中国革命史上不可逾越的重大历史事件，必须以“画史”的形式呈现出来，昭示后人。

张庆涛的构思与草图，得到了国家重大历史题材美术创作工程专家组的认可和支持，但专家们也提出了许多细节的问题，这当然难不倒准备了 10 余年的张庆涛，他都一一做了回答。他充满信心，已经酝酿了很多年，在长期的积累中，那些军事场面，那一个个生动的故事，久而久之就化为场景、人物，成为自己笔下的一幅幅草图。他回忆说，申报创作工程的选题有 100 个，他报的红军长征《湘江 · 1934》这个选题居然通过了，他很兴奋。

当时在文化部工作、现任中国美术馆副馆长的安远远是这个项目的负责人之一，对于《湘江 · 1934》给予了充分的肯定和鼓励。

2007 年，国家重大历史题材美术创作工程项目组在北京金台饭店召开了第二次草图审查会议，评委对所有的画家提出要求，每人用三分钟谈自己的画，并接受评委的随机提问。有一个评委对张庆涛提了这样一个问题：“你考察过朱德拿的是什么枪吗？”

评委们很厉害，张庆涛也不怵：“按照道理讲，应该拿驳壳枪，但朱总司令拿的是 MP-18 冲锋枪，是德国造的那种，这说明当时情形十分危急，说明战争惨烈到何种程度了，连总司令都要冲上战场，都要拿起武器跟战士一样拼杀了……”

张庆涛说，评委们看问题的确是比较细致犀利，连草图上那些丢弃的书籍、马灯、储物用的木柜子等，都一一查问，一丝不苟，都要符合逻辑。

经过充分准备，无数张草图有了，张庆涛开始向艺术的高地冲锋。他手持画笔，犹如冲锋的战士，向着一幅宏大而又洁白的画布“破门而入”，出神入化地穿越于那血与火的湘江战场。可这次冲锋，一冲就是五年——因为这不是一张普通的画，展现在他面前的是长篇叙事性史诗般的作品，要细致描绘。

张庆涛不无感叹地说，“门里门外”真是不一样的两个世界、两种景象。当他回到“我”的世界时，感觉真好，画累了，放松一下眼球，去超市逛逛，不一定买东西，只看看琳琅满目的商品，应有尽有，吃的各式各样，穿的五彩缤纷，感受物质的极大丰盛。而在另一个世界，湘江战役里，那是血与火的炼狱。出入这两个世界，他感慨万千。

张庆涛的脑海中已经有了图景，他踌躇满志地前往广西。

他告诉我，那是 2007 年 12 月初的一天，本来是想在 11 月 25 日到广西的——1934 年的 11 月 25 日，中革军委发布了强渡湘江的命令。但因为处理一些具体的事务耽搁了行程。张庆涛一个人背包去了桂林兴安。他坐在湘江边，当年的渡江遗址上，久久思索。

他在三官堂周围看一看，在浮桥上走一走，面对眼前湘江的滔滔江水，多年的研究多年的积累一触即发，灵光乍现，画面上的构思与人物全部涌现出来了，他找到了自己想要的画面：视角几乎从正面展开，红军行进在浮桥上，浮桥的斜线牵拉出一种紧张的动荡感，奔突而来的红军队伍一团团拥来，在浮桥的桥上桥下纠结起伏，在激荡波动的江水中互相拥挤、碰撞。毛泽东在中心偏高的视平线上，行进在红军队伍里，他任中华苏维埃执行主席、中央政治局委员，但早已失掉军权。把毛泽东的位置放在“中心偏高的视平线上”，既考虑到视角，也是有隐喻、有潜台词的，毛泽东预示中国革命、中国红军的未来。

《湘江·1934》采用了油画叙事史诗性表现手法，从古典绘画里吸取了很多东西，表现的是同一时间、固定视域、复杂场景、宽大纵横空间和众多人物活动的场面，但它绝不仅仅是一个场面，构图上要凸显人物的强烈动态和紧张内心，要呈现重要历史节点上的特定人物角色和危急关头的场景气氛，要判断与定位真实物象与画面点、线、形、色的安排，使之占据恰当位置，相互呼应，达到历史真实性和画面完整性的协调统一。

有人问张庆涛为什么不先去深入生活。他明确回答，深入不了。没有扎实的准备，到了湘江边只是去看风景了。画面上的故事是由画家编，但是不能胡编。要有深厚的历史基础和文化功底，才能在创作中给予绘画对象准确定位，而不仅仅是生硬地去做历史事件的解读。

六

张庆涛对我说："你能看懂我的画，我很高兴。"

他示意我注意：画的左上方，李德与博古并排放在一起，他们俩是投合的，都是马列理论懂一点，相互支持，个人主义当先，听不进别人意见，他们即将走出历史舞台。

李德的动作略显失态和木然。一个外国人，来到中国，有了用武之地，开始指手画脚。一个蓝眼睛的外国人，从未指挥过大规模战争的老外，纸上谈兵，指挥湘江战役，不懂中国国情，不懂敌强我弱的实际形势，不会利用敌人之间的矛盾，让中央红军付出了惨重的代价，但不能把他画得惊慌失措、抱头鼠窜，他毕竟是经历过城市"堡垒战"的一个人。画中李德的表情稍微有些愣，也可能是因为身边那匹受惊的马而产生的本能反应。

我看到了那匹在江中受惊了的马，马脖子使劲儿往后仰，前蹄子高抬，双眼上翻，瞪得老大，鼻子里仿佛哼哼地连叫着还打着颤音，两个战士在使劲地拉着缰绳。

博古内心应该充满了痛苦，他在无法接受的失败面前表情沮丧。作为当时党的主要领导人，他在路线和战争指挥上的失误，是中央红军在湘江战役遭受巨大损失的根本原因。博古当时才 27 岁，作为一个知识分子，没经历过这样大的战争，心理状况也是非常复杂的，湘江战役死了那么多人，他也感到痛心。很多画家在画博古的时候，更习惯于把他放在一种比较阴暗的角落里，抽着小烟斗，情绪不稳定。

张庆涛坚定地说，尽管博古犯了错误，但是他仍是个坚定的共产主义者，对这个一定要明确，不能把他画成一个反面人物。

张庆涛又把手指向画面，示意我看担架上的人：那是王稼祥，他在第四次反“围剿”的时候遭遇国民党飞机轰炸，肠子都出来了，所以他一直是插着管子在担架上长征的。王稼祥神情憔悴疲惫，在严峻的现实面前收敛了往日的凌厉与豪情。在毛泽东看来，如果没有王稼祥的支持与信任，根据地第二、三、四次反“围剿”要取得胜利，那是相当困难的。王稼祥是有功的人，他是在教条主义盛行的时候第一个站出来支持毛泽东的人。

我也注意到了另一种表情——那属于周恩来和朱德！

面对狂轰滥炸的敌机以及眼前毫无防护的战士，朱德手提冲锋枪，身体语言中投射出紧张感、危机感。而周恩来在混乱拥挤的渡江队伍中依然履行着他的职责，他是愤怒而孤独的，深邃的目光里露出潜忧、焦虑、内疚混合的复杂神情。

红军长征初期，周恩来是党和红军最高领导核心“三人团”中的一员。但“左”倾错误的推行者李德、博古独断专行，周恩来只负责督促军事计划的实施，处于辅助地位。湘江战役之后，面对红军遭受的严重损失，党和红军中对“左”倾错误领导的不满不断滋长，要求改变错误领导的呼声也越来越高。形势的发展，已将周恩来推向处理危局的中心地位。

在画的中央深处，我看到一缕云光正照在毛泽东的脸上，他拖着病躯，拄着棍子，长发飘散，神色苍茫，面容上充满对红军前景、对革命前途的极度忧虑和痛苦思索。

“这一束光用得非常的巧，用得好。此时无声胜有声。”我说。

张庆涛回到座位上，点起一支香烟吸了一口，说道：“你的感觉是正确的。”他说，其实，湘江战役中的毛泽东身体还未完全恢复，对中国革命的忧虑与无奈、痛心与茫然的情绪也都有，他在混乱的渡江人群中艰难行进着，但仍不失他的伟岸与坚定、信心与信念。昏暗的天空中划过一道亮光照在他的身上及周围，这一束光，是一种信仰，有一种来自未来的启示感。

在创作历史题材作品的时候，最关键的是要把握好尺度。张庆涛理解中的毛泽东，实际上他一路走得非常困难，很多时候是被抬在担架上走的，偶尔也下来走一走。有人说画毛主席“要骑着马在红军队伍里，要喊着‘同志们快点撤，快点到江边，把坛坛罐罐都扔了’”，这就过了，用力过猛了。

湘江战役损失惨重，部队打得这么艰苦，这与中央纵队的“大搬家”有关，红军为庞大的搬运辎重队伍和那些坛坛罐罐所累，失去了渡江的有利时机。后来，为了突破湘江，就减轻了负担，红军挑夫一路挑来的文书或被撕碎或被烧毁，不能给敌军留下。

张庆涛指着画面右下方让我细看，并告诉我，战场上散乱的线装古书怎么摆放，是摞起来还是倒下去，是散开的还是堆叠在一块，燃烧着的《孙子兵法》，还有踢翻的马灯等，这些细节都要去琢磨，既要考虑到画面构图的美感，又要符合当时情景。

我俯身近观，发现一本线装书封面上还印有“太公兵法”字样，那盏马灯也表现得十分具体。原来画上的那个马灯是中国式的，桂林市兴安县作协的吴海峰到北京来见到了张庆涛，告诉他兴安那里有一个湘江战役遗留下来的德国马灯。张庆涛就在画面上做了修改，用一下德国马灯也有意思，湘江战役主要领导人李德就是德国人。

我们又重点看了几个人物特写。张庆涛指着画面上跟在李德、博古后面的一个挑夫，说：“他可能只是个挑夫，可能有觉悟，也可能没有觉悟，一天到晚地跟着队伍跑，伤亡这么大，也是有想法的，‘前面这两个家伙究竟要把红军带到哪里去啊？’眼神看着李德、博古，透露出对他们持怀疑和讨厌的神情。挑夫旁边的两个人也在嘀咕，脸上也有怨恨但说不出来，有所控制。”

在毛泽东旁边的是张闻天，在张闻天的侧面是一个红军战士，他紧紧盯着头顶上的天空，一副惊恐不安的神情——面对敌机轰炸，谁都怕，这是本能的反应。

张庆涛问我：“你注意到画面上人物的眼神是‘散’的吗？”

是的，我也注意到了，画面上人物的视点是散的：这个红军是往右边看的，他在看毛泽东，心想怎么不按毛泽东的军事思想走？那个红军是回过头来的，在挥手招呼大家加快脚步赶快走；而这位红军，很明显是往左边看的，是见到马受惊时的瞬间反应；毛泽东、周恩来、朱德、王稼祥、张闻天的眼神都不固定在一个视角，画中人物有仰有俯……所有这些，从全局上来看，用绘画的术语叫“顾盼”。顾盼既要符合个人的身份，又要在此情此景中合理地安排。事实上，每个人都有不同的忧虑、彷徨，有各种的恐惧、迷茫，这个要画得出来，就画出了人性。他们也许在想家里的牛，想家里的地，想家里的房。他们还会想父母。大部分的红军战士都出身贫寒，他们有着和我们一样的身躯、一样的热血，一样地感受冷暖饥饿，一样地惧怕伤痛和死亡，一样的有爱有情，他们是有血有肉的人。经历了这么大的惨败，他们不是神，他们会有想法。但，铁流朝着一个方向在奔突，从东向西，强渡湘江，意志毫不动摇，要抢渡这个生死绝地，坚定地跟着中国工农红军走，这就是信仰的力量。

特别值得一提的是，张庆涛还画了一幅油画《湘江！湘江！》，是以周恩来从西岸往东岸看为视角的，与《湘江·1934》这张画是相对应的。这幅画已被中国中共党史学会收藏了。

原来，在画风的深处，隐藏着湘江战役这么多的秘密。

七

也有人问张庆涛："张老师，红军队伍里的人怎么穿什么的都有？你肯定你画的是真实的吗？"张庆涛回答："这就是一个穷人队伍的经济状况，不必回避。共产党穷成这样，不可能都穿得整整齐齐的。"

有人采访他，问："你怎么还原历史？"

"我还原不了历史！"他说，"这是反映历史的画面，不可能还原80多年前的湘江战役，当时红军队伍里连一个相机都没有，更没有留下照片，唯一留下的有关湘江战役时期红军的影像就是白崇禧主导拍摄的《七千俘虏》，是桂系的士兵穿上红军的破衣服拍出来的电影，骗蒋介石呢。但是我们可以用心体会，可以触摸，可以感动于那段不可磨灭的真实的历史。"

《湘江·1934》是画家忠实于史实与历史体验的成功作品。历史体验来源于生活体验但不同于生活体验，它要求艺术家具有超人的历史洞察力和感受力，这两种能力，张庆涛都拥有。

张庆涛也有他的遗憾。他没能按项目计划完成《湘江·1934》，这幅作品错过了2009年"向祖国汇报——庆祝中华人民共和国成立60周年系列文艺活动"的全国重要展览。他不愿受制于展览的期限，而为自己的心血之作草草收场。他严谨踏实的创作态度，获得了专家组和主办单位的尊重与理解，特许他继续执行项目，支持他继续画下去。在随后的一年中，张庆涛铆足了劲，夜以继日地画，一丝不苟地画，以千锤百炼的工匠精神打磨，深钻，整个身心置身在湘江战役那血与火的世界里，以当代人的思维，以一个军人的虔诚，去与湘江战役中的红军战士对话、交流，把民族血脉、理想气质、文化素养、对祖国未来的期许化作万顷洪波和五色油彩，豪迈地泼洒在洁白无瑕的画布上，要为红军战士，特别是那些在湘江战役中牺牲的英烈献上最圣洁的艺术佳作。

终于，在2010年6月2日，张庆涛画完了《湘江·1934》的最后一笔，历时五年时间，完成了国家重大历史题材美术创作工程项目。就在完成的当天，运输车就把这幅画拉走入库。然而，就在这幅画被拉走的第二天，张庆涛便躺在了海军总医院的病床上，医生给出的诊断是"脑梗"。他说，他的身体在2009年已经出现状况了，看东西有双影，走路晃晃悠悠，还要扶着点，但是画没画完，就拼命地赶。最后一年的创作，也是最后的冲刺，他是在"一个人的战争"中奋战，胸中有团火，不知疲倦，最后身心极度透支，终于支撑不住了。

他的夫人——中央歌剧院著名表演艺术家、导演李丹丹告诉我，张庆涛从2000年开始进入创作，可以说每天考虑的都是血火之中的湘江，这已经变成他的工作常态，他自己都没意识到，整天失魂落魄，一脸苦黑色，满脑子想的就是湘江战役中的那些人物。

张庆涛告诉我，画大历史画的周期长，少则一年，多则几年，没有玩的工夫，一天要完成多少东西自己心里要有数，要从心里出发，要用心做事，才能抓住观者的心——先感动自己，才有可能感动别人。他对《湘江·1934》饱含深情，从头到尾都贯穿了一个"情"字，这个"情"是对历史的钻研之情，一页页地去翻找素材，一翻就是数年；这个"情"是对这幅画的创作之情，透支生命以至差点送了自己的命。从这个角度说，《湘江·1934》是生死之作，画家绞尽脑汁，不仅心中有千军万马、千山万壑——这段历史、人物、场景及蕴含的力量及命运思考等，全要在"这一瞬"刻画反映出来，还要有扎实深厚的绘画功底，才能下笔如有神。

张庆涛发自肺腑地说："我面对的就是一群为了主义、信仰而奋斗的人们，我为他们对信念的坚定执守而感动，战栗。它让我摆脱了俗世的喧闹，去叩问无言的山水，寻找远逝的伟人，让我在寂寞中与这些伟大的灵魂对话，倾听他们在死亡面前对历史是非、真伪的考论。在这悲剧性史诗画面中，透射出理想之光、信仰之光、希望之光，在中国工农红军踉跄蹒跚的身影中，蕴藏着的是巨大而坚韧的力量。"

湘江之战，是一首最壮丽的史诗。红军战士的英勇奋斗为革命保存了珍贵的火种，并促成遵义会议的召开，使得中国革命转危为安。在年轻而坚强的红军战士身上，我们感受到信仰逼人的灼热。《湘江·1934》撕开疮疤给人看，获得的是穿越这些混沌、疼痛、伤亡的希望，以及更加坚忍的意志。画家的审美创造直逼人性，有超越时代的特征，有生命力的呼唤。

《湘江·1934》这幅画，实际上画的就是中国共产党人的信仰。所以，回到画这幅画的初衷，传递一个信仰，才有了《湘江·1934》这幅令人叹为观止的经典之作。

告别的时候，张庆涛老师幽默地说："今天、昨天和前天，你身着不同的长裙，穿穿梭梭，前前后后，东问西问，仿佛在《湘江·1934》画中进进出出，行走在红军队伍里面……"

我说："是啊，重走长征路，我从《湘江·1934》里看见了中央红军抢渡湘江的悲壮辉煌，追寻那段惊心动魄的峥嵘岁月，进一步挖掘了这段史诗般的精彩华章。"

一路采访，一路体会，一路悲壮，一路感动，涤荡心灵。连日来，每当入夜，我都辗转难眠，思绪一次一次地被飞驰而过的红军抢渡湘江的情景带走，久久不能摆脱心头的沉重与忧伤，我将会以另一种形式，学习张庆涛老师，开始一场属于我一个人的"战斗"，奋笔疾书，为在湘江战役中为国捐躯的那些最可爱的红军战士谱写心灵的日记。

《湘江·1934》，我要把你请进互联网，让更多的朋友赏读到你的伟岸与骁勇，因为你不仅具有极高的艺术审美价值，而且"点睛"了湘江战役中最精彩的"一瞬"。

作者简介：

董晓燕，北部湾文学院院长、北海市作家协会名誉主席、中国作家协会会员、中国评论家协会会员、中国散文家学会理事、广西作家协会理事、广西散文学会副会长、《北部湾文学》主编；所著散文集《大海不告诉你》获第五届"冰心散文奖"（散文集），长篇报告文学《虹起北部湾》入选中国作家协会2015年定点生活扶持项目。

永不磨灭

⊙ 蒋忠民

我们说，长征是历史纪录上的第一次，长征是宣言书，长征是宣传队，长征是播种机。

——毛泽东

2019 年 4 月 25 日晚，灌江边，一场突如其来的暴风雨将江边杨柳吹得狂飞劲舞，天边的雷声一阵接一阵地震响。我们几个文友谈论着当天上午在新圩酒海井和杨柳井的李天佑指挥部所见所感。诗人拓夫从手机里翻出 3 年前写的一组诗，让我给大家读。

读到“现在看地图 / 当年红军 / 明显绕了好多远路 / 疲于奔命 / 还能在老百姓墙上 / 刷标语”，我的心突然颤抖了一下。

书写标语，是湘江战役中红军向民众宣传革命主张的主要手段之一。长征开始之初，1934 年 10 月 9 日的时候，中国工农红军总政治部就发出指令，要求各军团“保证部队与群众的正确关系，加强地方工作与资材的收集，坚决与脱离群众破坏纪律的现象斗争”，明确提出“在墙壁上多写标语口号（居民的和告白军士兵的），特别要根据当地群众迫切的具体的要求，提出斗争口号”。当中央红军兵分四路进入广西向湘江进发之际，1934 年 11 月 25 日出版的《红星》报转载《战士报》的《实行连队写标语竞赛》：“一、凡是能写字的战士每人练习写熟一条至十条标语；二、每人每天都写一条至五条标语；三、标语可用毛笔、炭灰、粉笔、石灰块等书写（不管字的大小）；四、凡是宿营地及大休息地方的墙壁都要写满标语。”湘江战役中，中央红军经过灌阳、全州、兴安、资源、龙胜，沿途写下了数千条乃至上万条标语。85 年风雨过后，还有一些标语能够保存下来，堪称奇迹。作为历史的亲历者和见证者，红军标语对于我们了解那段血雨腥风的历史，了解红军精神，有着不可替代的重要意义。

也许是自己孤陋寡闻，笔者之前看到的关于湘江战役的所有文字里，对于红军标语少有提及，更缺乏探究的文字。有鉴于此，我开始了寻找红军标语之旅。

往事未必如梦，青山依旧在，几度夕阳红

1

永安关，人称“湘桂第一关”。关东北为湖南道县，关西南为广西灌阳。

湘桂古道从永安关下来到桂岩分为两条，左边经桂岩、岩口往玉溪、月岭方向，右边从大湾绕过，穿过唐家田直到江西渡。

玉溪村在岩口与月岭之间，一条古道从村边穿过。1934 年 11 月 27 日至 29 日，中央红军总政治部就驻扎在玉溪村。

湘江战役研究学者何成学认为，红军长征时期有约三分之一的时间和行程是在少数民族地区，其中广西的桂北地区（当时的灌阳、兴安、全州、龙胜）是中国共产党和红军长征中进入的第一个少数民族聚居地区。灌阳、全州、兴安主要是瑶族和苗族，龙胜则有瑶、苗、侗、壮

族等。中央红军取道西进，突破湘江进入西延山区能否得到桂北各少数民族的理解支持与拥护，以顺利西进，事关重大。

突破国民党反动派第三道封锁线之后，中央红军继续西进，即将进入湘桂少数民族聚居区。1934年11月19日，中国工农红军总政治部制定了《关于争取少数民族工作的指示》，告诫各军团高度重视少数民族问题，以保证顺利实现红军西进战略任务。

1934年11月25日，中共中央和中央军委下令，兵分四路进入广西，准备渡过湘江，进入西延山区。进入广西之前，中国工农红军总政治部对广西桂系军阀动向进行了研判，针对李宗仁、白崇禧压迫群众修马路、修炮楼、参加民团来抵御中央红军经过的情形，拟定了12条标语：反对李宗仁白崇禧吸取民间现金！大家团结起来不用不兑现的金库券！反对李宗仁白崇禧使用金库券！反对李宗仁白崇禧强迫群众修炮楼！大家团结起来不去修炮楼修马路！不替李、白军阀修炮楼修马路！反对强占民田修马路！反对李、白军阀强迫群众当后备队！打倒强迫群众当后备队的李宗仁白崇禧！强迫群众当后备队就是拉丁勒索！反对财户的重租重息，实行不交租不交税！反对李宗仁白崇禧压迫瑶民修炮楼！

这12条标语散见于红军长征过桂北所经之处，集中见于文市唐家田唐荣济家的墙上。

在中国共产党和红军的革命思想影响下，1932年至1933年，爆发了桂东北瑶民起义。起义风暴遍及全州、灌阳、兴安、龙胜、平乐、荔浦、蒙山以及湖南省的江永、江华。在瑶族首领凤福山率领下，灌阳县瑶民曾两次攻打灌阳县城。国民党广西省政府采取各种手段，将瑶民起义残酷镇压了下去，久经磨难的瑶族同胞怀着夜半三更盼天明的心情，盼来了中央红军长征从灌阳经过。为躲避国民党反动派迫害而藏身文市与水车之间一个山村的瑶民起义首领凤福山，派青年瑶民奉永太到文市寻求红军帮助。[1]

1　见彭加伦回忆录《苗人的神话》。广西人民出版社2006年9月出版，中共广西壮族自治区委员会宣传部编《红军长征过广西纪实》第235至236页。

凤福山派人寻求红军帮助的事，引起中共中央和中央军委高度重视。1934 年 11 月 28 日，在新圩、脚山铺、光华铺三大阻击战相继打响之际，中国工农红军总政治部在文市玉溪村祠堂召开了关于如何做好桂北少数民族工作的会议，讨论制定了《关于瑶苗民族工作中的原则指示》和《关于对苗瑶民的口号》（十三条）[1]，为中国共产党和中央红军在长征途中做好少数民族工作提供了理论指导和政策依据。《关于瑶苗民族工作中的原则指示》和《关于对苗瑶民的口号》（十三条）在 11 月 29 日出版的《红星》报上全文刊登，让每一个连队都迅速知晓并严格贯彻执行。而《关于对苗瑶民的口号》（十三条），则将《关于瑶苗民族中工作的原则指示》以标语口号的形式落地化。

2013 年 10 月，灌阳县文市镇玉溪村文氏祠堂被确认为“中国工农红军长征时期制定民族政策遗址”。

2019 年 6 月初，我再次踏进玉溪村文氏祠堂。

曾多次与其擦肩而过，一直不知道这里曾经产生过湘江战役中乃至中央红军整个长征中如此重要的文件。不仅是我，好多当地人都不知道。

祠堂门口，“中国工农红军长征瑶苗民族政策确定遗址”竖牌在阳光下金光闪闪。两侧的柱子以及祠堂里面的柱子上被撕掉一截的对联显

---

1 《关于对苗瑶民的口号》（十三条）：“1. 实行民族平等，在经济上、政治上苗人与汉人有同样的权利！ 2. 实行民族自决，苗民的事情一切由苗人自己解决！ 3. 苗人的首领由苗人自己选举，不要国民党军阀委派！ 4. 苗人下山来与汉族工农共同□□□□土地财产！ 5. 帝国主义、军阀、财富者是汉（族）工农与苗族共同的敌人！ 6. 苗族与汉族的工农起来共同扫平国民党军阀的统治！ 7. 反对苗汉民族的对立，只有苗族与汉族的工农一体，同心打倒共同的敌人，苗族才能得到彻底的解放！ 8. 苗人自己武装起来，反对国民党军阀的压迫屠杀！ 9. 收缴国民党军队及民团的枪械，组织苗族自己的红军！ 10. 共产党是主张民族平等、民族自决、解放弱小民族的！ 11. 红军是推翻国民党军阀统治的唯一武装力量，欢迎苗族兄弟加入红军！ 12. 反对李宗仁、白崇禧和何键对苗人（瑶人）的一切苛捐杂税和差役！ 13. 苗民要得到解放，不但要扫平军阀、财富者的统治，同时要肃清苗族内军阀、财富者的奸细！”

示，前不久这里举办过婚礼和宗祠联谊仪式。

站在祠堂大厅，我竭力想象从历史文献资料中读到的《关于瑶苗民族中工作的原则指示》诞生的情景。

62 岁的村党支部书记文汉贤指着祠堂天井左侧靠厢房板壁放着的那张四方桌，说这就是当年红军在祠堂开会用过的桌子。桌子一米五见方，是旧时桂北农村大户人家或者祠堂里常见的那种用樟木或上好杉木制作的大方桌。这种大方桌，一般在家里的神龛下面摆放祭奠祖先的供品，或者在祠堂里宗族集会议事时摆放供品。

红军离开玉溪村之后，这张桌子便留在祠堂。“文革”时期，有村民怕桌子被毁坏，搬到家里的老房子楼上收藏了好些年。县里面来挂那块牌子时，这张桌子又搬回了祠堂。

四方桌已经很旧了，最初的油漆早就脱落不见一丝痕迹，但四方桌依然很结实，放到祠堂任何地方，都四平八稳。前几年村里对祠堂进行了一次维修，文汉贤说，当挂上了“中国工农红军长征瑶苗民族政策确定遗址”牌子之后，村民就知道这个祠堂不单是属于玉溪村文氏宗族了。

2

1984 年湘江战役五十周年时，中共桂林地委党史办曾经抢救性地拍摄过现存的红军标语，这些照片汇编成《红一方面军长征过广西现存标语影集》，收录了保存在灌阳、兴安、全州、资源、龙胜等地红军所经过之处尚存的红军标语照片，仅有 72 条。

唐家田是红军标语保存下来最多的地方，72 条标语中，唐家田就有 46 条。

2014 年 9 月，由中共桂林市委、桂林市人民政府共同组建的桂林市历史文化保护利用工作领导小组总策划，中共桂林市委党史研究室组织承担，完成了《桂林历史文化资源调查（复核）工作资料集成——红军长征过桂北（民国文化）专题》，清楚地告诉我们，红军在灌阳县内三次过境，在沿途的王道、勒塘、阵北、桂岩、岩口、文市、西就、瑶上、东流、德里、苏江、水车、宾家桥、平田、新卫、立湾等村屯墙壁上写下了大量革命标语。事后大部分被国民党破坏，剩下的大部分或受风雨侵蚀，或因村庄变迁而被损毁。1994 年调查时尚有清晰可见的标语 59 条。但因标语大都依附于私房墙体，随着私房改建拆迁，标语消失，至 2014 年，全县剩下的红军标语不到 10 条。

湘江战役距今，尚不到百年，我们其实有能力做得更好。

在桂林市档案局采访时，一位科长说过的两句话给我很深的印象。一句是“我到档案局工作了 16 年，你是第一个来询问红军标语保存情况的作家”，还有一句是“现在要看到红军标语的原件原物就如此难，五十年或者一百年后呢”。

2016 年，红军长征胜利 80 周年时，桂林市档案局配合桂林市委宣传部，在桂林博物馆举办的纪念展览上，展出过该局这些年陆续到各县拍摄回来的部分红军标语照片，吸引不少市民观看。好些老同志看到这些红军标语照片，禁不住热泪盈眶。

风雨无情，唐家田的红军标语可还安好？

唐家田由唐音村、下唐家、老田心村和上田心村组成，属灌阳县文市镇管辖，村民都姓唐。村子之间屋舍窄巷交错相连相通，有 4 口古井 4 座门楼，每座门楼前都蹲踞一对石狮子。各村分别有自己的祠堂，还共有一个唐姓宗祠，宗祠两侧各有一座门楼。房屋格局基本上都是坐北朝南，典型的明清桂北民居建筑。

自文市有建制以来，行政中心就在唐家田，只是人们一般知文市而不知唐家田。走进唐音村门楼不远，村民唐光顺的老房子墙壁上，清晰可见的字有三竖行，从右到左依次为“行打土豪”“灾民只有”“才是□路”，前后的字均已被屋檐滴落的雨水严重侵蚀，辨认不出。标语左上角，依稀可见一个蓝色的框，有“灌阳县重点文物保护单位”“灌阳县革命委员会一九七六年十月公布”字样。屋檐、瓦当应该是文物保护单位更换过，全部为白色的。可惜屋檐太短，几乎贴着后墙，从屋檐汇集落下的水还是明显滴落在墙上。按照 1986 年广西人民出版社出版的《红军长征过广西》所记录的红军标语对照，这面墙上的完整标语内容应该是：灾民只有暴动起来才是生路！实行打土豪！

一位过路的村民叹息，这还是好的了，其他标语几乎看不见啦！

《红一方面军长征过广西现存标语影集》称："灌阳县文市唐家村唐荣济家门口墙上，保存了红军书写的大批标语，这是现存红军标语最多的一版墙"。90 多岁的唐荣济躺在床上，意识不清醒，已经不能表达自己的意思。唐荣济的侄子、67 岁的唐有生指点给我们看：喏，路边那开了窗户的就是，前些年拆了，墙重新砌了。

这面保留红军标语最多的墙，拆了，没了。进入广西之前，中国工农红军总政治部专门拟定了针对广西情况的 12 条标语，集中写有这 12 条标语的，只有这面墙。

湘桂古道从老田心村祠堂前面通过。祠堂大门锁着，外墙全部被重新粉刷为土黄色，屋顶的瓦翻盖过，瓦当多为白色，与唐光顺家那座房子的一样。村民告诉我们，这是县里来修整的，说这里当年曾经做过红军的指挥部。

紧挨着祠堂的房子墙壁也粉刷成与祠堂一样的颜色，房子里面也重新由县里面整修过，柱头、可以打开的中堂、一些窗棂，明显看得出修补或者替换的痕迹。这座房子照墙外面，便是保存下来的最大的一幅红军标语。标语写在青砖墙壁上，从右到左，两个字一竖行，每个字一尺见方，如今已不是很清晰，需努力辨认。我们正在辨认，村民唐雄艳从路的另一侧屋子里出来，一口气将标语内容念了出来：中国有力抗日！只有国民党卖国贼才说中国无力抗日！红政宣。

唐雄艳告诉我们，标语最初是黑色的，后来被填为红色，再后来填为蓝色。好几年没人填写了，就成了现在看到的样子。

几十年来唐荣娥带了不知多少拨人来看这些红军标语。读初中时老师带他们在村里的红军标语前接受爱国主义教育，后来，她带领外来人参观这些保留下来的红军标语，俨然成为这些标语的守护者。从年轻守候到年老，今年 76 岁的唐荣娥有心却无力，只好眼睁睁地看着这些红军标语一天天消失。村民大多在外围修了新楼房，老房子没人住了，缺少人气，很快就坏咯。唐荣娥言辞间不无遗憾，又说：好在都拍了照片，要找红军标语，可以去找那些照片。

我突然想到，要是有一天，连那本编于1984年的《红一方面军长征过广西现存标语影集》都找不到了，这些书写在湘江战役红军所经过村庄墙壁上的标语，到哪里去寻找最初的样子或者痕迹？

任何一种历史文化符号，最终能够保存并传承下来，并非仅仅靠那些承载体，更多的还是依赖于人类口头的或者书面的记忆。唐家田的老房子正在老去，写在老房子墙上的红军标语，正在从我们的视野中消失。而那本《红一方面军长征过广西现存标语影集》在桂林市档案局没有存档，在广西桂林图书馆也查找不到。

在桂林市党史研究室资料员蒋志雄家里，我终于见到了目前称得上孤本的《红一方面军长征过广西现存标语影集》。这本影集就真的是影集的形态，由底片冲印出来的照片汇集而成，尚未通过出版社出版，而且当时也就冲印了不到二十套照片，也就是说影集的总数不到二十本，参加汇编的工作人员人手一本，桂林地委党史办和五个县党史办各存一本，所以在档案局和图书馆确实无法查找到。

蒋志雄正在按照现在的出版要求对影集里面的照片进行扫描。桂林市党史研究室正在筹划出版红军标语照片集，拟将这本影集里的标语照片、华江千家寺红军标语楼的标语照片和两年前在灌阳县文市镇大湾村岩洞里新发现的红七军所写标语照片，一起汇编成册，印刷发行，以免失落。

《红一方面军长征过广西现存标语影集》的前言告诉我们：从1982年开始，中共桂林地委党史办和灌阳、全州、兴安、资源、龙胜五个县党史办组成专题组，征集红军长征过广西的有关史料；1983年6、7月间，又联合对红军长征路线进行实地采访，将现存标语全部拍摄下来，汇编成册；之后，陆续整理编辑了《红军长征过桂北》《红军长征过灌阳》《红军长征过全州》《红军长征过兴安》《红军长征过龙胜》《红军长征过资源》，收集保存了大量第一手资料，包括一些亲历者和见证者的访谈记录。

当年参与这些工作的老一辈党史工作者，大多已经离开人世。今天，看到这本影集和影集里的红军标语照片，对他们的敬意从心底油然而生。他们，为我们保留了一份珍贵的遗产。

一切都是最好的安排

相比灌阳文市唐家田在风雨中飘零消失的那些红军标语，兴安县华江瑶族乡千家寺红军标语楼上的红军标语，无疑是幸运的。

这座小木楼墙壁上的红军标语得以保存下来，于我们而言，应该是更大的幸运。

陆定一在《老山界》里写到翻越老山界时，见路旁转弯处有一间瑶族同胞房子，与留守的女主人聊天后，有这样一段文字："部队今天非夜里行军不可，她的房子和篱笆都是枯竹编成的，我们生怕有人拆下来当火把点，就写了几条标语，用米汤贴在外面显眼的地方，告知我们的部队不准拆篱笆当火把。"

这是目前最广为流传的红军通过临时书写的标语保护瑶族同胞财产的文字记载。

在华江瑶族乡千家寺与同仁村之间的山坡上，耸立着一座红军长征过华江烈士纪念塔，是由中共兴安县委员会、兴安县人民政府在1991年清明时候立的。纪念塔背靠巍巍老山界，前临清清六峒河。纪念塔碑文记载了1934年12月3日到12月5日红军在经历湘江战役后从这里翻越老山界和进发金石中洞的历史事件——

中国工农红军第一方面军，在第五次反"围剿"失利后，于1934年10月举行二万五千里长征。12月1日突破敌人第四道封锁线，渡过湘江之后，2日，三军团四师前锋进入华江瑶族乡。3日，由军团长彭德怀、政委杨尚昆率领三军团到达千家寺。4日晨，经洞上、小河翻大风坳到金石西进龙胜。

中央军委第一纵队，12月4日从马岭经水埠塘到同仁塘坊边，黄昏开始翻老山界。第二纵队同时跟进，随一纵队进龙潭江翻老山界。

红五军团及八军团余部，4日到千家寺、广塘、雷皮洲，派出第十三师的三十八团到黄隘防堵桂军侧击，并派出侦察部队到升坪、田林口向司门前侦察警戒。三十九团从锐炜翻过佛子界到东村一带。八军团一部从资源社岭过东岭界到高寨、潘家寨，12月6日一部分爬梯子岭上老山界去资源两水跟上主力，一部分从李家田、杉木江上老山界去塘洞。

12月5日，桂军从司门前追到黄隘与我三十八团稍事接触，敌抄山路插入千家寺，突然袭我五军团后方部队。骡马、担架几乎损失殆尽。五百余伤病员被俘虏，大部分先后被折磨死亡。三十八团、三十九团被敌截断。三十八团趁黑夜从河道冲出转到塘坊边会合主力。三十九团在师长陈伯钧带领下返回水埠塘从小路到塘坊边，掩护中央纵队翻越老山界。

经过华江的中央领导有朱德、周恩来、毛泽东、王稼祥、张闻天、陈云、博古、刘伯承、刘少奇、罗荣桓、叶剑英、邓小平、董必武、徐特立、邓颖超、康克清、李维汉、张云逸、陆定一及共产国际代表李德等。

三天两夜，中央红军第一纵队、第二纵队，红三军团、红五军团都从此经过或者短暂休整，应该留下过红军标语。

1982年和1983年中共桂林地委党史办组织对湘江战役红军过桂北的历史遗迹进行调查时，调查报告中讲到兴安保留下来的红军标语，只提到金石文甲洞周氏祠堂里的两幅红军标语，没有提到华江。

红军在华江所写的标语到哪里去了？

直到1988年冬天，答案终于浮出水面。

1

兴安县财政局退休干部陈兴华又一次来到兴安县华江红军标语楼，

登上二楼，抚摸着冰冷的墙壁，感慨万千。从 1988 年到 2019 年，31 年间，他不知来这里多少次了。他不止一次自豪地在朋友中说，这辈子最骄傲的事，就是成为华江红军标语楼的最初清理者。

1988 年 12 月 1 日，农历十月二十三。

陈兴华与兴安县博物馆馆长李铎玉搭乘班车进华江。天空一片灰蒙蒙，远处的山峰隐藏在灰蒙蒙的天空下，模糊，神秘。

陈兴华心里有点小兴奋。从复旦大学历史系文物与博物馆专业毕业回到兴安县博物馆任副馆长，他就一直想做出点成绩来，眼下，或许就是一个好机会。

头天下午一到办公室，李铎玉就说接到县政府办电话，华江瑶族乡报告说乡政府宿舍木楼失火，火被扑灭后，二楼的墙壁上显出一些毛笔写的标语，疑似红军标语，需要县博物馆去考证落实。

李铎玉、陈兴华下了班车，走过街圩，只见华江瑶族乡政府院子里一栋砖木结构的两层小楼一片狼藉：大火烧焦的楼板，烟熏火燎的墙壁，泼在墙上和板壁上的水迹，楼板上脱落的石灰小块和粉末，等等，触目可见。

这栋小楼曾是华江千家寺所在。关于千家寺，清代道光年间编修的《兴安县志》说："寺创始莫考。"明正德六年（1511 年）重建，清乾隆四十六年（1785 年）重修。县志中还记载，千家寺原名观音寺，乾隆四十六年重修后，因为"关帝忠贞，世高其义，国朝晋封，春秋享祭"而增供关帝。寺建成后可让六峒河、川江河、溶江河周边的人"综其崇祀"，因此取名"千家寺"。

乡政府一位领导告诉李铎玉、陈兴华，木楼意外失火的第二天上午，清理火灾现场时，就发现墙壁上有"红军宣"等字样的墨书。墨书面上被糊上了两层石灰纸筋，所以一开始大家不以为意。几个桂北游击队老队员来华江，看到失火木楼临街走廊墙壁上显露出来的墨书，就提醒乡政府领导：这些很有可能是当年红军留下来的标语，珍贵着呢。

乡政府领导这才赶紧打电话向县政府报告。

李铎玉和陈兴华小心翼翼地从木楼梯上到二楼。临街的走廊墙壁上，“打倒”“国民”等字样清晰可见。这里有，那里也有，还有的被遮盖住了。

将四周丈量拍照并稍加清理后，陈兴华右手执探铲，左手握毛刷，用探铲轻轻敲击一阵，再轻轻剐蹭，然后用毛刷将新脱落的石灰纸筋浆刷干净。探铲的敲击既要让覆盖的灰浆脱落，又不能伤及底下的墙壁表面，以免破坏到墙壁底层上的标语。

不一会儿，陈兴华就觉得手酸了，手指冻得麻木，只能操作一会儿便放下探铲和毛刷，双手猛搓一阵，然后继续。随着探铲的缓慢移动，一个个黑色的字显露出来，一幅幅标语出现在眼前：“红军是工农自己的军队！”“当红军有田分！”“打倒屠杀工农的国民党！”“白军是豪绅地主的军队！”

陈兴华激动万分，确定了，这面墙上保留下来的，就是红军标语！

中午在华江街上吃了碗米粉，下午继续。

当天晚上，他们在华江住下。

第二天一大早，陈兴华继续用探铲清理。清理出那幅如今最受关注的字与漫画合一的“打倒国民匪党”时，他喊李铎玉上来看，两人都为当年红军宣传员的聪慧而赞叹。

下午，有字的墙壁基本清理完毕，还有些字显然隐藏在那些灰浆没有剥落的墙壁里。陈兴华数了一下，清理出来的红军标语有 21 条，其中一条是文字加漫画的形式，标语最大字径有 35 厘米，最小字径才 8 厘米。

清理过的墙面大约占墙壁总面积的十分之一，剩下那些墙面，或许还保留着红军标语，是否继续清理？如果继续清理，或许能发现更多。

陈兴华想起在复旦大学学习时教授在课堂上讲的文物发掘出来后的保护维修问题。他离开清理现场，对在楼下一直关注着他的清理工作的李铎玉表达了他的建议：继续清理或多或少会造成隐藏标语的损伤。这次是属于抢救性清理，后期的保护措施尚未落实，以现有的条件，清理出来后不能很好地解决风吹雨打和防止风化问题，不利于标语的长期保护。万一全部清理出来而维护不善导致红军标语被破坏损毁，我们将愧对历史，愧对红军。

李铎玉采纳了陈兴华的建议，两人做好现场探查记录，并再三拜托乡领导，一定要保护好这些清理发掘出来的红军标语，不能有任何疏忽闪失。

回到兴安县城，两人顾不得周末休息，写出在华江发现红军标语的报告，同时递交广西壮族自治区文化厅文物管理处，申请保护资金。

形成报告这一天，是 1988 年 12 月 3 日。

1934 年的 12 月 3 日，红三军团到达千家寺。

陈兴华根据记忆，写了《千家寺红军标语楼发现始末》一文，里面有这样一段话："通过清理出来的墨书，我们定其为红军标语。其依据是：第一，有确凿的文献资料证明，湘江战役中，中央红军在千家寺停留过；第二，标语内容如'当红军有田分！'是红军标语中最具代表性的标语；第三，符合中央红军要做的工作之一。在 1934 年 10 月 9 日中国工农红军总政治部的指令中要求'在墙上多写标语口号'；第四，符合中央红军从实际出发，'特别是根据当地群众迫切的具体要求，提出斗争口号'的工作原则。例如'反对李宗仁强迫群众修马路'这样的内容，是当时群众诉求的真实写照。红军关心群众疾苦，了解到当地在一年前爆发了瑶民起义，华江瑶族乡群众被镇压，生活已经十分艰难，对桂系军阀强迫瑶民修路、强行派工、占用田地、增加粮赋的行径极为不满，才留下了这样的爱民标语；第五，最有说服力的是标语中出现了'红军宣'的字样。在清理这批标语的过程中，听当地老百姓讲，除了这些标语，以前在另一座寺院（就在标语楼旁不远处）内还有更多的标语，只是没有保留下来，甚为可惜。综上所述，其结论为：1988 年冬天，在华江瑶族乡千家寺发现的墨书是湘江战役中中央红军留下的标语。经过对部分墙面的清理，有标语 21 条。"

1989 年 1 月 11 日，《广西日报》刊发了陈兴华和李铎玉写的文章，接着，《中国文物报》以《兴安发现一批红军标语》为题刊发了报道。报道说，标语用毛笔书写在墙面后，被人用两层石灰纸筋覆盖起来。经初步清理，房屋南墙不到十分之一的墙面上已发现红军标语 21 幅、漫画一幅，几乎布满墙面。由于标语位于夹层中，因而避免了几十年的风雨侵蚀，字迹仍清晰如新。

这两篇报道，陈兴华剪了下来，一直保存着。

关于这批标语缘何能逃过国民党反动派的摧残，曾经在兴安县委党史办工作多年的罗基富说，他们曾经走访了解到，红军离开千家寺翻越老山界之后，国民党反动派火烧千家寺，唯独没有认真察看现在发现红军标语的这座木楼。直到几个月后，一个管教育的巡察员到这里看到，大为光火，地方官员才赶紧叫人铲除。或许是被派去铲除的人偷懒，或许是为了赶工，最终，用石灰纸筋覆盖了事。

一切都是最好的安排！

1934 年到 1988 年，54 年弹指一挥间。54 年前，红军离开后国民党反动派火烧千家寺，红军标语楼逃过一劫。54 年后，一场意外失火，红军标语楼上的红军标语重现人间。

今天，面对着重新修整过的红军标语楼，我们心头不由得涌起庄严神圣之感。

几百年前，或者更早些时候，千家寺作为一座寺庙，以整个六峒河流域超过千户人家来朝拜而得名。

85 年前的 1934 年 12 月，千家寺作为一个地名，以中央红军从这里经过并在此短暂停留而注定载入史册。

31 年前的 1988 年，千家寺因发现一批珍贵的红军标语，再次为世人所瞩目。前来“朝拜”红军标语楼者，其地域远远超出了六峒河流域，已经辐射全国。迄今为止，全国各地慕名而来者，何止千万人！

2

1988 年 12 月 2 日下午，陈兴华对李铎玉说，对千家寺这栋二层小木楼其他十分之九的墙面，待时机成熟再全面探查清理。这一“待”，31 年过去了。

31 年后，2019 年 5 月 10 日上午，在古灵渠畔的兴安县灵渠申遗办公室里，头发花白的陈兴华回忆起这段往事，依然无比激动。他说，他在博物馆工作几年，参与过多次对于地下文物的考古探查，比如兴安境内的汉代古墓群发掘，秦城遗址的考古探查等，现在又参与红色文化研究和灵渠的申遗工作，但是地面上的文物考察特别是红军标语的考察发现，生平仅此一次。

有此一次，足以让陈兴华自豪。因为他亲历了华江红军标语的发现，如今人们看到的华江红军标语楼上的标语，都是他清理出来的！

这份自豪和荣耀，可以说影响了陈兴华一辈子。

1989 年，陈兴华离开了兴安县博物馆，调到兴安县溶江镇担任行政领导职务，后来调入县财政局工作直到退休，再也没有回到文化部门工作。但他一直牵挂着华江红军标语楼。每年至少去一次，走上那闭着眼也可以描摹出的临街走廊，在已经安装了玻璃镜框的那些红军标语前久久伫立。

退休后，陈兴华加入兴安县红色文化研究会，对湘江战役进行探索与研究，乐此不疲。

兴安县文物局（前身为兴安县博物馆）和华江瑶族乡担起了保护红军标语楼的重任。

就在清理出红军标语后不久，华江瑶族乡政府组织原先住在红军标语楼上的人员全部搬走。接着，将紧靠着红军标语楼的政府食堂搬离，以防再次失火。

1989 年上半年，广西壮族自治区文化厅文物管理处拨付专款，兴安县博物馆将全部标语拍照存档，对红军标语楼进行了维修，更换了坏朽的桁条楼板、楼梯还有破漏的瓦片，并且在红军标语上面装上玻璃镜框，以防人为破坏和继续风化。

1990 年 10 月，千家寺红军标语楼被列为县级文物保护单位。

1994年7月，千家寺红军标语楼被列为广西壮族自治区文物保护单位。

2000 年，华江瑶族乡需要新修办公楼和宿舍楼。为了不损及红军标语楼，设计方案一改再改，最后另觅他处修建办公楼，所修宿舍楼也与红军标语楼保持了合适的距离。

2006年5月，随着湘江战役旧址列入全国重点文物保护单位，千家寺红军标语楼作为旧址之一，同时被列入全国重点文物保护单位。同年，再次对红军标语楼全面检修维护，在楼外修建了院墙，并在当地聘请了业余保护人员。

2016年，兴安县文化旅游部门在红军标语楼前面修建广场，在广场上布置了一批表现红军翻越老山界历史场景的雕塑，增添了红军标语楼的历史肃穆感和庄严感。

现在，千家寺红军标语楼已成为桂林市爱国主义教育基地。每一批到华南第一高峰猫儿山观光度假的游客，上山之前都会来这里参观。每年桂林市也都会有不少中学组织学生来这里接受革命传统教育。中共兴安县委党校一位老师说，仅2016年到2018年，每年到千家寺红军标语楼接受革命传统教育的科级以上干部，就超过5000人次。

说到红军标语的保护问题，在兴安县文物保护部门工作了30多年的左志强告诉我们，目前文物部门确实有技术对墙面上、石壁上的绘画和书写作品进行延缓、减少风化的处理，例如敦煌壁画。但是，兴安县天气潮湿，尤其是回南天的时候，整个墙壁、石壁都是湿漉漉的，这种天气现象，对存留在墙壁、石壁上的文物损伤很大。

左志强有个构想：在千家寺红军标语楼基础上，翻拍或者复制红军长征所经历各地留下的现存的全部标语，建成红军标语博物馆。那样的话，不仅可以更好地保护，而且，集中展示红军标语，更有利于红军精神的传承。

当然，这只是一个基层老文物工作者的构想而已。

往事未必随风，岁月无声，记忆永不磨灭

1

龙舌岩从险陡的坡上斜伸着指向天边，向西，向西。

深山老林里奔腾而出的桑江水，流经龙舌岩下，在一个叫作两河口的地方，与另一条同样从深山老林里奔腾而出的芙蓉河水相遇。

一块块长条形山石砌成的山道，从山脚上来，经过龙舌岩，向上蜿蜒绕过龙舌岩后那片生长着枫香树和松树的林子，通向周家白面瑶寨。

我沿着山道，一级一级走上来，走到龙舌岩下。伸手触摸冰凉的“龙舌”。龙舌岩后山坡上，85年前幼小的树苗，如今长成参天大树且挂上了古树名木保护牌。“龙舌”下面可容几十人避风雨的地方被人工填平了一部分，“龙舌”根部旁修建了一个小亭子。小亭子边，竖立着两块文物保护石碑。

一块石碑上写着：“龙胜各族自治县重点文物保护单位”“光明岩红军标语”“龙胜各族自治县人民政府一九八八年五月一日立”。旁边有简介：

1934年12月红军突破湘江后，12月4日兵分三路向龙胜进发。第三路红三军团四师神速进入县境，途经泗水周家瑶寨。师首长于鞍马倥偬中，深入龙尾寨与瑶民余凤生等促膝谈心，了解人民疾苦及当年瑶胞抗暴史实，且赠予《湖南农民运动考察报告》一书，同时通过他们请曾参加桂北瑶民起义幸存的头领至此洞座谈，向到会瑶民致以殷切慰问，为求全民解放指明出路，鼓励继续战斗。并于岩壁上书“红军绝对保护瑶民”“继续斗争，再寻光明”的标语。瑶民珍为路标，照原书镌刻，以垂千古，后经众议，将原名龙舌岩改名为光明岩，以昭中国共产党领导的中国工农红军是瑶族人民寻求光明的指路人。

另一块石碑立于2017年，上面写着：“广西壮族自治区重点文物保护单位”“红军岩”“广西壮族自治区人民政府二〇一七年十二月八日公布　龙胜各族自治县人民政府立”。

龙舌岩根部，镌刻着“红军绝对保护傜民”“继续斗争，再寻光明”两条标语，几十年风雨，并没有对其造成严重侵蚀。

有这样一段珍贵的记忆，有这样两条珍贵的标语，龙舌岩先是改名光明岩，如今叫作红军岩。

这两条湘江战役中唯一镌刻在石头上的，也可能是广西目前发现的唯一镌刻在石头上的红军标语，见证并记录了中国工农红军总政治部于灌阳县文市玉溪村祠堂制定的少数民族政策在龙胜的实践。

关于这两条标语的形成，有各种版本的说法。这两块文物保护石碑的简介是一种说法，曾经给红三军团四师带过路的矮岭瑶寨瑶胞杨进芳回忆当年情形时是这样说的："1934年红军到来时，我们都跑了。后来看见红军的纪律好，我们才从山上回村来。见墙上写了不少大幅标语，其中有'红军绝对保护瑶民！'的标语。群众不在家，红军就在屋檐下睡，不进屋。第二天，红军叫我带路到矮岭河口去。刚过北面村，发现有五六个瑶民往龙舌岩跑去。红三军团一位领导人马上叫我去喊他们莫跑。我去一看，原来是几个瑶民起义领袖，因为害怕国民党反动派抓捕，所以东藏西躲到处跑。这些人中，有我们村的起义小头领杨进六，还有孟山、犁子根的村民。这位红军领导人和和气气地请他们不要怕，邀他们大家一起到龙舌岩里面开个座谈会。在座谈会上，又讲了很多革命道理，鼓励他们不要怕国民党反动派，要跟他们斗争到底。"

曾经担任过龙胜旅游局局长的周恩平，一直致力于湘江战役尤其是红军长征过龙胜相关历史的研究。早年在某中学任教时，为了讲好陆定一的《老山界》，周恩平自费买了几斤猪肉，到白面瑶寨一位近80岁的老人家里，听他讲红军首长在龙舌岩下与瑶胞谈心、结拜"老同"的往事。之后，搜集红军长征过龙胜的历史资料，陆续撰写了不少文章。他说，红军在龙胜十天，除了阻击桂军的追击骚扰之外，就是在实践我党的民族政策。正因为红军充分执行了我党的民族政策，让龙胜境内的少数民族同胞切实感受到了红军是穷人自己的队伍，是为少数民族撑腰讲话帮忙的，所以，龙胜的少数民族同胞对红军感恩，给红军以帮助。

这些年，周恩平接待中央党校的正厅级研修班领导干部和市、区领导以及外地来的将军时，讲红军长征过龙胜主要抓住刻在龙舌岩上的两条标语和才喜界观音岩石壁上的一首瑶民"红诗"，都凸显一个主题：

龙胜是湘江战役中党的民族政策重要实践地。

按照周恩平的讲述，我们仿佛看到了 85 年前那感人的一幕。

红军到来之前，李宗仁、白崇禧已经下令桂林各地学校停课，让学生带着国民党反动派污蔑红军的宣传单回家，同时派人到各村寨散布对红军的污蔑之言。自古以来老百姓心目中过兵必有害的观念就根深蒂固，因此，红军到来之前，村寨的人纷纷上山躲避，只有实在跑不动的老弱留在家。矮岭到白面一带的瑶寨，寨老还专门来到村民饮水的水井边“放蛊”，诅咒进寨子的军队如果对寨子有伤害，将受到蛊毒折磨。

张宗逊、黄克诚等率领红三军团四师，由矮岭寨瑶胞杨进芳带路，经过白面瑶寨，天色已晚，寨子里除了几声犬吠，不见人烟。沿着山道走过龙舌岩，看见有几个人在岩下烤火。一位师首长走到龙舌岩下，与杨进六等人亲切交谈。打消了顾虑的杨进六等人纷纷诉苦，诉说间难免流露出悲观失望情绪。这位师首长告诉他们，中央红军长征经过这里，就是为了甩开国民党反动派的追击，继续北上抗日，为穷人的彻底解放而战，并且向他们宣讲中国共产党的民族政策，告诉他们，在中国共产党领导下，必将解放全中国，让穷人真正当家做主，少数民族同胞的事，由少数民族同胞自己做主，不再受人歧视和欺负。鼓励他们坚持下去继续斗争，再寻光明。

越谈越知心，越谈越亲切。按照瑶族习惯，这位师首长与几位瑶族起义小头领，在龙舌岩下结为“老同”。天气寒冷，这几位瑶族同胞心里却格外温暖。临别，这位师首长向他们赠送了几支步枪和子弹，还有十几块光洋。

第二天一大早，闻讯赶回寨子的寨老带着瑶胞，到龙舌岩慰问红军。却见大部队已经开拔，赶往两河口。只有两个红军战士，拿着锤子錾子，在龙舌岩上叮叮当当地凿着。随着他们锤子錾子的移动，两条标语镌刻在石头上：“红军绝对保护傜民！”“继续斗争，再寻光明！”

刻完标语，这两个红军战士向寨老等人挥挥手，走下石阶，追赶大部队去了。

目送红军战士远去的身影，少顷，寨老站在龙舌岩前，拜了三拜，转身，面朝两河口方向，跪下。

站在他身后的瑶胞跟着跪下。大家心里默念着，老同，一路顺利！

有识字者惊讶地发现，红军把历来是“犭”字旁的“猺”字刻成了“人”字旁的“傜”。一传十十传百，几天工夫传遍所有瑶寨：红军真的是我们瑶家的亲人，他们真正把我们当人看！

“继续斗争，再寻光明！”这条红军标语化为瑶胞心底坚定的信念，无论遇到什么样的困难，他们都默默坚持，一路前行。

2

龙胜各族自治县社科联副主席、驻泗水乡建新村委第一书记陆恒江，领着我赤脚涉过清澈纯净的矮岭河，走过一段野草丛生的小路，沿着当年红军进矮岭瑶寨的那条古道，去看那首有名的瑶民“红诗”。

一块块梯田从山脚一直到古道边，梯田里全部栽种了优质的黄金百香果。爬了200来级石阶，陆恒江停下来，扯开几根细藤，便见石壁上竖刻的“朱毛过瑶山，官恨吾心欢。甲戌孟冬月，瑶胞把家还。”落款“黄孟矮”，后面附言：“时过恩人朱德毛泽东周恩来彭德怀”。全部繁体字，线条很细，需仔细察看才能看清。在这块坚硬的花岗石上刻字，不易。

这首瑶民“红诗”，在黄家寨后才喜界上的观音岩石壁也刻有。兴安县文物局的左志强前些年与县委党史办罗基富等人专门去寻找，并且拓印了。他说，观音岩那块石刻，距离观音寺约200米，旁边有个避雨的崖壁，崖壁上刻了不少像《金刚经》之类的佛家经文。观音寺已经倒塌多年，只有基石掩盖在荒草丛中。他们带了柴刀，劈开荆棘荒草，才能走到刻诗的石壁下。矮岭瑶寨前的这块，无法拓印，因为常年渗水，一直是湿漉漉的。

与龙舌岩上的红军标语一样，关于这首瑶民“红诗”是谁刻上去的，有好几种说法。不管哪种说法，都与龙舌岩下红三军团四师首长与瑶民亲切交谈结为“老同”紧密相关。正因为当年红军经过这些瑶寨，很好地实践了中国共产党的民族政策，极大地鼓舞了备受欺压的瑶族同胞，才有了后来这首刻在石头上的诗。

坐在这块刻诗的石壁前，脚下的矮岭河水在阳光下流淌，点点金光透过悬崖上生长着的杂树藤蔓，在石壁上镌刻着的诗句间跳跃。

眼前忽然闪现出这样几幅画面——

画面一：才喜界上观音寺。几个和尚双手合十，嘴里念着阿弥陀佛，看着从寺庙不远处古道上行进的队伍。这支队伍经过长途跋涉，衣衫褴褛，脚穿草鞋，有的草鞋都已经磨穿了，个别战士甚至只能赤脚走路。但是，每个人都神色坚定地跟着队伍前面的红旗，向前，向前！几天后，山下寨子里的人到观音寺进香，求菩萨保佑帮助瑶民的红军。几个和尚向进香的瑶胞打听，听到动情处，不由得双手合十，阿弥陀佛声在大殿回响。一个多月后，他们在一张做法事用的草纸上，写下了这首代表了瑶族同胞心声的诗，并到寨子里找来石匠，一锤一錾地刻在观音寺后坚硬的花岗岩上。接着，受几个和尚委托的石匠，在矮岭瑶寨前面古道边的石壁上，刻下了同样的诗句。

画面二：一度四处躲藏国民党反动派追捕的桂北瑶民起义小头领杨进六等人，终于回到寨子里，与家人团聚。龙舌岩下红军将领的鼓励以及结拜“老同”，让这些小头领看到了希望，看到了光明。红军离开龙胜后，杨进六找几个人商议，将想要表达的意思给一个在寨子里教私塾的老师说了，请他帮忙拟写了一首诗。这几个瑶民起义小头领，拿着锤子錾子，分别在才喜界上观音寺后石壁上和矮岭瑶寨古道边石壁上，刻下了这首诗。

画面三：红三军团四师在瑶族同胞盘桂荣的帮助下，顺利通过才喜界隘口。一路上的浴血奋战和惊险，让战士们深切感受到实施党的民族政策的威力，对瑶族同胞的光明未来充满信心。为了更好地宣传我党民族政策，几个宣传员商议后，换位思考，以当地瑶胞的口吻，在两个地方的石壁上刻下了这首诗。

一滴水珠滴在脸上，画面消失，眼前还是那块镌刻着岁月记忆的石壁。不管想象到怎样的画面，我们终归不能还原当时的情景。

很难考究到底是何人，刻下了这首代表了瑶族同胞心声的诗。

这首诗的作者身份已经成谜，即便这样，也弥足珍贵，因为它是湘江战役中中央红军实践党的民族政策最好的最有力的见证，它记录了一段珍贵的历史，足矣。

才喜界瑶胞“红诗”的放大照片，最初被中国革命军事博物馆收藏，并且放在《朱德、彭德怀、贺龙、陈毅、罗荣桓光辉业绩展览》中的彭德怀部分展出。这首红诗的照片同样被广西壮族自治区博物馆收藏，作为中国共产党最早的民族政策实践活动的见证，向一代又一代后来者无声地讲述着那段永不磨灭的历史。

当年有 90 来座木楼的矮岭瑶寨，如今都搬迁到山下矮岭河边，在水泥公路两侧，形成了一条街道，老寨子只剩下几座摇摇欲坠的木楼。

在村民杨文通家里，与杨焕林、潘杨、杨团福等村民交谈，他们都听老一辈人说起过红军过矮岭的情形。说红军从黄家寨那边下来，在矮岭的王仁安家住过。那年，全寨子的人都跑到寨子后山一个叫作锁口岩的地方躲避，后来，是杨进芳带口信，讲红军对我们瑶家人很好，大家才陆续回到寨子里。

给红军带路的杨进芳和他的口述中说到的瑶民起义小头领杨进六早已离开人世。问及这段往事，杨文通指着杨团福说，他就是杨进六的第二个仔。63 岁的杨团福不善言辞，他说父亲从来没有谈过当年参加瑶民起义的事，倒是村里其他老人说过，是父亲杨进六带着几十个后生去梨子根，在那里“闹瑶杆”。年仅 18 岁的潘杨接下话头，说听爷爷他们说梨子根是龙胜瑶民起义之地。

杨团福在说到父亲往事时，很平静，就像讲述他人的故事一样。在江底街一间狭小的房间里，73 岁的余林姣讲述父亲余凤生的故事，也是一种很平静的表情，仿佛在讲述他人的故事。

余林姣听父亲说起过救护红军伤员的事。她的父亲是在龙尾寨边一块梯田下面见到那个脚被打伤的红军的。父亲将那个红军背到寨子外面的石岩底下藏起来，然后赶紧回家找草药拿去敷到那个红军的伤口上。天气太冷，又将那个红军背到瓦窑里面，抱了几抱禾草给他睡觉御寒。

之后，每天都悄悄从家里拿红薯玉米给那个红军吃，给他换药。三个月后，那个红军的伤好了，要去继续追赶大部队。父亲将他送到半界背后的楼坪湖南路，给他指点方向，叮嘱他找到大部队后，要写信过来报平安。那个红军走了好远，还回头招手。说到这里，余林姣顿了一下，说后来没有收到那个红军报平安的信，不知怎样了呢。余林姣说，红军曾经留下过一把刺刀，红军走后的几年，他们家被搜查，要找那把刺刀。她还记得父亲抱着她去接受讯问的情形，可是父亲咬死不说，刺刀也没找着，也就不了了之了。

我在矮岭河边遇上要到对面梯田护理百香果的杨团福。他告诉我们，后生家都出山打工了，他今年种了400株黄金百香果。陆恒江补充，这是一种优质百香果品种。杨团福掰着手指给我们算数：每株百香果好的可得50斤，差的也有20斤，按照去年的收购价，每株大约可收入200元。算着这些，他憨厚地笑了，阳光照在他的笑脸上，很灿烂。

在黄家寨，陆恒江指着寨子后面的一个小山峰，当年那里曾经有瑶胞守着，之前，他们听说过才喜界隘口的瑶族同胞放红军过关隘的事，见到红军下来，便没有放枪，都跑散开了。从黄家寨边沿山涧上去几百米，就是才喜界脚，翻过去，可到兴安县金石文甲洞和现在灵川县九屋镇的老寨和新寨。

3

2015年，白面瑶寨建起了红军长征过龙胜博物馆。这个广西第一个村级红军长征博物馆里，展陈了湘江战役概况、党的民族政策实践以及湘江战役最后一战——两河口阻击战等图片，以及搜集到的红军使用过的物品等。

白面瑶寨的龙国英，曾经是全国人大代表。2016年红军长征胜利80周年，不少媒体到龙胜采访，都记住了她所唱的那首山歌："红军岩上像条龙，岩石底下草丛丛。红军过路留下话，瑶民代代记心中。"

我们见到龙国英时，她在临时搭建的过渡房里为我们唱这首山歌，表达对红军的思念之情和感恩之情。她说瑶家爱唱山歌，经常见什么唱什么，也叫“见子打子”，也就是出口成章，这首感恩红军的山歌还可以接下来唱的。仿佛为了验证她的话，67岁的老寨花余家妹接口唱道：“红军岩上像条龙，红军岩下草连连。红军过路刻了字，瑶民代代要相传。”她们说，这些山歌，不仅她们会唱，寨子里的老人都会唱，她们还要教会年青一代唱，世世代代歌唱红军。

白面瑶寨去年遭遇了一场火灾，寨子里大部分人家的房屋都被烧了。说起这事，龙国英表情平静：烧了再重修呗。被烧的房屋正在修建中，因此龙国英住在过渡房里。她说政府让大家买了房屋保险，县民政局和民族局分别再给予一些扶持，重修房屋的压力不是很大。

白面瑶寨边当年所谓寨老放蛊的水井，如今盖了一座思源亭，寓意饮水思源，思念红军对瑶民的保护和鼓励。问及放蛊的事，龙国英笑着说，瑶家放蛊惩罚的是坏人恶人，红军是好人，所以寨老放的蛊不会伤害红军。

全州县两河镇，隔壁山、古岭头、板塘，林木蓊郁，俨如画卷，一条湘桂古道相连。如果不是听当地老人讲述，没有翻阅历史资料，谁能想到，这块风景如画的土地上在85年前有过那样的腥风血雨。

红三军团六师十八团在这里被桂军分割、包抄、围杀，最后除零星者冲出外，全团两千余人牺牲，上演了湘江战役仅次于红三十四师全师阵亡的悲壮一幕。

2016年冬，隔壁村的廖滋兵老人在接受全州县电视台采访，讲述从父辈口中听来的当年血与火的往事之后，得知将有老红军后代到隔壁山来追思悼念牺牲在这片山岭间的红军英烈。平日喜欢搜集整理村子历史的廖滋兵，涌起了写诗来表达对红军追思情怀的念头。从小他就常听父亲说，红军是穷人家的队伍，当年牺牲在这里的那些红军战士，都是穷人家的孩子，有的还是奶崽家哟，好造孽哟。

廖滋兵说，既然那些老红军后代还有那些重走长征路的人，都记得隔壁山古岭头和板塘，都记得这些牺牲了的不知姓名的红军英烈，我们作为本地人，怎么能无动于衷，怎么能埋没了红军的牺牲呢？

写诗，对于一个从来没写过文章的农民而言，并非易事。那些日子里，做完农活之后，廖滋兵就坐在堂屋的桌子前，认真回想父亲讲的红军在这里打仗的往事，然后再用当地山歌的形式写出来。廖滋兵说，写这些东西的时候，他的眼里噙着泪水。

接受我们采访，廖滋兵在自己的堂屋说起2017年清明节前写诗的情形，眼里同样噙着泪水。

追思红军的诗写好了，廖滋兵分别找村民小组长廖祖千和村委党支部书记廖辉胜，提出以隔壁山全体村民的名义，在老红军后代来这里举行的追思仪式上念这两首诗，得到首肯。这两首寄托隔壁山全体村民追思之情的诗，书写之后以展板形式摆放在追思会上，前来参加追思仪式的老红军后代，看了无不动容。

这两首诗是这样的：

其一

红军长征到隔壁，烧天砖瓦遇顽敌。
激战二日伤亡惨，漫山遍野尽是血。
英勇红军先烈命，迎来人民共和国。
改革开放催战马，长征精神永不歇。

其二

全州两河隔壁山，古岭战役主战场。
烧天砖瓦二阵地，红军尸体遍山岗。
英雄鲜血染古岭，迎来今日好时光。
改革开放号角响，长征精神继发扬。

廖滋兵带我们走出村子，指着村后高耸的山峰说，那就是烧天岭，以前叫铁犁冲，因为红军和桂军打仗，飞机轰炸炮弹打过来，把树都烧光了，火光冲天，村民从此改称烧天岭。湘桂古道从隔壁山村前通过，沿着古道下山，不远处竖立着一块约2米的诰封碑。诰封碑旁边，是两条古道汇合处，立有几块低矮的挡箭碑，上面清晰地刻着：左走文市，右走灌阳。

廖滋兵说，左走文市的古道，从鲁水那边过来。右走灌阳的古道，经过陈家背。村里老人说红军当年过隔壁山古岭头，几天几夜呢，两条古道都有，到这里会合，出建乡过湘江的。

村外据说曾经是当年红军战地指挥部的大夫祠已倒塌多年，只有墙基的青石和一块分别镌刻着清代康熙年间与道光年间两次重修大夫祠碑记的石碑竖立在茂密的树林深处。

廖滋兵小时候与小伙伴们到大夫祠里玩耍，看见过墙壁上写有红军标语，迄今他仍记得有一条是："打倒土豪劣绅，穷人才能翻身"。与大夫祠隔一条小山涧相对的，是元和庵，那里当年是红军的战地救护所。如今也只剩墙基青石和一块重修碑记。

元和庵不远处，翠竹苍松间一大片俨如不屈头颅般的灰黑色石头冒出地面，此地便是战后隔壁山村民掩埋红军英烈的地方。2017 年 4 月 16 日，老红军后代与全州县两河镇一起举行的追思仪式，就在这里举行。

走过这里，我们放轻脚步，压低声音，唯恐惊扰长眠地下的红军英烈。这片经受过血与火洗礼的土地上，一草一木，一山一石，都凝聚着红军英烈的英魂。

隔壁山村头有一块缺失了部分文字的村民众议公约碑，碑的左侧上下，有两个当年那场战斗留下的枪眼。

兴安县溶江镇金石片区文甲洞，大山深处竹林界下的村子，全村 110 户人家，九成以上姓周。山上竹木茂密，山坡地上罗汉果、百香果长出了藤蔓，努力地沿着牵引细绳向网架攀延。

1934 年 12 月 4 日到 7 日，红三军团在此驻留过三夜。在文甲洞伦江瑶族同胞盘桂荣的帮助下，顺利通过长征路上第一个由少数民族把守的关隘才喜界，进入龙胜。

红军离开这个小山村迄今 85 年了。往事依稀，但是在文甲洞并未随风而去。每年的12月初，文甲洞、新寨门、新文村的老人们，便自发地唱起歌唱红军长征的歌曲，唱起自己编的山歌，山歌的内容主要是回忆红军在文甲洞住过的往事，歌颂红军坚定的革命信念和坚强的革命意志。

新文村党支部书记邓文德的手机里保留着文甲洞77岁的老人周祖荣唱山歌的视频。周祖荣唱的是：

红军当年来我村，开仓放粮济穷人。
墙上写了大标语，号召穷人当红军。

红军住在我祠堂，官兵一致住一堂。
陪我舂米他搭脚，红军原本农家郎。

红军要过才喜界，我村瑶民带路人。
瑶民名叫盘桂荣，他是本地活地图。
民团守卡他喊话，一枪不发过山隘。
红军从此进龙胜，脚穿草鞋上征途。

时光已过八十春，长征接力有来人。
红军山歌年年唱，世世代代永传承。

邓文德是文甲洞红色文物保护小组第三任组长。

红军到文甲洞之前，受国民党反动派散布的谣言影响，村民纷纷跑到竹林界背后的大坳躲藏。村里一位叫曾国英的妇女生完孩子不久，走不动，只好惴惴不安地留在家里。村里还有些来不及躲开的村民，见红军到村里不乱进民房，说话和气，反复给他们讲红军是穷人自己的队伍，便把自家人喊了回来。一位红军大姐见曾国英产后体虚，还发着低烧，便喊来卫生员给曾国英诊治，给曾国英端饭端菜，精心护理。

文甲洞红色文物保护小组便是曾国英小儿子周祖斌创立的。红三军团离开文甲洞51年后的1985年，爱好文艺的周祖斌创立了文甲洞红色文物保护小组，自任组长，村里的党员张一清、周曾烁任副组长。当年红军住过的祠堂，还有据说彭德怀与村里后生聊过天的村头小河上的拱桥，红色文物保护小组都立上了水泥碑，由周祖斌写上“红军堂”“红军桥”等题头。只要有机会，他便给村民宣讲他从母亲那里听来的和别处搜集到的关于红军长征经过文甲洞的历史故事，宣讲要保护好红军留下来的遗迹物品等。

一个朴素的山区农民，用最朴素的方式，表达对红军的感恩之情。

在周祖斌的倡导下，保护红军遗迹和使用过的物品成为文甲洞村民的自觉。周家祠堂内墙上保留着两条红军标语：“（反对）国民党出卖东三省和华北！红军是民众抗日战争的主力军！红全政”。这两条标语发现的时间，远早于华江千家寺的红军标语楼，进入了中共桂林地委党史办汇编的《红一方面军长征过广西现存标语影集》。

这两条标语幸运地写在文甲洞，有文甲洞的村民精心呵护，当进入《红一方面军长征过广西现存标语影集》的其他标语相继消失的时候，这两条标语依然如故，默默地给参观者讲述那段珍贵的往事。

当年红军离开后，为避免国民党反动派的迫害和毁坏，文甲洞村民用木板将祠堂整个后墙包了起来，让这两条红军标语得到了保护。祠堂曾经翻修，翻修时这两条红军标语成为中心坐标，得到更好的保护。

文甲洞的红色文物保护小组成立之后，周氏祠堂改名为红军堂，立碑保护并清除院内杂草，修整破漏的屋瓦和其他地方。

周祖斌病逝后，2003 年，时任村党支部书记张一清接过红色文物保护的接力棒。张一清卸任村支书后，2008 年，邓文德接过了红色文物保护的接力棒。

走进文甲洞，红色文化氛围扑面而来。红三军团一巷、二巷、三巷，红三军团大道，村中一块块红色的路牌，寄托着对红军的思念与崇敬。

文甲洞红军堂，四周整洁，外墙边放着文甲洞红色文物保护小组和新文村委党员到红军堂举行纪念活动的照片，以及三任红色文物保护小组名单和所做的工作简介等。全国重点文物保护单位石碑竖立在大门右侧，正对着高高的竹林界。

红军堂内，两排桂花树枝叶繁茂，院子干净整洁。陈列室外，墙上张挂着近年发掘整理的红三军团在文甲洞一带与当地村民鱼水深情的历史故事。陈列室内，两条红军标语罩上了亚克力罩子，以减少风化损坏。四周地上以及墙上，摆放张挂着22位村民捐献出来的据说是当年红军使用过的文物，马灯、书桌、背篓、油篓、救护床等，有120件之多，让100多平方米的陈列室满满当当，两条历经85年沧桑的红军标语从此不再孤单。

1985年到2019年，34年来，文甲洞村民自发组成的红色文物保护小组默默地守护着红军堂，守护着红军留下来的这笔珍贵的财富，守护着一份永不磨灭的记忆。

他们的能力有限，但是他们尽心尽力去做了，邓文德说，只有这样，才能无愧于红军先烈，无愧于红军精神，无愧于历史，无愧于后人，无愧于自己的良心。

2017年，新文村将每年12月红三军团到文甲洞的日子，确立为红军节。这个节日，可以称得上全国独一份的在一个山村为纪念红军长征而设立的节日。

节日这天，文甲洞、新寨门以及新文村委6个村寨处处响起歌唱红军的山歌，唱红军歌、跳红军舞、吃红军饭、走红军路，男女老幼争相参与。

首届红军节，新文村老年文艺队演出了自编的彩调《送红军过瑶山》，再现当年文甲洞瑶胞盘桂荣帮助红军顺利通过才喜界关隘的情景。新文村60多名共产党员穿上租来的红军服装，走进文甲洞红军堂，举起右手重温入党誓词。之后，凭吊红军走后由本村进步青年周瑞年创办的金石苏维埃合作社遗址，红军井旁饮水思源，过红军桥，走红军路，登上村后竹林界，回到村边冲头的红军烈士墓群向烈士致哀，参观彭德怀指挥部旧址，回到村委文化活动中心，在金石河边吃油茶、野菜、红薯、苞谷，以自己所能的方式，缅怀红军坚定的信念和坚强的意志，让党性在纪念红军的系列活动中得到锤炼和提升。

2018年第二届红军节，新文村党员和部分群众登竹林界，吃南瓜汤，晚上举着火把，沿着当年红军进文甲洞的道路，走进红军堂，围着火把唱红军歌。

新文村文化活动室墙上，还粘贴着红军节活动的照片，粘贴着与红军长征有关的有奖问答。

岁月可以流逝，但红军在新文村老百姓心中永存。

红军标语永不磨灭，红军精神永不磨灭。

去东升苗寨路上，大雨滂沱。过张家塘、芙蓉、里市，沿途所见，红军当年长征所经过的地方，在大山怀抱中，座座木楼与一块块梯田织成一幅秀美画图。

与江底建新村委一样，水泥路直通东升东寨，而且是循环路。同行的马堤乡武装部长说，龙胜的通村通寨公路，基本上都是循环路，在扶贫攻坚持久战中，龙胜非常重视道路基础设施建设。

站在东寨新修的木楼走廊，苗寨风光尽收眼底。远处山峰，云雾缥缈，恍如仙境。村委主任阳仁安拿出一个小本子，上面记着他根据父亲阳样生所说整理出来的当年红军经过东升一带的路线。他一一讲给我们听，有的地方则指点给我们看。

76 岁的阳木清指点着远处梯田尽头的木楼说，那里叫秧地，当年周恩来在那里住过呢。这一带当年全是大树，没有现在这些连接各寨子的路，就是一条小路从山脊下来。东寨这边看不到那边，但是可以听到隐隐约约的电台声音。他回身指着寨后最高处那座旧木楼说，当年，红军也在我们家老房子里住过哦，后来剿匪时，解放军也在里面住过。

杨福佳是当年被里市苗寨的“苗家妈妈”李华英收留的红军伤病员陈立明的三儿子。他从桂林民师毕业回到苗寨当老师直到去年退休，一辈子没离开过这片多情的大山。他说这片大山收留了他父亲，寄托了他父亲的感激之情，他不舍得离开。在东升木林寨杨福佳新修的楼房里，他拿出全家人回福建长汀县侧武乡老家时照的全家福。好大一家人，每个人脸上都洋溢着幸福的笑容。

湘江战役红军走过的地方，长征精神在当地老百姓心中扎下了根。在党的民族政策引领下，龙胜各民族同胞团结奋进，克难攻坚，战胜贫困。一位县领导自豪地说，我们龙胜已经甩掉了贫困的帽子。

驱车离去，回望东升，回望莽莽群山，仿佛看到一支势不可挡的队伍，在红旗指引下，向前，向前。脑海里一直回旋着一代伟人毛泽东的诗词："赤橙黄绿青蓝紫，谁持彩练当空舞？雨后复斜阳，关山阵阵苍。当年鏖战急，弹洞前村壁。装点此关山，今朝更好看。"唐家田、玉溪村、隔壁山、千家寺、文甲洞、黄家寨、矮岭、白面瑶寨、龙舌岩、杨柳井、酒海井……一个个地名化为一幅幅历史与现实交织的画面。

画面定格在灌阳县杨柳井枫树脚。灌阳新圩阻击战陈列馆前的一座雕塑栩栩如生：一位刚写完标语的红军宣传员一手拎着装有红泥水的小桶，一手拿着稻草扎成的刷子，仿佛还有红泥水从刷子上滴落。他身边，一幅标语在阳光下闪亮：中国工农红军万岁！

作者简介：

蒋忠民，男，广西作家协会会员，现定居桂林。有图书《消逝的红帆船》《来自地层深处的诱惑》《一别挥手三十年》正式出版，主要报告文学作品有《水啊水》《今生无悔》《来自地层深处的诱惑》《五十年英魂归故里》《余秋雨雨中踏灵渠》等。